甄嬛傳 伍

流潋紫——著

作家出版社

目次

陶令篱边色，

罗含宅里香。

寥落悲前事

如此闲话了告退出来，彼时上林苑中秋光如醉，一路且行且看，倒也十分得趣。

眉庄抚着胸口道："阿弥陀佛，竟是咱们多心了。我看太后和太妃见了玉娆片刻说不上话来，心道坏了。谁知两位却半分也没想到傅如吟，还很投缘呢。"

傅如吟原本就很像纯元皇后，此刻玉娆得太后眼缘，多半是让太后想到了纯元皇后的缘故。我看一眼兴高采烈的玉娆似一只轻灵的蝴蝶蹁跹于上林苑中，安慰之余亦轻轻叹息了一句。

眉庄兴致颇高，指着一处的银桂笑道："你初进宫时棠梨宫里的金桂甚好，如今看着这银桂竟也毫不逊色。"

我凑近嗅了一嗅，道："的确不错，更胜在香气清雅，闻之五内俱清。"说着叫浣碧和采月各折了几枝，预备着回去插瓶，又去看旁的花儿。

正说笑着，却见前头一位宫装女子携了几名侍女，想是亦在上林苑里赏秋。待走得近了，却见是祺嫔。她自禁足出来后，再不复当年之宠，亦深恨于我。此刻避之不及，只得趔了上前，屈膝道："管氏给淑妃娘娘请安。"

她心内不忿，又有些气性在，不肯自称一句"嫔妾"，我当下也不计较，只道："祺嫔起来。"

玉姚闻得"祺嫔"二字，又听她自称"管氏"，身子微微一摇，不觉脸色青白。待得看清她的脸庞，不自觉倒抽一口凉气，失声道："你们兄妹长得很像。"

祺嫔微微疑惑，细细打量她两眼，旋即明白，不觉扬唇冷笑："二姑娘回来了。"她的目光深深盯在我身上，似要剜出两个洞来，口中却笑道，"有个好消息还不曾告诉二姑娘。我哥哥管溪已在五年前娶了怀州曹判的女儿蒋氏为妻，如今已有二子一女。哥哥步步高升，娇妻美妾，当真是托赖淑妃与姑娘的福。"她嘴角的笑意渐深，语气愈加轻柔，"哥哥娶亲的日子，正是姑娘与家人到江州的日子。哥哥小登科之喜，恰是姑娘一家平安到达，这日子可真当是个好日子。"

她说罢笑得花枝乱颤，容色愈发艳丽。正得意间，却听"啪"的一声，一记耳光重重扇在她脸上，正是一脸愤恨的浣碧。

祺嫔登时大怒，却也不敢立刻还手，顿足指着浣碧道："好！好！凭你一个低贱奴才竟然敢掌掴小主，可真是吃了熊心豹子胆了。"她脸上一阵红一阵白，瞪住我道："淑妃这般纵容下人，如何能协理六宫，嫔妾要向皇后申诉，嫔妾不服！"

浣碧满脸怒容，厉声喝道："娘娘面前，凭你也敢称二小姐'姑娘''姑娘'地这般僭越！便是庄和德太妃面前，太妃也称一句'二小姐'呢，倒容得你放肆起来了！你可是想越过了太妃去么？圣人说'养不教，父之过；教不严，师之惰'，小主如今这番模样儿，必定是父兄不教之过了。奴婢虽不识礼，却也劝一句小主，别丢了你们管家的脸。纵然都知道是没脸的，好歹也给父兄存一点面子。何苦来哉，谁不知道你哥哥的官儿是踏着多少人的身家性命上去的！你若为了这事不服小姐，要向皇后申诉，我们便也去听听是谁不知礼数不敬太妃。"

眉庄盈盈一笑，嗅着手中一枝金灿灿的桂花，击节赞道："好，好！去了一个伶牙俐齿的流朱，浣碧的口角也分明起来了，且句句在理，是读了好些书的样子。"

我亦不去理会祺嫔，只向眉庄笑道："姐姐不知道，浣碧这丫头行动就抱着书，夜夜点灯夜读，快要读出个状元来了。"

浣碧红了脸："小姐说笑了，奴婢不过是识得几个字罢了。"

眉庄眼角飞扬："你调理出来的人儿，能不读出几本四书五经来么。"

我笑着拉过含悲的玉姚、含愤的玉娆，笑吟吟道："我竟是不能了，被两个小冤家烦着都不够。如今玉姚和玉娆来了，她们三个在一处读读书也好，正巧有个伴儿。"

我们一径说笑，只把祺嫔晾在一边。过了许久，祺嫔再忍耐不住，扬声唤道："淑妃……"

眉庄缓缓转过头来，疑惑道："你是什么人？"

祺嫔既惊且怒，却不敢反驳，只忍气吞声地道："嫔妾交芦馆正五品祺嫔管氏。"

眉庄冷笑一声，柳眉倒竖："你要仔细！本宫是从二品淑媛，娘娘是正一品淑妃。咱们说话，怎容得你小小一个祺嫔插嘴多话，后宫竟没有规矩了么？方才你说淑妃纵容下人，本宫倒看淑妃忒厚道了，纵得你不知上下高低！"她顿一顿，"淑妃宽厚，本宫却不肯厚道。采月，给本宫掌她的嘴。若皇上皇后问起来，本宫自有话去回。"

采月假意劝道："娘娘切莫生气，好好的万万别动了胎气。前头安贵嫔就是几番冲撞了娘娘，人还没什么言语呢，皇上就不许她出宫，祺嫔小主何苦来讨这个不痛快。"

祺嫔听得这话不好，不得已跪下身来。眉庄犹未解气，恨道："她仗着娘家有些军功便不识眉眼高低，在本宫和淑妃面前张狂起来了。她是忘了从前华妃的例，凭她什么娘家，皇上的眼里可容不下沙子。话说回来，若是从前在华妃面前这样子，照例便赏了'一丈红'了。"

祺嫔一惊，不敢回驳这话，忙咬唇更低了头。我微微一笑，挽着眉庄的手道："什么'一丈红'不'一丈红'的，姐姐千万别气伤了身子。祺嫔娘家的确有功，本宫哪里敢杖责她，见了面还要给她留三分情呢。只是规矩不能不立，小允子——"我指一指太液池边的石级，道："那里风好水好，不会憋气，你带着祺嫔跪到那儿去，拿老子的《道德经》给她读读，叫她静静心，别太失德。待祺嫔读完了，你再回来。"说罢与眉庄同行，笑道："我宫里的秋菊开得很好，咱们一同去看看。"

才行两步，却听身后的祺嫔愤然道："娘娘要罚，嫔妾自不敢驳。只娘娘别得意过了头，位高人愈险，娘娘以为坐得稳淑妃的位子么？"

我转头看她，不觉失笑："本宫的位子稳与不稳，自然不是因为你。"

祺嫔深深微笑，眼中有幽暗如磷火的光芒，幽幽迸出几分倔意，道："嫔妾自然不入娘娘的眼，难道娘娘一家都是好的么？"她的目光有意无意在玉姚身上拂过，"吃里扒外的人多着呢，娘娘偏能眼里容下沙子，胳膊折了往袖子里藏！"

我听着她的话不像话，立时喝道："小允子，好好看着她。她若敢延怠，就按淑媛的话，狠狠掌嘴。"说罢，自带了人离去。

行得远了，玉姚忍了半日的泪忍不住落了下来，抽抽噎噎的哭声夹杂在风声呜咽里格外叫人生怜。

我温言安慰道："她说的那些都是疯话，你别往心里去。这日子跪在太液池边吹风念经，够她受的了。"

玉姚闻言神色大变，更是掌不住哭了起来，抛下众人掩面便往未央宫奔去。玉娆性急，一路追了上去，我心下着急，忙向小允子道："还不快追上去！"说罢便匆匆向眉庄告辞。

才至未央宫大门，槿汐已然满面焦急迎了出来，道："二小姐一路哭着跑进印月轩，关了门也不许人进去。奴才们怕出什么事，顾不得规矩闯进去一看，二小姐已然悬梁了。"我头上一阵发晕，耳中嗡嗡直响，槿汐忙扶住我道："娘娘安心，已经救下来了，亏得发现得早，不打紧。"

我心下焦痛，忙忙便要往印月轩去，槿汐忙拉住我道："娘娘别急，奴婢瞧二小姐心绪不安，已请温太医喂了安神汤药，只怕这会子要歇息呢。"

我这才稍稍放心，提着的一口气缓了大半，握住槿汐的手道："幸亏有你——"

槿汐忙道："并非奴婢，恰巧温大人来给小皇子请平安脉，否则拖得一时片刻可怎么好。"

我在印月轩外头，隔着窗纱见玉姚沉沉睡去，方才由槿汐陪着进了柔仪殿。槿汐手势熟练，点上瑞脑香，为我揉着额角，轻轻道："方才出去还好好的，怎么二小姐忽然寻起短见来？"

我心下急痛："还不是祺嫔那贱人，专挑刺心的话来说。玉姚从前受了退婚之辱，如今还要被负心人的妹妹羞辱……"我心下大恨祺嫔，又不免痛惜玉姚，道，"到底也是玉姚心性软弱，若换作……"

玉娆一步踏了进来，朗声怒道："若换作是我，必饶不过害我之人，怎会伤了自己性命！"

槿汐忙福了一福，我向玉娆招手道："你来了正好。我正有话问你，从前在江州，玉姚也是这样寻死觅活的么？"

玉娆满面哀伤如晓云愁雾："被管家悔婚自是奇耻大辱，自到江州，爹爹虽还是为官，只是寒苦之地，家中甚是拮据。我那时还年幼，爹爹与娘又年迈，家中都是二姐尽心竭力照料。只是二姐她于无人处时常啼哭，这五六年间并未好转。"玉娆恨极，鬓发间一支小小的蝴蝶穿花珠钗上的须翅栗栗颤动，"管家负婚也罢，世上拜高踩低的人不少。可恨管溪那厮太负心薄幸，咱们家被贬他就迫不及待娶了旁人，今日管氏又如此欺辱二姐！"

我听得"负心薄幸"四字，心下不禁一动，想起方才种种，祺嫔话中所指似乎不只是折辱玉姚被退婚一事。两下里一想，心中愈加明白。

大殿内沉静如水，快入冬的天气，黄昏时分的光线似厚厚的荫翳，叫人透不过气来。殿内渐渐昏暗下来，仿佛有一根针刺在心口上，慢慢地逼近，要挑破郁积已久的那摊脓血。槿汐缓缓把深重的大门关上，一盏一盏点上灯火。我的声音在空寂的大殿里听来格外疏落："娆儿，你要告诉我实话！"

仿佛是夜里睡得不足，脑袋里昏昏沉沉的，心跳得格外缓慢，一突一突，好似要窒息了一般。浣碧轻轻在我耳畔道："二小姐醒了，小姐可要去看看？"

我缓缓点一点头，站起身道："到底身子要紧。玉娆，我们去看你二姐吧。"

坐得久了，膝上有点酸麻，站起来时晃了一晃，浣碧赶紧扶住我："小姐小心。"

远远传来"哐啷"一声，在静夜里格外惊心，印月轩那头隐隐有呼喊哭闹之声。我顾不得腿酸，急急扶了浣碧的手出去。才至印月轩门口，只见灯火通明，仆妇宫人乱作一团。玉姚只穿了一身素色的寝衣，长长的头发散乱地蓬着，手里紧紧攥着一块碎瓷片抵在喉头，满脸泪痕斑驳。

玉娆面色雪白，忙冲进去道："二姐，你别糊涂！"

阖宫宫人吓得劝的劝、跪的跪，呼号磕头不止，玉姚只哭个不休，瘦弱的身子簌簌颤抖着，却半点退意也无。她的指缝间隐约滴落鲜红的血液，顺着雪白的手臂蜿蜒而下，分外触目惊心。

我急痛攻心，又逼出一层怒意来，厉声喝道："由着她去！若她死了能抵得过心中愧恨，何必阻她去寻死！只是亲者痛仇者快，怕又更添了罪孽，叫父母亲人伤心！"

玉姚身子猛地一颤，倒退两步倚在床栏上，眼中泪意更盛，滚滚滴落下来。她似失去了所有力气，缓缓、缓缓跪下身去，扑倒在床边埋首呜咽不止。

我凝眉肃然，低喝道："都出去！今夜的事谁敢往外乱传一句，本宫便割了她的舌头！"

槿汐忙领了人掩门出去，玉娆仍旧牵挂着依依不舍，到底也被浣碧拉了出去。玉姚蜷缩的样子似一只受伤而无处可逃的小兽，我扶了她两把，她只执意于哭泣，不肯抬首。我静一静心神，用力抬起她的下颌，照着她泪水汹涌的面庞狠狠扇了一记耳光。

她的哭声在耳光中戛然而止，只静静、静静地看着我，愣愣出神。胸口有剧烈的气息如海潮起伏，我极力压抑着道："被人利用感情是可怜，被人愚弄感情是不智，恶果深重却只知逃避哭泣是昏聩！你若伤了自己叫父母伤心不安，更是不孝！我这一记耳光打醒你，只告诉你亡羊补牢，为时未晚，甄家的女儿虽不聪明，但不能失了志气！"

玉姚狠狠地抑住喉头的哽咽，脸上五个红肿的指印痕迹分明，眼中的伤心、委屈与愧恨愈加浓翳，一双温婉的细长双眸似被浓雾笼罩了一般，没有半分生气。

她的手不自觉地牢牢攥住我的手腕，手心温热的血液粘在我的手臂上，仿佛沁入我的心一般。

良久，良久，手臂被她握得失去了知觉，只觉得这样的麻木也是习惯了的。玉姚骤然爆发出一声激烈的悲鸣，伏在我怀中号啕大哭，唤道："姐姐！姐姐！"

那样悲痛的哭声，仿佛积蓄多年的沉痛，无数的悲与愧都迸发了出来。

她的哭声，如一击击重拳击打在我胸口，我心中酸痛，不觉悲从中来，抚着她瘦得突起的背脊默默垂下泪来。

遇人不淑！一个"不淑"要误了多少女子的终身！断送无数期盼的、热烈的、纯挚的心！

不过是一瞬，我旋即止住了泪意，用力咬住下唇。待她哭得够了，方缓缓拉了她起来坐下，温和道："从前你或许还有一分痴心，如今祺嫔的话你已经听得分明了，管溪负心薄幸，不过视你为棋子而已。"

玉姚咬着唇，凄然道："原本再怎样，心里总存了一分念想，他或许是迫不得已——可如今……"话未说完，又滚滚落下泪来。

我抚去她脸颊的泪水，沉静道："今日你既明白了，就不必再为这畜生伤心——不值得！我只告诉你一句，嫂子和致宁惨死，哥哥在岭南也已被人逼疯了。姐姐现在问你的话，你愿意答便要句句老实答我。如若不然，只要你觉着对得起自己的心，对得起从小养你疼你的父母兄姊，我便无话可说，由得你去。"

玉姚猛地抬头，目光中有无尽的自责与伤痛，瑟瑟道："哥哥他——"

我按住她的肩头，沉声道："你放心。我已着人接了哥哥回京医治，只是咱们甄家沉冤多年，我一己之身虽不足惜，但爹娘年迈，难道要带着洗不清的罪名去见甄家的先祖。甄门家破人亡，管家虽不是始作俑者，然而为人爪牙，忘恩负义，断断容它不得。"

玉姚凄惶垂下眼脸，双手把绉绸裙子揉得稀皱："我罪孽深重，只盼能稍稍赎罪，过得心安理得些。"

我看着她，屏息道："你只告诉我，管家为何能知道哥哥与薛家和瑞嫔娘家洛氏来往的诸多细节，以致当日告发哥哥时冤他谋反观望，虽无明显之据，然而微末之事却能一一对上？"

玉姚垂首，几乎要把头抵进胸口去，声如蚊蚋："是我。管溪问我，我便说了。"

我倒吸一口凉气："甄家闺训甚严，怎容你和他想见就见？难道你真曾与他会面？"

玉姚的指尖不自觉地揉搓着，双颊绯红如烧："那年母亲带我与嫂嫂去上善寺进香，机缘巧合碰上了管家的轿子，正是管路与管溪陪着老夫人前来进香。因哥哥与管路是同僚，他家老夫人与娘闲话了几句，又听他家老夫人极力夸口，赞管溪孝顺……"

"那时你便留了心？"

玉姚慌忙摇头，极力道："我不过以礼相见，连看也不敢看一眼，怎敢留心。"她的手按在心口，眼波里渐显柔婉的神气，轻轻道，"半个月后，我与茗儿同去珍宝阁看首饰，谁知挑拣的东西多了，反而把姐姐从宫里赏出来的多宝戒指给弄丢了，我心里急得了不得。谁知正遇见管溪在珍宝阁外间选扳指……"

"他便帮你寻着了？"我瞧一眼她无所装饰的手指，"既然是我从宫里赏下的，你又那么重视，丢了也非寻着不可，想必不会轻许了人。"

玉姚越发低头，红了眼圈："那日他寻着了却不肯还我，只把他的扳指给了我做交换，又道咱们是世家熟识，不必拘礼。于是……咱们就这样认识了。不久，管家就来提亲，哥哥问我的意思……"

玉姚眉眼间虽是神色凄苦，却不失一分沉醉之色，想必当初，少女春心初动，自有无限旖旎风光。我轻轻叹息了一句，拔下银簪子剔一剔烛火："你自然不会拒绝了。小时候看戏文，每每见一男一女因小物相识，结下缘分，总不过以为是戏文罢了，或是那家小姐从未见过世间男子，才会不辨贤愚，一心栽了下去。"我心下有气，"闺阁间来往，好不好的男子你总也见过几个的。"玉姚越发局促不安，眼泪汪汪地嗫嚅着只不说话，我终究不忍，那一年太液池杏花如云，我何曾能辨贤愚好坏，不由得道，"罢了罢了，情之所钟，谁还顾得上旁的。总归是咱们命薄罢了。"

玉姚低声道："我总以为他是真心待我，才有几面之缘就急着来提亲的。既订下了婚事，虽不能由着咱们见面，可是后花园一墙之隔，他常常隔着墙头来与我说话。有时也遣他家小鬟悄悄塞给茗儿一封书信，或者趁我与娘上香时偷偷在佛寺外见一面，咱们就这样……"

"你胆子倒是大。"

玉姚窘得难堪："只给玉娆见过一次我和他写信，也被我糊弄过去了。"

我心里暗暗叹了一声，她以为糊弄去了玉娆，岂知玉娆自幼是个伶俐的，怎会轻易瞒得过去。我顿时起疑："你们这般私相授受，可做出什么不文之事来？"

玉姚慌忙摆手，紫涨了脸："没有没有，我总以为终身有托，而他也往往只问我些哥哥与爹官场上的事。我不懂那些，只得告诉他爹爹与哥哥常和哪些人来往。"

我心口恶气上涌，用力握紧手指，牢牢盯着玉姚道："你竟是个糊涂的，你和他统共就见了两次，他家就来提亲，这本就有些仓促。以至于日后相见或者鸿雁往来，他只问你些官场之事，探知爹爹与哥哥的事，你竟丝毫也不起疑？他若心里真有你，难得见了怎不问问你的安好，倾诉衷肠，倒只念着这些？"我思前想后，气极难耐，重重在桌上拍了一掌，"你是糊涂油蒙了心，竟连真心假意也不会分了，只一腔痴心送上去，竟落了旁人的圈套也不知！"

话音未落，玉姚复又嘤嘤哭泣起来，我怜她痴心，怨她糊涂，又恨管氏一族太过狡诈，不由得道："如今便是哭出一缸眼泪来又有什么用！"

烛火被我的掌风带得重重一跳，烛芯渐渐长了，萎黑的一截，似焦卷了的一颗心，迫得烛火幽幽暗淡下去。

玉姚渐渐止了哭，只神色呆滞望着窗棂上的雕花暗格怔怔出神，容色凄迷。我轻轻道："他既问了你这样多，言谈之间不会一句都不提到他们家的事。你细想想，可有什么不妥之处，只管说给我听。"

玉姚极力思忖，断断续续说了四五件事出来，我只凝神不语。

夜半时分格外地冷，那更漏声也似冻住了一般，冰冷生硬地一滴，又一滴，炭盆里的红罗炭渐渐熄下去，只微微地透出一点红光。

玉姚的手这样凉，我想起一事，轻轻道："他送你的那枚扳指呢？"

她下意识地拢住衣领，道："扔了，去江州那一日我就扔进了灞河里。"

我点点头，伸出发凉的手，拿起一把小银剪子铰下乌黑的烛芯，徐徐道："你瞧这烛芯，烧得乌黑了还不剪下，迟早烛火也会熄灭。管溪就是你心里的那根焦了的烛芯，如不彻底剪了他……"我轻轻叹息，"姐姐剪得了蜡烛的芯，却剪不了你的。你若不自救，没人能救得了你。"

玉姚拉住我的衣袖，抽噎道："姐姐，我知道错了。"

我扶住她的肩膀："你自然有错，错在轻信于人，没有细细思量。但若不是管家设计，你到底也是无心。"我柔声道，"知错之余还要振作，甄家没有只知哭哭啼啼的女儿。"

她点一点头，耳垂上的米珠坠子动也不动。我心下无奈，已经伤心了那么久，真要忘却又是何等艰难。旷日持久，凝成心里一个破碎纠结的疤痕，永远提醒着自己不堪回顾的往事。

我唤进槿汐，好好安顿玉姚歇息，独自走了出来。玉娆依旧在柔仪殿等我。到底年轻贪睡，已有些睡意蒙眬了。见我进来，忙起身道："二姐可好些了么？我去瞧她。"

我静静饮了一盏浓茶："我已经叫槿汐进了安神汤，叫她睡了。"

玉娆稍稍放心，一眼瞥见我手里的浓茶，不由得道："即刻要睡了，姐姐怎么还喝浓茶？我叫人来点安息香。"

我拔下发髻上一支金簪，有意无意在紫檀桌上划着，轻叹道："左右今晚都是睡不着了，不如清醒些也好。"

玉娆知我难过，坐到我跟前道："姐姐，你是淑妃，管氏怎么浑不怕你？"

簪子的冰凉硌在手心，我苦笑道："你以为淑妃的名头有甚了不起。一则她娘家到底有些军功在，二则宫里好歹有个靠山，三则她早知狠狠得罪了我，我必不能原谅她，又何必迎合我，索性撕破脸到底罢了。"

玉娆点水秋眸微微一亮："姐姐如今有协理六宫之权……"

"她索性与我撕破了脸，我反倒不能以手中之权肆意压制她，否则一旦传到太后或皇上耳中，难免以为我蓄意报复。"我支颐合眸，"祺嫔有句话说得不错，位高人愈险，家中又败落。娆儿，我实在如履薄冰，不能不加倍小心。何况祺嫔的靠山，是我尚无十分把握能扳倒之人。"

玉娆低低惊呼一声，很快垂眸不语，轻声道："我知道了。"

"所以如今你们都在宫里，也切要一切小心。"

玉娆用力点一点头："但咱们不能轻纵了那些算计咱们家的人。"

心里有灼灼的刺痛，仿佛燃着一把野火，我手中用力一划，桌上的织花团金线桌布应声破裂，我随手把簪子一丢，淡淡道："即便我肯不与祺嫔计较，只看玉姚这个样子，我必不会放过管氏一族！"

支離笑此身

心头虽狠，面子上却也波澜不惊地过了下去。且不云年岁渐长，心事愈深，即便是甫入宫的二八少女，亦知要喜怒不形于色方可谋得存活之道。而贞贵嫔，仿佛是个例外。

自生产时受了一番磨难，又兼产后郁郁不乐，贞贵嫔便落下产后不调的症状，比之从前愈加郁郁寡欢。连日来因着册封贵嫔、皇子起名之事玄凌颇多眷顾，倒也神色好了些许。

这一日正抱着灵犀与眉庄说话，小允子进来悄悄在我耳边道："听闻贞贵嫔身子不快，娘娘可要去瞧瞧？"

我一时不觉，只向眉庄叹道："好好的身子又不好了，到底自己身子要紧，有什么放不开的呢？"眉庄正要接口，我转首见小允子的神情，心下察觉，忙道："你仔细说，究竟如何？"

小允子敛着手低声道："听闻早起贞贵嫔在上林苑里散心，恰巧碰上荣选侍，主仆相见，荣选侍又是新宠，难免言语上有些冲撞，叫贵嫔娘娘吃心了。"

眉庄抿了一口茶，曼声道："飞上枝头便是凤凰，如今都是皇上的人了，她又得宠，哪里还肯惦记着是旧日的主子，巴不得要彰显自己的身份给人看呢。"她缓缓道，"皇上也是好了伤疤忘了疼，那日还说起因册封荣氏急了才引得贞贵嫔难产，结果前一日刚给你们俩晋了位分，后一日皇后说一句'荣更衣好歹是贞贵嫔手底下的旧人，主子大喜，且叫她也沾点喜气'，如此便一跃成了选侍。这样荣宠，倒叫我想起了从前的妙音娘子。"

我微微一笑，拍着怀中渐渐熟睡的灵犀道："皇上向来喜爱妩媚鲜亮的女子，比之贞贵嫔的贞静，的确是荣选侍可人疼些。"褓褓中小人儿睡得憨熟，我心下欢喜安宁，口中只道，"妙音娘子嘛……"忽然怔住，直直看着眉庄，唇舌迟疑，"我倒想起来，荣选侍的眉眼和她有两分相似……"

眉庄略略沉吟，蹙眉道："你说起来倒真有些像华妃年轻时的样子，只是也不如华妃远矣。"

唇角含着淡漠的笑意："若论鲜妍艳丽，有谁及得上慕容世兰呢？"

眉庄轻哼一声，只道："如今皇后凤体欠佳，你又有协理六宫之权，少不得亲去瞧瞧贞贵嫔。"

我把灵犀递到乳母怀中，扶一扶鬓边珠钗，颔首道："且不论这个，便是为了她的好性子，我也很愿意去瞧她。"我起身按住她，"姐姐身子逐渐重了行走不便，我去便可。"

眉庄眉目轻淡，如含烟一般温润，微笑道："也好，我觉得乏了，正好去眠一眠。"说罢又低声嘱咐，"二殿下虽不如涵儿炙手可热，外头却也纷传来日有争储之虞，你到玉照宫凡事小心些，别落了人话柄。"她停一停，"如今外头的话多得很，你可听说皇长子的地位岌岌可危？"

我凝神道："何必听说，连着两个皇子落地，皇上又一向不待见皇长子。"我微微一笑，"其实何来岌岌可危，皇长子终究比两位小皇子年长了十数岁，褓褓婴儿何足畏惧，只不过是昭阳殿自己放心不下而已。"

　　我并未再说，眉庄淡淡道："也难怪她，自己的孩子养不大，费了十数年心血才名正言顺把个皇子握在了手心里。若皇长子不得登基，岂非前功尽弃。"

　　我拨着手指上一枚晶光灿烂的戒指，头也不抬，冷冷道："其实哪位皇子登基，她都是母后皇太后，也忒贪心不足了。"

　　眉庄哧地一笑，在我额头轻轻戳了一记："若他日你为圣母皇太后，你不把她生吃了才怪！即便换作别人是圣母皇太后，两宫并立总不是东风压倒了西风，便是西风压倒了东风，何如唯我独尊来得痛快，何况她是六宫之主，如何能容得旁人与她平起平坐。"

　　我打趣道："姐姐还不曾做太后，便把太后之道看得这般清楚。阿弥陀佛，且看你肚子里那个吧，只怕你才是圣母皇太后呢。"眉庄笑得不止，作势便要拍我，我忙叫采月和白苓好生扶着，笑道，"你放心去睡吧，要打我还怕没有那一日么？"

　　如此收拾一番便往玉照宫去，才进宫门便听得儿啼之声不止，果见予沛甫睡醒，正在乳母怀中啼哭不已。贞贵嫔歪在榻上又是心疼又是焦灼，连连叫乳母好生哄着，偏生乳母怎么哄也哄不了，急得满头大汗。

　　贞贵嫔见我来了，挣扎着起身要行礼，我忙按住了道："身子不适就好好躺着，这么拘礼做什么？"

　　贞贵嫔神色悒悒，泪眼蒙眬道："嫔妾无用，身子不济事，连自己的孩儿也哄不好，失礼于娘娘。"

　　我微笑道："这就是见外的话了。我听二皇子哭得响亮，可见身子壮健。妹妹该高兴才是。"说罢从乳母手中接过孩子，笑道："淑母妃抱一抱，可要乖乖的哦。"

　　贞贵嫔怀有身孕时胎气不宁，时有滑胎之险，生产之日又吃足苦头，以至于足月生下的予沛竟和早产半月的予涵一般大小，只予沛的肤色略略深些。若不仔细看去，裹在黄色刺腾龙褯褓中的予沛竟和予涵十分肖似。

桔梗在旁笑道："果然是亲兄弟，和娘娘的三殿下是一般模样儿。"

我抚着他的小脸笑道："很是。只是哥哥爱哭些，予涵一味爱吵闹。"

贞贵嫔道："我倒宁可孩子爱吵闹些，沛儿一哭我便如揪心一般。"

我在她身边坐下，柔缓道："小孩子爱哭是常事，从前胧月爱哭闹，敬妃总喂她吃些牛乳片止哭，如今我也依样画葫芦应付灵犀和涵儿，大约孩子性喜甜食，倒是十分奏效。"

贞贵嫔略见喜色，道："还请姐姐教我，或许也能止一止沛儿啼哭。"

我忙笑道："那有什么难的，槿汐荷包里现成就有牛乳片。"说罢槿汐忙取了两片出来，拿温水化了喂到予沛口中，果然他安静了些许。

乳母见势抱了予沛下去，槿汐亦与桔梗带了众人离开。我见周遭并无外人，方轻声道："听闻今日荣选侍冲撞了妹妹，妹妹身上才不好了。每每为了她伤身，我也得好好申饬她几句。"

贞贵嫔神色沉寂下来，摆手唏嘘道："罢了，她是皇后一手拉扯上来的，横竖又有皇上护着，多一事不如少一事吧。"床前小几上供着一束新折的菊花，金黄的花瓣映得近旁贞贵嫔的容色越发暗沉。

我心下不忍，拍着她的手道："妹妹倒愿意省事，总架不住她要惹是生非。正因为皇后护持，皇上也难免蒙蔽了眼睛，才要好好提点，以免她失了做宫嫔的分寸。"

贞贵嫔黯然一笑，拨一拨耳边碎发，轻声道："这宫中皇上的宠爱便是分寸，她还忌惮什么呢。"

我闻言正色："皇上膝下三位皇子，皇长子的生母悫妃早去了不说，妹妹是二殿下的生母，如何能叫人轻贱了去。今日她对妹妹不敬，我是怜惜妹妹，也是为免唇亡齿寒而已。"

她愈加低头，露出一段洁白有致的脖颈，轻声细语："其实她也没说什么，只告诉我皇上不日就要进她娘子之位。娘子……"她低声喃喃，"果然是个好位分，难怪她要沾沾自喜。"

我不以为然地轻哂："若在寻常百姓家，娘子倒是风光的称呼。只是在宫里，既是位分，那么即便是夫人也算不得什么——都是妾侍罢了。"我看着她道，"赤芍为这个得意想来也是浅薄，妹妹若是为此等浅薄之事伤神，那真真是不值了。"

贞贵嫔闻言怔怔片刻，温婉道："姐姐劝解得是。"

"我倒不是为了宽慰妹妹，不过把事实说与妹妹听罢了。妹妹岂不闻昔日妙音娘子与华妃之事。"我缓缓和言道，"妹妹产后不调一直抑郁至今，岂不是都为牵挂太多而来。说句不中听的，你我都是有儿女之人了，妹妹自孕中便为赤芍烦心，如不宽解自身难道还要为她烦心一辈子么？"

贞贵嫔怅然若失，凝眸望着那一瓣菊花良久，嘴唇微微一动："我知道。"

须臾的沉默，却听见槿汐在外头道："娘娘，内务府的人求见，给二皇子送冬日的衣裳。"

我颔首道："前两日进来的素锦极好，裁的兜肚小衣也很精巧，我特特给二皇子留了顶好的，你且看看是否合心意。"

"姐姐费心了。"贞贵嫔闻言掩一掩鬓鬟，起身披了件湖水蓝云纹外裳，唤道，"进来吧。"

厚厚一沓衣裳，从贴身小衣兜肚到外衣、褓褓，无一不是用最柔软的素锦做里，绣功针法一律用苏绣，图案精致，针脚轻密，连虎头鞋上缀着的明珠也颗颗一般大小，用透明银须穿起来，既不掉珠又增光彩。昨日衣物拿来与我过目，我自把最好的亲手挑出，所用都和予涵一模一样，绝不偏颇。

贞贵嫔伸手抚着鹅黄福字贴身小衣上"二龙抢珠"的图样，轻声道："这绣活精致异常，是姐姐有心照拂我们母子。"

我含笑看住她："妹妹与我投缘，沛儿和涵儿又是同一日生的，我难免多疼他些，妹妹可别吃醋。"

贞贵嫔莞尔一笑："能得姐姐疼惜，是沛儿求之不得的福分。"

我看着她手中的小衣，指着雪白的里子道："衣裳再好看也是其次，最要紧穿着舒服，孩子肌肤娇嫩，用素锦做里子是最好不过了。"

双手抚上去光滑如璧，绵软如丝，连手指也不自觉地沉溺于这般柔滑之中。贞贵嫔点头道："素锦名贵，果然名副其实，值得寸锦寸金。"她微微偏头沉浸于往事之中，"往日安贵嫔擅工女红，皇上为让她绣出最满意的织品，每日让内务府供应数匹素锦供她随意裁剪。安贵嫔力求完美，往往一针绣偏，整匹素锦便一刀剪毁。"

我保持着波澜不惊的笑容："当日皇上为她罔顾妹妹动了胎气，如今数月不见，不知皇上可还记得她这个人么？"

贞贵嫔姣好的脸庞上微露怜悯之色："早起经过长杨宫，但见景春殿宫门深锁，冷寂如无人一般。宫女内监也懒怠伺候，殿前灰尘积了寸许。听闻她失宠后颇为抑郁，时时饮食不进，人更消瘦了好些。人人传她是不祥之人，避之不及，视同瘟疫猛兽。"

失宠是如何滋味，人情冷暖，我自是比谁都明白。于是当下也不多言，只低头欣赏小衣上的小小花纹。正看得入神，我不觉"咦"了一声，双眉微蹙，冷冷道："内务府越来越会当家，竟连一件衣裳都不能保管了！"

那送衣内监满面惶恐，忙跪下道："娘娘息怒。"

我指着小衣里子近领口处一点痕迹，道："这是什么？"但见雪白的素锦上几点极浅的乳白迹子，若不细瞧，并不十分瞧得出来。

贞贵嫔仔细瞧了几眼，浅笑如云："并不是什么打紧的事，不妨碍穿着，姐姐无须动气。"她瞧着跪在地上磕头不已的小内监，不觉生了悯色，"也未必是他们保管不妥，许是织锦时便有的，罢了吧。"

自两位皇子出生，纷扰之言便不堪于耳。我深虑兄弟萧墙之事，素日喜欢贞贵嫔之外又更多添了几分上心，唯恐疏离了他们母子。当下不觉怒道："这衣衫昨日经我手时并无半点污秽痕迹，我细细挑了才交到内务府手里。他们这样不当心，竟敢怠慢妹妹与二殿下么？"我愈加恼恨，扬起手中小衣掷到那内监面上，登时一言不发。

那小内监吓得大气也不敢喘，倒是槿汐捡了起来，赔笑道："昨日是奴婢将挑好的衣裳送去内务府的，许是奴婢的不是。"说着拿到日头底下细看那点污渍。

槿汐不看则已，一看之下不觉脸色大变，惊疑不定地望向我，久久踌躇不敢言语。我见她神情不好，心下愈加疑惑，不由得与贞贵嫔两人面面相觑。

槿汐的声音缓缓沉痛，且惧且疑："奴婢自永州崆金洞与三十名同乡被选为宫人一路北上进京，途中不幸感染天花，死者大半。奴婢亲手焚毁她们穿过的衣物，见痘浆破裂沾染衣衫之色犹如这件小衣的污迹。"槿汐脸色若死灰一般，深深叩首，"奴婢妄自揣测，还得请太医来瞧瞧才能断定。只是为妥善起见，两位娘娘断断不能再碰这件衣裳。"

叁 幽愁暗恨生

　　有风吹过，背脊一片冰凉，原来槿汐一番话惊得我背上涔涔冷汗，惊惧不已。天花是极难治好的恶疾，一旦沾染极难幸存，尤其是小儿。念及此，我不觉寒毛倒竖，这件衣裳本是给予沛贴身穿着的，若是……我简直不敢想象，一旦事发，层层追究下来必能查到是经我之手选出给予沛的。外头已然风传储位之事，若真如此，我必落得一个谋害皇嗣之罪，当真是百口莫辩。

　　我不觉望向贞贵嫔，沉声道："我没有。"

　　贞贵嫔已然面色如纸，摇摇欲坠，勉强支撑着道："我知道。"

　　我点头："你明白就好。"

　　心下犹自胆寒，若予沛染上天花，褓褓小儿自然难以治愈，我更会因毒害皇嗣赔上身家性命，不只是我，连玉姚、玉娆、哥哥和父母俱不能保全。一旦如此，甄家满门株连不止，予涵和灵犀也成了无可依靠之人。我越想越恨，好个一箭三雕之计！

不到半炷香时分，温实初与卫临已急急赶来，两人拿起衣裳细看片刻，对视一眼，俱是神色一凛。我见他二人如此，心下更是明白。温实初与卫临忙不迭唤进宫女拿热水浣手，躬身道："不知这衣裳从何而来？"

我哑然苦笑："从我手中选出转至内务府保管，若今日不是我恰恰在此，恐怕这件衣裳迟早要穿至二皇子身上酿成大祸！"

贞贵嫔半晌不语，此刻恍若自言自语一般，低低道："这样巧。"

我未及听清，温实初眉头一皱，骤然想起一事，问道："娘娘方才与贞贵嫔翻过衣裳之后可曾立刻用热水与烈酒浣手？"

我"呀"的一声，只觉掌心发凉，惶然失声道："没有。"

温实初脸上骤然失去所有血色，一个箭步上前，翻过我的手，眉目间有难掩的惊惶忧惧，低喝道："你糊涂！虽则成人不易染上天花，但你体质向来虚寒，一旦染上可怎么好！怎会忘了要及时浣手！"对嫔妃喝止乃是大不敬，温实初一时情急也忘了规矩，然而语中关切之情大盛，槿汐不觉微微侧目。

我心下感激，然而亦深觉不妥，忙抽手笼于袖中。一旁卫临忙吩咐了服侍在侧的斐雯将烈酒倒入水中，道："请两位娘娘即刻浣手，等下再服些避邪气侵体的药物以保万全。"

如此一番，斐雯在旁小心服侍，一切妥帖。她原是我宫中殿外伺候的宫女，本不近身服侍，今日因她去请了温实初与卫临来，一时并未退出。此刻她只低头做事，似把周遭之事充耳不闻。我暗暗惊异，深觉前番之事委屈了她，且看眼前倒是可以调教之人。

槿汐见斐雯出去倒水，垂手低声道："宫中许久未见天花，此刻突然出现，显见此事意图谋害二皇子，不可轻轻揭过不提。昨日既从娘娘手上出去时还无妨，那么只往内务府去查就是。"

我轻轻"嗯"一声，只见卫临用夹子夹了那小衣放在盘子里，叫用布捂住口鼻的宫女端了。我看了槿汐一眼，嘱咐道："别走了风声打草惊蛇。"槿汐会意，旋即领了捧着小衣、满面惶恐的宫女出去，自去查问不提。

槿汐承尚宫之职，为人精干心细，我自不担心。温实初命宫女浓浓煎了一剂药，看我们喝下，方才安心离去。

如此一番波折，贞贵嫔早惊得面如土色，双手颤颤不已。我扶着她勉强坐下，强自按捺住心神，温言道："妹妹放心，我自会查问清楚，给妹妹一个交代。"

她右手扶着床沿，左手按在心口，嘴唇微微发紫，几缕鬓发散乱在耳边，一双清莹妙目中唯有深深的恐惧："沛儿！"她倏然站起急急唤进乳母，从尚不知何事的乳母手中一把抱过熟睡的予沛，牢牢拢在胸前，仿佛是世间至宝一般。

我忙打发了乳母出去，小心在她身边坐下："妹妹别怕。"

她嘴唇微动，一滴清泪缓缓落下："谁要害我的孩子！"她急怒攻心，悲痛道，"她已经有了皇上的宠爱，迟早也会有自己的孩子。何必如此咄咄逼人，要我儿的性命！"

我心下思忖，徐徐道："荣选侍虽得恩宠，却未必敢毒害妹妹的孩子！"

她摇头，容色凄楚而怨愤："姐姐不知，今日在上林苑中相见，赤芍向我说起空翠殿清幽，她愿舍拥翠阁而居空翠殿，问我肯否退位让贤。"

我心中暗怒，不觉作色道："她竟敢如此无礼，怎么小小选侍也巴望起贵嫔之位了么！"

贞贵嫔双唇紧抿，环视空翠殿道："姐姐有所不知，空翠殿原不名空翠，而叫红蕊堂。空翠之名乃是皇上第一次驾临时所取，嫌红蕊太俗，取其空翠生静，以此比我唯一可取之处。"说到此处，她不觉面颊生晕，含了几分娇羞之态。

想必当日初长成之时，玄凌与她也有旖旎情态吧。我嫣然含笑："妹妹的确静若秋水，叫人望则心宁。可若说这是妹妹唯一可取之处，妹妹却是妄自菲薄了。"

"空翠殿是皇上待我有情之证，她竟如此得陇望蜀，连空翠殿也要占了去。我和皇上只有这一个皇子，难免她也不肯放过。"她轻叹一声，"姐姐不知道，赤芍心性高傲，争强好胜，全不似寻常宫婢。"

一早之事如此，她难免作此揣测。我心下虽动，却也不深以为然。宫中嫉妒贞贵嫔得子之人不少，未必只有一个荣赤芍而已。于是道："妹妹生下二殿下本就不容易，如今眼红的人更多。与其自怨自艾，我劝妹妹还是打起全副精神好好护养二殿下长成才是。"

贞贵嫔泪眼婆娑，目光在我脸上逡巡片刻，迟疑道："娘娘不会害我吧？"

我心下一惊："妹妹疑我？"

她忙拭了泪，放软了声音："燕宜不敢。"她忙拉住我的手，恳切道，"燕宜伤心糊涂了，不免风声鹤唳，冒犯娘娘，还请娘娘恕罪。"

我心中一沉，面上却也不肯露出分毫，拉过她的手道："为人母者岂有不担心自己孩子的，不怪妹妹疑心。"我凝神肃然，"我只告诉妹妹一句，昔日我也可多一子，只因误信小人，四个月的身孕生生被人打落。我是尝过丧子之痛的人，己所不欲，又怎会加之于妹妹。"

贞贵嫔颇见愧悔不忍之态，垂首低低道："叫姐姐提起伤心事，确是妹妹之过。"

袖中的暖炉渐渐凉了，光滑的炉身腻在掌心里是冰凉的坚冷，又光滑得叫人难以捉摸。我轻轻一笑："既是伤心事，那么提不提起又有什么区别。"我起身道，"妹妹须得自己身子强健，才能护住身边的人，切记切记。"说罢告辞而去不提。

我心中不痛快，又不愿即刻回宫叫玉姚、玉娆担心揣测，便吩咐往敬妃宫中去。行至半路，却见斜刺里缓缓走出一位女子，身形瘦削如风中断柳，低头屈膝下去："淑妃娘娘金安。"那女子语音嘶哑如裂帛一般，说话时显见十分吃力，我一时听不出是谁，只道："抬起头来。"

那女子倏然抬首，唇角含了一丝似笑非笑之意，幽幽道："数月不见，姐姐便不记得陵容了么？"

她头上斜簪一支累丝珠钗，沉沉坠落耳边，几点明子银宝蓝点翠珠花，穿一身半新不旧的桃红撒花风毛窄裉袄，翠蓝镶白绸竹叶裙，颜色虽鲜亮娇艳，奈何半旧的衣裳早失了衣料柔软的光泽，更兼一种洗旧了的水汽，灰蒙蒙地黯淡。细细留心去，领口袖口皆有几缕抽丝的痕迹，更觉黯然颓丧。

我妩然一笑："倒不是认不得，只是奇怪怎么才到十月里，妹妹就穿上风毛衣裳了？想必妹妹身子单弱，心寒犹胜天寒了。"

安陵容不以为侮，唇边一朵淡薄的笑意似顶着料峭而开的娇弱迎春："陵容见惯世态炎凉，倒习惯了人心轻贱。景春殿无炭阴寒，陵容不求他人施舍，只自求保暖而已。"

"是么？"我并不看她，只注目近旁一株缠着参天古树的碧绿青藤，"贵嫔看这青藤费力缠树，只为攀缘依附以保自身。藤树好歹相依相助多年，怎么一时竟能抛开不顾。"我微微一笑，"梁多瑞这个内务府总管怎么当差的？好歹妹妹也是贵嫔，不过暂时静养罢了。"

陵容轻轻一哂："皇后身子不好，想必无暇顾及。"

"的确如此，如今荣选侍很得皇上的喜欢，她出身侍女，定能把皇上服侍得无微不至，皇后也可好整以暇，将养凤体。"我恍似想起一事，"话说皇上令贵嫔静养避事，以免招惹是非，怎么贵嫔倒出来了。"

陵容淡淡瞟我一眼，含笑趋近我面前，机锋立显："旁人嫌我不祥，姐姐却是清楚得很，我究竟是否不祥哪里不祥。"

她靠近时有幽香盈盈，我本能地屏住呼吸，拒绝嗅到她身上任何一丝气味，举起绢子抵在鼻尖，冷笑道："本宫不过道一句闲话，贵嫔怎道起自己是不祥之身，这般自轻自贱真叫本宫伤心。且既然不便出门，还装了这么多心思在心里，贵嫔今日如此境地，安知不是素日操心太过？"

"姐姐本知我是轻贱之人，世上的贵人多，难免都将我瞧得更轻贱了。陵容只能自强而已。"

"自强当然好，谁说女儿家都必得弱质纤纤？"我看向她的目光有难以抑制的阴冷，"只别错用了心机，罔顾了性命就好。人心不足机关算尽，往往过分自强便成了自戕。"

"那也是。"陵容的声音似沙沙的刀片刮在光洁的肌肤上，唇红齿白间有彻骨的森冷，却以柔婉的语气缓缓道来，"如今宫里论谁强得过姐姐呢，也没有比陵容更无用无依的人了。"陵容细细打量着我，目光贪婪逡巡在我身上，似要噬人一般阴郁。不过瞬间，她蓦然妩媚一笑，"姐姐是最有福之人，陵容再不祥也罢，只要沾染了姐姐的福气总能化险为夷。有了姐姐，我还怕什么？"

心底的厌憎翻涌如潮，我极力克制着一字一字道："借妹妹吉言，本宫自然记得妹妹对本宫是何等姐妹情深，必然滴水之情涌泉相报，绝不辜负。"

陵容盈盈一拜，无比恭顺："妹妹也是如此。"说罢悄然转身，迅疾淹没于繁丽胜春的秋色如画之中。

浣碧从我身后悄悄掩出，望着安陵容的背影用力啐了一口，旋即快意道："听她说话的声音，这把嗓子真是废了。"

我心底漫生出一丝痛快的意味："胡昭仪果然雷厉风行。"

浣碧点点头，目光中杀机顿现，向我比了一个手起刀落的手势。我何尝不想，然而……我轻轻摇了摇头。

浣碧急切道："小姐，她此刻已然失宠，正好无声无息地了结了她。"她清亮的眸中精光一闪，"或者，投毒。"

镂着"嫦娥奔月"的缠臂金环环而上盘旋在手臂上，赤金灿烂的颜色仿佛一道道黄金枷锁牢牢扣住我的生命。深秋的阳光犹有几丝暖意，蓬勃灿烂地无拘无束洒落下来，拂落人一身明丽的光影。我抬头望着辽阔天际自由飞过的白鸽，忽而轻轻笑出了声音："在这宫里，死是最好的解脱。她深受皇宠多年又性子要强，如今她失宠受辱，当真比死还叫她难受百倍。"我停一停，"我要她死自然易如反掌，只是我新封淑妃，旁人必然视我如眼中钉，必欲除之而后快。不到根基稳固之时，轻易出手只会落人把柄。"

浣碧了然，阴冷一笑，婉声道："奴婢明白了，咱们再忍她一时。奴婢一定知会各宫娘娘小主好好关怀安贵嫔。"

心底压抑多年的冷毒瞬间迸发出来："她专宠那些年，多少人恨毒了她，何用你再去挑唆。她们恨不得人人都去踹上一脚才好，咱们只冷眼旁观就是。"

在敬妃处待到了入夜时分才回柔仪殿，我不再强求胧月至柔仪殿居住，只常常和敬妃陪在旁边看她玩耍，她待我亦稍稍亲近了些。甫进宫门，便见槿汐领着宫人们候在门外，亲自扶了我进去，又奉上一盏"绿腊云雾"，温言道："泡了三遍才出色，娘娘尝尝可还合心意。"

我抿了一口，只捧着茶盏不出声。浣碧会意，领了人下去，只留槿汐在身边伺候。我扬一扬眉，槿汐低声道："内务府管理这批衣裳的宫女茉儿吊死在自己房里，她曾是伺候贞贵嫔的侍女。贞贵嫔初有孕时手腕上长了颗痛疮，茉儿说马齿苋①煮粥能消疮，便自作主张煮了给贞贵嫔，幸好卫太医看见了，说马齿苋有滑胎之害，尤其是刚怀孕之时断不能服食。又见贞贵嫔的甜食中有麦芽糖，女子有胎妊者不宜多服大麦芽。贞贵嫔念她无知也不重责，只打发了出去。"

"你疑心茉儿怀恨在心报复贞贵嫔？"

槿汐道："那是内务府的定论，茉儿从未出宫，哪里能寻来天花痘毒。奴婢怀疑此女早被人收买，伺机加害贞贵嫔，如今被人灭口，来个死无对证。"

我捻着手中的碧玺珠串，默默寻思片刻，黯然道："贞贵嫔敏感多思，只怕此刻已经疑心我了。"

---

① 马齿苋：又称马齿菜。其性寒滑，故怀孕早期忌食之。如《本草正义》中说兼能入血破瘀。

槿汐默然点头："从前贞贵嫔没有孩子，如今二皇子和咱们皇子一般大，只怕日后……"

贞贵嫔是如许清新脱俗的女子，可与之惺惺相惜。若真有为皇位而反目的一天……我怆然一叹，念及当初陵容寄居甄府、一同初入宫闱的种种，心下更生无尽感慨。

次日晨起，依例往昭阳殿去请安。宫中女眷已到了大半，见我迤逦而来，纷纷屈身请安。无数珠翠轻撞时有玲珑愉悦的声音，我看着盈盈拜倒的如花容颜，无限慵懒地微笑，她们何尝是真心拜倒于我，不过深深拜服于权势之下而已。

自我回宫流言不断，直至我震慑祺嫔、一举生子封淑妃、手握协理六宫之权，无数的流言在一夜之间再不出现在我耳边。连众人嫉恨的面庞迎到我面前也成了恭恭敬敬的微笑逢迎。

我扶着槿汐的手缓缓拾级而上，经过穆贵人的身边时忽而驻步，微笑道："穆贵人进宫也有些年头了吧？"

她抬头，不知所措地茫然，却殷勤含笑："娘娘好记性，嫔妾是与傅婕妤同年入宫的。"

我把目光停驻在她瑞香色长裙的裙摆上，盈盈道："衣不沾尘是嫔妃应守之礼，怎么贵人一早起来甫梳洗过就弄脏了衣裙，是太粗枝大叶呢，还是对向皇后请安之事太漫不经心？"

穆贵人的裙摆上有一点不起眼的灰色污垢，想是行走时带起的尘泥，她不觉满面通红，慌忙道："嫔妾不敢不敬皇后。"

我颔首道："妹妹话虽这样说，却没有这般做，可见不是心口如一之人。崔尚仪。"我转头吩咐槿汐："请教习嬷嬷去穆贵人宫中教她规矩。"我收敛了笑容，厉声道："以后一个月贵人好好学着规矩，不必来昭阳殿请安了。贵人也该知道宫中有的是眼睛耳朵，不要顺嘴胡说、顺心乱做，指不定谁便听见了来回本宫。等贵人学会了不当面说一套、背后做一套之时再踏足昭阳殿请安吧。"

穆贵人眼中泪光一闪，羞得脸色紫涨，紧紧抿住了嘴唇。我环视周遭，人人屏息而立，鸦雀之声不闻，严才人和仰顺仪躲在人后，头也不敢抬。我微含兴味地抿起嘴唇："严才人和仰顺仪素来与穆贵人亲厚，不知有无沾染她的习气，不如一同请教教习嬷嬷。"

严才人和仰顺仪猛地一惊，忙道："嫔妾不敢。"

穆贵人分辩道："嫔妾明白娘娘所指，可是安贵嫔是不祥人，她胡说八道污蔑嫔妾的话娘娘不能轻信，嫔妾实在冤枉。"

我晓得她已认定是安陵容把那日她背后诋毁的话告诉了我，于是只是笃定地笑："安贵嫔何曾说什么来着，贵人不要多心。本宫不过嘱咐你学规矩而已。"说罢吩咐后头跟着的浣碧："夜里凉下来，你去吩咐内务府往景春殿送几床被子。安贵嫔虽是不祥人，却也不能太亏待了她。话说回来，安贵嫔再不好，也比穆贵人懂事些。"

穆贵人与严才人、仰顺仪飞快地对视一眼，露出一抹愤恨之色，忙又低首下去。

静宏富丽的殿中，皇后已然高坐于凤椅之上，淡淡道："淑妃来了。"说罢指一指近侧的青鸾团珠海棠雕花椅道，"坐吧。"我端然坐下，端妃、敬妃分坐下首两侧，众人方各自入座。

皇后穿一件家常的莲紫暗银线月华锦衣，绣的也是小巧而平易近人的浅玉白菱花，少了素日的位高持重，更多几分亲和随意。

闲闲叙过家常，胡昭仪忽然转向我道："听说昨儿内务府有个宫女自缢了？"

我微微颔首，笑道："昭仪的消息很灵通。"

胡昭仪嫣然一笑，描画精致的眉峰似烟霭悠远的两眉春山微微扬起："本宫最是个富贵闲人，人一闲，听到的闲话也就多了。"她停一停道，"宫中妃嫔自戕是重罪，宫女自杀也不可轻恕，淑妃打算如何处置？"

我看着袖口微微露出的十指尖尖，指甲上凤仙花染出的痕迹有些透明，淡得像是面颊上极薄极脆的娇羞红晕，轻描淡写道："按规矩连坐，家眷没为宫中操持贱役的奴婢。"

皇后一直默默听着，此刻忽然出声道："淑妃太宽纵了。"她平淡地注视着我，脸上没有一丝多余的笑容，"茉儿担着谋害皇二子的嫌疑，天花痘毒从何而来，是否有人指使，她自缢是畏罪自杀还是有人灭口。其实无论哪一个，她都是戴罪之身，怎可轻纵了过去。谋害皇子是大罪，依律家眷男丁斩首、女眷没为官妓，才能以儆效尤。"

皇后的声音说得不大，然而语中的森森之意与她的装束又有天渊之别，如铜钉匝地，字字钉入所有人的耳中。

我转首看她："皇后已经知道了。本来还想查清之后再禀明皇后，臣妾也很想知道到底是谁背后主使，做出这等禽兽不如之事！"我盈盈一笑，目光悠悠在殿中诸人身上荡过，"老吾老以及人之老，幼吾幼以及人之幼，谁不曾为人子女，如何能狠下心以痘毒加害贞贵嫔之子。"

皇后唇边绽出一丝意味深长的笑意，沉声道："果然淑妃是有皇子的人，深具舐犊之情。"皇后看着座下数十妃嫔，面容沉静若秋水无波，"皇上膝下已有三位皇子，然而为我大周江山万年计，还盼诸位妹妹多多诞育子嗣。本宫无有所出，必然对诸位之子视如己出，一视同仁。"

众人闻言忙起身道："臣妾等谨遵皇后教诲。"却见一女盈盈越众而出，声音清亮沉稳："皇后娘娘说得极是。皇长子生母早故，若非娘娘悉心教导，皇长子何能出落得今日这般一表人才，娘娘慈爱之心堪为天下女子垂范。"说话之人却是容华赵氏，赵容华长我三岁，便是从前的韵嫔。我与她本无多少来往，多年来她虽不十分得宠，却也不曾失宠，也算妃嫔中颇有资历之人了。

胡昭仪不以为然地撇过头，皇后只作不见，满面含笑道："本宫不过嘱咐两句，何必都站着，快坐下吧。"

我抑制住心底暗暗噬烧的怒火，温言道："皇后是诸位皇子与帝姬的嫡母，咱们也都是庶母。"我深深看向皇后温和而端庄的面容，徐徐道，"人人都如皇后这般贤惠就好了。"

皇后的眼眸中蕴着清冷的笑意，幽幽落在我的身上，似披了一层秋霜般生出凉意来，口中却无比亲切："淑妃虽是妃嫔中第一人，却很懂得尊卑嫡庶，难怪皇上这般疼她。"她身形微侧，缓缓道，"本宫身子乏了，你们且退下吧。只留淑妃与贞贵嫔陪本宫说说话，也好谈谈养儿之道。"

众人闻得此言皆是默默，几个性子急躁的已耐不住露出几分嫉色。眼角的余光瞟见穆贵人匆匆步出殿外，严才人与仰顺仪眉目间皆有难掩之怒色，疾步跟随穆贵人去了。

外头晨光炫亮，庭院中月季丛翠色茵茵，全未受秋意所染，此时星星点点开了些怯怯的小花苞，也颇为娇艳。却是数十株山茶竞相争艳，碗口大的花朵吐露芬芳，深红粉红团团拥挤簇在一起，十分热闹。如此秋光，被昭阳殿重重深红如血的雕花朱窗一隔，落进昭阳殿中便成了淡蒙蒙的一层寂寞轻纱。帘外风声簌簌，吹动枯叶的碎裂之声，继续的一声半声传到昭阳殿中，更显得幽静。所谓庭院深深，大约也是如此吧。

皇后半阖着眼睛，安静的姿态蒙眬直欲睡去。我默默不语，心中却警醒如兽，深知皇后独留下我与贞贵嫔，必有她的盘算。

凝滞般的沉默之后，皇后眼见贞贵嫔拘谨，淡淡笑道："本想好好与你们聊上几句，奈何真是老了，乏得很，倒是白留你们了。"

贞贵嫔不知所以，只得起身道："娘娘言重了。"她看我一眼，"那么，臣妾告辞。"

我整一整衣衫，亦依礼告退。才走三步，却听皇后的声音在背后幽然响起，似一缕幽魂般附上耳畔："昨日亏得有淑妃在，想来也真是巧。"

贞贵嫔立时停住脚步转首，我顿觉不豫，盈盈回首："皇后此言该当何解？"

皇后抚着手腕上的明珠手串，粒粒拇指粗的光洁明珠莹莹生出淡粉色的柔和光晕，愈加显得皇后病后的手腕瘦得如枯柴一般。脂粉堆砌下的皇后显得妆容格外厚重，即便往日在病中，她亦装扮精心，丝毫不肯疏忽，失了皇后的尊贵体面。此刻她一字一字说得极慢："可不是么？若非内务府送不小心沾染了天花痘毒的衣衫到贵嫔宫中时恰好有淑妃在，又恰好淑妃发觉了衣衫上的险处，可见淑妃关心贞贵嫔无微不至，又福泽深厚福及二皇子，化险为夷，将来二皇子长大，必得好好谢谢淑妃。"她轻轻咳了两声，微笑道，"可见淑妃协理六宫用心至深，所有之事都能贵在'恰好'二字。"

她句句咬住"恰好"二字，我不觉心中一凛，方才她在诸妃面前有意无意提及我与贞贵嫔皆有亲生皇子，传言纷纷早已提及来日的储位，想必人人听在心中都会疑心是我暗下毒手。然而此事未成，如今贞贵嫔面前，她又字字指在"恰好"二字，意指我故作姿态设计拉拢贞贵嫔。

贞贵嫔眉心微微一动，立刻又垂下眼眸，只看着足下墁地金砖，只字不语。

我正欲反唇相讥，眼见贞贵嫔情状，少不得深深吸一口气忍耐，只道："皇后娘娘心细如发，娘娘知道如许多的恰好，本宫却不如娘娘有心。"

皇后拂袖起身，只语重心长道："贞贵嫔，好好当心你唯一的儿子。"说罢深深看我："淑妃也是。"

贞贵嫔深深一福，一弯明珠宝络坠垂落在她脸庞，叫人看不清她的神色，只听她道："多谢皇后关怀。"

皇后点点头，扶着剪秋的手缓步移入后殿。光影的转合，皇后清癯的影子半隐在高大得近乎狰狞的盘龙金桂柱下，亦带了一抹狰狞之色，仿佛蓄势待发的兽，隐隐有肃杀之气掩映在她雍容姿态下。

我扶着槿汐的手徐徐步出，待行至上林苑，却见苑中数丛文心兰开得正盛，修长的叶片轻巧漫洒，绿玉琥珀样凝住的花茎轻盈下垂绽出飞翔的金蝶似的花朵，嫣然可爱。

浣碧笑道："一入秋便没有蝴蝶了。这花倒开得似蝴蝶一般，真真好看。"

槿汐亦凑趣道："的确。这花本在湿热的地方才开得好，如今竟长得这样茂盛，可见花匠费了不少心思。"

我笑道："去告诉花房的师傅，送几盆好的去给沈淑媛赏玩，再送几盆去柔仪殿。叫他过来好好赏赐。"

槿汐即刻去寻，却过了好些工夫才领着花匠来谢恩。浣碧有些不悦，道："唤何师傅来领赏，怎的像受刑似的磋磨了这些工夫。"

何师傅忙赔笑道："不是奴才有意耽搁，当真是十分委屈。"他生怕我怪罪，急急道来，"荣选侍极爱芍药，如今不是芍药开花的季节，一日三四次地催促着在暖房里培育了送去，又嫌其中几盆不好，巴巴地说了奴才一通，叫人丢去乱葬岗顺选侍的坟上了。"他难掩惊讶之色，"也不知荣选侍发的什么怪脾气，她嫌不好的几盆芍药却是奴才培育得最精心的，偏偏丢去了乱葬岗，真是可惜！可惜！"说罢连连顿足，懊丧不已。

我一时有些茫然："顺选侍？"

槿汐已然眉尖紧蹙，低声道："是华妃。"

心头像是被极细极薄的锯片划过，翻涌起最深的沉疴。慕容世兰！那个亮烈狠冷的女子，也是最爱芍药的呢。

一旁浣碧见我沉思不已，忙叱道："胡说这些乱七八糟的做什么，什么顺选侍不顺选侍的，好不吉利！"说着道，"还不挑些好的文心兰送去棠梨宫和柔仪殿。"

何师傅忙不迭去了，我轻轻沉吟："细细想来，荣选侍跋扈要强的脾气倒是有些像那个人。"

槿汐道："奴婢看过她的履历，只写着数年前在浣衣局劳作，后来被送去凌波殿侍奉香烛，两年前才到贞贵嫔身边，因着伶俐又能断些文字，贞贵嫔颇赏识她，留作了近身侍女。"

"那么在进浣衣局前呢？"

槿汐道："这奴婢也不知道了。"我看浣碧一眼，她会意，"奴婢会好好打听。"

她说话间头一偏，别在鬓角的秋杜鹃落下一片粉红的花瓣。素手轻扬间我已折了一朵文心兰在手，簪在浣碧如乌云般蓬松的发际，含笑道："秋杜鹃虽美，却也不妨簪几朵别的花，瞧着也新鲜。"

浣碧略略发窘，旋即笑道："昨日来不及洗头，没得熏坏了这文心兰的气味。"她脸上微微泛起潮红的羞涩，"何况小姐赠的花，应该别在胸口才郑重。"说罢摘下衣襟上的金丝圈垂珠胸针，把文心兰别在胸口。

我心下深深感触，更生几分凄凉。我与浣碧，何尝不同是天涯沦落人。良久，我方极轻极轻地笑着叹息了一声："都是痴人罢了——"

却听得身后婉转一声："娘娘怎么说起这个来了，想是秋风渐浓，娘娘也悲秋起来了。"

我转身，臂上乳黄团纱绣鹅黄盛放月季缀珠披帛被风轻轻拂起，我笑道："本宫不懂得参禅，只是见花叶凋零，不觉红尘如梦，人人都是芥子痴人而已。"

贞贵嫔浅浅一笑："痴人虽痴，然而红尘梦醉永不醒来，也很自得其乐。最痛苦者莫如遗世独立，清冷自知。"

我手中拈着文心兰单薄娇弱的花瓣："如若这样也便好了，堕入红尘是非良多，往往谗言惑己，幻象频生，叫人难辨真假。"

贞贵嫔修肩细腰，整个人亭亭如一朵淡雅水仙，走近来便有一缕幽幽绵长的香气迎面袭人："娘娘说得很是，只是假作真时真亦假，我亦很难分辨。"

我只目光灼灼望着她："我与妹妹相交不深，但惜惜之情却也不假。"

贞贵嫔悠悠抬眸，望着我的目光似有几分迷蒙："燕宜很感念娘娘的惜惜之情，却有一事一直不明。"

"妹妹请说。"

"娘娘心中深眷皇上，乃至不顾废妃之身亦要孤身入宫。娘娘既如此深爱皇上，为何能容忍燕宜对皇上如此之情。"她停一停，"只因燕宜不深得恩宠么？"

有片刻的沉默，往事的激荡如汹涌的潮水似要将人吞没，回忆的零碎间忆起昔年深宫婀娜娇媚的情景，寸寸素心，到底都辜负给停驻在飞檐鸱吻上一轮明月了。我静静的声音如咫尺澄寒的深水："妹妹对皇上的情意很像我从前。"

她轻轻沉吟，蓦然一笑："从前？那么如今呢？难道娘娘重回紫奥城不只是为了皇上么？"

双鬟望仙髻下垂落的几丝碎发被风拂在脖颈间酥酥地痒："本宫不只是当年爱慕君王的女子，更是三个子女的母亲。"

她若有所思，清水般的明眸倒映着树梢枫叶的漆红："皇后说，生育子女的妃嫔都会有为人母的私心。"

"皇后只说对了一半。"我伫立在风中，广袖翩然，"做母亲的人都有爱护子女的私心，这并不可怕。可怕的是人无止境的欲求和失落，愈求弥补，愈落魔障。"

"那么娘娘有无欲求？"

太液池波上风烟霭霭，映着芦荻瑟瑟，连起伏的波縠亦有澄澈的清新气味。我坦然注目于她："有。一口气，一条命，一世平安。"

她笑意淡泊如明月下疏离的花枝："这并不难。"

"愈简单，愈难求，还好不至成为心魔。"

她不置一词，笑容愈加疏离，渐渐凝成一个嘴角支撑的僵硬弧度。她脸上有难掩的异样的潮红，胸口气息不定，于是谦谦告退。

不过几日，玉照宫传来消息，贞贵嫔邪风侵体，兼之产后积疾，逐渐卧床不起。她这一病缠绵许多日，无力照顾予沛，如此一日里倒有半日把他托在了眉庄处，请端妃一同照料。

是夜玄凌歇在了滟贵人处。露从今夜白，秋日里风干物燥，灵犀夜里咳嗽了两声，乳母忙不迭使人煮起了冰糖雪梨。灵犀与予涵所住的偏殿里格外花哨，随手可触孩子的小玩意儿。殿内的小银吊子上"咕嘟咕嘟"地滚着热气，雪梨的清爽和冰糖的甜香混合在一起充盈满室，别有一股旖旎温馨的味道。

　　灵犀很安静，我一勺一勺吹凉了梨汁喂她喝下，浣碧含笑细心为她擦着嘴角流下的汤汁，她只扑闪着大眼睛，甜甜笑个不已。

　　灵犀的确是个乖巧的孩子，我安慰地想。

　　有凉风灌进，小允子推门进来，道："娘娘，听说穆贵人领着仰顺仪和严才人去景春殿大闹了一场，狠狠羞辱了安贵嫔一通。"

　　我轻轻地嘘着银匙中的梨汁，慢条斯理道："真是群蠢东西！怎么闹上门去了？"

　　"说是安贵嫔不祥，穆贵人去通明殿请了好些符纸来，贴得长杨宫到处都是，还道是驱邪，又烧了好些黄纸、洒了符水，闹得乌烟瘴气的。"浣碧颇有些担心，"安贵嫔好歹还是一宫主位，穆贵人太过不敬，娘娘可要去看看？"

"看什么？"我把银匙往碗里重重一搁，"皇上说她不祥。穆贵人虽过分，也是按旨办事，算不得什么。"我嘱咐浣碧，"告诉外头我睡下了，谁来也不见。"

浣碧"哧"一声冷笑，不无快意："好个穆贵人，倒替咱们出一口气。"

次日，皇后果然在众人前问起这桩事来，穆贵人便道："臣妾怎敢对安贵嫔不敬，弄些符水是为安贵嫔驱驱邪气，更是为了六宫的安泰。"

于是皇后便不再说什么。穆贵人见皇后不过问，更以为得了意，对安陵容亦越加轻慢起来。

如此过了半月，西风一起，天气渐次寒了起来，柔仪殿中笼着暖炉，地龙皆烧了起来，炭盆里红罗炭偶然发出轻轻的"哔剥"碎声，反添了几丝暖意。

寝殿内临窗下铺着一架九枝梅花檀木香妃长榻，榻两边设一对小巧的梅花式填漆小几，放着热酒小吃，墙下一溜暖窖里烘出来的数本香药山茶，胭红的花瓣丰满若丝绒，被暖气一熏更透出一缕若有若无的清幽香气。

此刻外头西风卷地，霍霍的风声似呼啸的巨兽在紫奥城内狼奔豕突，我伏在榻上，转首举起莹白点朱的流霞花盏，盈盈向眼前人笑道："请四郎满饮此杯。"

他一饮而尽，家常的海水绿团福暗纹缎衫映得眼波流转间已有了几分酡红的醉意："酒不醉人人自醉，朕已然酥倒。"

垂华髻上却只扣着攒珠青玉笄，几许青丝散落在耳垂下。明媚处，姣梨妆嫣红可爱，黛眉含春。我啐了一口，雪白的足尖轻轻踢着地下缠枝唾盂："四郎好没正经。"又笑，"皇上才亲自哄睡了涵儿，难道又要亲自闹醒他么？好不像话！"

粉霞藕丝裳半褪在手臂，柔软湿润的笔尖在裸露的肩胛上流畅游走，他兴致盎然，在我肩上画下海棠初开的旖旎风姿。饱满的笔触激得皮肤微微发痒，我忍不住"咮"的一声轻笑，他已按住我，温柔道："别动，就快好了。"我亦有了几分酒意，神情慵懒，回首见身上点点殷红似饱满的珊瑚莹珠，愈加衬得肌肤如月下聚雪，不觉轻轻唱道："良辰美景奈何天，赏心乐事谁家院……"

他的眼中迷醉之色更浓："难得听你唱一句。"

累珠叠纱的粉霞茜裙从榻上娴静垂下，有流霞映波的风流姿态，我软软道："有安妹妹珠玉在前，嬛嬛羞于开口。"

他一怔："她的嗓子已经坏了。"

我绾一绾松垂的云鬟："安妹妹也怪可怜见的，皇上也不去瞧瞧。"

他"嗯"一声，漫不经心道："这个时候，别提她扫兴。"他俯下身子，轻柔的吻触似蝴蝶轻盈的翅膀飞上我的肩头，"如此春光明媚、姹紫嫣红，怎可付与了断壁残垣……"

烛红帐暖，温柔如流水倾倒。

醒来已是夜半，殿中九支巨烛燃得已经接近了紫铜阆云烛台，烛光有迷蒙幽微的红色，唯有宝顶上的明月珠洒落柔白的如月清芒。鹅梨帐中香的甜郁在空气中如细雾弥漫，醒时有一瞬间的恍惚，仿佛自己并未身在人间。直到对上玄凌微凝的目光，才即刻警醒，道："四郎怎么醒了？"

一缕青丝被他柔软绕在指尖："朕贪看海棠春睡，情愿不入梦。"

我往他身前靠一靠："嬛嬛倒愿如此长睡四郎身侧，宁愿不醒。"

他温柔一笑，把我拢入他的怀抱："说起来朕有件事要告诉你。"他停了停，"朕打算晋赤芍的位分。"

赤芍才晋选侍不久，如今又要晋封，可见正当圣宠。我听燕宜提起过，倒也不甚意外，于是笑道："这些事皇上该和皇后商议才是。"

玄凌道："皇后必不会反对……"

我笑语晏晏打断他："难道皇上疑心臣妾吃醋？"

他"扑哧"一笑，伸手为我掖一掖莲紫苏织金锦被："你是淑妃，协理六宫，朕自然要告诉你。若你不愿，朕不册也罢。"

我斜斜飞他一眼："这话却把臣妾看成什么了？荣选侍若服侍得好，晋封也是应该的。皇上只需好好教导她规矩，勿要恃宠而骄，步了昔日妙音娘子的后尘才好。"

他一笑："赤芍虽然出身婢仆，却也的确有些气性，素日你好好教导她就是。"

"皇上心尖上的人有气性也不打紧。只是如今也是小主了，若气性太大了轻慢于人，既伤了嫔妃间的和气，也压不住下人，不成个小主的样子。"

他微微沉吟："的确如此。朕曾和燕宜说起要给她娘子的位分，燕宜倒不说什么。后来见赤芍服侍朕也殷勤体贴，想着给她才人的位分也可。如今既还抬举不起，那便先晋为娘子吧。"他以手支颐，"也不拘什么吉祥字眼，赤芍喜爱芍药，寻个芍药的别名做封号就是。"他掰着指头思索，"芍药又名将离、娇客、馀容、婪尾春，朕觉得婪春和馀容两个不错，你瞧呢？"

"饱婪春色，丰容有馀。都很好，皇上拿主意就是。"

玄凌打了个呵欠，散漫道："馀容，她本也姓荣，那便称馀容娘子吧。"

我披衣起身，自桌上斟了一盏茶水，正欲转身递与玄凌，却见他已起身，披了件外裳赤足立在我身后。他从背后拥住我，低头吻一吻我的侧脸，歉然道："嬛嬛，有件事……朕有些为难。"

我笑言："四郎大可说一说，嬛嬛虽然未必能为四郎解忧，可是很愿意听一听。"

他略略思量，开口道："朕着人接你两位妹妹进宫陪伴你，可还好么？"

"多谢四郎。妹妹们在宫里住得很习惯，有她们陪伴，臣妾宽心许多。"乌黑的发丝垂在肩上有柔软的弧度。茶水注入杯中有清湛的碧色，能看清我与他成双的倒影，"听妹妹说爹娘也会进京长住，不知是否已经启程？自臣妾进宫，已多年不见双亲了。有时候真的很羡慕胡昭仪，晋康翁主能常常进宫探望，一聚天伦。"

他的手搭在我的手臂上，声音有些沉沉："正是你父母……恐怕不能很快入京了。"

心一沉，我低低"嗯"了一声。他道："祺嫔的兄长管溪与管路一力反对，上谏道你父亲本是远谪的罪臣，若因你的荣宠而入宫，恐怕天下都要非议朕任人唯亲，因宠失正了。"

当年平定汝南王，玄凌所立的两位新贵人母家皆为朝中新贵，时至今日，瑞嫔母家洛氏早已一败涂地，唯有祺嫔母家管氏颇有权势。

手轻轻一抖，盏中水纹的荡叠破碎了我与他成双的影像，我勉强笑道："皇上很在意他们的谏言？"

他伸手抿一抿我的垂发："不是因为谏言，而是朕在意你。你回宫之时大臣已有诸多非议，若再生事端，不仅对你名誉有损……"他的目光有些深远，似夜色沉沉中透出熠熠星光，"而且，于涵儿的将来也会不利。"

我隐约明白他语中深意，心中感触万千："予涵还小，还有予沛呢。"

他点头，手上加了几分力："是还小。朕也还不老，对于幼子可以好好栽培，不能再像予滴一般了。"

我定一定神："皇上要栽培孩子是不错，只是前朝也须得安稳，不要再生出昔日汝南王与慕容家之变。"我转首看他，"其实皇上未必不知道，当年臣妾母家之事大有莫须有的嫌疑。皇上为予涵的将来考虑，也不能让他的外家永远是罪臣。皇上是否能考虑重查当年之事？"

玄凌的嘴唇有生硬的弧度："祺嫔在宫中并无大错，管氏一族也暂时无隙可查，贸然翻查当年之事，只会让朝政动摇不定。"

那么，只能让臣妾的父兄永远承受这不白之冤么？我很想激烈地问一问，然而话到嘴边，却成了最平静的一句，是对他也是对自己说："臣妾可以等。"

次日，玄凌便传旨六宫，晋荣赤芍为正七品馀容娘子。妃嫔们循礼本要去贺一贺的，然而赤芍出身寒微，宫中妃嫔大抵出身士族，皆不愿去奉承。连着几日雨雪霏霏，地湿难行，便正好借了这个由头不去。又因着时气天寒的缘故，端妃与太后都旧疾发作，贞贵嫔卧病，连着有宫人出门滑倒摔伤，皇后便嘱咐免了这几日的晨昏定省，各自在宫中避寒。

出门不便，外头又阴寒潮湿，人人整日待在宫中亦是无趣，眉庄月份渐大，为着保胎更是大门不出，二门不迈，我亦索性在宫中日日陪着灵犀与予涵，弄儿为乐。

这日午后，我才用过午膳，外头铅云低垂，阴暗欲雨，不过半个时辰便下起了雪珠子，兼着细细的雨丝打在琉璃瓦上飒飒轻响，听得久了，绵绵的仿佛能抽走人全部的力气。玉帘低垂，百和香轻渺从锦帷后漫溢出一丝一缕的白烟，仿佛软纱迤逦，又袅娜如絮，弥漫在华殿之中。我困意渐起，怀抱掐丝珐琅手炉只望着那香气发怔。

也不知过了多久，缠枝牡丹翠叶熏炉里那一抹香似乎燃尽了。眼前绿意一闪，却见浣碧欢步进来，搓着手连连哈气道："这鬼天气，又冷又湿，人都要难受死了。"

浣碧是我陪嫁的侍女，柔仪殿诸女中自然是头一份的尊贵，用槿汐的话说"便是大半个主子了"。她披一件青缎掐花对襟外裳，衣襟四周刺绣如意锦纹是略深一些的绿色，皆用银罗米珠细细纳了，用一块碧玉藤花佩压裙。头发用点翠插梳松松绾一个流苏髻，缀着一支云脚珍珠卷须簪并数枚烧蓝镶金花钿。

她取过一件玫瑰紫牡丹花纹锦长衣搭在我肩上，柔声道："小姐既困了，怎不去床上躺一躺。"

我揉一揉微涩的眼睛，捶着肩膀道："天天躺着也酸得很，还是坐着罢了。"

浣碧满面春风，有抑制不住的自得之色："咱们天寒无趣，外头可热闹呢。"

我掰着指甲低笑道："什么有趣的事，且说来听听。"

"有人耐不住天寒寂寞，便去景春殿找碴子生事。"

我百无聊赖地一笑："还能有谁？不过就是穆贵人她们几个罢了。"

"小姐说得是。"浣碧靠在我身旁，"景春殿炭火供得不足，穆贵人叫人抬了一箩筐湿炭过去，美其名曰供安氏生火取暖。那湿炭是潮透了的，虽生了点火起来，却更熏得满殿都是黑烟，可把安陵容折腾个半死。"浣碧说得绘声绘色，耳上一对红翡滴珠耳环如要飞舞起来。

我一笑："穆贵人从前不过是撒泼厉害，怎么如今也要尽了这下作手段？"

浣碧不无快意道："恶人自有恶人磨。那些手段原是华妃在时折辱敬妃娘娘的，如今被她们故伎重施倒也不错！"

"那么安陵容竟一声不吭，由得她去？"

浣碧秀眉微蹙，厌声道："她身边的宝鹃倒伶俐，即刻悄悄溜出去回了皇后。皇后便遣了个剪秋训斥了两句，她们这才散了。"

"如此岂不无趣？"

浣碧眸中闪过雪亮的痛惜与哀伤交错的快意，切齿道："槿汐负责管束宫女，便道伺候长杨宫的宫女不当心不能护主，也责罚了穆贵人的随身侍女，指责他们挑唆小主——左不过是借皇后的由头罢了。更要紧的是，槿汐认出守卫长杨宫的侍卫宋嵌便是那日——"她语中大起哽咽之意，"流朱便是撞在他的刀上才如此惨死。"

我紧紧攥住拳头，心中封闭的创痛又霍然撕裂在胸口。流朱，流朱，她跟随我吃了那样多的苦，每每去棠梨宫的一个恍惚，仿佛她还是那般如花的年纪，一袭灿烂的朱红衣衫笑语如珠。

半晌，我冷冷道："死了没有？"

浣碧冷笑一声："槿汐以渎职之罪责他们护主不周，打发去了暴室。"浣碧忍不住眉目间的狠毒与快意，"小姐是去过暴室的，槿汐必然吩咐了好好伺候宋嵌。"

我默默点头："叫他求生不得、求死不能。"我想一想，"若无宝鹃报信于皇后，安陵容难道任她嚣张，毫不反抗？"

浣碧沉吟道："这个……的确她是一言不发。"她想一想，"或许她也无力反抗罢了。"浣碧长眉轻扬入鬓，"她是不祥之人，留她在宫中一条命已是开恩了，她不忍辱，还能如何！"

我微微摇头，只吩咐道："叫槿汐好好留意景春殿的动静。"

小睡片刻，远远听得传来弦歌雅意，带着些许雨雪的湿润寒气，隐隐传入柔仪殿，丝竹管弦伴着歌女的吟唱有低迷的温柔，曼声唱道："北风其凉，雨雪其雱。惠而好我，携手同行……北风其喈，雨雪其霏。惠而好我，携手同归……"

睡与醒的蒙眬间，心底绽开第一朵新雪般的记忆，凌云峰的某个冬日，他凌寒而来，只为送来一束新开的绿梅。

惠而好我，携手同行，却不能同归。我不觉叹道："好雅兴，歌声亦好。"

浣碧正捧了新橘进来，黄澄澄捧在碟中似一个个橘色的小灯笼，她道："是燕禧殿的胡昭仪唤了歌女取乐呢。"

我点头，掩饰好心底的怅然，赞道："原是她有这样的好兴致。胡昭仪出身世家，果然不俗。"

浣碧一笑不语，只剥了橘子道："新贡上的冰糖橘，想必很甜，小姐尝尝吧。"

我才拈过一瓣要入口，却见槿汐步履匆匆进来，附在我耳边道："安贵嫔在景春殿晕倒了。"

我"嗯"了一声，道："太医去瞧了没？是受了今日的惊吓还是衣食不足？本宫可没有在衣食起居上苛待她。"

浣碧揣测道："会不会是她装病博皇上的可怜？"

我断然摇头："皇上已觉她不祥，若再有病痛，更不会垂怜了。"

槿汐悄声道："太医都到门口了，安贵嫔就是不让瞧，但听去请太医的小宫女说，安贵嫔是节食过度。"

"节食？"我疑惑，"她好好的节食做什么？"

槿汐在我耳畔道："奴婢听说安贵嫔自失宠以来，于无人处日日苦练《惊鸿舞》。"

我蓦地一怔，骤然噙了一缕散漫的笑意："难为她这番苦心！她嗓子已坏，失了歌喉便失尽得宠的根源，如今苦心孤诣另谋以舞复宠也是情理之中。"

槿汐蹙眉道："娘娘回宫前皇上对安贵嫔已是恩宠有加。若非安贵嫔出身低微，恐怕今日早已经封妃。如今虽已失宠，却又这样着意迷惑圣心力图与娘娘争宠，恐怕不易应对啊。"

我取了一片橘子慢慢吃了，方闲闲道："《惊鸿舞》原本是仙逝了的纯元皇后所创，昔日我也舞过。只可惜我如今甫生育完身子臃肿，再不能作此舞了。安陵容也算是有心，竟想出以此来争宠，果然狡黠。"我在清水里浣一浣沾了橘子汁的手指，冷笑道，"只是我怎容得她如此！"

"虽然她是不祥之身，皇上未必会理会她，可是凡事难保万一……"槿汐微露忧色，"娘娘可要如何应对？"

我兀自轻笑："根本就不用应对，她这是在自寻死路。"

槿汐不解："奴婢愚昧。"

"这《惊鸿舞》讲究的是意态轻盈，身姿翩跹若掠水惊鸿，取柔美飘逸之态，没有七八年功底必然不成。且要求舞者身段纤细，柔若无骨，这更非一朝一夕可以学得。安陵容虽然纤弱，可数年养尊处优下来怎还有轻盈之态？难怪要出节食这一招了。只是面黄肌瘦，又何来翩翩惊鸿的美丽可言？"

槿汐眉头舒展，笑道："娘娘说得是。"

"可是节食既损容貌又不能立刻见效，恐怕她现在也是心急如焚吧？"我把剥下的橘子皮一瓣一瓣抛进香炉里，空气中迷漫着馥郁醒神的清新橘香，轻轻道，"其实也有立竿见影、即刻见效的法子，如果有人告诉她，她必定如获至宝。"

"那咱们可不能让她知道这法子。"

"不。咱们偏偏要让她知道。"我见槿汐面带疑惑，微笑道，"昔日赵飞燕得宠于汉成帝，身姿轻盈能作掌上舞。其实哪里是真的身轻若燕，不过是服用了药物之故。那种药物便叫'息肌丸'，把它塞到肚脐眼里融化到体内，可使肌肤胜雪，双眸似星，身量轻盈，容颜格外光彩照人——只不过有一味麝香在里面。"

槿汐已然明了，忧虑道："奴婢自会想法让安贵嫔知道这一秘方。只是麝香一味大损女子躯体，不仅会使人不孕，即使有孕也会生下早夭的孩子。安贵嫔甚懂香料，只怕瞒不过她。"

我垂眸一笑："我知道瞒不过她，也不想瞒她，你只要使人让她知道这方子就行。用与不用，只看她自己的造化。"

槿汐微微沉吟："奴婢也听闻以羊花煮汤洗涤可解麝香阴毒，若她知道这个法子……"

"这个嘛……"我不觉依依含笑，"你自己去问卫临。只是若当真有此神效，昔年飞燕合德手握天下权柄，怎的煮尽羊花也不见生育呢？"我想一想，"叫她知道也好，只当羊花有效，用起来更肆无忌惮些。"

槿汐按一按鬓边珠钿，垂首微笑："安贵嫔擅用香料，想来麝香等小巧之数用得也不少了。如此十余年间未有生养，安知不是伤了阴鸷的缘故。"

我轻轻一笑，看着染得绯红的指甲，淡淡道："我在她面前弄麝香真是班门弄斧了，只是我如今同她一样，都不怕伤了阴鸷。"

槿汐忙肃容道："娘娘载德载福，奴婢不敢。"

为取"镇心、定志、安魂"之效，内殿重重珠帘全系浅粉色珍珠串成，每一颗浑圆大小一般无二，淡淡的珠辉流转，隐约如月华流光。望得久了，人也心平气和许多。

　　我扬手抚一抚面颊，淡淡笑道："我是无德之人，所以不怕堕了自己的福气。倒是盼着她能多多积德，修一修来世，免得下了阿鼻地狱永世不得超生。"我再不言语，吩咐道，"我去看看孩子，你把事情办好就是。"槿汐福了一福，忙忙告退。

伍 驚鴻宛轉掌中輕

时光缓缓前移，虽然穆贵人偶尔耐不住性子依旧去景春殿闹上一闹，然而终究也没闹出什么大风波，不过添了平常一点茶余饭后的谈资罢了。我初理六宫之事，事事力求谨慎小心，又兼新年将至，手中大小事宜千头万绪，每每与端、敬二妃一起商议，且要照顾一双新生儿女，也是忙得焦头烂额。宫中陪伴玄凌最多的便是胡昭仪、眉庄与滟贵人，次则为周容华和馀容娘子，再次便是燕宜等人。皇后只笑言自己能偷闲几日，素日也叫赵容华前去伴驾，因而赵容华虽则失宠良久，但"见面三分情"，又兼到底是旧人，晓得玄凌素日心肠，服侍得体贴，也渐渐分得些圣宠。腊月二十五那日皇后叫晋了赵氏为婕妤，我亦顺水推舟请旨请玄凌增加淑和帝姬封地与食邑。如此，吕盈风往来柔仪殿愈勤，兼之她素性直爽，比之往日，更得玄凌喜欢。

新年那一日，家宴便设在重华殿，宫中素喜热闹，更兼新添了两位皇子，所以愈加操办得花团锦簇、极尽铺排。白日一整日的百戏自不必说，角抵戏、找鼎、寻橦、吞刀、吐火、狮豹、掉刀、蛮牌、神鬼、杂剧等各种杂技幻术引得素日养在深宫的妃嫔宫女们欢笑不迭，至黄昏时分，俳优调琴吹笙，乐伎闻歌起舞，笙簧琴瑟之声悠扬不绝。

外头下了三日三夜的大雪已然停止，窗外依旧是银装素裹的世界，殿外丛丛林木积着指余厚的冰凌凝成水晶柱，如冰晶琼林一般，在宫中艳红灯火下折射出格外雪亮的光芒，直似琉璃世界。

如此繁华之夜，应该是容不下谁的哀伤的。

酒过三巡，我微带绯色醉意，略略倾斜了身子，轻轻啜饮着杯中的葡萄美酒，目光有意无意停驻在正与赵婕好说话的皇后身上。华灯灿耀如星，万千华彩中端坐于上的皇后一袭深青色挖云鹅黄片金翟服华衣，难掩女子迟暮而无宠的寥落，亦透出几分深深的沉静稳妥。她的脸庞隐约在发髻中嫣紫色盛放的牡丹之下，璀璨的灯光下花朵一层层地渲染开绚丽的浓彩，连她的笑容亦愈加迷离起来。

殿中铺满了锦毯，上有长几纵横。玄凌正与岐山王把盏言欢，岐山王素无所好，唯喜宦养美貌姬妾，今日同来的一位侧妃极尽妍丽，青春貌美。左侧席后玄清自与玄汾闲话聊天，他的手指随着音律缓缓叩击在几上，气度闲雅从容。身后几枝条形疏朗的红梅，恰好为他的一袭青裘暖衣做了陪衬。

酒在喉头有芳醇的甘甜，我坐在玄凌身边，遥遥对上他偶然投注的关切目光，心中愧然，慌忙低下头去。殿中供着红梅被暖气烘得香气愈加沉醉，有瞬间的怔忡，忆起萧闲馆中的绿梅，一别经年，不知是否花开依旧。那般好花好景，哪怕只是一瞬的拥有，也能叫人在余后的日子里在苦涩的心底念出一丝甘味。

我轻轻别过头去，生怕往事的温柔倾覆了我此刻的自持。酒至半酣，人人的眉梢眼角都有了三分春意，皇后扶着剪秋的手缓缓行至大殿门前，凝望片刻，转首宁和微笑："皇上，大雪初停，外头的景致可不错呢。"

胡昭仪明眸善睐，斟酒递至玄凌唇边，红唇微润盈盈娇笑："表哥，我好怕外头冷。"胡昭仪本是眉不画而自生翠的美貌女子，今日妆容精心描画过，愈加显得斜眉入鬓，发如远山，比之皇后的清冷华贵更多了娇美俏丽。

皇后低头饮了一口酒，将剩余半杯缓缓倒于地上，回望玄凌的目光隐然有了一丝泪意，徐徐轻叹："冬雪依旧，不知倚梅园中的梅花是否艳丽依旧？"

玄凌本欲应允胡昭仪，蓦然听得此话，手中的酒杯轻轻一颤，唇角含着的笑意似泯入水中的洁白雪花，悄然不见，神色倏然寂寂。

仰顺仪失宠有些日子了，正欲寻机巴结玄凌而不得，又兼着寻衅陵容，玄凌也不怪罪，此刻便大了胆子含笑上来道："倚梅园的梅花再好又能好到哪里去？外头天冷，皇上要看也可叫人折了来，龙体要紧。"她端过一杯酒，奉于玄凌面前，体贴道，"请皇上满饮此杯，暖暖身子吧。"

玄凌听她说完，眸中已含了森冷之意，看也不看她道："你怎知倚梅园的梅花不好？"

仰顺仪不知所以，只得赔笑道："臣妾觉得梅花连叶子都没有，光秃秃的，还不如水仙更美些。"

玄凌接过她手中酒杯，手掌陡地一翻，将满满一盏葡萄美酒皆泼在了仰顺仪面上，她从发髻到衣衫皆被紫色的葡萄酒染了，湿发绞在她吓得发白的面颊上，狼狈不堪。陡然生此变故，殿中一干人等不由得惊得面面相觑，鸦雀无声。我不经意地触碰上胡昭仪了然的眼神，心下皆是明白。

仰顺仪尚不知所为何事，急忙伏在地上拉住玄凌的袍角叩头不已，玄凌的声音在骤然寂静的重华殿里听来没有一丝温度与情味："仰氏大不敬，废去位分，着去花房培植水仙。"

穆贵人与仰顺仪交好，见她骤然得罪，忙堆笑跪下求情道："皇上息怒，臣妾想仰顺仪不是有心的，今日除夕大喜，还望皇上宽恕顺仪。"

玄凌眉毛微微一挑，冰冷道："朕已废了她的位分，你还叫她顺仪么？"

穆贵人一惊，面上血色渐去，勉强笑道："臣妾不敢，姐姐虽有错，也还请皇上看姐姐素日一心侍奉皇上的情分，稍稍顾念吧。"

玄凌沉默片刻，目光冷冷，从吓得瘫软的仰氏面上划过："也罢。若此贱婢能在盛夏种出水仙，朕便免她此罪。"

水仙本是冬令之花，盛夏如何能够种得？仰氏一听此话，已知不可挽回，当即晕了过去，被人拖出了重华殿。

我冷眼看着仰氏被拖出去，心中默然叹息，今日的她便似当年的我一般无知，心中不忍，当下悄悄嘱咐槿汐："照顾她些，别叫她在花房吃太多苦。"

皇后对此变故恍如不见，虽然依旧含着端庄的笑意，然而语中凄然之声顿显："当日皇上与姐姐亲手种下倚梅园中数品珍贵的梅花，今时今日冬令又至，臣妾很想念姐姐。"

玄凌默默颔首，起身行至皇后身边，牵过她的手道："走吧。"他停一停，看向皇后身边的剪秋："皇后的手这样冷，你去取件大氅来。"剪秋手脚轻快将一件香色斗纹锦上添花大氅披在皇后身上。玄凌温和道："天气这样冷，你也要当心自己身子。"

皇后感激地一笑，无限动情："多谢皇上关怀。"

玄凌与皇后并肩出去，行了两步蓦然向我招手，柔声感叹道："倚梅园是朕与嬛嬛初见之地，伊人已逝，你却还在眼前，一同去吧。"说罢亦牵过我的手。

胡昭仪眸中一闪，已然笑道："倚梅园的梅花是皇上与先皇后同植的，想来世间再无梅花能出其右，臣妾也很想一睹风采。"

玄凌颔首道："难得你有心。"于是宫人随行，浩浩荡荡一同踏雪往倚梅园去。

雪地湿滑难行，众人亦不坐轿，妃嫔们皆是养尊处优娇养惯了的，此刻踏雪而行，又冷又湿，十分难受，却生怕如仰氏一般遭罪，只得硬着头皮前去，心中暗暗叫苦不迭。

如此行了半个时辰，众人俱是又冻又累，唯玄凌与皇后兴致勃勃，依旧神采不改。

此时积雪初定，满园红梅开得极繁盛，清冷的暗香浮动。梅枝舒展傲立，枝上承接了厚厚冰雪。殷红欲燃的红梅在冰雪洁白的世界呈出明媚风姿。

往日热闹繁华的紫奥城此刻在白雪掩映下显得格外空旷而静穆，唯听见风中梅枝上积雪簌簌碎落之声。

玄凌轻轻喟叹一句，含情望向我道："朔风如解意，容易莫摧残。当日朕与你也是结缘于此。"

我盈然一笑："皇上还记得。"

他还记得，我又何曾忘怀呢？何止是他，便是玄清……我克制住想要回头看他的冲动，纹丝未动。若时光能倒流，我情愿从未踏足此地，从未认识眼前之人，宁愿是棠梨宫中永远称病无宠的小小贵人。如此耗尽一生，亦远胜于生平重重波折。

皇后清眸一扬，迎风吟道："数萼初含雪，孤标画本难。香中别有韵，清极不知寒。横笛和愁听，斜枝倚病看。朔风如解意，容易莫摧残。"她停一停，深深望住玄凌，"皇上可还记得，姐姐刚入宫时常常吟诵崔道融的这首《梅花》。"

我愕然萧索，原来连这最初的一点温馨记忆，都是这样不堪的里子。然而也不过一瞬，已然自嘲轻笑，我在玄凌心中原不过是她的影子，既然明白了这一点，又何须事事计较？于是目光眷眷看着玄凌："原来纯元皇后亦与臣妾一般欣赏梅花孤洁之姿。"

他的目光中微有歉意和安慰，握一握我的手指，淡淡向皇后道："也不过那几日罢了，柔则刚入宫，一切生疏难免忧心。其实她生性纯真，并无那许多忧思情怀。"

我无声无息地一笑，才要说话，隐隐听得有悠扬轻淡的丝竹之声徐徐奏起。东片红梅丛中有一女子着粉色攒银丝线绣的重重莲瓣玉绫衣衫，金光烁烁的曳地织飞鸟描花长裙，裙摆缀有无数流光溢彩的细碎晶石，光辉璀璨。与她华丽夺目的衣衫相映的是满头以水晶簪绾起的青丝，透迤夜空里如明月一般夺目飘逸。每一次舞动间，枝上的梅瓣与轻雪纷纷扬扬拂过她的云鬓青丝，落上她的衣袖与裙，又随着奏乐旋律飞扬而起，漫成芳香的云，仿佛红花与白雪都是出自她的呵气如云。在寒夜里更显轻薄罗衣下纤纤娇躯散发出的浓郁芳香，令人欲醉。

她身姿轻盈飘逸，宛如游龙，翩若鸿雁，柔美自如的舞姿宛若凌波微步一般。比之我当年的飞扬轻曼，她更偏于以纤柔的身姿舞出如醉的妩媚之态。

玄凌的目光被吸引，不禁如痴如醉。众人看得又惊又愕，那女子蓦然旋身秋波流盼，星眸欲醉直如勾魂夺魄一般。嫔妃中已有人忍不住惊呼："安贵嫔——"

那女子如荷瓣一般娇小的面庞上桃花玉面，耀如春华。她的体香芬芳馥郁，玄凌鼻翼微微一动，已然沉醉，不知不觉放开我的手去。

我不动声色地退后一步，伸手攀住一枝寒梅，将雪白莹透的白梅放在鼻前，轻轻嗅了嗅，只觉一股子清冽的冷香芬芳沁入心脾。倚梅园梅花清香如故，安陵容的舞姿虽美，然而遥想当年纯元皇后的惊鸿舞姿，冰肌玉骨，大约更胜瑶台仙子吧。

正遐思间，立于我身后的胡昭仪显然惊后怒极，冷哼一声，低低恨道："狐媚！"

语不传六耳，我轻轻道："昭仪没听过'东山再起'这四字么？"我停一停，看着玄凌的神色，叹息道，"依眼前情形，不是以你我之力能阻拦的了。"

胡昭仪缓下急怒之色，只暗暗握紧双拳，低低道："只怪我当时心软！"她骤然冷笑，"当日她病恹恹的憔悴郎当，若无此，怎能显出今日狐媚之姿！其城府之深真是可恨！"

我怅然一叹，幽幽道："我年华渐老，又有子女牵连，不过空有淑妃之名罢了。安贵嫔素得皇后喜爱，想必今日之后皇恩更甚。"

胡昭仪柳眉轻扬，冷道："淑妃太客气了。紫奥城这么大，人这么多，本宫就不信无人镇得住她！"

心旌神驰的玄凌身边，皇后一脸端肃之姿，神态平和得没有一丝破绽。我心底发凉，在玄凌与纯元皇后恩爱相固的倚梅园中舞纯元皇后所创的《惊鸿舞》，果然毫无破绽。

陵容一舞方罢，静静伫立在原地，雪光映射着她满身的晶莹珠光，如从冰雪中破出一般，虽不十分美艳，然而那种楚楚之姿，我心中一动，不觉心神荡漾，忙定下心神平稳气息。

陵容便这样静静望着玄凌，安静地，带着一抹若有若无的笑意。玄凌怔怔良久，遥遥向她招手："过来——"

他的声音有一丝难察的哽咽，我转脸过去，胡昭仪娇俏的面庞如死灰一般冷寂。我看着陵容窈窕身姿，心底叹息的同时亦在唇角浮上了一缕不易察觉的冷笑。

陵容盈盈拜倒，清越的声音中有着一丝显而易见的粗嘎："皇上万福金安，臣妾许久不见皇上，皇上体健如前，臣妾就心安了。"

玄凌搀起她道："你的嗓子还没有好么？"

陵容的笑意无奈而失落，目光悠悠在胡昭仪身上一转，终究还是未露分毫异色："臣妾吃伤了东西，恐怕是不能好了。"

"手这样冷。"玄凌握一握她的手腕，"身子没好还穿得这样单薄。"他回头吩咐李长："去取朕的貂裘来。"

纯黑色的貂裘裹住她纤瘦的身体，愈加显得她一张小脸莹白如玉。领上的风毛出得极好，她每一说话呼吸，那柔软水滑的毛就微微拂在她面上，煞是动人。

她蛾首微垂，秋水含烟的眼睛在黑夜中如灿灿星子："臣妾无福伺候皇上，乃是臣妾失德。一切都是臣妾的错，皇上略加薄惩也是理所应当。今日能为皇上一舞博皇上一笑乃是臣妾三生之幸。臣妾是不宜出门之人，舞已毕，还请皇上降罪，臣妾无怨无悔，自甘领受。"说罢又要跪下。

玄凌轻叹一句，已经拦住了她："雪地寒冷，可别冻坏了才好。"他微微失神，"可惜你的嗓子……"

陵容垂首不语，皇后温和道："姐姐自小声如天籁，皇上可还记得？有一年姐姐感染风寒声音沙哑，也是如安贵嫔今日一般。"

玄凌目色怔忡，望着陵容的眼神有深不见底的情意："是。当年还是你亲手配的药才治好了她的嗓子，也是朕一匙一匙喂到她口中。"

"皇上爱重姐姐，姐姐每每进药，皆是皇上亲自喂的。臣妾亦很感动。"皇后眼中的眸光清冷似新雪，然而不过一瞬，已恢复了寻常的温和亲切，"失之东隅，收之桑榆。安贵嫔虽然损了嗓子，可方才惊鸿一舞，当真惟妙惟肖。"

玄凌的手自陵容发上水晶流苏缓缓滑下，情不自禁道："舞姿虽似，然而柔则作此舞时素来不着华服，不佩珠饰，白衣胜雪，纯以意取胜，两者是不能相较的。"

敬妃自出重华宫后一言不发，此刻方缓缓笑道："当日淑妃于扶荔殿一舞惊鸿，亦是翩然生姿。"

玄凌凝眸我片刻，悠悠道："嬛嬛自成一格，虽具惊鸿神韵，然则舞步更似梅妃一派，各有千秋。"我与他相视一笑，也不多言。

陵容慌忙屈身，满面恭谨道："臣妾如何敢与先皇后相提并论，也不敢与淑妃姐姐相较。皇后的舞姿如天上凤凰一般，臣妾不过是俗物罢了，断断不敢冒犯。"

见玄凌深以为然，皇后吟吟含笑："你倒很得大体。"说罢注目于她，"你的舞姿颇得先皇后昔年神韵，想是有几年功底了吧？"

陵容朝我盈盈一笑，姿容妩媚："这还得谢谢淑妃姐姐。当年姐姐作《惊鸿舞》恍若天人，臣妾素与姐姐交好，心中神往不已。臣妾因此舞仰慕纯元皇后仙姿，又不敢与姐姐并立，所以特特请教了宫中舞师，琢磨多年才有此小成。"

皇后的笑意欣慰而深邃，颔首向玄凌道："如此用心良苦，堪为嫔妃表率。"

陵容一脸怯怯之色，仿佛不能承受皇后的赞誉一般："能为皇上分忧，即便吃苦受累臣妾亦甘之如饴。"说罢转首向我，神色楚楚而恳切："姐姐产后劳累，如今又为皇后协理六宫之事，闲时切记要好好保养，莫劳心劳力伤了身子。"说罢欠身："臣妾自知有罪，不敢再惹皇上生气，臣妾告退。"

我心底一片滑腻湿冷的厌恶，直视她道："叫妹妹费心了。今日妹妹一舞，本宫当真是又惊又喜。"

玄凌的睫毛微微覆下，沉吟片刻，口中更多了几许温柔怜意："今日重华殿的歌舞甚好，昭媛你与朕同去观看吧。"

此语一出，陵容热泪盈眶，身后嫔妃无不变色，我纵然知晓此舞之后安陵容必定东山再起，然而玄凌不顾前嫌，当即晋她为从二品昭媛，又是除夕之夜亲口晋封，不觉也是一怔。我触到浣碧冰冷的手指，对她亦是对自己，轻轻道："无论如何，忍着！"

李长唱一个"喏"，大声道："安娘娘双喜临门，今日既是除夕，娘娘又得晋封……"他环顾四周，目光含着深深的笑意，从众妃面上刮过，"各位娘娘说是也不是？"

胡昭仪再按捺不住，一步上前，道："皇上，她是不祥之人，实在不宜晋封！"

此时陵容已被玄凌拉在身侧，玄凌喁喁低语之声格外温柔："你怎会来倚梅园？"

陵容娇滴滴偎着玄凌道："臣妾知皇上与先皇后情深，一为来此伏拜先皇后，二来臣妾真的很想念皇上。虽然大雪方停，臣妾私心揣度皇上素重旧情，或许会来倚梅园，臣妾能远远看一眼皇上就心满意足了。"

二人如此一言一语，把胡昭仪冷在一边，胡昭仪面色涨红，几乎要沁出血来，不由得扬了扬声音："表哥——"

玄凌这才回头，微微笑道："淑妃与燕宜都已安然生下皇子，你既这样说……"他停一停，向陵容温言道，"淑媛生产之前，容儿，你别去她的棠梨宫便是了。"

陵容微带委屈神色，口中软软道："臣妾谨遵皇上旨意，只是臣妾与淑媛姐姐同日入宫，一向情好，却不能亲去照拂了，实在心中有愧。"

我眉头一蹙，心头有激烈的恨意涌起，额头滚烫似焚。有风乍起，梅花上聚着的一小团雪吹落在白狐披风上，慢慢化成雪水，冰冷蔓延入脖颈中，不由得狠狠打了一个激灵，心头遽然平静下来，慢慢浮起一个笃定的笑容。

皇后含笑提醒道："昭媛乃是从二品，皇上可选个日子行册封礼，也好叫昭媛名正言顺。"

玄凌拥着安陵容渐渐去得远了，唯听一句话远远从风里传了过来："二月初一是个好日子。"

我随众至重华殿中，眼见二人情好，亦不愿再看，托词要照顾一双孩子，便早早告退了。这一日的歌舞到何时方休我并不知晓，踏入柔仪殿中，浣碧正在焚香，双手颤颤，紧咬着嘴唇，那香焚了几次，竟点不起来。

我只留了浣碧，合上殿门，我按住她的肩，轻轻道："我晓得你恨！"

浣碧的肩膀微微抽动，终于落下泪来："小姐太心慈手软，当日就该杀了她！"她泪眼蒙眬地看我，"早知今日，不必纠缠给她零碎折磨受，把她一刀两断还来个痛快！"

我心中的暗恨如潮翻涌，激得心口微微发痛："当日她失宠受辱，我却未趁机动手，你可还记得？"

她含着泪意淡淡道："小姐自能假手于人。"

我颓然坐下，拉过她的手静静道："我要叫她生不如死，一来我容不得她一死了之，二来我不能让她死——"我停一停，看着她道，"不是我不肯，而是以我之力还做不到。她虽失宠，然则——祺嫔不得力，皇后还未视安陵容为弃子，槿汐曾见剪秋在她失宠后还深夜出入过两次景春殿。我若耐不住气性动手，便是被人握住把柄自毁基业。"

浣碧默默良久，凝神一叹，终于止住泪意。她的指尖渐渐有了暖意，我的声音温然而坚定："你放心。我不能遏她复宠，却能扼她来日。"

花好风袅一枝新

除夕夜照例不许有后妃侍寝，然而新年过去后的三日，玄凌夜夜宿在景春殿中，陵容顿时炙手可热，一跃成为紫奥城中最令人瞩目的妃子。

闻得太后颇有微词，玄凌只笑应道："母后不必担忧，容儿位高责愈重，且有了前次的教训，她也不敢了。何况天象之说也总有变数，恰如母后所言，难道厄运迟迟不去么？"

太后久病后身子乏力，不免叹息："你仔细着别如傅如吟一般就是，再叫淑妃和敬妃好好调教她。"

这一日正在棠梨宫中闲话，敬妃说起来不免苦笑："分明是皇后一手栽培的，我哪里能调教得了她！"

我低头拨弄着暖炉上的金纽子，淡淡道："算了，只怕这样下去，来日便是她来调教我们了。"

眉庄举起瓷盏，轻轻嗅一缕清怡柑橘蜜露的甜香，淡淡道："真可惜，我有着身孕不宜踏雪出门，错过了这场好戏。可是宫人们传得绘声绘色，我也可以想见是何等情形了。"她微微一笑，"蕴蓉只怕恨得要吐血。"

"姐姐说笑话了。"我柳眉微蹙，凝神道，"安陵容再这般下去，封妃是指日可待。妃位如今尚缺其一，如若安陵容赶在胡蕴蓉前头成了正二品妃，只怕胡蕴蓉连撕了她的心都有。"

敬妃一惊，不觉站起。她知失态，忙又坐下："册妃？总不能吧？"

眉庄略抬了抬眼睛："皇上喜欢，有什么不能的？听闻年内也还要再晋滟贵人位分。"

敬妃勉强一笑："胡昭仪素来心高气傲，除了皇后和淑媛，谁都不放在眼中，如今安陵容只与她平起平坐，若有凌驾于她之上的一日，她不气疯了才怪。"

我看一眼敬妃："我瞧过敬事房的档，这十一日来安陵容重得圣恩，胡昭仪撒娇撒痴，皆是二人的热闹。"

眉庄月份已大，支着身子不免吃力，只靠在团花软枕上悠悠道："针锋相对也无妨，皇上想一碗水端平，只消册了胡昭仪为妃也罢了。"

我一怔："妃位已有两位，难道要为她破了规矩？"

外头冬雪绵绵，眉庄的笑意清冷如雪花，盈盈道："那倒不会。端妃、冯姐姐与你都是最有资历的人了，册个夫人也不打紧。"敬妃面色微微一变，眉庄已然笑道，"我晓得你忌讳玉厄和晳华两位夫人都不得善终，但事情总是两说，总不成为了两个罪人，宫中再不立夫人了。"

敬妃垂眸不语，我剥着指间一枚金橘："姐姐有了身孕自然不能操劳，我与敬妃姐姐料理宫中之事，也不得不忌惮皇后，眼下倒腾不出手去料理她。"

眉庄足不出户，装束清简，不过在髻间戴一枚小小的累珠银凤簪，小指大的明珠垂落有温软的光泽。她蹙着淡淡笼烟眉道："宫中妃嫔有得宠就会有失宠，她当年便早早做下打算预备着这一日东山再起，可见用心之深，轻易扳不倒她，你万不可贸然出手。"

我轻笑，与敬妃对视一眼。敬妃温厚的笑容下眉目敛然，轻轻道：

"咱们自是腾不出手的。"嘴唇轻轻向南窗一努，"自有胡昭仪呢。"

眉庄一袭莲青色宫装，以银线疏疏绣了几朵蝴蝶穿花，仿佛远远就要到来的一点春意："她也莽撞，竟这般不顾皇后的颜面么？"

我不言，只起身看着窗外纷扬的白雪，敬妃迟疑道："胡昭仪这般吃醋，我瞧着未必只是与安陵容吃醋，安氏显见是皇后的人，胡昭仪尚不顾皇后的面子，只怕……"

我的手指从雕花纹锦的窗上缓缓抚过，心中更添了一分沉静："姐姐，这不当是咱们能管的，只看着罢了。"

正月在忙碌和热闹里匆匆而过，二月初一这日，是安陵容晋封昭媛行册礼的日子，一跃而居从二品的昭媛，位列九嫔之一，与生了皇长女的吕昭容和出身贵戚的胡昭仪并驾齐驱，当真是莫大的荣宠光耀。

浣碧冷笑："也难为了她狐媚心机，容貌不是一等一的出挑，又是这样的家底，还没有过子嗣，竟然也熬到了九嫔之位。"

我对着窗外明澈如水的阳光细细地看着金线锦盒里的一对琉璃翠的翡翠镯子。阳光底下，镯子中隐隐流动水波似的一弯光泽，触手生温。

我淡淡扬起嘴角，道："是难为了她，当年一同进宫的十五个妃嫔，死的死、废的废，还在的几乎也失宠了。正当盛宠的，除了我和眉姐姐，便是她了。"

浣碧眼角隐隐有些不屑："小姐到今天这个地位，是吃了多少苦头受了多少罪，又有了三位皇嗣才坐稳的。偏她平步青云，狐媚惑主，竟也做到了昭媛。"

我靠着窗子坐下，浣碧把影红洒花簇锦软帘放了下来，落了一室阴阴的绯红影子，恍惚红梅摇曳凝朱，添了几抹暖意。

我把镯子放回盒子里，随手搁在桌上，道："这就是她的本事了。能这么些年一直让皇后肯抬举她、帮衬她，真真是出挑的人才呢。"

浣碧连连冷笑，啐了一口，道："不就是一味地装可怜么？偏偏皇上这样喜欢得不得了。"

我轻轻一笑:"皇上?换作天下男人,个个都喜欢得不得了。"

浣碧听我这样说,一时凝住了神,良久只是默默地不作声。

过了一会儿,她的视线才转到桌子上来,"咦"了一声,道:"这镯子小姐不是收得好好儿的么?怎么这会子想着要取出来戴了。"

我瞟一眼那翡翠镯子,道:"这东西还是上次渥南国进贡来的,皇上赏了我,我还一次都没戴过,难得水头又好、色泽又翠,如今这样的东西已经少见了。"我微微一笑,"等下好好包起来,你亲自拿去景春殿送给她。"

浣碧凑近一瞧,摇头道:"东西自然是好的,奴婢进宫这些年,就记得那一年端妃送给温宜帝姬的跟这个倒能比一比。不过那是端妃娘娘的陪嫁,好些年的东西了。如今渥南国上贡的翠一年不如一年,好东西也少多了。眼下小姐要送给她,奴婢只可惜这么好的翡翠。"

我正要看她,却见玄凌满面是笑踏了进来,朗声道:"什么可惜不可惜的,也说给朕听听。"

我忙起身,领着浣碧请了安,才笑道:"外头的奴才好不懂事,皇上来了也不通传一声。"

玄凌道:"这个时候,朕以为你还午睡着,特意不叫她们吵醒你。没想到你们主仆俩正说悄悄话儿呢。"他语带怜惜,"一大早为了容儿册封的事,你也累着了吧。"

浣碧捧了茶与糕点上来,我与他坐了,方道:"也没什么累的,安妹妹晋封,臣妾这个做姐姐的也为她高兴,所以方才正让浣碧找东西呢。"说着,把那对镯子递到玄凌手中,道,"皇上瞧瞧好不好?"

玄凌伸手接过,对着光线一瞧,眉毛微微扬起,道:"仿佛是朕上回赏你的那个。"

我睨他一眼,微微含笑:"皇上好记性。"

他笑:"你不是一向舍不得戴么,好好的又寻它出来做什么?"

我笑道:"正是臣妾舍不得,所以才特特地叫浣碧找出来,好送给安妹妹。"我垂首,轻轻抚摸着镯身,道,"安妹妹新封昭媛,臣妾特意取这个来为她润色妆奁。所以浣碧也说,这么好的翡翠若不配美人,放着也可惜了。"

我说着看了浣碧一眼,只见浣碧眼帘微微一垂,转身出去换了香来重新燃上,才悄悄儿垂手站到外头。

玄凌并未发觉,只听着我的话略有些吃惊,道:"你自己也不舍得用,还去送她?"又笑,"容儿如今封了昭媛,皇后赏了不少东西,光内务府封的妆奁也够丰厚了。"

我含笑取了一颗梅子送到玄凌嘴边,道:"安妹妹的妆奁丰厚是一回事,臣妾的心意是另一回事。只是要拿着皇上赏的东西去借花献佛了,只问皇上依不依呢?"

他笑着把梅子含了,蹙眉道:"好酸。"又笑,"你又不是没好东西在,偏这样小气,拿朕私下里赏你的东西去做人情,你可记着,这镯子是没有记档的。"

我掩唇而笑:"知道是没有记档的。若记了档,怎么敢送出去呢,借臣妾十个胆子也不敢呀。"说着止了笑,盈然望着他道,"臣妾但凡有好的,左不过是皇上赏赐的,否则哪里有拿得出手的呢。"

玄凌笑着抚上我的手腕,笑道:"朕瞧着你从前戴过一串珊瑚的手钏,颜色又正,样子又好,最好的是颗颗一样饱满,衬得你肌肤如雪,最好看不过了。"

我晓得他说的是我封淑妃那日玄清送来的贺礼,心中隐隐一痛,面上还是落落大方的,索性笑吟吟道:"皇上说那串呀,仿佛是臣妾封淑妃那时六王叫送来的,东西真真是好的,可是皇上素日赏的好东西就不少,平日里戴还戴不过来,那珊瑚手钏也就图个新鲜偶尔拿出来戴两日。所以素日里一直叫浣碧收着,只是辜负了六王的一番心意,倒像是臣妾的罪过了。"我似笑非笑看着他道,"皇上不说,臣妾差点忘了还有这样一串手钏呢。可惜珊瑚又不是什么名贵东西，拿这翡翠去给安妹妹是有个缘故，安妹妹喜欢翠玉，不过是投其所好罢了。皇上倒替安妹妹念着臣妾旁的东西了。"

"朕不过白说一句你的首饰，却招来你一番话，仿佛是朕心疼了容儿就不心疼你了。"玄凌搂过我，悄声道，"难得你这样大方。容儿出身不高，胆子又小，宫里不喜欢她的妃嫔多了去了，难得皇后还肯心疼她一点，当真可怜见儿的。唯独你这么多年都一样待她好，与她情同姐妹，更是难得。"说罢，他轻轻叹了一声，似是十分感慨。

我的目光浅浅从他身上拂过，低首道："能一同服侍皇上本就是咱们姐妹的缘分了。安妹妹与臣妾同年入宫，一向情分不浅，臣妾又怎会为家世门第所囿，损了咱们的姐妹之情呢。"

玄凌抚着我的肩，道："你一向最善解人意，也是你最可贵之处。"

我恬静微笑着，默默俯在他肩头，手中的绢子，狠狠卷在了手心中。

一同用过晚膳，玄凌命乳母抱了予涵和灵犀过来，一起逗了会儿孩子，见孩子也困了，方命乳母抱了去睡。

静夜里风声四起，听得檐头铁马叮叮作响。过了一盏茶时分，竟渐渐下起小雨来，柔仪殿前的池水被雨珠打出圈圈涟漪，又被明亮如昼的烛火照着，仿佛白日里赏景一般。

我听见雨声，转头向小允子道："谁叫点这样亮的灯？"

小允子忙回禀道："因着下了雨，皇后宫里的小内监来传了话，怕雨天路滑，所以叫各个宫里都多多点了灯。"

我听了只不作声，玄凌正在与我说话，听说下雨了，向外望了一望，笑着斥了一句道："糊涂东西！这样的雨，点这样亮的灯，什么趣儿都没了。"

小允子忙忙应了个"是"。我忍不住笑道："是什么？还不去撤下一半灯来。既然雨天路滑，只在隐蔽容易滑倒的地方多点几盏灯就是了。"

片刻灯撤了大半，光景立刻朦胧起来，连雨丝也成了缠绵的柔和银色。玄凌看着我笑道："这样方有雨夜的景致。"

我轻轻掩袖，微笑道："皇后也是好心。只是这样照得如青天白日里，一来费了宫例银子，二来也不见得没个摔伤碰伤的。其实只需在容易跌倒的犄角旮旯里多多点上灯就是了。"我"扑哧"一笑，"不是臣妾小气，省些蜡烛油钱，春雨一下，百姓便要播种耕种了，宫里省下这些钱也可贴补些民生。"

玄凌含了一抹赞叹之意，道："皇后总是这般，还是嬛嬛你当家细心。"

我欠身，宁和微笑："春雨贵如油，皇上又肯爱惜民生，乃是天下之福。想必皇上在朝堂上便可垂衣拱手而治，安享太平了。"

他颔首，笑道："还是你明白朕的心意。"他停一停，"如此良夜，方才这样灯火通明地看雨景，真算是牛嚼牡丹了。"

我侧首微微而笑，道："这样的雨夜，做些什么打发辰光才好呢？"

玄凌执过我的手道："红泥小火炉，能饮一杯无？"

我"扑哧"笑出来，点一点他的鼻子，道："晚来天欲雪，暖酒夜话，却也应景。"

玄凌淡淡笑着，目光只凝在我脸庞上："朕最爱看你半带醉意、不胜酒力的娇慵。"

我转过身，只看着庭前阶下初初萌生的一点绿意，伸手接了雨丝在手，那样凉津津的雨。片刻，我立于他身侧，回首轻笑道："不是嬛嬛娇慵不胜酒力，只是今日是安妹妹的好日子，四郎理该去陪安妹妹的，难不成想醉了赖在嬛嬛的柔仪殿里么？"

玄凌却也不说话，只道："这样好的雨夜，不可随意辜负了。"他神色柔和，微微望着我，笑似沉醉春风，"这光景听琴是最好不过的。"

我扬一扬脸，吩咐浣碧道："去把本宫的凤梧琴拿来。"

玄凌伸手止住："那个不好。"

我无声地叹息一句，语气却依旧是轻快的："去抱'长相思'来。"说着笑看玄凌，"咱们皇上的耳朵挑剔着呢，轻易还敷衍不过去。"

玄凌凑近我，笑意似轻轻的一朵桃花浮艳，道："你打算敷衍朕么？"说着欲伸手上来。

我一个旋身转开，笑得弯腰，道："嬛嬛只是不愿敷衍如此良夜罢了。"

他伸手抓不住我，道："小妮子，跑得倒这样快。"

我笑道："四郎忘了嬛嬛擅舞么，虽然已经身为人母，还不至于这点也躲不开，四郎小瞧嬛嬛么，还是只记得安妹妹的舞姿了？"

他朗声笑道："瞧你的醋样，朕怎么敢小瞧你，好好坐下弹一曲吧，朕不闹你就是了。"

细雨点点，有温柔的橘红灯光的色泽，更夹着一点清亮的银光。我弹得并不用心，只低眉信手续续弹，玄凌只坐在我身边，半靠着青玉案几，有一杯没一杯地喝着桂花酿。

那酒并不烈，入口只觉甘甜绵长，我并不担心他会喝醉了。

只是这样的夜，这样的雨，这样随意的琴声，身边这个人，慢慢自斟自饮。

清凉的发丝拂在面上，仿佛是他的手指，那样凉凉的，却有甘甜温暖的气息。心潮波动，数年前的旧事幕幕如轻波涟漪漾动，似柔软的羽毛，一片片缓缓浮上心间。

仿佛，还是在从前。竹篱茅舍自甘心的日子。心事的恍惚间，信手拨起一首《北风》[①]。

北风其凉，雨雪其雱。惠而好我，携手同行。其虚其邪？既亟只且！

北风其喈，雨雪其霏。惠而好我，携手同归。其虚其邪？既亟只且！

[①] 出自《诗经·邶风·北风》。此诗意有两说，一说为情人相爱，愿在大风雪中同归去；另说是卫行虐政，百姓惧祸，此诗为诗人召唤朋友相携而逃。

莫赤匪狐，莫黑匪乌。惠而好我，携手同车。其虚其邪？既
亟只且！

一曲奏完，自己还未自觉，玄凌已经拊掌而笑："嬛嬛，许久不听你
弹琴，不想曲中情致竟然精进到这样的地步，真令人叹为观止。"

我急忙收回心神，谦虚道："哪里有什么精进，不过如卖油翁所说的
道理，唯手熟尔。皇上过奖了。"

玄凌拉过我的手，指着浣碧道："你瞧浣碧的样子，就知道朕不是过
奖了。"

转头，果见浣碧捧着我的披风，凝神站在殿柱边，不知已这样沉思了
多久。

玄凌道："朕甚少听你弹这首曲子，今日怎么想起来了。"

我浅浅笑道："四郎方才不是想有'晚来天欲雪'的情致么，嬛嬛才
弹了这首大雪纷飞两情相悦的《北风》。"

玄凌微一凝神，眼中已蕴了清浅的温柔笑意，似亮滟的波光沉醉：
"朕的话，你这样记在心上。"

我侧首，似乎是答他，也是自问："什么时候不记得了呢？"

正笑语间，李长恭敬上前道："皇上，时辰不早，是否该去景春殿安
昭媛那里了？"

玄凌点点头，亲自接过浣碧手里的披风披在我身上，柔声道："夜凉
了，早些歇息吧。"

我恍若未闻，只不做理会，也不起身送他。只安静伏在琴上，偶尔
拨一下琴弦。长相思的琴声，那样好，恍若，真的在倾诉无尽无止的相思
之情。

玄凌见我不答，走近道："嬛嬛。"我漫不经心地应了一声，他的手抚
上我裸露在外的手臂，"嬛嬛？"

我讶异地抬起头，轻轻"啊"了一声，怅然道："四郎叫我么？"

偶尔有风，把细密的雨丝扑到我脸上，仿佛是含了泪一般。他停止脚步，俯身坐到我身边："朕说，夜凉了，朕陪你进去一同歇息吧。"

李长在一旁提醒道："皇上……"

我恍然想起，起身道："皇上是该去妹妹那里了吧？"说着看李长，缓缓一句一句道："外头雨虽然不大，但是打伞也要经心。李长，你要亲自伺候着。还有，到底夜凉，皇上的披风呢？"说完，怅怅地转过身去。

玄凌摇摇头，按住我的手，道："不是。朕不走，朕今晚在你的柔仪殿歇下。朕陪着你。"

却是我摇头了："今日是安妹妹晋封的大喜日子，她一定在等着皇上去陪她呢。"说完，旋身便欲离去。

玄凌握住我的手，道："虽然是她晋封的日子，却也没定了宫规说朕一定要去陪她。想来她今天一天也累了。"他转头去看李长："去景春殿告诉安昭媛，说朕的意思，叫她早早歇息吧。"

李长恭声应了，转身离去。

我泫然欲落泪，倚在他胸前，低声道："皇上其实不必理会臣妾。"

他的手指抵在我眼睑下，语气温柔如洋洋暖风："朕知道你舍不得朕走。这些日子是朕疏忽了，未能好好陪你。这样过来了又即刻要去别人宫里安寝，别说你不愿意，朕也不忍得。"他的声音愈发低而柔，"哎，别哭。"

我含泪而笑，低下头不让他瞧见，低声嚷嚷道："谁哭啦，四郎一味地爱冤枉嬛嬛。嬛嬛不是那样小气的人。"

他又好气又好笑："那你做什么泪眼汪汪的，看得朕老大不忍。"

我顺势在他胸前捶了一拳，道："嬛嬛哪里是因为舍不得四郎去安妹妹那里才哭的。嬛嬛只是因为感念四郎对嬛嬛的情意，才会喜极而泣。"我轻声问，"皇上不去，安妹妹会生气吧？"

他略一沉吟："她是最温驯的，想来不会。"他的下巴抵在我额上，道，"即便她要生气，难道朕还怕她不成？"

我推一推他，懒懒道："大喜的日子，安妹妹若生气了总不大好吧。"

他想一想，吩咐槿汐道："去告诉芳若，到内务府挑些金器去景春殿，就说是朕赏给昭媛的。"

我正要开口，玄凌打横将我抱起，径直向内殿走去，只低笑道："总想着旁人的事做什么，咱们只想咱们的。"

翠袖倚风萦柳絮

仿佛春风轻轻一呵，上林苑春光渐至，桃花轻艳，柳色初新，满苑皆是鲜嫩欲滴的粉红青翠，明媚如画。时光已至三月初了。

这一日抱了灵犀与予涵至太后处请安，每逢冬令太后便会旧疾发作，到了入春才会渐渐好转起来。每每此时，孙姑姑便有怨怼之语："若非当年废后与玉厄夫人联手折辱，太后亦不会如此。"

到颐宁宫时胡昭仪已然到了，正抱着和睦帝姬坐在太后身前亲亲热热地说话。更难得的是皇后亦在。太后素不甚喜皇后，也少叫她陪侍，我暗暗纳罕，今日倒是例外了。

因至春时，太后宫中的窗纱一例换了云雾白的蝉翼纱，远远望去桃红柳绿皆似化在春水中一般朦胧，更添了江南烟雨景致，连殿中亦愈加透亮起来。

太后身侧小巧的短脚小几上供着几枝新鲜的迎春花，用清水养在深赤雪白两色纹路的花觚里，鹅黄的花瓣薄而莹透，色泽明快。

太后怡然一笑，支颐赏花，道："已是春日了，看着这花，心里也舒畅不少。"

胡昭仪甜甜笑道："太后若喜欢，臣妾每日都着人挑最新鲜的送来给太后赏玩。"

太后抬手拢一拢鬓角，含笑道："还是你有孝心。"

皇后伸手抚一抚和睦柔软的发梢，笑道："何止蕴蓉有孝心，和睦每到太后跟前便笑得这样甜，也是一番孝心啊。"

太后略牵了牵唇角算是一笑，也不理会，只偏过头问我："皇上近日还只流连在安氏处么？"

我忙站起身来回话："也不是日日，偶尔也在昭仪与其他妃嫔处。"

太后眼帘微垂，语气淡淡地慵懒，似是问着一件无关紧要的事："那么淑媛和贞贵嫔那里去了几次？"

我略略尴尬，不由得赔笑道："淑媛有孕，贞贵嫔也病着不便伺候，皇上倒也常去坐着说说话。"

太后轻哼一声，缓缓直起身来："你不用为皇帝掩饰。贞贵嫔的病从何而起你我心中都明镜儿似的，她又是二皇子的生母，皇上更应多多走动，既叙了父子亲伦，也宽了她的心好叫早日痊愈。"

皇后斟过一盏银耳蜜汤端到太后跟前，笑道："皇上常去淑妃处坐坐，三皇子倒是很亲近皇上呢。"

我心中一刺，正待说话，太后微微一笑，道："这是应该的。皇上膝下唯有三子，是该多亲近些，若得空能亲自指导读书骑射更好。"她停一停，环视众人，叹道："人人道天家富贵，你们哪知道尚不如寻常父子，既要守着规矩，还得守着君臣之分，好好的疏了父子情分，远了伦常之道。你们只瞧皇长子的例子就是，如今见了他父皇跟老鼠见了猫似的，怪可怜见儿的。"

皇后忙将手中蜜汤又往前递了一递，恭谨道："是儿臣的不是，未能好好教导皇长子。"

太后并不接过，只顺手掐了一朵迎春花在手，淡淡道："自然是你的不是。哀家知道你唯有这一个养子，难免寄望过高，一来过于心疼，日常所用皆叫人送到手边，无半点儿男儿自立；二来每日读这样多的书，又要练习骑射，日日深夜才睡，这般拔苗助长，反而伤了孩子的根本。"银耳蜜汤温热的氤氲浮在太后面前，映得她的容色也有些不真实的虚浮，"你有那些工夫，不如好好教导宫妃，多为皇家开枝散叶，绵延子嗣。"

皇后神色如常，含笑道："母后教训得是，儿臣记住了。"

胡昭仪眉目灼灼，笑语道："皇后都做到了啊，不是重又举荐了安昭嫒么？表哥很欢喜呢。"她深深看着皇后，"还是皇后最懂表哥的心意。"

太后转头道："只是宫里有宫里的规矩，你到底是妃嫔，别满口'表哥表哥'的，还叫人以为晋康和哀家惯坏了你。"

胡昭仪这才讪讪低头，道了声"是"，复又娇俏一笑："孩儿明白了。"

太后看一眼端然侍立的皇后，缓缓道："哀家晓得你要做个贤惠人儿，只是也别太纵了皇上，你推举安氏固然是讨皇上喜欢，但安氏的事你该有分寸，投皇上所好没有错，但更该劝他好生保养。"

皇后脸上微微一红："儿臣自会留神。"

太后深深看她一眼，已是如常的神色，指一指近旁的紫檀雕花椅子道："坐吧。哀家还有事要问你。端妃和敬妃是皇上跟前的老人儿了，总不晋位分也罢了，毕竟也是妃位之一。只是妃位如今还空了一格，难道是要虚位以待安氏么？"

皇后忙又站起身赔笑道："儿臣不敢。儿臣推举安氏也是为让皇上能有片刻舒心。安氏福薄总无身孕，能给个昭嫒已是抬举了，儿臣必定好好看着，不容她有非分之想。"

太后点一点头，指尖爱怜地抚上和睦娇嫩饱满的面颊，口中道："蕴蓉，你是和睦的生母，也是该晋为妃位了。"

胡蕴蓉抿了抿唇，含笑垂下了眼帘，缓缓起身道："多谢太后厚爱。"

太后倦倦一笑，复又歪在枕上，懒懒道："那么，叫淑妃好好准备吧。"

　　目送皇后离了颐宁宫，我与胡昭仪也一同离去。和睦正是好动爱热闹的年纪，见了灵犀哪有不喜欢的，好奇地逗弄着妹妹，喜得咯咯直笑。

　　和睦如此，我与胡昭仪也不好当即分道扬镳。回宫时日不短，我倒从未与她这般同行过，趁着春光初展，两人便一同往太液池边缓缓行走，偶尔说两句养儿育女之事。

　　太液池南岸日光最充足，柳絮四扬，远远望去如飞花逐雪一般。胡昭仪本与我说着和睦小时的趣事，眼见柳絮渐起，不由得停了脚步，折身欲走。

　　我笑道："日色正好，柳絮初新，昭仪何不同赏？"

　　胡昭仪忽然生出不耐烦之色，抽身便走："我最讨厌柳树，无事飞絮，似花非花，似树非树，只懂随风乱晃，一点气节也无。"

　　我不知她为何骤然作色，恰巧一阵风过，吹得柳絮乱舞，迎面拂来。胡昭仪顿时脸色大变，琼脂惊呼一声忙挡在她身前，将她整张脸拢入自己怀中，如临大敌一般。

　　我尚不知出了何事，环顾四周，唯见柳絮飘飘，煞是好看。好一阵过去，柳絮被风吹得散了，琼脂方安下心来，抚着胡昭仪的肩道："小姐，好了好了。"

　　胡昭仪这才惊魂未定地抬起头来，正欲开口说话，谁料方才被风吹得栖在枝头的几朵小小柳絮乍然落了下来，胡昭仪惊惶中呼吸深重，眼见几朵柳絮在她鼻尖一转，她乍然脸色雪白，即刻发青转紫，呼吸急促难耐，胸口剧烈地起伏起来，似是呼吸受阻一般。

　　我突见变故，怀中的灵犀已被胡昭仪的模样吓得大哭起来，我忙把她抱入乳母怀中，扶住站也站不定的胡昭仪，惊道："昭仪怎么了？"

　　胡昭仪喘得上气不接下气，一口气悬在鼻中涌出涌进，整个人几乎透不过气来。琼脂吓得面色苍白，倒也还有些镇定，忙从胡昭仪衣带环佩上取下一个小小的鸳鸯如意荷包来递到胡昭仪鼻尖，急道："小姐快深深吸两口。"

我隐隐闻得有一缕薄荷清凉的气息，更兼一点药草香气，胡昭仪深深吸了两口，神色微微好转，琼脂忙叫两个力大的宫女扶了上辇，急急往燕禧殿去。我放心不下，忙叫乳母抱了灵犀回去，叫轿辇跟着同去燕禧殿。

燕禧殿在上林苑风光曼妙处，周围疏疏朗朗，满宫内外只不见半株柳树等易飞絮的树木，唯有一带清泉淙淙绕宫苑而过，倒也雅静。殿外遍植牡丹芍药一类簇拥富贵之花，正殿高大深远，富丽气象不逊于当日华妃的宓秀宫，三进深殿前花台下，疏疏地种了一些时新花草。两列蝴蝶兰夹杂着几行避烟草与蘼草开得如彩蝶飞雾一般，倒也灵动。

胡昭仪狼狈而归，早有贴身宫人远远迎了上来扶进殿坐下，外头琼脂已催着道："把蝙蝠汤进了来！"话音未落，却见一碗热腾腾的略带土腥味的汤药端了上来，我眼见药汁中隐隐有荤腥气味。琼脂利索地服侍花容失色的胡昭仪饮下，又从梳妆台下的小屉子里摸出两丸乌色的丸药一同服了，叫小宫女点了薄荷油滴进香炉里。琼脂指挥有度，井然有序，竟像是做得极熟了一般。待得一番工夫做完，胡昭仪已经缓过了神色，不似方才那般气息艰难，而素日伺候胡昭仪的太医井如良亦到了，匆匆向我福了一福，为胡昭仪把过脉方松了口气，笑道："亏得姑姑警醒照料，娘娘已无大碍了。"

琼脂脸上缓缓绽开笑意来，抚着胸道："也亏得井太医好脉息，新用的方子很见效呢。"

井太医道："尚好。这药物得往冷宫处寻得，倒也不算太难。只是这个季节，娘娘更要好生保养。"

我吟吟一笑："看得本宫心惊肉跳，幸好昭仪无碍，只不知是什么病？发作起来这般厉害。"

琼脂深深一福，满面堆笑："多谢淑妃娘娘关怀，今日若无娘娘，恐怕没那么便利手脚送小姐来。小姐这本是胎里带来的弱症，自小就有的旧疾，奴婢伺候惯了，倒也不怕。"

我晓得琼脂不愿多说，并如良亦一字不提，当下亦只笑着安慰道：“本来旧疾发作，本宫不该来此添乱，只是不忍袖手旁观。既然昭仪无妨，本宫也可安心离去。昭仪好好歇着吧。”

琼脂含笑谢过，随手从架子上取下一件平金青鸾外裳罩在胡昭仪身上，扶她入内。

殿内不似外头春日明媚，一阵穿堂风过，我一个眼错，恍惚见她被风吹起的孔雀蓝外裳上用七色丝线绣着的一只神鸟锦绣团簇，竟似一只凤凰一般，不觉一怔。琼脂回头见我留神，不觉微微蹙眉，随即笑道：“金儿，好生送淑妃娘娘。”

我扶着浣碧的手离了燕禧殿，吩咐了轿辇先回去，只一路择了安静的所在，一路边行边思索。

彼时春光娆人，叶色青青，格外使人心静。我正想得出神，冷不丁见前面走出个人来，倒唬了一跳。抬头见是并不眼熟的男子，弱冠年纪，锦衣华服之下，年轻朗然的脸孔微有与年龄不符的冷清神色，细细辨认，他的轮廓与眉眼与玄凌和玄清几有相似之处，正是先帝幼子平阳王玄汾。他拱手，安静道：“淑妃娘娘。”

因着他与玄清的情分，我心生亲近之意，和气道：“九弟好。”

我唤他“九弟”，这般熟稔而亲切，完全是姐姐的口气，而不是循礼的一句“九王”。他感知我这样的温和与亲切，眼眸瞬间明亮起来，微笑时露出洁白的一颗一颗牙齿。他这般冷落的青年，微笑起来却如涓涓暖流、煦煦阳光。他穿一件明蓝色提方格纹茧绸长衫，亲王贵胄中自有一份少年儿郎的颀颀英气。

他再揖手，已换了口气，道：“淑妃嫂嫂。”

我笑：“九弟是皇上的亲弟弟，我也不愿拘那份俗礼，冒昧叫一句九弟了。”我打量他两眼，含笑道，“天气还凉，九弟怎么穿这么单薄，该加些衣裳才是。”

他温然道："多谢淑妃嫂嫂关怀，方才母妃也提醒了。只是汾觉得太过饱暖会叫人意志软弱，故而择了单薄些的衣衫来穿。"

我点头赞叹："富贵太过往往叫人堕落，九弟能有这分警醒是很好的。只是身子到底也要紧，若身子坏了，再肯意志坚强又有何用呢？"

他恳然道："多谢嫂嫂关怀。"

他笑时一对眸子烁似寒星。我心下一动，暗想玄汾这一双眼睛，倒似极了玉娆的明眸点漆。

知晓他是入宫来向庄和德太妃请安的，于是问了太妃起居安好。正絮絮间，却见一芽黄轻衫的垂花少女笑向我奔来，那一脉芽黄绫裙似拢住了一褶一褶阳光，连笑声亦轻灵如四月带着花香的风，叫人闻之欣悦。她奔到我面前，拉过我的手道："姐姐叫我好找，再不回去涵儿可要哭了呢。"

玄汾见有外人来，忙退开一步，垂首道："这位小主未曾见过，不知是……"我见他如此，晓得他疑心玉娆是玄凌身边新进的宫嫔，不觉失笑，拉过玉娆道："九弟不必见外，是我娘家小妹，暂住宫中陪我的。妹子年幼不懂事，轻易不出来走动，难怪九弟觉着眼生。"

玉娆素来伶俐，如何不知玄汾作何猜想，不觉涨红了脸，跺脚冷笑道："难不成略平头正脸些的都要嫁与了你那位皇兄么？我偏偏就不是。"

玄汾大约没见过宫眷这般口无遮拦的，不觉惊愕抬头，目光方落在玉娆秀脸上，不觉一怔，旋即脸上一红，忙低下头去。

我忙拉一拉玉娆的手，嗔道："什么嫁不嫁的，女孩子家嘴里没半句遮掩的。"说罢向玄汾笑道："我家小妹在蜀地长大的，难免不懂宫中规矩，九弟不要见笑才是。"又促玉娆道："还不见过九王。"

玉娆素来恼着玄凌，即便在未央宫中亦与玉姚避居，从不与玄凌照面，此时气犹未平，不由得迁怒身为玄凌幼弟的玄汾。她草草施了一礼，忽而含了笑意道："也难怪王爷错认了我，想来宫中略有姿色者皆是受皇上雨露恩惠者，以致王爷如此猜想。"

玉娆此言露骨，我不觉沉下了脸，叱道："越来越放肆了！"

玄汾倒不以为忤，只淡淡笑道："那也得姑娘的确颇具姿色才可，若如东施黄妇一流，汾自不会揣测了去。"他微一红脸，口角含了一缕笑意，"姑娘如此心高气傲，连皇兄富贵也视若无物，想来唯有六哥盛名才能入姑娘的眼了。"

玉娆尚未出阁，不由得恼得涨红了脸，斜斜睄他两眼，冷笑道："怎么唯有皇室公卿的男子才是好的么，还是天下女子都要入了皇族之门才能安心乐意？莫说帝王将相，清河王好大的名头，我甄玉娆也未必放在心上。来日若有我看得上眼的，便是和尚乞丐也嫁；只是唯有一样，朱门酒肉臭，宫门宦海里见不得人的多了去了，我情愿嫁与匹夫草草一生，也断不入宫门王府半步！"

浣碧见玉娆动了真怒，应对失仪，玄汾又素来是个孤寡性子，少与人来往，与柔仪殿亦无素来的情分，不由得吓得变色，忙去捂玉娆的嘴，口中笑道："三小姐必是吃了两口酒，酒劲上来了。王爷别见怪！"

玄汾低头默默，嘴角不由得逸出一丝浅笑，拱一拱手道："失礼，是汾小觑姑娘了。"

玉娆心直口快，话甫一说完，又是气恼又是懊悔，羞得满面通红，一言不发，转身即走，浣碧眼见拉不住，只得匆匆追了上去。

我轻嘘一口气，温言道："小妹素来口无遮拦，并非存心刁蛮，王爷勿要见怪。"

玄汾淡然一笑，径自望着枝头新萌的一叶芽黄嫩叶出神，恍若未闻般沉静悠然。

秋入病心初

　　回了柔仪殿，我将胡昭仪封妃之事循了故典，又着意吩咐办得热闹些，嘱咐了槿汐一应安排，又唤李长去回禀玄凌。如此完了，便叫小允子去请温实初来请平安脉。

　　一时温实初来，我已叫品儿从内室端出茶具，茶盘中盛着"玉螺天春"，茶盏腻白似玉，隐隐透出一毫温润之色。彼时已近黄昏，铺粉凝紫的天光映落殿中成了沉沉的浓朱暗色。

　　茶汤煮沸的滚滚水声点染着殿中的寂静，盏中轻沫洁白如堆雪，清香盈然。我将茶盏递到他面前，方将在胡昭仪处所见一一细细说与他知道。

　　温实初微尝一口，淡淡道："是哮喘。井如良是晋康翁主府里荐来的人，一向口风极紧。只是哮喘之人不得见飞絮，常随身佩带薄荷救急，她殿外所种避烟草与蘑草、所服的蝙蝠汤，皆是民间偏方中常用来抑制哮喘的。"

　　我抬一抬眼："这病要紧么？"

"生养在富贵里，又有太医保姆这么细心照顾，大约不打紧的。只是这病在春天最易发作，若不留神，也是要命的。"

茶汤明澈如璧，茶芽上银毫细细，如初绽的小小玉兰，美得叫人心中惊动。我轻轻吹着茶沫，缓缓道："可怜了她心比天高，也幸而身在贵家，否则这条性命也是朝不保夕。"言未毕，我蓦地想起一事，"你方才说井如良是晋康翁主府里荐来的人？"

温实初闻言抬头："是。"

我深吸一口气，缓缓笑道："我原本以为胡昭仪一直被蒙在鼓里，不晓得自己已不能生育。如今看来，她未必懵懂不知。"

温实初略一思量："她若明明知道，却至今一语不发……"他倒吸一口凉气，"真是颇有心思。"

"平日总是姿态高傲，叫人以为她自负倨傲无甚城府。如今看来是既有心思，又能忍耐。"我一哂，搁下手中茶盏，"胡氏一门未必逊色于朱氏，果然是好亲戚！"

温实初隐隐担心："既知道她的心胸，你素日可要留心。"

"怕什么？"我微微冷笑，"害她绝后之人非我甄嬛。她如今既肯隐忍，可知所要之物并非轻易能得手，如不能一击即中，她不会轻举妄动。"我停一停道，"管她作甚？倒是眉姐姐的胎象如何？"

温实初眉心一动，依旧平和道："淑媛不出月便要临盆，数月来静心养胎，胎气甚稳。"

虽得每每听他说同样的话，然而每听一次，心里的安稳便多了一重，我笑道："可知男女了？"

温实初亦不觉含笑："三殿下会有位弟弟一同长大。"

"很好，很好！"我喜不自胜，连连道，"我与姐姐从小一起长大，我们的孩子也能一起长大，且是兄弟，这般缘分更是不必说的了。"我喜极，不由得也多了几分伤感，"宫内宫外这些年，多少故人都去了，幸得你们还在身边。"

他颔首，目光中颇见温意："幸好，要紧的故人都在。"他略停一停，随手翻起袖口，露出一点浅绿的绣纹，五叶相聚，仿佛是竹叶的样子，他道，"听闻甄兄的病更见好了，我私下去瞧过，果真好了不少，你放心。"

我点头："我出入宫禁很不方便，上回还是皇上特许的，如今玉姚和玉娆我能近身照顾，哥哥那边只得劳烦你了。"

他"嗯"一声，缓缓道："待淑媛平安生产之后，我也可得空多去看看甄兄。"他的眉宇间被落日的余光拂下淡淡的欣喜与期待之色，含笑拍一拍我的手背道，"都会好的。"

正说话间，却见玉娆的声音随着掀开的帘子跃了进来，温实初忙抽开拍着我手背的指尖，略有尴尬之色，玉娆一时未觉，倒是跟着玉娆进来的斐雯笑吟吟道："三姑娘跑得好快，小心碰着。"

玉娆回头道："里头浣碧和槿汐会照料，你且出去吧。"斐雯原是殿外服侍的，甚少进内殿，闻言不由得讪讪，目光飞快从温实初身上刮过，忙低头告退出去。

玉娆笑着唤了声"温哥哥"，向我道："品儿在陪涵儿玩纸鹤，姐姐要不要去看？可好玩了。"

我才要答允，想起一事，问道："玉姚呢？怎么又两天没见她出来？"

玉娆咬一咬唇，低头道："自家中变故之后，二姐自苦如此，日日吃斋念佛。"

我黯然颔首，低叹："若佛真能解心中怨结，世上恐无伤心人了吧。"

正嘱咐了玉娆要好生陪着玉姚，却见李长躬身进来回话道："皇上说胡昭仪册妃一事娘娘操办即可，可安排在一月后行册封礼，好好准备。另嘱托娘娘一句，滟贵人可晋一晋位分了，小仪即可。"

我点头笑道："知道了，还劳烦公公一趟。"

李长叩身道："娘娘客气，何况奴才还要往太后处走一趟。"他眼睛往四处一觑，赔笑道，"幸好碧姑娘不在，否则听了定要心疼。——今年时气不佳，六王自入春身上便不大好，时时发烧，太医诊了说是曾被寒气侵体，所以仔细照料着。谁知道昨儿个午后和九王去驰马，那马发了性把王爷摔了下来，摔得倒不重，只是半夜里又身子滚烫起来，过午才退烧，奴才得赶紧回禀太后一声，也好叫太后安心。"

我心下一颤，仿佛谁的手在心上狠狠弹了一指甲，生生地疼，不由得脱口道："这么大的事，怎么没人来知会本宫一声？"

李长忙赔笑道："娘娘忙于理会六宫大小事宜，这诸王府的事，不便先回娘娘。那个……皇后那边……"

我自知失言，忙笑道："本宫原想着皇后身子才好些，又要照顾太后，所以多嘴一句。这本该是皇后应对之事。"

李长笑吟吟道："娘娘德惠六宫，自然也关心诸王府之事。何况……"他抿嘴一笑，"娘娘自个儿不上心，也会为了碧姑娘过问啊。"

我晓得他误会，却也不便解释，只笑笑由得他去。

我浅浅一笑，倦容难掩："娆儿，我身子乏了，你去陪涵儿和韫欢玩吧。"玉娆应一声出去，我瞧一眼温实初，轻轻道："劳烦你一次，可以么？不是你去瞧过，我总不安心。"

他的叹息如蝴蝶无声无息的翅膀："你还是放不下么？"

裙幅仿佛有千斤重量，坠得我浑身无力，沉沉道："他寒气侵体，还不是当年为我。我欠他太多，只当请你帮我还一点吧。"

他默默瞅我片刻，点头道："好。"

我不欲多言，转身走进内室。夜色似寒雾弥漫入室。更漏泠泠一滴，又一滴，似重重敲落在心。每一道涟漪，都是对他的一分牵挂与思念。莲花金砖地上映着帘外深翠幽篁的乱影，恰如我此刻迷乱的心境。如果，我不是甄嬛，他不是玄清。如果，当时我们可以什么都抛下，远走高飞。那么此时此刻，我或许还能为病中的他递一盏茶水、敷一块帕子。活着，人在一起，死了，魂魄也可相依。我们可以山高水远地走，走得很远很远——可是，我们终究是不能的。

眼角缓缓垂落一滴泪，停了停，渐渐洇入鬓角，泪水源源不断泯入发丝，更点燃了心底的忧心如焚。脑海中昏昏沉沉的，室内檀香幽幽，恍惚带着我回到凌云峰，漫山遍野的无名花朵，开得如闪烁的星子，半山腰云霭茫茫，隐约有我和他畅然的笑声，如在梦境。

十年，五十年，还是一百年，只要我活着，永远会记得和他在一起的那些日子，那铭记心骨的快乐。恍恍惚惚中听得"吱呀"一声，我倏然惊起，顾不得去擦满头冷汗，却见浣碧含泪奔了进来，满脸急痛，却一句话也说不出来，只伏在我手臂上呜呜哭泣。

滚烫的眼泪灼烧在我冰冷的指尖，我扶起她道："你担心他的身子？"

浣碧呜咽着点点头："那回小姐高热不退所以不清楚，奴婢却知道王爷的确是冻得厉害了，奴婢怕……"

我看着满脸泪痕的浣碧，她眼中的焦痛未必会少于我。浣碧，我的妹妹。我抿一抿唇，道："你去瞧瞧他吧。我做不到的事，你去也好。总是多一个人安心。"

她满面惊喜，抬头道："真的？只是奴婢如何能够出去？"

我扶着床沿支着身子，定声道："你去告诉李长一声便是，他总以为你与清……"我勉强一笑，"李长会成全你，去吧。"

浣碧喜不自禁，忙不迭用衣袖拭去泪痕，慌慌张张看一看自己的衣衫："奴婢换身衣裳就去。"她跑出两步，又赶紧回来，腼腆道，"小姐有什么话，奴婢好带给王爷。"

有什么话么？我茫然摇头："我没有别的话，你去吧！去了，他什么都能明白。"

浣碧匆匆福了一福，忙忙去了。

浣碧一去三四日，李长与槿汐掌管宫中事宜，倒无别话。浣碧隔日便遣人来回了消息，倒也都是平安之信。胡昭仪封妃之喜尽人皆知，一时间各宫相贺，燕禧殿往来如云，更显昌妃气势之赫。甚至有人私下论起来，四妃之位尚有三席之缺，这位出身豪贵的昌妃极有可能问鼎贵妃之位。相形之下，皇后殿前更显得门庭冷落了。我从太后宫中回来，远远见一顶青帷小轿从宫苑西角门出去，不由得道："宫外来人了么？怎么我不晓得？"

小允子道："祺嫔说身上烦，是以她娘家从外头请了个讲经的姑子来陪着说话。"

我疑惑："通明殿不是有师父么？还去哪里请？"

小允子赔笑道："说是见惯了这些人嫌烦，左不过是国寺里的师父吧。本该叫槿汐留意的，一大早槿汐被皇后唤去教那些掖庭新选出来的小宫女学规矩，忙了一天也没顾上问。"我点点头，亦不再提起。

这一日浣碧刚遣清河王府的采葛回了信，道是体热退了，只是要静养。见她回去，槿汐道："王爷并无大碍，娘娘安心就是。"

我微微颔首，抚摸着手腕上的珊瑚钏，轻笑叹息道："有时还真有些羡慕浣碧。"

玉娆坐在杌子上，专心致志地用金线扎着一个杏黄翠羽毽子，玉娆抬头捏了捏酸软的脖子，笑道："长姐是羡慕浣碧能出宫去么？我瞧着未央宫虽大，但望出去的天四四方方的，总不及宫外自由。"

自由？那是我不能奢望的东西，也无从奢望。我含笑看着玉娆闹哄哄地和小宫女们商量着去踢毽子，她如何能明白呢？我于是笑道："是。我真羡慕浣碧能出去逛逛。"

玉娆乌溜溜眼珠一转，低眉一笑："长姐别以为我贪玩，我是心甘情愿留在这里陪你哦。"

我笑啐道："你这调皮鬼……"话音未落，却见小允子匆匆进来，打了个千儿，道："娘娘，出事了。"

我素知他不是个急躁人，一时也止了笑语，问："什么事？"

小允子抹一把脸上的汗，道："皇后问罪昌妃擅用皇后服制，在衣衫上绣了凤凰图案，此刻昌妃正在昭阳殿中。"

我心中倏然一紧："太后知道了么？"

"还不知道。"他声音低一低，"这是大不敬之罪，如此一来，这封妃之礼行不成不说，只怕太后知道了也救不得。"

玉娆撇撇嘴，道："她们的事，小允子，你急什么，咱们管咱们的，别掺和就是。"

我冷笑一声："僭用皇后礼服上的凤凰图纹，不仅昌妃要问罪，更是我这个协理六宫的淑妃管教不善。这趟浑水不掺和也得掺和。"我遽然起身，"随我去昭阳殿。"

安得朝陽鳴鳳來

　　午后的阳光轻沛得如金色的细纱，扬起春色如葡萄美酒般光影潋滟。隔着阳光远远望去，辉赫在桃红柳绿中的昭阳殿显得格外肃穆而有些格格不入，似一沉默的巨兽，虎视眈眈，伺机而动。

　　数十名侍女守立在昭阳殿前，为首的绣夏见我下了轿辇，一壁殷勤扶持，一壁已经牵住了我，道："皇后有话要问胡昭仪，娘娘暂且回避吧。"

　　胡蕴蓉已有封妃的口谕，不过欠奉一个册妃之礼罢了，宫中皆称一句"昌妃"，眼下绣夏只以旧时位分称呼。我心中掂量个过，已知不好，不觉笑道："本宫奉皇上旨意协理六宫，如今胡昭仪行差踏错，本宫安敢不为娘娘分忧，如何还能回避？"

　　绣夏微一踌躇，里头已经听得动静，剪秋出来看我一眼，方悠悠一笑："淑妃来了也好，娘娘问不出话来，淑妃代劳也可。"

　　我缓步进去，三月里的时节，殿外春光如画，皇后殿中依旧是沉沉的气息，唯有一缕早春瓜果的甜香点染出一抹轻盈春意。

皇后肃然坐于宝座之上，胡蕴蓉立于阶下，一袭华贵紫衣下神色清冷而淡漠，仿佛不关己事一般，只悠然看着自己指甲上赤金嵌翡翠滴珠的护甲。皇后手中捏着一件孔雀蓝外裳，二人沉默相对，隐隐有一股山雨欲来之势。

目光落在那件孔雀蓝外裳上，心中已然明白。我暗笑，所谓姐妹亲眷，亦不过如此而已。

我盈盈屈膝："皇后万福金安。"说罢拈起绢子轻笑一声，"外头春色这么好，皇后与昌妃是中表之亲，却关起门来说体己话，倒显得与臣妾见外了。"

皇后嘴角含了一缕浅笑："正好你来，也省得本宫着人去传。淑妃妹妹惯会左右逢源，如今协理六宫，也未免心内太懦弱了，由得宫中僭越犯上之事在眼皮子底下层出不穷。"

皇后素来人前和善，何曾对我说过这般重话，我慌忙屈膝道："臣妾尚不知何事，还请娘娘明示。"

皇后一言不发，只把手中衣裳轻轻一掷，华美的外裳如一尾孔雀彩羽拂落在脚下。我弯腰拾起一看，不觉笑道："这料子轻薄软滑，确是极上等的。"我的手在衣裳平滑的纹理上抚过，忽然"哎呀"一声，蹙眉道，"这纹样怎么绣得似凤凰？"素来后妃衣裳所用图纹规矩极严。譬如唯皇后服制可为明黄，绣纹为金龙九条，或凤凰纹样，间以五色祥云；正一品至正三品贵嫔可用金黄服制，比皇后次一等，服制龙纹不可过七，许用彩翟青鸾纹样；而贵嫔以下只可用香色服制，服制龙纹不过五，许用青鸾纹样。当然，嫔妃若在衣衫上用凤纹，也只能用丝线勾勒成形，所用彩线不逾七色，且不用纯金线。后、妃、嫔三等规制极严，绝不可错，否则便是僭越大罪，可用极刑。

胡蕴蓉轻蔑一笑，冷道："竟然是一丘之貉。"

皇后唇角轻扬，浅浅冷笑："原来淑妃也识得这是凤凰？"

我抚胸而笑："原来皇后为这个生气。都是绣工上的人不好，做事笨手笨脚的，好端端的把纹样绣得四不像，竟像只凤凰似的。真是该打。"我以商量的口气问道，"臣妾以为该当罚这些绣工每人三个月的月例银子，看她们做事还这般毛毛躁躁。"

皇后以手支颐，斜靠在赤金九凤雕花紫檀座上，闭目道："淑妃还真是会大事化小，小事化无。"

我倒吸一口冷气，惊道："难道不是如此？皇后的意思是并非绣工粗心，而是昌妃妹妹蓄意僭越。"我停一停，方好声好气道，"罪过罪过。昌妃妹妹可是皇后您的亲表妹呀，姐妹之间怎会如此？"

胡蕴蓉听得此节，方深深一笑，那笑意似积了寒雪的红梅，冷意森森："我与皇后不过中表姐妹，怎及纯元姐姐与皇后嫡亲姐妹的情意这般深。自然，宫中万事求和睦，我也自会效仿皇后对纯元姐姐一片深意，怎敢轻易僭越？"

皇后起初还无妨，待闻得"纯元"二字，不觉脸色微变，良久，才有深深的笑意自唇角漾起："昌妃？"她轻轻一哂，"无须顾左右而言他，你只需坦承即是。这件衣裳是你近日最爱，常常披拂在身，若非蓄意，怎会不分翟凤，长日不觉。"皇后缓和了语气，柔缓道，"你是皇上的表妹，也是本宫的表妹。本宫多少也该眷顾你些，你年轻不懂事，怎知僭越犯上的厉害。若承认了，学乖也就是了。否则……"她神色一敛，端穆道，"宫中僭越之风决不可由你而开，若失了尊卑之道，本宫到时也只能大义灭亲。"

皇后晓之以理，动之以情，胡蕴蓉只是不理，只淡淡一句："我是由皇上册封，即便皇后要大义灭亲……"她蓦地莞尔一笑，连端庄的紫色亦被她的笑靥衬得鲜活明艳，"论亲，皇上既是我表兄又是夫君，自然是我与皇上更亲。大义么？皇后您扪心自问，心中可还有情义？所以即便要大义灭亲，也不是先轮到皇后您。"

皇后屏息片刻，目光淡淡从我面庞上划过，口中却道："蕴蓉，你这般口齿伶俐，倒叫本宫想起昔日的慕容世兰。她不懂事起来，那样子和现在的你真像。"

胡蕴蓉伸手按一按鬓边妩媚的赤金凤尾玛瑙流苏，媚眼如丝："皇后，咱们好歹是中表之亲，您拿我与大逆罪人相提并论，不也辱没了您么？何况慕容世兰一生膝下凄凉，最尊之时也不过是小小的从一品夫人。蕴蓉不才，既有和睦，又有皇后您这样的好榜样，怎会把区区一个从一品夫人看在眼里。"

皇后微微一震，伸出戴了通透翡翠护甲的纤纤手指抵在颔下。她神情微凉如薄薄的秋霜，映得水汪汪的翡翠亦生出森冷寒意。剪秋看了皇后一眼，不由得颤声道："昭仪大胆！昭仪这话竟是有谋夺后位之心么？还是竟敢咒皇后与纯元皇后一般早逝？看来不必昭仪承认，这衣衫上绣凤之事便是存心僭越，冒犯皇后更是无从抵赖。"

胡蕴蓉轻蔑一笑："剪秋，你跟随皇后多年，怎么也学得这般搬弄是非、小人之心起来。本宫要学的自然是皇后的贤良淑德，怎么好好的你想到谋夺皇后宝座上去了。难道你眼里心里也是这样的事看得多了，记得多了？"剪秋一时舌结，正欲分辩，胡蕴蓉怎能容她再说，即刻拦下道，"蠢笨丫头，一点眼色也无。皇上已下旨册我为妃，你竟还称我为昭仪，看低一阶。如此……"她目光往皇后身上一荡，"难不成你也把你主子看低一阶，仍当她是贵妃么？"

剪秋气得满脸通红，瞅着我道："淑妃，昌妃这般顶撞皇后，您协理六宫，就这么眼看着也不说一句话么？"

我双手一摊，笑道："这可奇了。皇后宽厚，什么也没说，倒是剪秋你与昌妃顶嘴。本宫若真要出言阻止，也不能庇护你这冒犯主位之罪。且昌妃妹妹素来在皇上与太后面前也童言无忌惯了，太后与皇上不语，本宫又怎好去说她？"

皇后冷眼片刻，缓缓起身，沉声道："昭仪大胆！淑妃怯懦隔岸观火，本宫也管不了你，看来——"我听得"隔岸观火"四字，已然跪下。她的身影在重叠繁复的金纹罗衣内显得格外穆然，扬声道："去请皇上——"

六宫中无有耳目不灵通者，闻得皇后动怒、昌妃僭越、淑妃牵连，一时间纷纷赶至昭阳殿。待得玄凌来时，后宫诸女除了有孕的眉庄皆已到齐，见我长跪不起，忙一齐跪了，一地的鸦雀无声。唯有胡昭仪娇小的身影傲然独立，似一朵凌寒而开的水仙。

玄凌身后跟着即将被册封为小仪的叶澜依。玄凌一进殿门，见乌压压跪了一地，不觉蹙眉道："好好的怎么都跪下了？"说罢来扶我："你也是。虽说到了三月里了，可地上潮气重，跪伤了身子可怎么好？"

我不肯起来，依旧跪着，依依道："臣妾奉皇上旨意协理六宫，原想着能为皇后分忧，谁知自己无用，倒惹皇后生气，原该长跪向皇后请罪。"

玄凌见我不肯起来，便向皇后道："淑妃位分仅次于你，若非你动气，她也不会长跪于此。"

玄凌此话略有薄责之意，此时叶澜依并不随众跪下，只在自己座位上坐下，端起茶盏轻轻一嗅，道："这茶不错。"说罢悠然饮了一口，道，"听闻当年华妃责罚淑妃时叫她跪在毒日头底下。皇上，皇后可比昔日的华妃仁厚多了。"

叶澜依素来我行我素，众人闻得此言也不放心上，倒是跪在最末的馀容娘子荣赤芍横了她一眼，又旋即低下头去。

"都起来吧。"皇后轻叹一声，"皇上，臣妾与您夫妻多年，难道臣妾是轻易动怒、不分青红皂白便迁怒六宫的人么？"

玄凌微一沉吟，已然换了淡淡笑容，和言问道："皇后素来宽厚，到底何事叫你如此动气？"

皇后低低叹息一声，指着胡蕴蓉的背影道："皇上素来疼爱蕴蓉，臣妾因她年幼爱娇也多怜惜几分、宽容几分。如今看来，竟是害了她了。蕴蓉这般无法无天，不仅淑妃不能也不敢约束，臣妾竟也束手无策，只能劳动皇上。"她停一停，万般无奈地叹息一声，道，"皇上自己问她吧。"

自玄凌进殿，胡蕴蓉始终一言不发，背对向他。待玄凌唤了两三声，方徐徐回过头来，竟一改方才冷傲之色，早已满脸泪痕，"哇"的一声扑到玄凌怀中，哭得梨花带雨，声哽气咽。如此一来，玄凌倒不好问了。皇后眉梢一扬，早有宫人将衣裳捧到玄凌面前，玄凌随手一翻，不觉也生了赤绯怒色，低喝道："蕴蓉，你怎的这般糊涂，难怪皇后生气。"

剪秋接口道："衣裳倒还别论，皇后本是要好心问一问她，让娘娘认错了也就罢了。可是娘娘出言顶撞，气得皇后脑仁疼。"她伸手去揉皇后的额头，道："娘娘身子才好些，可不能动气。您是国母，若气坏了可怎么好，奴婢去拿薄荷油给您再揉揉。"

皇后甩开剪秋的手，斥道："跟在本宫身边多年，还这般多嘴么？"

剪秋一脸委屈，气苦道："娘娘，您就是太好心了，才……"说罢朝胡蕴蓉看了一眼，不敢再说。

我冷眼看主仆二人一唱一和，心中只寻思此事为何如此轻易便东窗事发，实在有些蹊跷。

胡蕴蓉满面犹有泪痕，冷眼不屑道："跟在皇后身边多年，剪秋自然不会轻易多嘴，不过是有人要她多嘴罢了，否则怎显得臣妾张狂不驯。"

玄凌目光如刺，推开蕴蓉牵着他衣袖的手，斥道："犯上僭越仍不知悔改，是朕素日宠坏了你，跪下。"蕴蓉微一抬眼，旋即沉默，我正纳罕她缘何一句也不为自己辩白，玄凌语气更添了三分怒意，"跪下！"

胡蕴蓉一语不发，凛然跪下，只闻赵婕妤幽幽道："昭仪早早跪下请罪不就是了，何必非要皇上动气。"

"昭仪？"玄凌轩一轩长眉，赵婕妤微微有些局促，忙赔笑道："是啊！册妃之礼未过，称一声昌妃原是尊重，可如今……"

玄凌淡淡"嗯"一声："册妃礼……"他微一沉吟，便看向皇后。

未等玄凌启齿，皇后已然起身，屈膝行大礼："臣妾无能，不能约束胡氏，但请皇上示下，臣妾该如何管束六宫？"

皇后此言一出，六宫宫人面面相觑，忙不迭跪下，连连俯首道："皇后言重，臣妾等有罪。"

皇后轻吸一口气："论亲疏，蕴蓉是臣妾表妹，臣妾无论如何要多为她担待些；论理，蕴蓉是和睦帝姬的生母，于社稷有功，所以对妹妹厚待宽纵。可是后宫风纪关乎社稷安宁，臣妾十数年来如履薄冰，唯恐不能持平。"她抬眼看一眼玄凌，动容道，"为正风纪，当年德妃甘氏与贤妃苗氏一朝断送，因此今日之事还请皇上圣断吧。"

玄凌眼中划过一丝深深的荫翳之色，默然片刻，道："胡氏僭越冒犯皇后，不可姑息。朕念其为和睦帝姬生母，且年幼娇纵，降为良娣，和睦帝姬不宜由她亲自鞠养，移入皇后宫中。"

胡蕴蓉一直安静听着，直到听到最后一句，倏然抬首，眸光冷厉如剑，直欲刺人。祺嫔见她如此情状，忙拍着她肩笑吟吟道："胡良娣莫动气再惹恼了皇上，您是皇上的表妹，又是晋康翁主的掌上明珠，哪日皇上缓过气来，翁主再为您求上一求也就能复位了，今日的责罚不过是皇上一时之气罢了。"

这样的惩治，相对当年的我算不得多严厉。只是唯有不多的人才知晓，当年我的离宫乃是真正自愿，并非严惩。所以今日胡蕴蓉的遭际是困窘于我当年了。她未置一词，冰冷的神色有一股贵家天生的凛然之气，只斜眼看着祺嫔搭在自己肩上的手，带着显见的蔑视，清凌凌道："你是谁？竟也敢来碰我？"

祺嫔的手势微微有些尴尬，作势拢一拢手钏缩回，旋即盈盈一笑："是。良娣。"

她着意咬重"良娣"二字，颇有些幸灾乐祸之色，提醒她尊卑颠倒，已不复往日。

皇后轻轻摇头，仿佛疲倦得很："一时之气？会否朝令夕改？若是如此，臣妾宁愿今日不要如此责难胡氏，以免叫人以为宫中律法只是儿戏而已。"

"皇后一定要朕说得明白么？"玄凌凝神片刻，"胡氏入宫以昌嫔之位始，如今终其一生，至多以嫔位终，以此正后宫风纪。"

皇后的神色清平得如一面明镜，低首片刻，唤出人群中的安陵容，抿唇一笑："亏得昭媛细心，前两日胡良娣病着她去探望，才凑巧发现此节。"

安陵容微微一怔，很快泯去那份意外的愕然，轻轻垂首："臣妾不敢。"

皇后似没有察觉周遭人等因此而生的对安陵容怨毒与畏惧的眸光，似是大为赞叹："昭媛不愧为九嫔之一，明尊卑，正典仪，堪为后宫之范。"她停一停，转首问询于玄凌："蕴蓉册妃礼不复，昭仪之位亦失。九嫔不可无首，不如由安昭媛暂领其位。"

从二品九嫔是嫔位中最高一阶，分有九人，虽同为从二品，却也有先后之分，皆是昭仪最尊。如今昭仪之位无人，皇后此举，意在推崇安氏而已。

我淡淡一笑，虚名而已，皇后方才那一句话，才是真正玄机所在。利益所驱，连血肉亲缘皆可割舍，同盟之间怎会毫无芥蒂嫌隙？

玄凌看蕴蓉一眼，怒其不争，唇齿间却也透着一丝温情的怜悯："回去看看和睦，着人送来皇后处，从此每月只许见一次。燕禧殿……暂且许你住着吧。"

胡蕴蓉深深拜倒，赤金宝钏花钿的清冷明光使她一向娇小喜气的脸庞折射出冷峻的艳光。贞贵嫔是有子息的人，闻得要人母女分离，已是不忍，这些日子她缠绵病中，此刻强撑病体坐在殿上，遥遥望一眼玄凌，怯怯道："皇上息怒，臣妾有一丝不解，想请问……良娣。"

玄凌温言道："你说。"

贞贵嫔得他许可，方依依道："臣妾以为，这衣裳上绣纹类似凤凰不错，却也只是类似而已。凤之象也，鸿前、鳞后、蛇颈、鱼尾、鹳嗓鸳思、龙纹、龟背、燕颌、鸡喙，五色备举，高六尺许。而此衣衫绣纹，高先不足六尺，唯四五尺而已，有三十六色却皆非正宫纯色，不见龙纹而是蛇纹，羽毛也多青金而非只纯金色，似乎与凤凰也不完全相像。"

贞贵嫔心细如发，一一指出，每指一样，玄凌蹙紧的眉目便平和一分。她话音甫落，已听得有一女子的沉稳之声从殿门贯入，朗然道："不错。此纹并非凤凰，而是神鸟发明！"

绣夏不由皱眉，低喝道："皇后正殿，谁敢如此无礼，大声喧哗！"

来者丝毫不理会绣夏的呵斥，只向玄凌与皇后深深一拜："奴婢琼脂向皇上、皇后请安。"

琼脂乃是胡蕴蓉陪嫁，更兼从前侍奉过舞阳大长公主，皇后亦要让她几分薄面，不由得轻叱绣夏："琼脂护主心切也就罢了，你怎也半分规矩不识！"

琼脂淡淡一笑："素闻贞贵嫔卓然有识，果然不错。老奴代小姐谢过。"她自云"老奴"，颇有自恃身份之意。说罢徐徐展开手中画卷，画卷上有五鸟，彩羽辉煌，莫不姿采奕奕。琼脂抬手绾一绾鬓发，缓缓道："古籍中有五方神鸟。东方发明，西方鹔鹴，南方焦明，北方幽昌，中央凤凰。发明极类凤凰，长喙，彩翼，羽尾缤纷流丽，喜饮清露，常嬉浮云。也难怪诸位娘娘小主不知，这神鸟除凤凰之图流于人世之外，余者都已失传许久，若非我家小姐雅好古意，也难寻到。"说罢将画卷与衣衫上图纹细细比对，果然是神鸟发明而非凤凰。只是两者极其相似，若不说破，极难分辨。

"皇后位主中宫，当之无愧为女中凤凰。皇后之下贵淑贤德四妃分属东西南北四宫，正如东西南北四神鸟，譬如淑妃娘娘便入主西宫，可以鹔鹴相兆。我家小姐并未衣以凤凰，实在不算僭越！"琼脂说罢扶起长跪于地的胡蕴蓉，道，"小姐受委屈了。"

玄凌两相一看，不觉歉然，伸手去挽蕴蓉的手："你也不早说，平白受这委屈。"

胡蕴蓉满脸委屈神色，带着一抹小女儿的撒娇，浑不见方才一语不发的冷傲神色，她甩开玄凌的手，顿足道："方才表哥好大的脾气，我还敢分辩么？若一急起来，表哥晓得蓉儿的脾气，必定口不择言惹恼了表哥，到时你肯定更不理我啦！"

一旁安陵容听到"蓉儿"二字，不由得一愣，本能地转过头来，旋即省悟，扬唇漠然一笑。这是我第一次听蕴蓉在玄凌面前如此自称。我微一揣摩，此"蓉儿"非彼"容儿"，胡蕴蓉素来心高气傲，怎容安陵容这一声"容儿"珠玉在前，生生夺了自己在玄凌心中的分量。我暗笑，胡蕴蓉的心结，想必也有此一节吧。

玄凌又好气又好笑："你何曾是这样胆小的人儿，在朕面前不敢犟嘴也就罢了。如何方才在皇后殿中也不好好说话，倒叫皇后这般着恼？好好的生出这场风波来？"

赵婕妤眼珠一转，满面含笑，忙接口道："也是呢。谁不知胡妹妹素来伶牙俐齿，早早把事儿说完了不就好了。皇后最是心胸宽广之人，这些误会小事必定一笑了之，也不用咱们姐妹惊惶惶地奔波一场了。"

胡蕴蓉眼波一转，脆生生笑道："臣妾怎会不愿与皇后细细说明？只是臣妾一进昭阳殿，皇后怒目，所有人都被逐了出去，只剩臣妾与皇后两人，开口便是'大义灭亲'四字，臣妾哪里还敢辩呢？连淑妃一进来也被皇后一通排揎，责她优柔懦弱，吓得淑妃大气儿也不敢出。"她的目光自皇后面上涓涓而过，旋即笑道，"表哥也莫生气，皇后是久病初愈之人，难免容易动气些！"她附到玄凌耳边，悄悄道，"除了太医常开的那些药，表哥也得请太医为皇后制些坤宝丸、白凤丸、复春汤才好。"

蕴蓉说得虽轻，然而近侧几个年轻嫔妃都已听见，忍不住捂嘴轻笑。玄凌笑着在她手腕捏了一把，笑骂道："胡说八道，皇后哪里就到更年之期了。"口中虽笑，然而目光触及皇后，眉心一动，似有怒意轻扯，到底按捺了下去，只淡淡道："往后少动些气，于你自己身子也不好。"

皇后眼见此变，倒也不急不躁，垂首从容道："蕴蓉素得皇上与太后关爱，她若犯错，岂不是叫皇上与太后添堵伤心，爱之深责之切，臣妾也是关心则乱。"

蕴蓉淡淡一笑，到底是琼脂说了一句："那么多谢皇后关怀了。"

吕昭容踌躇良久，似有话按捺不住，终于脱口道："方才琼脂姑姑说皇后乃中宫凤凰，淑妃入主西宫，乃是神鸟鹣鹣之兆，那么如你所言，胡……"她微一迟疑，不知该如何称呼才好，"她衣绘神鸟发明，岂非入主东宫，是承位贵妃之兆！"想起宫中蕴蓉已封昌妃、将登贵妃之位的传闻，她不由得暗暗咋舌。

传言不过是传言，若真有此心还如此昭然于众，得宠数月不减的馀容娘子不由得连连冷笑："良娣好大的福分！好大的心胸！"

胡蕴蓉充耳不闻，小心翼翼解下颈上束金明花链上垂着的一块玉璧捧在手心，敛衣裳，正裙裾，郑重拜下："皇上以为臣妾何以敢以发明神鸟自居？皇上可还记得臣妾生来手中所握的那块玉璧？"她将手中玉璧郑重奉上，"请皇上细看玉璧反面所雕图案。"

我站在玄凌身旁细看，那是一块罕见的赤色玉璧，不过婴儿手掌一半的大小，赤如鸡冠，温润以泽，纹理坚缜细腻，通透纯澈。正面的商意弦纹古朴凝重，刻着"万世永昌"四字，望着而生温厚之意。反面则是一对神鸟图案，乍看之下极似凤凰，细细分辨才能看出是东方神鸟发明的形状。

"臣妾生而手不能展，见到皇上那日才由皇上亲自从手中取出这块玉璧，上书'万世永昌'，以此征兆大周国运万世绵泽，天下昌明。臣妾身受上天如此厚爱，得以怀玉璧而生，更能侍奉天子，更要尽心竭力，不敢有丝毫松懈。臣妾不能为皇上诞育子嗣，日夜不安，只得时时祈求神明眷顾，庇佑大周。又见玉璧所琢纹样极似凤凰，心下胆怯又有些疑惑，心想两位表姐皆为皇后，且宜姐姐如今正主后宫，臣妾玉璧上又怎会真是凤凰？查阅无数古籍才知乃是神鸟发明。臣妾闻得古时神鸟发明掌一方祥瑞，能主风调雨顺，喜不自胜，是以亲自动手绣在素日最喜的衣衫上，可以时时求得庇佑，并非有觊觎贵妃宝座之心。"她容色肃穆庄重，款款道来，大有一朝贵妃的高远风华。

玄凌亲自搀她起身，微微动容："怜你一番苦心了。"

蕴蓉稍见羞色，倨傲地扬起她小巧的下巴，乜斜着看向安陵容："也亏得昭媛心细如发，处处在燕禧殿留心，连来探病也不放过，才能使得臣妾苦心得以上达天听，且宣扬于人前。"她似笑非笑道，"还要多谢昭媛呢。"

敬妃笑道："昭媛妹妹也真是的，素日在皇上身上用心也是该的。不想却爱屋及乌用心过了，怪道皇上总是对昭媛格外垂怜呢。"

祺嫔托腮笑道："是呢，总有人爱兴风作浪的，本来这时候咱们姐妹下棋的下棋、逗鸟的逗鸟，都自得其乐呢。"

安陵容微微有些局促，很快笑道："也是臣妾胆子小，心里又藏不住话。本是想皇后娘娘与胡妹妹是自家姐妹，必然好说话的。不料兜兜转转生出这样大风波来，都是臣妾的不是。"说罢便已垂泪跪下。

玄凌睇她片刻："你也是素日太小心翼翼了，日后留心着些就是。"转脸对着蕴蓉已是含笑，脱口道："你有这份赤子心肠，如何当不得贵妃？"

一丝难掩的喜色自蕴蓉眼底划过，转瞬湮灭于她光艳的神采中："皇上过奖了。"

没有先前的百般委屈、峰回路转、撒娇撒痴，这"贵妃"之诺如何会轻易来得呢？想要有所得，必先有所失吧！

人的欲求如深壑难填。得到贵妃之后，她想要的又是什么呢？我凝眸于她娇小的身躯，转眼去看凤座上的皇后，不由得暗笑，有皇后开了自贵妃而立后的先例，胡蕴蓉胸中野心只怕真不小呢！有这样一位表妹，也够皇后头疼的了！

只是细细留心她素日心胸行径，若真取朱宜修而代之，又怎会是好相与的呢？何况，朱宜修尚在后位，玄凌又顾念我与端妃，她这贵妃"当得"与"当得成"之间还差了十万八千里呢！

我一垂眸，举袖掩饰着轻咳了一声，目光往凝神端坐的端妃身上微微一转。玄凌恍然会意，意识到自己的失言，微微有些尴尬。

我笑道："当年皇后亦自贵妃而立后，若真如皇上所言，日后胡妹妹成了贵妃，中表之亲皆为我大周贵妃，可不是一段佳话么？"我瞥一眼馀容娘子，笑语盈盈："方才娘子还称胡妹妹为良娣，当真该打该打！"

皇后微一凝神,已然含笑:"平白叫蕴蓉受了贬为贵人的惊吓,这册妃之礼便由本宫和淑妃一起好好操办,当作压惊赔礼。皇上意下如何?"

玄凌应得爽快:"先行了册妃礼再说。皇后熟知典仪,便好好花些心思在蕴蓉身上吧。"

皇后的笑容轻似流云,拉过我的手道:"今日也叫淑妃委屈了。说到衣衫僭越之事,淑妃是最清楚不过了。当年她获罪出宫,归根究底也是为了姐姐的一件衣衫。皇上是重情重义之人,却也最重宫规。今日淑妃本是来劝和本宫的,谁知本宫一见她念起旧事更难过了。"说罢指着我向众人道,"淑妃是何等聪明样人,为着无心犯了规矩冲撞了已故的纯元皇后,当年本宫与皇上不得不挥泪严惩。今日蕴蓉之事,本宫以为她犯淑妃昔日之错,唯恐又要得严惩,更是痛心,脾气未免躁了些。"她殷殷叮嘱,"幸好是一场误会。只是宫规严谨,人人都是一样的,各位妹妹必得注意言行,否则本宫纵然心中顾惜也不敢违背祖宗百年规矩。"

众人唯唯诺服,我听皇后提起当年恨事,心中恨极,然而玄凌面前亦不能露出什么,只垂首应了。

"皇后这话错了!"众人正唯唯间,胡蕴蓉语出惊人,唇边划过一丝浅浅笑意,闲闲道,"衣衫僭越,冒犯尊上自然要严惩。只是……比方方才皇上以为臣妾在衣衫上绣凤凰图案乃是有意,当年淑妃错着纯元皇后故衣乃是无心,以为臣妾有意降为从五品良娣,淑妃无心却贬为正六品贵人,听闻淑妃当年禁足棠梨宫之时可受了不少委屈,内务府所供饭食皆是馊腐的,大冬天连煤炭也不给,冻得淑妃和奴婢一般长了冻疮不说,连要请个太医也赔上了近身侍婢的性命。臣妾若真如皇上所惩,每月还能见和睦一次,淑妃却是被废入甘露寺,若不是她福气厚些,只怕这辈子连胧月帝姬是什么样子都不晓得了!"

"内务府那些敢欺凌你的奴才都被朕罚去洗恭桶^①了。"心底百感交

---

① 恭桶:即马桶。

集，难怪回宫后浣碧要私下查处那些当年欺辱棠梨宫的内监却一个个无迹可查，原来还有此节。玄凌神色微微一震，眼底浮起一缕内疚之色："朕一直以为流朱的死只是意外。"

"多谢皇上。只是，都是过去的事了。"听起来我的声音是无比感动的。我停一停，含笑向胡蕴蓉道："皇上厚爱妹妹，所以不忍重责。论与皇上的亲疏情分，本宫又怎敢与妹妹比肩呢？"

她提起往日我寒微之事，语中颇有自得之色，然而醉翁之意不在酒，她又怎会费上一番唇舌只为炫耀。"淑妃妄自菲薄了。倒不是表哥有意偏爱于我，而是纯元皇后和当今皇后是不一样的。原在府里的时候纯元皇后乃是正室夫人所出，当今皇后是三姨娘的女儿。"她眼里有刻薄的笑意，"纯元皇后乃是皇上的嫡配皇后，也是当今皇后的嫡出亲姐。当日朱门出了一后一妃乃是城中佳话。只是纯元皇后在世时当今皇后还是贵妃，封后也是续弦。民间娶妻尚分结发与填房，嫡庶长幼有别，皇后又怎能自认与纯元皇后并肩？"

她这话说得极辛辣。宫中人人尽知皇后乃是庶女出身，虽在纯元皇后逝后也立为皇后，只是人人心中有数。这两位皇后莫说在与玄凌的情分上有天壤之别，他日若玄凌崩逝，陵寝之内也只得由元配皇后与之同葬，朱宜修唯有在一丈之外的左侧才有其安放棺椁之地。此中微妙，尽人皆知，只是谁敢冒此大不韪宣之于口。

皇后素来沉静从容，闻得"嫡庶"二字不由得脸上肌肉一搐，再听到"结发""填房"几字，面上还未露出什么，指尖已颤颤抖索，想是动了真怒。我自进宫以来，从未见她有如此神色。人人皆有软肋，皇后亦不例外。

然而也不过一瞬，她把颤抖的指尖笼在了宽大的莲袖中："本宫只有这一个姐姐，自幼姐姐爱护关怀，姐妹情深，本宫自然处处以她为尊，不敢与之比肩。"

嘲讽的笑意自蕴蓉唇角闪过，她神色诚恳："是呢。我也是这般想的，表哥说是不是？"

　　玄凌的目光并未着落在任何人身上。遥遥天际，玄凌似乎在目光尽头看到了纯元皇后的绝代姿容，唇齿间轻吐的音节带着一种深刻缠绵与眷恋："自然是不一样的。"

壹拾　生杀

无论身份尊卑，血肉之躯的人，都会受伤。而心底的伤往往比皮肉之伤更难愈合。

皇后对玄凌的失神仿佛已经司空见惯了，对他口中一往情深而伤人的语句也置若罔闻。然而胡蕴蓉的一席话正中玄凌伤处，皇后关于姐妹情深的解释似乎并不十分奏效，他眉宇间的薄怒和愁绪被蕴蓉隐隐挑起。

我逐渐明白，只要面对纯元皇后之事，事无巨细，他总是会轻易失去理性。

皇后也不再加以辩白，不卑不亢屈身，平静道："今日之事都是臣妾的过错。若然蕴蓉真正不敬尊上，乃是本宫约束不力之罪；如今臣妾未能明察秋毫，博古通今，以致蕴蓉受了委屈，也是臣妾无知识浅之过。无论哪一样都是臣妾的罪过，臣妾自请罚俸半年，抄录《通史》三十卷，以记此鉴。"

玄凌本有几分薄责之意，见她如此自责，只得抬手扶她："不知者不罪，皇后何苦如此？"奈何皇后始终不肯，百般坚持，玄凌无可奈何之下，只得应允。皇后罪己，嫔妃安能自安？我亦只得跪下，自请陪皇后抄录《通史》，罚俸一年，口中道："臣妾枉有协理六宫之责，却不能为皇后明断是非，乃是臣妾大过。"一语如此，在座嫔妃纷纷下跪，请求宽恕皇后与淑妃。

中间一人并不下跪，施施然如鹤立鸡群，慢条斯理道："淑妃大罪，岂止这些……"众人见她大言无惧，不觉面面相觑，相顾惊愕。祺嫔很满意此刻众人惊惶中因她拖长的语调而生的好奇，目光徐徐环视，方隐了一层笑意，"淑妃私通，秽乱后宫，罪不容诛！"

她一语未落，众人面上皆生了一层寒霜。我遽然一惊，心底某个隐秘的角落似被什么动物的利爪狠狠一抓，痛得心脏肺腑皆搐成一团，漫漫生出一股寒意，冻得整个人瑟瑟发抖，几乎不能动弹。

玄凌登时大怒，劈面朝她脸上便是一掌，斥道："贱人胡说！"清脆响亮的耳光余音袅袅，仿佛一掌一掌劈在我的太阳穴上，脑中隐隐作痛，我只觉得目光如要噬人一般，如钉子一般钉在祺嫔身上。祺嫔唇角有鲜红的血珠沁出，鲜艳夺目。她捂着半边脸毫不退缩，只抬首含着痛快的笑意恨恨看着我。

皇后亦是失色，起身斥道："宫规森严，祺嫔不得信口雌黄！"

祺嫔伏地三拜，举起右手起誓，郑重道："臣妾若有半句虚言，便叫五雷轰顶而死，死后入十八层地狱，永不超生。"

叶澜依"扑哧"一笑，在气氛沉重的大殿里听来格外清脆："臣妾还以为是什么毒誓呢？原来不过如此而已。死后之事谁又能知，以此虚妄之事赌誓，可见祺嫔不是真心了。"说罢便起身要牵玄凌的手，口中道，"罢了。皇上也不必在这儿听祺嫔说笑话了，不如去臣妾阁中听戏去，今日梨园子弟排了新曲目呢。"

玄凌亦不耐再听，刚要发话。祺嫔狠狠瞪了叶澜依一眼，猛力一咬唇，发了狠劲道："臣妾管文鸳以管氏一族起誓，若有半句虚言，全族无后而终！"

她一字一字说得极用力，仿佛铆足了全身的力气一般。说完，整个人似虚脱一样，只盯着我"嗬嗬"冷笑。

她拼上管氏全族起誓来告发我，如此不留余地，想必已有万全之策。我心中愈来愈冷，只无望地盯着玄凌，盼他莫要相信才好。玄凌亦不意她会发此毒誓，皇后轻咳一声，向玄凌道："祺嫔如此郑重，或许有隐情也未可，倒不能不听。若其中真有什么误会，立刻开解了也好。否则诸位妃嫔都在此，日后若以讹传讹出去，对淑妃清誉亦是有损。"

玄凌本欲拂袖而去，听得祺嫔如此发狠亦不由得怔住，皇后一劝，他停住脚步，冷道："朕就听你一言，如有妄言，朕就按你誓言处置！"

炫目的红麝串垂在她丰满白皙的胸前，似毒蛇"咝咝"吐着的鲜红芯子，直欲置人于死地。她静静道："是。"

皇后端坐，声音四平八稳："你既说淑妃私通，那奸夫是谁？"

所有的声音都沉静下来，殿中人的目光皆凝滞在祺嫔身上。她胸有成竹的冷毒笑意让我感觉到自己呼吸的闷窒，冰实的胸口隐隐有碎裂成齑粉的惊痛与恐惧。她恨恨吐出几字，似从口中吐出最嫌恶的污秽："太医温实初！"

我的心在这一刻骤然停止了震荡，平静下来，胸腔中似吸到最清新的一口空气，舒畅了许多。转眼看见叶澜依也松了口气。我慢条斯理地拨一拨红珊瑚耳环上垂下的碎碎流苏，轻声道："是么？"

我的平静并未使众人的狐疑滤去几分，相反，听到"温实初"这个名字，让本来将信将疑的人更加笃信。赵婕妤道："果然呢，宫中除了侍卫和内监，唯有太医能常常出入。内监不算男人，侍卫粗鄙，相形之下也唯有太医能入眼了。"

祺嫔掩袖诡秘一笑："温实初是淑妃的心腹，又奉旨照拂皇子与帝姬，日日都要见上几回的，若说日久生情也是难怪。"

久无圣宠的康贵人似思索状，呷嘴道："我还记得当时淑妃初入宫为贵人时卧病许久，当时便是温太医诊治的。"

众人似恍然大悟一般"哦"了一声，神情各异，赵婕妤与祺嫔相视一笑，道："康贵人好记性，幸得你当年和淑妃同住过一段日子，晓得的比咱们多些。原来孽情深种，始于当日也未可知。"

康贵人怯怯看我一眼，忙不迭摇手道："不是不是！我并无这样的意思，两位妹妹误会了。"

陵容似有愤懑之意，道："两位姐姐怎可如此揣测！淑妃姐姐入宫病重由温太医照拂乃是情理之中，温太医医术高明不说，与姐姐两家本是世家，常有来往的。当年选秀入宫时本宫曾与姐姐同住甄府，温太医与姐姐和甄公子自幼便是相识，入宫互为照拂也是应当，怎会有私情这一说！"她转首看着玄凌道："臣妾愿意相信姐姐清白！"

她言辞恳切，然而如此，玄凌脸上愈添了一层不悦之色，端妃微微蹙眉，敬妃面上亦笼了一层阴云。

"如此说来，竟是青梅竹马了！"赵婕妤"啧啧"道，"看来祺嫔所说，倒也不是全无道理。"

"何止是青梅竹马！淑妃入宫前温实初还曾上门提亲。"祺嫔颇有自得之色，唤过身边侍女，"把陈四家的带上来。"

大殿光线所聚处走来一个身形小巧的女子，仿佛有些年纪了，一身半新的翠蓝家常婢仆衣裳，一进殿腿一软便跪在了祺嫔身后，磕了两个头道："奴婢给皇上、皇后请安。"

她的声音有些发抖，我忽而疑惑，这声音很有些耳熟。敬妃看我一眼，意指是否知道此女的来路。我仔细分辨她匍匐的身影，终究一无所获，只得摇了摇头。

玄凌皱眉道："抬起头来说话。"

那妇人怯生生抬头，她看上去并不算很老，但眉目间有饱受风霜摧残的痕迹，使她过早呈现出疲态。那妇人的目光在我身上溜溜一转，萌发出一点热切的期盼，很快随着她的面容一同木然下去。我仔细分辨她的容貌，蓦地灵光一现，唤道："玢儿！你是玢儿！"

她想要应声，却被转头的祺嫔狠狠瞪住，吓得忙忙噤声。祺嫔撇了撇唇角，道："淑妃还认得她！只是她现在可不是甄府里的小丫鬟玢儿，而是管府里管马房的陈四的媳妇儿。当年甄府获罪，所有奴仆全部充公变卖，要不是管府里买了她给她口饭吃，现在早饿死街头了。"

我鼻中酸涩，昔年的玢儿是多么伶俐可爱的一个小丫头，爱玩爱笑，如今生生被磨成了一个半老的妇人。我留意她的神色，这些年，想来她过得很不如意吧。

我伸手搀她："玢儿，有什么先起来回话吧。"她的手猛地一缩，更往后退了一步，低头道："奴婢不敢。"

祺嫔不耐地回头，道："啰唆什么！回完了话就是。我只问你，昔日你在甄府当差，温实初是否曾向甄家大小姐，也就是你眼前的淑妃提亲？"

玢儿看看她，又看看我，神色凄楚。很快，她避开我的目光，声如蚊蚋地低语几句。祺嫔怒起，喝道："皇上皇后面前得要大声回话，陈四没说给你规矩么？"

玢儿听到"陈四"这个名字猛地一哆嗦，眼中已有了泪意，慌忙道："淑妃娘娘选秀半个月前，温太医曾上门提亲。不过不是过了老爷夫人的面儿来的，只是私下到娘娘面前说了。"

玄凌紧接着问："娘娘答允了没？"

玢儿连忙摇头："没有没有。娘娘……"她的目光遇到祺嫔凌厉的眼神，欲言又止，终究把后头的话吞了下去。

玄凌面上肌肉微微放松，敬妃微笑道："臣妾以为，如果淑妃与温太医有心，或许今日也就不在宫中了。可见淑妃心底坦荡，二人并无私情。"

祺嫔笑一声："敬妃娘娘也忒心善了。淑妃心比天高，怎会甘心嫁一个小小太医，自然是要参选了再说。只是温太医私自求亲，诸位试想，若淑妃从前并无半点意思，他又怎会贸然去提亲呢？可见是有青梅竹马的情分在的。"

这话若要细细辩驳起来的确无法可辩，我淡淡一笑，看向玄凌道："臣妾不信青梅竹马，只相信姻缘天定，百转千回亦能相聚，绝非人力可改。"

贞贵嫔病中吃力，仍勉强温婉一笑："淑妃这话的确有理。皇上与淑妃几度离合，可见姻缘天定，旁人的情意也不过虚妄揣测而已。"

祺嫔冷冷道："淑妃的确福泽深厚，我等卑微之人如何堪与她相比，只是她身在福中不知福，回宫后仍与温实初私相密会，恋奸情热。"

敬妃正色道："祺嫔，本宫素知你与淑妃结怨已深，只是口舌易生是非，断断不可乱说话。"

吕昭容以手捂耳，似不忍听闻之状，啐道："恋奸情热这等俗语怎能出自宫嫔口中，何况你还曾为贵嫔，更该懂些礼仪！即便如你所言温太医与淑妃真有来往，也该掩密无人知晓，无凭无据地说恋奸情热这般污秽言语，你也不怕下拔舌地狱么？"

祺嫔素来不把吕昭容放在眼里，不由得轻蔑道："若要人不知，除非己莫为。淑妃做得这些污秽事体，难道还要用好话捧着她么？自然是什么为人配什么话儿。昭容说什么掩密些的话，事情到今日才揭晓，未必不是每每有人替淑妃掩饰的缘故。"说着眼风往贞贵嫔身上一转。

贞贵嫔被其目光所触，满脸困惑，原本憔悴的脸色更见苍白。

"放肆！"玄凌已在皇后身边坐定，骤然迸发出怒意，"你只说你知道的，又去攀扯旁人做什么！淑妃是什么为人，朕还没有发话，你就要替朕做主了么？"

祺嫔稍稍收敛，不情愿地应了声"是"，道："淑妃回宫后，温实初照顾生产，殷勤有加，至今每每在宫中私会，不仅在皇上为她所建的柔仪殿中偷欢，连在贞贵嫔宫中也不掩饰。"

贞贵嫔见扯到自己身上，慌得迅疾站起，辩道："臣妾并不记得有这样的事。"她是病虚了的人，怎经得起猛地站起，一时没站稳，人倒发晕晃了一晃。

桔梗忙在后面扶住，玄凌道："你既病着，有什么话坐着回就是了。"

祺嫔伸手击了两掌，殿柱后头转出一名宫女来，祺嫔道："淑妃是否与人苟且，自然是她身边的宫人知道得最清楚。只是淑妃身边的宫人大多是旧人心腹，自然是替她望风掩饰的多。只不过事情做得多了总有露马脚的时候，这个小宫女斐雯便见过几次。"说罢吩咐："你自己把看见的听见的说与皇上和皇后听。"

斐雯见了我，不自觉地缩了缩脖子，磕了个头跪着，玄凌认得她是我宫中服侍的小宫女，不觉更添了一分疑色，问："你什么时候看见什么听见什么，不得添油加醋，不得减字漏话，更不得有半句妄言，一五一十说给朕听。"

斐雯道："是。有一回是在贞贵嫔宫里，内务府送给二皇子的衣料上被投了天花痘毒，幸亏淑妃娘娘发现得早，忙请温太医来看。结果温太医一进来也不先问别的，只问娘娘碰过沾了痘毒的衣裳，用烈酒洗过手没？那日温太医发了好大的脾气，奴婢见温太医是未央宫里常来常往的，脾气最好不过了。这倒是头一次看他担心娘娘安危呵斥了娘娘。奴婢就想，亏得娘娘与太医常常来往，平日里也一同喝茶说话熟稔惯了，否则定要治太医一个不敬之罪呢。还有一回是在娘娘自己宫里，那日娘娘请了温太医来说话，里头也没什么人伺候着。玉娆小姐急着进去找娘娘，奴婢怕小姐惊扰了娘娘和太医说话，忙跟着进去想要拦下，谁知就看见温太医的手拉着娘娘的手，两人你看我我看你静静儿坐着。温太医一看见奴婢和玉娆小姐进来，忙慌得撒了手。奴婢还瞧见温太医衣袖口子上翻出来一截，绣了一朵小小的五瓣竹叶。此后奴婢越想越害怕，怕娘娘来日知道奴婢看见了要杀了奴婢灭口，心里再三拿不定主意，一个人偷偷在太液池后头哭，谁知祺嫔小主看见问起，奴婢是个心里没主意的人，只好一五一十告诉了小主，求小主做主。"她低一低头，似极力思索着什么，停了片刻道，"奴婢见过的就这两回，其余没见过的也未可知了。"

斐雯口角利落，然而细节处描绘得面面俱到，由不得人不信。她后面的那句话如火上浇油一般，哧地烧起了玄凌眼底阴郁的火苗。他摩挲着手指上碧沉沉的翠玉扳指："燕宜，你还记得有这样的事么？"

燕宜见玄凌含怒，眼中微见泪意涔涔："那日在空翠殿中，温太医见淑妃娘娘碰了沾染痘毒的衣物却不及浣手，的确情急之下语气颇重。只是这话倒也不只是对淑妃，臣妾那日与淑妃都未曾想到要浣手，所以温大人所说也是对臣妾。"她缓一缓病中急促的气息，"恕臣妾多嘴，温太医照顾宫中嫔妃都尽心尽力，无论得宠失宠一概悉心照拂，臣妾等也受益颇多。"

她语中所指，尽力撇开我与温实初的关系，极力维护。我心中一暖，想起往日种种，心中更是感念。即便有些许嫌隙，也都烟消云散了。

赵婕好抬手正一正鬓上一朵半开的粉色月季，轻笑道："贵嫔娘娘这话多少有点为此事发生在自己宫中做掩饰的嫌疑。"

玄凌的拇指按在眉心轻揉不已，他闭眼道："燕宜，你是不会说谎的。"

燕宜轻轻抬首，平视玄凌的眸光中隐隐含情："是。臣妾从不对皇上说谎。"

玄凌微微睁开双眼，淡淡道："如婕好所言，人人的话都有为自己私心的嫌疑，朕本就不该坐在这里听祺嫔说话了。"

赵婕好听出玄凌薄责之意，不敢再作声。祺嫔一甩帕子，皱着脸嫌恶道："你不过是个小宫女，新近才得淑妃赏识让你进了几回内殿伺候，你才去了几次就看见了两回，那你没看见的日子呢，岂不是这样的事情多了去了。"

皇后眉头轻皱，道："此中关节交错，一时也难以分辨明白。此刻只有淑妃在场，既然这事也涉及温太医，不如即刻把温太医带至昭阳殿问话吧。"

玄凌微一思索，即刻吩咐小厦子去了。

壹壹　遲遲鐘鼓初長夜

时近黄昏，宫女们一一上前掌灯，明亮的烛火和衣裙碰触时，衣料特有的窸窸窣窣的柔软声响驱不散浓胶一般凝滞的气氛。不一会儿，宫女们都退出去了。玄凌以手支颐，半靠在九龙座上，皇后端正的容色在烛火艳色的光影下愈加显得庄严。端妃似乎倦了，只顾闭目沉思。殿中只见诸女互相传递的眼风与揣测不已的神色，偌大的殿内半点人声也无，只听更漏缓缓，"咚"一声落在莲花铜盘中，滴落余音袅袅。

温实初赶来时想已听到风声，往日温然的面庞沉郁着，行礼如仪。他悄悄看我一眼，我依旧端然立着，纹丝不动。

祺嫔眼尖，尖着嗓子道："温太医真是心系主子，一进来就先看淑妃身子是否安好，恨不能立刻搭上手请平安脉呢。"

温实初纹风不动，只安静道："祺嫔小主心浮气躁，声音尖细，想是虚火旺了，等下微臣请太医院送帖清火的药来，想必小主不会再这么急惊风的了。"

我为他这样的坦然平稳而欣慰。玄凌下巴轻轻一抬，李长行至温实初身前，道声"得罪"，翻起他的袖口一瞧，不由得倒吸一口凉气。袖口上果如斐雯所言，绣着一朵碧绿的五瓣竹叶。

玄凌的口气听不出喜恶："这绣纹倒别致，一直都有么？"

温实初不解何意，只得答道："微臣母亲素爱翠竹，所以凡是微臣衣裳的袖口都由家母绣一朵小小竹叶，以表思亲之意。"

如此微末细节一一对应，众人心中更增了几分相信。玄凌冷哼一声，不作他言，叶澜依立于玄凌身边冷眼旁观，一脸不以为意。敬妃鼻尖沁出一层晶亮的汗意，道："温太医袖口绣的花纹也不是一日两日了，素日留心些就能看见，也当不得准。"

吕昭容连忙附和："是呀是呀，温太医不是说凡是他的衣裳，袖口都有如此花纹么？"

祺嫔盯住吕昭容，幽幽道："这就奇了。一介太医，见了淑妃自该注重礼节，怎么倒像进了自己家一般翻了袖口面对面坐下说话，倒也真是惬意。如此下去，以后太医们进了淑妃殿，翻袖子的翻袖子，解衣裳的解衣裳，还有什么不能做的！"

温实初听着不堪，急道："那日淑妃本是唤了微臣去问淑媛的胎象，淑妃与淑媛一向交好，听得淑媛胎象无碍，不日就能平安生产，一时高兴赏了微臣吃茶。吃茶时卷一点袖子，所以不曾顾全礼节。"

祺嫔冷厉的目光盯了温实初片刻，忽而笑道："若非淑妃看重太医，除你之外再不把太医院任何一人放在心里，如何会托付你去照顾与她情如姐妹的沈淑媛。我从前不曾想到这一层，如今看来，淑妃与太医你的情谊真当是不一般。"

祺嫔有备而来，招招不容人有喘息之机，温实初气得面红耳赤，道："你……"到底尊卑有别，温实初把满腔怒意生生咽了下去，再不理会。

偏偏祺嫔不肯放过，指着他道："温太医是否心虚，否则脸色怎么这般红？"

玄凌的目光从众人身上缓缓刮过，目光所及之处，不由得人人低头。他森然道："朕要听的是事实，你们倒像市井泼妇一般唇枪舌剑，统统滚出去才清净！"

他心中怒气积郁，却也不肯冲我发作。我心中微微感念，转首冷眼瞧着跪在地下的斐雯，泠然道："斐雯，你在宫中这些日子，本宫倒没瞧出你有这份心胸！"

斐雯倒也不十分畏惧，仰首道："奴婢不敢有什么心胸！奴婢服侍娘娘，自然一份心肠都牵挂在娘娘身上。只是无论服侍哪位主子，奴婢都是紫奥城的人，都是皇上的人。归根结底，奴婢只能对皇上一人尽忠。若有得罪，还请娘娘恕罪。"

这些日子她在我面前总是低眉顺目的乖巧样子，从未留意到她竟也长得唇红齿白，十分可人。或许是今日面圣的缘故，更是着意打扮过。

她这样的神情叫我齿冷："你对皇上尽忠也算是得罪于本宫的话，岂非要置本宫于不忠不义之地？"我看向玄凌："若皇上还肯为臣妾的清白留两分余地，请容臣妾问斐雯几句话。"

玄凌凝视我片刻，点头道："你尽管问。"

我走到斐雯面前："本宫允你进内殿侍奉也不过是这一两个月间的事吧？"

斐雯略略一想，答道："约莫有些日子了。"

我颔首："本宫也是看你为人伶俐，有心抬举于你。如此你进内殿伺候也有好几回了吧。"

"统共五六回了。"

我很是唏嘘："斐雯，不管今日之事结果如何，以后你都不能回柔仪殿，也不能再伺候本宫了。"

斐雯微微一笑，带得头上一枚镏银喜鹊珠花上的米珠坠子轻轻晃动："只要在这宫里伺候，无论服侍哪位主子，奴婢都会赴汤蹈火在所不辞。"

我点头道："好歹主仆一场，今日你既来揭发本宫私隐，想必也知道是最后一遭侍奉本宫了，自己分内的事也该做好。你出来前可把正殿紫檀桌上的青花底琉璃花樽给擦拭干净了？"

斐雯不意我有此问，不觉愣了一愣，道："已经擦了。"

槿汐不觉拍了一下手，叹道："你这糊涂东西，娘娘的紫檀桌上的琉璃花樽哪里是青花底的，分明是海纹底。"

斐雯的眼神有些迷惘，似乎极力思索着什么，半晌道："是奴婢记错了，仿佛是海纹底的。"

吕昭容忍不住"扑哧"一笑，掩口道："斐雯的记性仿佛不大好呢。亏她还记得温太医袖口上竹叶花纹之类的小节，真是难为她了。"

如此一来，斐雯不觉露了三分慌张神色，我假意怒道："斐雯，你可想仔细，本宫紫檀桌上的琉璃花樽是青花底的，还是海纹底的？"

玄凌轻轻"嗯"了一声，疑云顿起。她左思右想，更是犹豫不定，良久，似是下了极大的狠心一般："奴婢记起来了，是青花底的花樽没错。"

"正殿紫檀桌上只有一盏绣花镜屏，从未放过什么琉璃花樽。你是本宫眼下赏识的小宫女，允许你进内殿伺候，你没把这些正经事放在心上，倒日日只留心哪位太医的手搭了本宫的手、翻出来的袖口上绣了什么花样儿。旁人若真撞见这样私会情景早不敢细看，为何你连枝叶末节都这般留意，如此居心，实在可疑！"

我骤然发作的疾言厉色让斐雯的慌张无处遁形，她愣愣半晌，忽然抽泣起来，呜咽道："奴婢不过据实回报，娘娘为何这样凶？娘娘明知奴婢蠢笨，奴婢心里日夜只担心这件大事，哪里还留心得到旁的事情呢？"

馀容娘子哧地笑了一声，对着艳艳烛光照着细白手指上光艳璀璨的一枚琉璃彩戒指，光艳迷离之下映得她的容颜也增了不少丽色。她笑吟吟道："素闻淑妃处处妥帖和气，上下无一不服，今日看来倒是百闻不如一见，想来素日不得人心的地方也不少。祺嫔便罢了，斐雯还是自己宫里人呢。臣妾倒是想，无论斐雯是什么居心，能说得这么绘声绘色、细致入微，想来不是假的了。"

斐雯忙忙点头称是，口中道："奴婢确实不敢撒谎。"

敬妃入鬓长眉轻轻一挑，道："馀容娘子说得也不奇怪。只是祺嫔与淑妃娘娘的恩怨由来已久，祺嫔也不是第一遭对淑妃不敬了，咱们都是知道的。斐雯么？淑妃虽看得起她，却也不是能时时留在内殿伺候的，此中关节……"

她微一踌躇，轻轻地摇了摇头，几乎长久不语的端妃缓缓睁开双眼，静静道："若真如敬妃所说，斐雯既是不常进内殿伺候的宫女，想来若温太医与淑妃真有私情也不会在殿外人前私会，这样的事自然是要防着人的，她又如何回回凑巧得以瞧见，还瞧得那么真切。难道真是天降大任于斯人，上天有意教斐雯来揭露这桩宫中丑闻；还是这丫头机灵过了头，事事分外留心主子的一言一行。"

敬妃倒吸一口冷气，长长的赤金嵌珠护甲敲在黄梨木小几上"嗒嗒"作响："哎呀！这私窥主子可是不小的罪名。只是这丫头为何要事事留心淑妃，私自窥探？她小小一个宫女能有这样大的主见和胆子，难道真有人主使？"她屈膝跪下，求道，"此事颇为蹊跷，还请皇上细细查问。若真有人主使，那么斐雯所说不能尽信不说，只怕还有更大的阴谋。"

吕昭容亦跪下，拉住玄凌的衣襟下摆道："臣妾疑惑，祺嫔住在交芦馆，而斐雯是未央宫的侍婢。既然人人皆知祺嫔素来不敬淑妃，与之不睦，怎么未央宫的宫女还会和祺嫔跑到一起来皇上面前揭发此事？为何不是先告诉皇后呢？"

馀容娘子道："谁不知皇后身子才见好，一时无力理会，若真如斐雯所担忧的，万一哪天淑妃暗下毒手，皇后一个眼错不见，宫中这秽乱之事便无人再知道，由得他们胡天胡地去了。"

康贵人本就不喜馀容娘子位卑年少而得宠，念了句佛道："我听说茹素念佛的人心肠都好些，连蚂蚁都不舍得踩死一只。娘娘是在甘露寺为国祈福修行过的人，怎会有这样秽乱不堪的事。"康贵人曾与我同住，多少有点顾念往日情分的意思，加之我晋位淑妃之后，她亦来往得十分殷勤。

只是玄凌一向不许嫔妃擅自提起我当年出宫一事，她此刻一说很有些不伦不类。

陵容亦劝道："是呢。姐姐出宫礼佛数年，自然心念更加仁厚，且与皇上姻缘更深，得菩萨庇佑怀有子嗣，福泽深厚。"她转首瞧着我道，"姐姐说是不是呢？"

祺嫔闻言眸中一闪，迸出幽蓝的亮光，一双黑瞳直瞪瞪逼到我身上。她缓缓站起身来，想是跪得久了，走路有些跌跌撞撞，她便这样撞到我身前，逼视我道："佛门清净地，本是供人清修净心的，甄氏生性淫贱，竟在甘露寺修行时大行秽乱之事。"她的声音因急迫而有诡异的低沉，似蓄势待发的兽，有一击即中的狠决杀意。

我闻得"甘露寺"三字，似五雷轰顶一般，冷汗涔涔从发根沁出，不由自主倒退一步，耳中嗡嗡地焦响着，双手狠狠蜷紧。

槿汐一把在身后扶住我，叱道："甘露寺乃大周圣寺，小主如此血口喷人，不怕菩萨责罚么！"说着握住我手臂的指尖暗暗用劲，仿佛想把她的力量传递到我的身体。

祺嫔似乎很满意我震惊的表情，推开要扶住她的侍女的手，膝行至玄凌座下，拉住他墨赤色双龙凌云长袍的下摆，恳求道："淑妃被废出宫后，温实初屡屡入甘露寺探望，孤男寡女常常共处一室良久。皇上若不信，大可传甘露寺的姑子细问。"她停一停，又看皇后，"此刻人已在嫔妾的交芦馆中。"

皇后望着玄凌道："要不要传，还请皇上做主。"

玄凌凝视温实初微微发白的脸色，问："温太医的意思如何？"

他拱手："微臣心中坦荡，一切由皇上决断。"

玄凌看我，怜惜之中有难掩的疑色。我何尝不知道他是多疑之人，我欠身："皇上可传她进来一问，不是为证臣妾清白，而是解皇上心中疑窦。"我停一停，带了三分自伤之意，"否则日后臣妾与皇上相处，君臣夫妻间若有了难以弥补的裂痕，于谁也是无益。"

玄凌微见难色，若传，便是对我的不信任；若不传，疑窦难消，终是祸患。胡蕴蓉依在他身侧道："皇上还是传吧。要不传这位人证上来，今日祺嫔生了这许多事情出来，心中一口恶气哪能消呀，保不准日后又闹出什么文章来。"

玄凌凝神片刻，冷冷吐出一字："传！"

不消一盏茶工夫，一名缁衣女子已在我眼前，她合十行礼，垂着眼帘道："许久不见，淑妃还记得故人么？"

她抬头，我一怔，已含了一抹冷笑："静白师父，能劳动大驾进宫，想必是挨的板子已经好了，能走动了，口舌也灵活了。"

"阿弥陀佛。淑妃赏的一顿板子，教会了贫尼说实话了。"

我凝眸片刻："但愿如此。"

祺嫔道："淑妃还要叙旧么？"说罢看静白："师父有什么话赶紧回了，也不耽误师父清修。"

静白向玄凌与皇后行过礼，道："娘娘初来甘露寺时才生产完，加之心绪不佳，总是日夜含悲，也不与寺中其他姑子来往。寺中众尼想着娘娘是宫里出来的贵人，又见她素不理睬众人，只得敬而远之。那时宫中常有一位年长的姑姑前来探望，偶尔送些吃用。除此之外只有位姓温的太医隔三岔五常来看望娘娘，嘘寒问暖，倒也殷勤。甘露寺是群尼所住之地，太医终究是男子，时日一长，甘露寺中流言不少。贫尼总想着娘娘是贵人，虽然出宫修行，想来这太医也是皇上牵挂娘娘才托来照看的，且日常也只安排娘娘和随身侍女独居一院。谁知后来有几次贫尼经过，见白日里娘娘房门有时也掩着，两个侍女守在外头洗衣操持，那太医有几回是笑着出来的，有几回竟红着眼睛。贫尼当时看着深觉不妥，想要劝几句反被娘娘和她身边的浣碧姑娘奚落了几回，只得忍了。后来为避言语，淑妃娘娘称病搬离甘露寺，独自携了侍女住在凌云峰，从此是否还往来，贫尼也不得而知了。"

静白说完，玄凌脸上已隐有怒色，胡蕴蓉软语低低劝了两句。祺嫔将玄凌的神色尽收眼底，含笑向静白道："我还有几处不明白，想细问师父，还请师父知无不言，言无不尽。"

静白合手道："小主尽管问就是。"

"在甘露寺时淑妃独住一个院落，并不与你们同住，是么？那么也就是说有人什么时候来来往往你们也不清楚了。"

"是。"

"那么凌云峰的住所是怎样一处地方？"

静白与祺嫔对视一眼，很快又垂下眼睑，连眉毛也耷拉了下来："远离甘露寺，杳无人烟，只有娘娘带了侍女同住。"

"哦——"祺嫔拉长了语调，"如师父所说，那是一处比甘露寺更得天独厚的所在了。"她停一停，环顾四周，"那么师父所说的温太医，此刻可在殿中？"

静白念了一句佛，指着温实初道："便是眼前这一位了。"

祺嫔逼进一步："师父不会认错？"

静白摇头道："甘露寺少有男子来往，温太医频频出入，贫尼也撞见过几回，断不会认错。"

叶澜依听得静白说了一大篇话，嘴角含了一丝若有若无的清冷笑意，拈了绢子按一按额头，不胜厌烦道："皇上，臣妾听得乏了，想先回宫歇息。"

此刻殿中波谲云诡，谁还顾及她是否肯在此。何况，她从来不被认为是要紧之人，也无人理会。玄凌点一点头，她依礼告退，行至静白身边时缓缓停住脚步："师父在甘露寺修行？"

静白一怔，道："有劳贵人垂问。是。"

叶澜依眸中讶异之色转瞬即逝："修行之人须得清净，从甘露寺进宫一趟不易吧。我正有一事要麻烦师父，皇上垂爱要晋我位分，我想麻烦师父在甘露寺供一盏还愿的海灯，不知供奉几斤为好？"

静白笑一笑道："阿弥陀佛，修行之人怎可轻易进红尘之中，贫尼只两年前为通明殿送过一本手抄的《金刚经》，除此再无踏足。小主得皇上厚爱晋封原该供个大海灯，只是小主还年轻，又只晋位一列，每日供个二三斤就可以了。"

叶澜依待要再问，众人脸上已浮起嫌恶之色，祺嫔道："贵人最会察言观色，怎么今日倒没眼色起来。皇上要问静白师父要紧话儿，你倒痴缠着问什么海灯香油的话，岂不聒噪！"

"澜依多舌了！"她盈盈屈身，眼波儿悠悠荡荡一转，妩媚已极，"那么有劳师父费心了，香油钱我会遣人送到师父手中，一切还请师父安排。"

叶澜依从不是这样饶舌的人，我心念一动，细细琢磨片刻，心中一宽，不觉含笑。

祺嫔望着玄凌道："臣妾请问皇上一句，温太医频频探访甘露寺是否皇上授意？若是皇上授意，那么此事倒也情有可原了。"

她眼中有灼灼的热光，对映着我心底明知不可能的灰凉。皇后追问道："皇上，是有这样的事么？"

玄凌的目光落在我身上，有不愿置信的焦痛与失望，轻轻摇了摇头。我的目光落在一脸死灰的温实初身上，他急道："淑妃所居之地的确偏僻，但有浣碧与槿汐两位姑姑为微臣做证，微臣与娘娘绝无苟且之事。"

赵婕妤不以为然地一笑："温太医当咱们都是傻子么？谁不知崔槿汐是淑妃的贴身侍女，浣碧是她的陪嫁丫头，她们都是淑妃的心腹臂膀，她们的证词怎可作数！也亏太医你想得出来！"

祺嫔拍一拍手，眉梢眼角皆是得色："事情已经清楚得很了。温实初与甄氏自幼青梅竹马，若非甄氏得选进宫，恐怕现在早是温夫人了。入宫之后温实初处处留意照拂，二人眉目传情，情根深种。待到甄氏出宫，幽居甘露寺时，温实初私下探访，二人旧情复燃，暗通款曲，甄氏再设计搬去凌云峰独居，私相往来，如做了夫妻一般，多少快活。以至于甄氏回宫后，二人在大内也罔顾人伦，暗自苟且。"

槿汐极力克制着恼怒，道："小主这样好本事怎不写戏去，爱编派谁都无妨。娘娘是否有罪还未可知，即便有罪也是有人蓄意诬陷，怎么小主倒认定了淑妃娘娘一定与人私通一般，一口一个'甄氏'起来！"

祺嫔冷冷扫她两眼："贱人身边的贱婢，甄氏若真有罪，你便是第一个为虎作伥的，岂能容得下你！"

槿汐毫不示弱，口角含了一丝凛然之气："容不容得下自有皇上定夺，小主何必出口伤人！奴婢在小主面前不敢辩驳，的确是贱婢不错。只是若较真起贵贱来，小主是正五品嫔，奴婢虽然不才，却是皇上亲口所赐的正一品内宫尚仪。小主是否应该自矜身份？"

祺嫔何曾受过这样的气，才要争辩，皇后已递了个眼色，带了责备之意："好了，和宫女吵吵闹闹的成什么样子，你也太不重身份了。"

祺嫔只得忍气吞声道了声"是"。

槿汐深深拜倒，向玄凌道："奴婢在宫中服侍近三十年，淑妃娘娘并非奴婢服侍的第一个主子，也并非服侍得最长的主子，实在无须偏私。奴婢平心静气说一句公道话，娘娘与温大人确无私情。"

玄凌的步子有难以察觉的沉重和迟疑，他缓缓走到我身前，炯炯目光直欲探视我的心底。须臾，他轻轻道："你有没有……"他迟疑片刻，终究没有问出口。

然而，没有问出口的，是他难以自解的心魔。

我压抑住心头澎湃的怒潮与酸楚，平静地看着玄凌，静静道："臣妾没有。"

玄凌点一点头，眼中疑惑不曾减去半分，他依旧挥了挥手，向皇后道："罢了。朕相信淑妃。"

他的手势疲倦而苍凉，胡蕴蓉见势，睨一眼皇后，轻笑道："皇后也是的，这件事能有多难断，祺嫔素怨淑妃，找了人来串供闹些文章罢了。温实初往淑妃殿跑得勤些原是他医家的本分，若这些子都要被人说闲话了，岂非咱们请温太医医治过的嫔妃都要人人自危了。"

皇后轻轻欠身，金錾花镶碧玺翠珠花钿闪烁着月影般耀耀光华。她眼中有幽暗的星芒一闪，也不理会胡蕴蓉，只和缓道："皇上若真要还淑妃一个清白，就该彻查此事，以免日后再有闲话。"玄凌"嗯"了一声，转头去看皇后，皇后道："此事已经宣扬开来，诸妃在座都听得明白。若不明不白了结了，皇上与臣妾自然都是相信淑妃的，可是外头的人没个准信听在耳朵里，人言可畏，反而有损淑妃声誉。"

胡蕴蓉嘟一嘟嘴，闲闲道："人证不少了，一人一篇话听得人脑仁疼，皇后若再无主意，夜深了咱们也就散了。"说罢冷笑，"今日也够热闹了，一早扯上我，再是淑妃，三堂会审。知道的人呢说宫里的人会找乐子，不知道的以为宫里尽是鸡鸣狗盗、欺上瞒下之事，更连累了皇上英名。"

皇后微微一笑："蕴蓉既有这许多不放心，不若去请了太后来做主便是。"

玄凌闻言蹙眉："糊涂！太后年纪大了，拿这些事告诉她岂非叫她不安心，愈加阖宫不宁。"

陵容盈盈而出，一袭粉白衣衫像一株凌水而出的俏丽水仙，哀哀眼波在烛光明媚的摇曳下似有泪水轻涌，她怯怯道："姐姐为皇上生有皇嗣，又操持后宫大小事宜，没有功劳也有苦劳。姐姐对皇上一片深情，皇上万万不可轻信人言。"说罢长跪于地，以额触地，连连叩首，"还请皇上细细查清此事，不要让姐姐为人言所困。"

吕昭容不屑转头，按着琵琶扣上金累丝托镶茄形蓝宝石坠角儿向贞贵嫔撇嘴道："这会子她倒惦记着姐妹情深了，从前淑妃废入甘露寺那会儿就不见她想着遣人去问候一声，倒劳烦了人家温太医。若是她去了，眼下也没这男女私情的闲话了。"

贞贵嫔望了陵容一眼，快快地别过头，不愿去看。

馀容娘子的裙摆上绣着大朵含苞欲放的绯红芍药，那鲜艳欲滴的红色一路开到她的眼中，她向温太医道："我有一事不明，还想请问太医。"

她彬彬有礼的神情使温实初一度灰败的神情稍稍镇静，他的声音有些干涩:"小主请说。"

她一字一字道:"淑妃是有孕回宫,既在外头有孕的,皇上不便时时去看望淑妃,按静白师父所说倒是温太医来往频繁。那么淑妃这胎……"

她的语句似雪亮的钢针一针一针刺向温实初,他原本苍白的面色泛起急切而激愤的潮红:"小主言下之意是以为娘娘的皇子与帝姬并非帝裔?事关社稷,小主怎可胡乱揣测!"他撩衣跪下,眼中有急溃的光芒:"皇上万万不可听信小主的揣测。"

祺嫔抢在温实初身前道:"淑妃宫外得子而回本就叫人有疑虑,馀容娘子这话倒也不是凭空揣测,当时跟在淑妃身边的只有槿汐和浣碧两个,依臣妾之见,严刑拷问之下必有收获。"

我心头一震,不由得喝道:"大胆!重刑之下必多冤狱,岂有滥用重刑以得证供的。祺嫔的心肠不像是宫里养尊处优的小主,倒大有周兴、来俊臣①之风了。"

祺嫔与我怒目相对,座下嫔妃震惊之下私语窃窃。皇后正色敛容,肃然道:"馀容娘子揣测之事尚无确凿依据,你们素日就爱人云亦云。本宫今日有命,不许你们再乱嚼舌根!"

"人云亦云?"听到这句话后,玄凌眼底阴阴欲雨的阴霾更重,凝成铁锈般的灰色,"赤芍揣测之事难道宫中早有议论了么?"

皇后神色恭谨,赔笑道:"宫中女子长日无事,往往捕风捉影,以讹传讹,皇上不必放在心上。"

玄凌的神色捉摸不定,疑云更重:"以讹传讹?那你告诉朕,是什么讹传?若真是唯恐后宫不乱的厥词,你与朕也好平息谣言,安定宫闱。"

皇后似有难言之隐,微一咬唇,目光怜悯地在我身上划过:"此谣言从槿汐与李长对食之事起,淑妃有孕入宫,继而早产,宫中人云……人云淑妃双生子来路不明,并非皇上血脉。"说完她面有急色,"这等谣传污人

---

① 周兴、来俊臣:武则天时所重用的酷吏,以重刑和冤狱而臭名昭著。

清听，皇上不可轻信。"

玄凌稍有霁色："淑妃早产乃是宫中夜猫冲撞，谁可预料？再说淑妃身子虚弱，胧月也是八月而生，可见传言不真！"

皇后长长地松了一口气，似心中一块大石落下，抚着心口道："臣妾也是如此以为。"

陵容闻得此言，喜不自胜，含泪拜倒："多谢皇上皇后相信姐姐清白。当日姐姐意外早产，宽厚大量已不追究旁人责任，谁知背后还生出许多是非，实在可恶！"

陵容不语便罢，一语毕之，座中一人的声音虽小，却清晰入耳："淑妃早产实属意外，可是猫为何无缘无故会去扑人，又不偏不倚扑在淑妃的肚子上？如是旁人有意要害淑妃，为何淑妃事后并不追究，更不置一词？除非……这根本便是淑妃妊娠之期已到，为掩真相所寻的借口！"所言之人着一身藤青曳罗靡子长裙，正是素来与安陵容不睦的穆贵人。听她这般维护我，忍不住出言质问。

我暗暗摇头，蠢材！蠢材！只懂意气之争，却丝毫不知已落人圈套。

玄凌脱口道："怎会？连孙姑姑都说涵儿与朕小时面容相仿。"

祺嫔道："其实孩子还小，定要说相貌似谁也未必一定。"

斐雯忙接口道："奴婢也正奇怪呢，娘娘生产那日，温太医趁着娘娘还未痛晕过去的时候问什么保大还是保小的问题，奴婢就纳闷这事本该问皇上和太后拿主意才是，怎么倒问起娘娘来。先前奴婢嫂子生孩子的时候，倒是哥哥上去问过这样的话。然后人多了忙进忙出，奴婢也无暇细听，只听见说什么'数十年的情分''死心不死心'的话。"

此语一出，众人哗然。祺嫔扬着脸道："皇后乃六宫之主，敢问皇后，妃嫔私通，罪当如何？"

皇后满脸灰心神色，摆手道："本朝少有此事。从前太祖的如妃入宫后与南朝废帝阙贤公私会，虽然只有一次，然而太祖震怒，当即绞杀，以正六宫。"她及时捕捉到玄凌眼中的不忍与迟疑，"皇上，请体念淑妃是予涵生母，还请从宽处治。"

祺嫔一笑："皇后宽仁，淑妃是予涵生母不错，可生父是谁还未可知。"她转脸看着槿汐，"为今之计，唯有重刑拷打槿汐与浣碧两个奴才。人是贱皮贱肉，不用刑如何肯招！若真能把暴室七十二道刑罚一一受遍还不改口，那就有几分可信了！"

我的目光触上李长急痛而无可奈何的目光，转脸看着祺嫔道："把暴室七十二道刑罚一一受遍，不死也已成残废，即便还人清白又有何用！己所不欲，勿施于人，祺嫔为何不自己身受一遍再来说话！"

槿汐鼻翼微微张阖，端然行了一礼，道："为保娘娘清白，奴婢甘愿承受任何刑罚。只是娘娘千金贵体不能无人照拂，还请皇上不要用刑于浣碧姑娘。"

祺嫔伸手戳着槿汐的额头："崔尚仪心志坚毅非寻常人能比，即便你能熬过种种酷刑又如何？浣碧是甄氏陪嫁，在未央宫跟半个主子似的娇贵，若用起刑来，只怕还是她会吐露真相。"

"姐姐，姐姐！"我正欲开口，陵容急急拉住我道，"陵容知道姐姐心疼浣碧与槿汐，只是她们若不受刑，姐姐更为难。纵使心疼，也只能忍一忍了。"说罢目光一转，问道，"浣碧日日跟着姐姐的，怎么今日倒不见了？"

李长忙道："六王病了好些日子，浣碧姑娘自请去清河王府照顾了，是以不在宫中。"他低一低身子，"若此刻强行唤回，只怕惊动了王爷与各位宗亲。此事尚未定论，不宜外扬啊！"

"不宜外扬么？臣弟已经知道了。"

壹贰 | 惊涛

　　清越的声音震破了众人迷茫的狂躁，视线所及之处，是一朗朗青年阔步迈进。

　　那青年俊朗的面庞中隐着孤寒锐气，双眸中精光内敛、黑不见底："臣弟进宫向两位太妃请安。谁知经过内宫见各宫各院漆黑一片，人影都没几个，唯皇嫂宫里灯火通明，就想过来一探究竟。谁知在外头听见这些！"他一撩身上腾螭盘云石青长袍，大步流星上前单膝跪下，"臣弟身为宗亲，愿为淑妃娘娘与皇子帝姬作保。淑妃自入宫来夙兴夜寐，怜老惜幼，凡事亲力亲为，无不勤谨，所以臣弟愿意相信淑妃的为人！"

　　祺嫔不由得色变，一张丰润如满月的脸庞遽然迸出寒光似的冷笑："九王眼高于顶，一向不爱与后宫妃嫔来往，怎么今日倒能说出淑妃恁多好处来？夙兴夜寐，倒像是王爷亲眼见到似的！"

　　玄汾颇有气性，目光往祺嫔身上一扫，忽生了几分顽意，即刻针锋相对："倒也不用本王亲眼看着淑妃是否夙兴夜寐勤谨。只瞧淑妃身量纤纤，便可知她协理六宫的辛苦。倒是祺嫔珠圆玉润犹胜杨贵妃，可知是享清福的人。啧啧，只是脑袋没有身子这般庞然，想是满脑子总想着如何算计别人费了不少脑筋，倒没那么肚满肠肥。"

玄汾话虽刻薄，然而形容祺嫔倒是十分生动，座中嫔妃几番风波受惊不少，当下忍不住都笑了起来。祺嫔又恨又气，满脸涨成猪肝色，倒与她满头珊瑚玛瑙珠饰十分相称。

祺嫔新贵出身，兄长这几年在朝中也颇得脸，不由得增了许多骄气。玄汾不过是出身寒微的失势亲王，素来为她所轻，此刻受他奚落，如何能忍，不由得顿足，指着玄汾道："你——"

话音未落，脸上已重重挨了一掌，正是玄汾所打。祺嫔一日之内挨了两下耳光，气得几乎要晕厥过去。玄汾抱拳道："皇兄可曾听到她方才言语，攀诬一个温太医还不够，什么夙兴夜寐是臣弟亲眼所见，竟要把臣弟也拉进这浑水去？可见此人失心疯了，随口拉上人便诬陷与淑妃有私，她的话如何能信？"他想是气极了，眼周皆成了赤色，道，"臣弟与淑妃娘娘差了多少年纪，淑妃娘娘是皇兄的妃子，自然就是臣弟的嫂嫂。自淑妃协理六宫以来，对上对下无不和气妥帖。谁不知道臣弟生母寒微，臣弟不过是半个王爷，淑妃从未有半分轻贱之意，反而尽力照拂。今日臣弟说一句公道话，却被这疯癫女子指着鼻子说话，臣弟这亲王当得也好没意思，还不如闲云野鹤去算了。"

玄汾这话虽有几分赌气，却也道尽宫中人情冷暖，皇后忙道："九王多大的人了，倒说起这赌气话来！"她看一眼玄凌，"凡事总有你皇兄和本宫做主。"

玄汾平一平气息，跪下道："这女子虽然神志不清，但终究是皇兄的妃嫔，臣弟冒失打了她，还请皇兄降罪。"

玄凌伸手向他，道："也不怪你，起来吧。"

祺嫔忍不住落泪，顿足道："臣妾在皇上眼中越发混得连个破落户也不如了么？"

玄凌眼皮动也不动，只向玄汾道："别与她一般见识。"说罢淡淡道："皇后也该好好管教，别教她动辄出言不逊！"

皇后应了一声，旋即勃然含怒，向祺嫔道："你听仔细！九王是天潢贵胄，皇上的亲兄弟，什么破落户！嘴里再这般不干不净，叫太后与太妃听见狠狠掌你的嘴！"她缓一缓气息，"皇上不是不宠爱你，别自个儿没了分寸因小失大！"

皇后最后意味深长的话压制住了祺嫔喉咙里的哽咽，她的抽泣声渐渐低微下去，化作颊上一抹不甘的狠意。

我感激玄汾意外给予我的援手，然而此时此刻不宜言表，我微微颔首表示对他的谢意。

皇后水波般柔和的双眸里隐着冰凉的光泽，好似冬日素雪般清冷，和她此刻循循的语气不同："有九王作保的确让人放下一重心思。帝姬不去说，只是三殿下是皇上的血脉，皇上更对他寄予厚望。事关千秋万代，实在不能不仔细。"

玄凌道："怎样才算仔细？"

皇后微微沉吟，馀容娘子眸光敏锐一转，缓缓说出四字："滴血验亲①。"

玄凌转过脸来："怎么验？"

馀容娘子道："臣妾从前听太医说起过，将两人刺出的血滴在器皿内，看是否融为一体，血相融者即为亲，否则便无血缘之亲。"皇后抬头看一眼玄凌："这法子不难，只是要刺伤龙体取血，臣妾实在不敢。"

我心头猛地一震，有骇人的目光几乎要夺眶而出。我感觉到嘴唇失去

---

① 滴血验亲：其方式分为两种，一种叫滴骨法，另一种叫合血法。滴骨法，早在三国时期就有实例记载，是指将活人的血滴在死人的骨头上，观察是否渗入，如能渗入则表示有父母子女兄弟等血统关系。合血法大约出现在明代，是指双方都是活人时，将两人刺出的血滴在器皿内，看是否融为一体，如融为一体就说明存在亲子兄弟关系，认为"血相融者即为亲"。其实这种方法没有任何科学依据，文中姑且信之用之。

温度的冰凉与麻木，心里有无数个念头转过，不能验！不能验！

"不能验！"贞贵嫔霍然立起，"皇上龙体怎可轻易损伤？这个法子断断不可行！"

敬妃赶紧扶住因为激动而身子摇摇欲坠的贞贵嫔，道："此法在宫中从未用过，谁知真假？臣妾也不赞成。"

祺嫔好整以暇地道："那也未必，此法在民间可以说广为流传，臣妾以为可以一试。"她正声道，"此事已不只关系淑妃清誉，更关系皇家血统。事情棘手，但只消这一试便可知真伪。皇上无须再犹豫了。"

见玄凌颇为所动，玄汾恳切道："皇兄可曾想过，若予涵真与皇兄滴血验亲，即便证明是皇兄亲生，将来予涵长大知道，损伤皇兄父子情分不说，若皇兄真对予涵寄予厚望，后人也会对其加以诟病，损其威望。"

馂容娘子笑道："王爷这话糊涂了。正是因为皇上对殿下寄予厚望才不能不验，否则真有什么差池，皇上岂非所托非人，把万里江山都拱手送人了？"

玄凌眼底清晰的震惊与浓重的疑惑密密织成一张天罗地网，兜头兜脸向我扑来，我几乎能感觉到贴身小衣被汗浸湿了紧紧吸附在背上的黏湿感觉。此刻，除了紧紧抓住他的信任，我别无他法。我盈盈望着他，涩然一笑："甘露寺青灯佛影数年，不意还能与皇上一聚。本以为是臣妾与皇上情缘深重，谁知却是这样地步？早知要被皇上疑心至此，情愿当初在凌云峰孤苦一生罢了。"

他的手掌有黏腻潮湿的冰凉，握住我的指尖："嬛嬛，你不要这样说。"他的语气有些艰难，仿佛一缕莲心之苦直逼心底，"只要一试，朕便可还你和孩子一个清白。"

被冷汗濡湿的鬓发贴在脸颊上有黏腻的触感，像一条冰凉的小蛇游弋在肌肤上，那种寒毛倒竖的恐惧如此真切。我艰难地摇头："皇上要试，便是真疑心臣妾了。"

他转过脸去，贞贵嫔心中不舍，一时胸闷气短，连连抚胸不已。敬妃一边安抚她一边向玄凌道："贞贵嫔所言不差，既然疑心淑妃与温太医有私，三殿下只须与温太医滴血验亲即可。这样既不损皇上龙体，亦可明白了。"

温实初闻言脸上一松，玄凌点头道："李长，你去柔仪殿把三殿下抱来。"

我听得敬妃折中劝慰，心中稍稍放下。皇后虽见疲态，勉强振作道："诸位妹妹今日也累着了，先用些点心，等下三皇子一来，事情便见分晓了。"说着便吩咐小厨房端了银耳莲子羹来，众人心思纷纭，也无人去动。

良久，却见一痕碧色的身影翩翩而进，欠身道："三皇子拜见皇上、皇后。奴婢浣碧拜见皇上、皇后。"

玄凌一怔："浣碧？你不是去六王府了么？"

浣碧软软道："是。六王身子见好，奴婢回宫是向娘娘复命。谁知一回宫见李公公来找三皇子，便和公公从沈淑嫒处抱了三皇子回来。"

我微微色变："眉姐姐已将临盆，不能拿这些事惊扰她。"

浣碧道："奴婢出来时娘娘正睡着，想来没有惊动。"

浣碧手中抱着一个小小的襁褓，正是我亲手绣给予涵的"梅鹿含芝"水红缎被，孩子在浣碧怀中睡得正香，半张小脸被襁褓盖着，很是安适。

玄凌微有不忍，摆手道："李长，你去刺一滴血来。"

殿中早已备好一钵清水，装在白玉钵中，清可鉴人。李长从皇后面前拈过一枚雪亮的银针，犹豫着是否要即刻动手。

我奔至玄凌身前，哀求道："皇上，这一动手，即便认定涵儿是皇上亲生，来日他也会被世人诟病是皇上疑心过血统的孩子，你叫涵儿……叫涵儿将来如何立足？"

玄凌轻轻握住我的手，他的手是那样轻，好像棉絮般无力，片刻道："终究是咱们的孩子才最要紧。"

"慢——"浣碧环顾四周，目光定在贞贵嫔身上，"贵嫔身子虚弱，怕看不得这些。"

皇后一抬下巴:"扶贞贵嫔去偏殿歇息。"

浣碧见贞贵嫔出去,微微松了一口气。温实初趋步上前,毫不犹豫地伸出手指,李长一针扎下去。殿中鸦雀无声,静得能听见鲜血"咚"一声落入水中的轻响。浣碧从褓褓中摸出孩子藕节样的小腿,道:"十指连心,为减殿下痛楚,请公公扎在脚背上吧。"李长狠一狠心,闭眼往孩子脚背上一戳,一滴鲜血落入水中,孩子痛觉,立时撕心裂肺大哭起来。

我心中揪起,一把抱了孩子在怀中,不觉落下泪来。

李长亲手捧起白玉钵轻轻晃动,只见钵中新盛的井水清冽无比,在水波摇动之中,两滴珊瑚粒般的血珠子渐渐靠拢,似相互吸引的磁铁一般,渐渐融成一体。

玄凌额上青筋突突跳起,薄薄的嘴唇紧紧抿住,狠狠一掌击在宝座的扶手上。那宝座本是赤金镂空铸就的,花纹繁复,玄凌一掌击上,面色因为吃痛而变成赤紫。

温实初的眼神遽然涣散,倒退两步,连连摇头道:"不可能!绝不可能!"

祺嫔眼中浮起如鲜血般浓重的快意,皇后喝道:"大胆甄氏!还不跪下!"

我简直不敢相信自己眼中所见的一切,我的目光对上浣碧同样不可置信的神情,惊惧之下,只觉自己浑身发抖,强撑着道:"臣妾无错,为何要跪!"

皇后的声音沉肃有力:"血相融者即为亲!你还有什么可辩驳!"皇后环顾左右:"来人!剥去她的淑妃服制,关进锦冷宫!把那孽障也一同扔进去!温实初……即刻杖杀!"

我惊怒交加,不知哪里生出这样大的勇气,怒视周遭,瞋目欲裂,喝道:"谁敢!"

玄凌眸底血红,有难以言喻的撕裂的伤痛,他伸手狠狠捏住我的下颌:"朕待你不薄,你为何……为何这样对朕!"

他的指节咯咯作响，下颌有将被捏碎的裂痛，我能听到骨骼裂开的声音。敬妃上前欲劝，玄凌大手一挥将她推在地上，敬妃又是吃痛又是焦灼无奈，只得闭眼不忍再看。浣碧"扑通"跪下身去，连连惊呼："皇上，小姐是冤枉的！这件事……这件事一定有问题……"

浣碧话未说完，肋下已挨了玄凌一脚，痛得嘶嘶吸气。

我拼命摇头，紧紧抱住怀中的孩子。我说不出话来，挣扎间，唯有两滴清泪滑下，落在他的手背上。似被烫了一般，玄凌轻轻一颤，手上松开两分劲力，不觉怆然："嬛嬛，你太叫朕失望了！"

我咳嗽几声，猛地呼吸几口新鲜的空气，哑声道："皇上，这水不对！"

他惊愕的瞬间，我迅速拔下发间金簪，锋锐的簪尖在李长手背上划过，几滴血珠落进水中，很快与钵中原本的血液融在一起，成为完美的一体。

这变故突如其来，所有人都怔在了当场。我的下颌痛不可支，强撑着道："这水有问题，任何人的血滴进去都能相融。"

浣碧一愣，忙取过银针刺出几滴血，很快也与钵中鲜血融在了一起。浣碧尖声叫道："这水被人动了手脚！娘娘是清白的！"

李长躬身道："奴才不能生育，这……这……温太医和浣碧绝不是奴才的子女呀！"

玄凌怒极反笑："朕知道！"

温实初神色稍稍好转，伸指往水中蘸了蘸，用舌头一舔，当即道："此水有酸涩之味，是加了白矾的缘故。医书古籍上有注：若以白矾调之水中，虽非父子亦可相融，而若以清油少许，置于水中，则虽是亲子，亦不能相融。"

"皇上……"我心头一松，精疲力竭，含泪跪下，"此人居心之毒，可想而知。"

玄凌缓缓转过身去，盯住皇后，森然道："方才为求公允，是皇后亲手准备的水吧？"

皇后浑身一颤，面色微微发白，强自镇静："臣妾准备的水绝没有问题。"

"是么？"玄凌淡漠道，"朕记得皇后颇通医术。"

皇后恳切道："臣妾若用此招，一不小心就会被发现，岂非太过冒险？未免蠢笨。"

"不入虎穴，焉得虎子？"胡蕴蓉笑意森冷，"这招虽险，胜算却大。一旦得逞，谁都认定三殿下是温太医的儿子，谁会再验？即便与皇上再验，想来皇后精心谋算，也一定会让淑妃含冤莫白。"

皇后仰首道："臣妾冤枉！臣妾贵为皇后，何必还要出此下策陷害淑妃？"

仿佛入定的端妃微微睁开双眼，叹息道："是啊！您已经是皇后，还有什么不满足呢？"

"若非臣妾及时发现，涵儿即便是皇上亲生也会因冤被杀！"我抬头迫视皇后，"臣妾一向敬您为皇后，处处礼敬有加，不知是哪里得罪了皇后，要遭此灭顶之灾？"

胡蕴蓉一指我怀中的孩子，笑向皇后道："因为淑妃有儿子，您却只有义子。连您自己也说，皇上对三殿下寄予厚望。既对三殿下寄予厚望，您的大皇子当不成太子，将来您的太后之位可要往哪里摆呢？"说着纤纤手指从孩子襁褓上温柔划过："可怜，可怜！三殿下，谁叫你年幼就得你父皇宠爱呢？皇后是皇长子的养母，自然气不平了。"

"放肆！"皇后眉心怒气涌动，声冷如冰，"本宫身为国母，嫔妃之子就如同本宫亲生，将来谁为太子都是一样，本宫都是名正言顺的母后皇太后！"

"是么？"胡蕴蓉娇俏的脸庞含着亲切的笑容贴近皇后，"那您能不能发誓，皇长子绝不会继位太子？"她眼波盈盈，"反正皇长子也不是绝顶聪明呵！"

皇后面上看不出半分情绪，只以凌人目光平视胡蕴蓉，胡蕴蓉亦分毫不露怯色，扬眸以对。

我起身，舀过一碗清水，用银针再度从怀中孩子的脚背上刺出一滴鲜血滴入水中，端至玄凌面前："皇上验过，疑心尽可消了吧。"

他勉力一笑："嬛嬛，是朕错怪你。朕再无半点疑心。"

我坚持："请皇上滴一滴血。"他无奈，依言刺破，一滴血融入碗中鲜血，似一对久别重逢的亲人，很快融为一体。

我轻轻嘘出一口气："臣妾此身从此分明了。"

我牢牢抱着怀中啼哭不已的孩子，顺手将手中瓷碗一掷，只听"哎哟"一声，祺嫔捂住额头痛呼起来。

她的指缝间流出几道鲜红的液体，覆上她已无人色的脸孔。我一指祺嫔等人，冷冷道："皇上打算如何处置？"

馀容娘子吓得一怔，祺嫔犹不服气，昂首道："即便三皇子是皇上亲生，可淑妃与温实初有私，三人皆是见证。难道皇上也不闻不问么？"

斐雯的脸色逐渐苍白，直到完全失去血色。她"砰砰"叩首，喊道："奴婢不敢撒谎！奴婢不敢撒谎！"她仓皇的目光四处乱转，待落在静白身上时闪出了异样的光芒，狂喊道，"即便皇上不信奴婢，也不能不信静白师父。她在甘露寺可是亲眼看到温太医屡屡去探望淑妃的呀！"

静白的脸庞因为发白而更加庞大，她忙乱地数着念珠："阿弥陀佛，出家人不打诳语。"

一把清凌凌的女声婉转响起："静白师父这句话，足以让天下出家人为你羞愧而死。"

"长姐！"玉娆跟在叶澜依身后，急急进来，"长姐，你这么晚还不回宫，我可急死了！"

玉娆奔得太快，足下一个趔趄，几乎要摔倒。玄汾在旁用力一扶，淡淡道："小心些。"

玉娆耳根一红，横了一眼，甩脱他的手，奔至我身前上上下下地看我，满面忧色："长姐没有事吧？"

我轻轻抚一抚她的头发，微笑道："我没有事，谁带你来的？"

叶澜依轻轻一福，已然立到了玄凌身边："臣妾才要回宫去歇息，谁知碰上了这位急三火四的三小姐带着丫头要找她的淑妃姐姐。臣妾想静白一人的话不足信，多个甘露寺的人证也好呀。所以把自己宫中的腰牌给了三小姐去找人，谁知三小姐腿脚倒快，赶着就回来了。"她三言两语说完，像是说着一件极不要紧的事，顺手取过一盏银耳莲子羹，坐下细品。

玉娆气得面颊通红，道："皇上废了我长姐一次，还要再废第二次么？"

疾奔后的玉娆鬓发有些松散，只以柔粉丝带束起，簪一只小小的纯银蝴蝶压发，却增了几分"清水出芙蓉，天然去雕饰"的天真之姿，她穿着素净的洁白上襦，只在衣襟一侧斜绘一枝浅粉玉兰，长长伸至肩头，浅浅鹅黄罗裙上以蒙蒙的翠绿渲染裙幅，再以工笔绘满粉白折枝玉兰。素颜立在花枝招展的嫔妃之间，生生脱颖而出。

这是玄凌第一次看见玉娆，他目光缓缓一沉，整个人恍若出神离窍了一般，恍惚轻声道："宛——"

跪于他身后的皇后已然平静接口："宛若天人。"她淡淡笑着看向玄凌，平静无澜的笑意中有一丝难掩的焦灼与克制，"淑妃的妹妹果真姿容宛若瑶台仙子。"

我心中一沉，忙拉住玉娆在身后，示意她不可多言。

玉娆按捺不住，指着同来的姑子道："甘露寺的姑子不止静白一个，皇上也该听听别人的。"

那姑子也不瞧静白，径直走到我跟前，道："一别数年，娘娘手上的冻疮冬日还发作得厉害么？"

我眼中有泪的热意："已经好多了，只是到了冬日还是不免痛痒。"

玄凌神色稍转，问道："你也知道淑妃手上冻疮的事么？"

莫言淡淡应了一声："嗯，淑妃在甘露寺时要砍柴、洗衣、做种种粗活儿，寒冬腊月手也浸在河水中，怎能不长冻疮？她若不做，静白便动辄打骂。淑妃不曾出月子就离宫，身子未得好好将养，时常病痛，还在下雪之际被静白诬陷偷了燕窝赶去了凌云峰，几次差点活不下来。"她端详我，皱眉道，"只是现在气色还不好。"

众人第一次听闻我在甘露寺中的遭遇，敬妃念了句佛，忙道："难怪温太医时常去看望，若不常去，娘娘此刻恐怕已不在这里了。"

吕昭容瞪着静白道："你是出家人，怎恁地狠毒？"

"阿弥陀佛。"莫言道，"没死在她手里，她倒也还不算狠毒。凌云峰那种地方偏僻难行，常有狸猫出没伤人。淑妃若真与温太医有私，大可一走了之，何必守在那里吃苦。"

玄凌伸手欲抚我面颊，歉然道："嬛嬛，委屈你了。"我侧首避开他的手，面上微微一红，再不说话。

静白面如死灰："贫尼并没有苛待娘娘，只是吩咐她做寻常姑子所做的活儿。凌云峰……凌云峰……"她说不下去，只死死低下头去。

浣碧垂泪将往日之事拣要紧的说了几件，每说一件，莫言便略略解释几句，诸妃闻言莫不变色，胡蕴蓉哼了一声道："还说修行呢，没把命修进去就是造化了。"

陵容长长的睫毛如羽翼一扇，垂泪道："姐姐受了好大委屈，还请皇上重重处置这个姑子！"

玄凌道："你说如何处置？"

陵容饱满的唇色似盛开的玫瑰，娇艳欲滴："臣妾以为要立刻绞杀！这个姑子心眼儿忒坏，又爱搬弄口舌是非，皇上定要拔了她的舌头给姐姐出气。"

吕昭容不屑一笑："总以为昭媛温柔敦厚才得皇上喜欢，原来也有这辣手无情的时候。"

静白吓得面如土色，死命挣开去拖她的侍卫的手，极力喊道："祺嫔小主！祺嫔小主救我！"祺嫔自顾不暇，硬生生转过脸不去看她。

"且慢——"我示意侍卫退开，"此刻静白师父喊祺嫔小主喊得很顺溜了，怎么方才还说已经两年不曾踏足后宫了？见到滟贵人脱口便称'贵人'，供海灯时又知道贵人将晋位一列，可见对后宫近来之事了如指掌。那么是谁背后指使呢？倒是难为了祺嫔一个个把你们搜罗起来。"

一声尖锐的哭音爆发在殿内，远远跪在殿门口的玢儿膝行到我跟前，抱住我的腿大哭道："奴婢对不起小姐！可是奴婢不敢不来宫里，奴婢若不来，祺嫔会让陈四打死我。"她撩起衣袖，露出满手臂未愈合的伤口，有些结了痂，有些还在流血化脓。"小姐！小姐！"她痛哭流涕，跪在玄凌脚下磕头如捣蒜，"小姐与温大人虽然相识得早，但他们真的没有半点私情！"

我含泪拉起玢儿，温言道："我没有怪你！这些年，你也受了不少委屈。"

我看着玄凌，静静道："祺嫔指使玢儿、斐雯与静白污蔑臣妾，此事昭然若揭。只是不知还有谁背后指使祺嫔，否则她没有这样大的胆子，也想不了这样周全！"

胡蕴蓉道："淑妃这话不错。若由得此人在宫里兴风作浪，只怕以后的日子还是不得安宁！"她瞟一眼皇后，"还请皇上早下决断。"

我冷然看着祺嫔："你若供出幕后主使，本宫或许可以饶过你。这条命要不要全在你。"

她眉心倏地一跳，对生的渴望牢牢攫住她的心跳，沉思良久，她神色一亮，大声道："没有。没有人指使我。淑妃，是我自己恨毒了你！"

"是么？从管氏一族崛起那一日起，你兄长嫉妒我兄长，你恨毒了我。"

"与我的家人都不相干！自进宫那日我就想，我的门第、资历、才学哪点比不上你，何以在皇上面前都让你占尽了风头？"她的目光快速从皇后身上掠过，"所以，全是我自己的主意。"

"有自己的姐妹在宫中真好。"皇后喃喃道。

胡蕴蓉轻轻皱起描成远山黛的蛾眉，目视皇后。

皇后望着我与玉娆，轻轻道："臣妾看见淑妃与她妹妹，想起当年与姐姐一同侍奉皇上的情景。有亲姐妹在一起，不仅福祸与共，至少有一个人会信任自己。"

玄凌轻轻"嗯"了一声，皱了一晚的眉头舒展开来，似沉浸在极遥远的往事中。"皇上，"皇后凄婉抬头，"若姐姐还在，一定会相信臣妾的清白。她知道自己的妹妹必不会做这样的事！"

玄凌端详皇后半晌："朕倒希望纯元没有你这样的妹妹。"

皇后一凛，低头依依道："姐姐一直教导臣妾平和端正，臣妾从不敢忘。"

玄凌又轻轻"嗯"了一声，他双目似睁非睁，端详皇后良久："地上凉，跪久了膝盖疼，你起来吧。"

皇后艰难起身，剪秋赶紧扶了一把。玄凌徐徐道："朕要知道那水……"

话音未落，却见染冬已经跪下泣道："奴婢不是有心，娘娘去备水时奴婢接了一把，奴婢忘了自己刚在后院淘澄过白矾，不小心手指上沾到了。"

玄凌还是那样轻轻"嗯"了一声，似梦游一般道："皇后，染冬年纪大了，做事又不当心，不能再留在你身边伺候了，打发她出去吧。"

皇后低一低头，答了声"是"。

我把孩子交到浣碧手中，低声道："皇子乏了，叫乳母喂了奶早些睡吧。"浣碧答应一声，悄悄出去了。

殿中极安静，听得见远远树梢上乌鸦扑棱翅膀的声音，"霍啦啦——"那样苍凉，在紫奥城的上空留下破碎的回声。

玄凌还是那样淡漠的口气："祺嫔管氏扰乱宫闱，褫夺封号，降为更衣，馀容娘子荣氏……"他的语气在提到这个名字时有了些莫名的温情与怜惜，"罚俸三月，婕妤赵氏罚俸一年，其余的由淑妃自行处置。"

护甲硌在手心有些冰凉的冷硬。我略整一整鬓发衣衫，缓缓道："斐雯、静白，乱棍打死，槿汐带玢儿回去。"

我冷眼看着狂呼着"救命"被侍卫硬拖出去的两个人，那种撕心裂肺的恐惧带来的绝望呼声让我觉得刺耳。我的声音没有任何感情："自本宫回宫以来，关于本宫和双生子的流言已经太多。从前不加责备是觉得流言无稽，谁知一再宽纵反而酿成今日大祸。"我顿一顿，"拔了她们的舌头，再施杖刑。"

目光环顾四周，众人大气也不敢出一声。很快，侍卫把两片血淋淋的东西拿进来复命。淡淡的血腥气在殿内弥漫，我看也不看，道："赏给管更衣，多了一条舌头，她就知道如何管好自己的舌头了。"

我漠视玉娆的惊愕与一点点畏惧，只攥着她的手，感觉到一种异样的行将失去的担忧。

管氏一副欲呕的表情，眼睛恨得血红，啐道："你好狠毒的心！"

我睨一眼陵容："还得多谢昭媛的法子。"

陵容勉强一笑，紧紧攥着手中绢子。管氏也不看我，直定定盯着温实初，跟跄走了两步，指着他道："即便贱人与你没有私情，你敢赌咒你对贱人没有一点私心么？"她的眸中有疯狂的厉光，"你敢不敢拿你的家族、你的父母起誓，你对皇上的女人没有过半分不轨之情？"

温实初神色艰涩："小主，您有些神志不清了！"

"神志不清？"她冷笑，"你当我没有眼睛，皇上也没有眼睛么？你对淑妃的心意昭然若揭，温大人，听说你至今未娶呵……"

温实初额头有晶亮的汗珠，勉力道："微臣未娶乃是私事，与娘娘无关。"

"是么？但愿如此吧。"管氏的神情中有一种逐渐陷入疯魔的癫狂，使她原本娇艳的脸庞呈现出一种行将崩溃的凄厉，她凑近一点，逼视他温厚的脸庞，"知不知道你错了？你的情意都是错的！你在她身边一天，迟早会害死她！不是今天，也会是以后，你对她的情意会让她死无葬身之地。除非，你死了。否则，你若在她身边一天，便是拉着她往死地近一步。"她骤然大笑，那"咯咯"的笑声似夜枭凌空划过，让人毛骨悚然。

她忽然大哭起来，扑向玄凌足边："皇上！皇上！臣妾对您是一片真心，为什么您只相信这个贱人，却不顾臣妾对您一片真情！皇上……臣妾侍奉您多年，为什么您心里还只记挂着这个当年冲撞您的贱人！"

玄凌俯视着她被泪水冲得脂残粉褪犹如艳鬼一般的脸庞，轻轻道："拉她下去。"他抬一抬眼："朕倦了，皇后也该倦了。以后宫中有什么事尽可放手交与淑妃去做，你安心养着身子就是。"

他的目光落在温实初身上，良久，眼中尽是复杂的意味。他只是一语不发，这样静静看着温实初，像在审视一道未解的难题。管氏像一块破布袋一样被拖出昭阳殿，她凄厉的呼喊声犹在耳边："温实初，只要你在她身边一天，一定会害死她！我就睁着眼睛，只看着那一天！"

温实初的背上全被汗濡湿了，陵容悄悄走到他身边，轻轻道："大人，你从未做错过事么？你要知道，你的情意，你这个人，本身就会害死别人了！本宫劝你一句……"

温实初的脸色和一个活死人没有任何差别，陵容话音未落，温实初一把抢过端妃座边黄梨木高几上搁着的刚削过雪梨的一把小银刀，手起刀落——瞬间，胯下有血泉喷涌而出。

"如此，可保娘娘清白了。"这是温实初在失去知觉倒地前唯一的一句话。

这场变故来得太过突兀，一时之间无人反应过来，我怔在当场，几乎不能相信自己的眼睛，只觉得心底出现了一个茫然的空洞，那样空，随着他鲜血的流失，竟没有东西可以去填补。直到安陵容摸到颊边带着温实初体温的温热血液时，才无比恐惧地尖叫起来。胡蕴蓉第一个扑进了玄凌怀中，所有的嫔妃都惊得面无人色，仓皇退开，几个胆子小的已然晕厥了过去。侍女和嫔妃的尖叫声、哭泣声、曳衣推桌奔逃声此起彼伏，唯余皇后和端妃两人稍稍镇静些，极力主持。

玉娆惊惶地转过身，玄汾即刻闪在她身前，一手捂在她眼前，低喝道："闭眼，不要看！"我转身见玄汾的手掌离玉娆眉心半寸远，并未碰触到她的肌肤，感念他在此境遇下依旧能恪守礼仪，忙道："有劳王爷看顾小妹。"

他点一点头，像是允诺一件极要紧的事。我稍稍放心，极力按捺着心中酸楚的灼痛，脑中茫然地想着，他若死了，死了要怎么办？我木然地指挥嫔妃退开，赶紧召来太医救治温实初。不知谁突然大叫了一声："太医！太医！淑媛娘娘不好了！"

目光的尽头，空洞打开的殿门外，水红柔靡的灯光缓缓泻落，倒在地上的是一袭铁锈红撒亮金刻丝蟹爪菊花宫装的眉庄，她身下流出的鲜血缓缓洇成一条长河，一点一点缓缓漫延进来，和温实初身下的血泊汇集在一起，开出一朵惨烈的鲜红。

眉庄的身后是后宫深夜无尽的黑暗，那么黑，像可怕的死亡一样，要吞没她柔软的身躯。我的头脑中一片空白，像有一把尖利的锥子在脑中用力地搅啊搅，我什么都顾不得了，本能地狂奔出去，紧紧抓住她的手。

眉庄痛得脸都扭曲了，说不出话来，目光定定地盯着温实初倒下的地方，一滴清泪从她眼角滑落，她颓然地闭上了眼睛。

玄凌很快来到我身边，一把抱起眉庄直奔棠梨宫，怒吼道："太医呢？太医！"

我仓促跟上，回首见凤座上端然而坐、含着一缕寂寥笑意的皇后，清醒地意识到：纯元皇后，才是皇后永远屹立不倒的一张王牌。

菊凋 | 壹肆

棠梨宫彻亮的灯火驱不散我心底冰冷的寒意，卫临已经奉诏前来看顾眉庄，一边厢为了方便医治他的先生，温实初也被权宜搁置在棠梨宫偏殿。一宫的太医、稳婆几乎全挤在了灯火通明的棠梨宫。

皇后不被允准前来，只留在昭阳殿与端妃收拾残局，敬妃与胡蕴蓉安置各宫妃嫔回宫歇息，顺便陪伴因劳累而身体不适的贞贵嫔，槿汐与浣碧带了两位皇子暂且在柔仪殿照顾，打点一切未尽事宜。

眉庄被送进内殿已经一个时辰了，除了偶尔听见几声痛苦的呻吟，再无半点动静。稳婆手里的清水一盆盆端进去，端出时成了一盆盆血水。我看得心惊肉跳，几次要冲进去，李长再三拉住我道："娘娘不能进去，卫太医正在为淑媛娘娘接生，等下就好了，就好了。"说罢小声道，"娘娘照照镜子。"我才发觉下颌两个深紫色指印，若被眉庄看到，难免又叫她受惊。于是只得按捺下来，坐着静候。

采月絮絮在耳边抽泣道："皇后宫里逐了染冬出去，好像是安昭媛身边的宝鹊跟来想送一送，侍卫又不许，在咱们宫门前争执起来了。言语间惊动了小姐，小姐本来睡着了，醒来时听说大伙儿都还在皇后宫中，本来就心里不安。又听见她们争吵，少不得去问个究竟，结果宝鹊嘴快说漏了，说昭媛娘娘和淑妃姐妹情深，今日淑妃娘娘受了好大的委屈昭媛都极力声援。现在她和染冬不过是同乡，染冬被赶出宫了自己送一送而已。今日宫里好大的风波，浣碧姑娘来了都瞒着小姐，为的就是怕小姐动了胎气，谁知小姐自己听见了，一时急起来便往皇后宫中去，结果奴婢陪着娘娘才到殿门口，就见温太医……温太医……"采月想也不敢回想，骇得捂住了脸，哭道，"小姐当时就惊住了，奴婢也吓得半天没回过神来，片刻后才看见小姐已经红了，早知道奴婢一定死死拦着，断不让小姐出去。"

我心底冰凉，抬起头死死盯着站在碧纱橱边泪光盈然的安陵容，目光如要噬人一般。

"好巧！"我走到她跟前，死死看着她，"你明明知道眉庄有了身孕不能受任何惊吓，你的丫头还那么巧跑到棠梨宫前闹起来。陵容，你说是不是太巧了？"

安陵容微微噤声，凄楚地摇着头，抓住我的手臂哀哀道："我不知道！我不知道！姐姐别怪我，我真的不知道会这样。"

我嫌恶地甩开她的手，她神色楚楚地望着玄凌，戚戚道："皇上——"

玄凌的心思只专注在内殿，不耐烦地朝她摇摇头，不加理会。

她见玄凌并不看顾她，旋即带了一抹无望与凄楚的神色，悲泣道："姐姐可要相信我，宝鹊也是无意的。如果我知道会这样的话，情愿是自己替眉姐姐受苦！"她望着我，盈盈道，"姐姐，看在咱们那么多年的情分，一同入宫又一同侍奉皇上……"

我忍不住心底的伤痛与焦灼，狠狠一掌扇在她脸上。掌心与细腻的肌肤相触时心底有本能的恶心泛起，响亮的耳光震得正殿中的人一一回顾，玄凌蹙眉道："嬛嬛……"

这一掌拼尽了我全身的力气，震得手腕发麻，手心隐隐作痛。陵容发鬓散落，半边青丝垂在脸颊，细白皮肤上五个鲜红的指印，唇角慢慢沁出一点血珠。我的胸口起伏不定，指着她道："是丫鬟无意也好，还是你有心也好，你自己心中有数！眉姐姐母子平安便罢了，若有半点差池，我绝不与你善罢甘休！"

陵容眼中的恨意似流星一闪而过，她飞快地一个耳光扇在自己脸上，下手不轻。她啜泣道："姐姐打得对！是陵容管教下人不善，才闯出这弥天大祸！"她唤进宝鹊，宝鹊蝎蝎螫螫地蹑了进来，慌忙跪下请安。

陵容指着她恨声道："你还有脸向本宫请安，你惊了淑媛娘娘的身子，存心叫本宫心里不安！"话音未落，宝鹊脸上早"噼噼啪啪"挨了好几下。陵容手上戴着成套的珊瑚米珠团福金护甲，下手毫不留情，不过几下宝鹊两颊便已高高肿起，留下十几道皮开肉绽的血痕。宝鹊早已吓得傻了，也不敢护住脸，更不敢求饶。宝鹊上来劝道："娘娘当心自己身子。"

陵容气得发怔，含泪道："本宫与眉姐姐一同入宫，是多少年的情分，偏偏你这蹄子好不懂事惊了姐姐的胎气。若有什么闪失，我便跟姐姐一同去了，还要这身子做什么！"说罢又是一掌狠狠击下，陵容臂上戴着一尺来长的缠臂金，手上一用劲，宝鹊额头被刮出极大一个血窟窿，顿时血流满面，疼晕了过去。

我咬着唇冷眼不语，到底是玄凌上来拉住了她的手，叹道："奴才不懂事，你也要仔细身子！淑妃也是在气头上，说你说重了几句。"他的目光似尖利的刀锋刮过宝鹊，"这奴才不懂事，拖出去乱棍打死。"

陵容欲言又止，抿一抿嘴唇道："皇上说得是。"她怜悯地看一眼宝鹊，再不回顾。

过了片刻，太医院副院判葛霁进来道："回禀皇上，温太医的血已经止住了，性命也无大碍。可是……可是……"他踌躇片刻，搓着手看看我与安陵容，为难地低下头。

我顾不得嫌疑，道："你说。"

葛霁"嗐"了一声，叹道："只是与宫中内侍一样，子息上再无可望了。"

我心底一凉，强忍住眼中泪意，挥手道："知道了，你下去吧。"

白芩端了碗参汤上来，玄凌烦闷地一气喝下："怎么还没有动静？"陵容拈起绢子擦一擦玄凌额头上的汗水，软语道："皇上别急。"

我端起参汤假意抿了两口，掩住沁入汤中的两滴泪，不觉愧悔难当，实初，实初，到底是我害了你。

不知过了多久，卫临满脸大汗出来，深深吸一口气："淑媛娘娘受惊早产，此刻已经不好。微臣医术浅陋，且娘娘的胎一直由温太医照料，素日是什么情况微臣也不清楚，实在回天乏力。"

玄凌的手掌紧紧抓着蟠龙含珠扶手，手背上青筋暴起，半晌道："孩子呢？孩子如何？"

"娘娘出血不止有血崩之势，一直没有醒来。娘娘出血过多无力用劲，孩子的头一直出不来。臣以固冲汤给娘娘服下也不见效。臣不知娘娘是何体质，不敢滥用止血汤药，若是温太医在……"

玄凌面上微见悔意，转身默然。葛霁忙俯首道："温太医已经醒了，只是他现在的身子恐怕不能下地为娘娘接生。"

卫临道："不能下地也无妨，先用担架抬进来。即便不能助娘娘顺产，温太医素知娘娘体质，也可一同斟酌用什么药。"

玄凌微一沉吟，我含泪道："臣妾无罪，温大人也无罪。温大人无辜受罪已是罪过，若再拖累了姐姐与皇子，如何担当得起。"

玄凌颔首道："罢了，抬温实初进去。"

温实初的气息微弱得如同牵住风筝的细细一缕，仿佛一阵风都能断绝。卫临切了参片放在他舌下，轻轻在他耳边低语了几句，他原本苍白得如同绵纸的脸庞泛起一点死灰里燃起的鲜红。他挣扎着支起身子，咳着道："淑媛是心气逆转导致难产，她原本体质温厚，先用山参吊住精神，再服升举大补汤。"他本就气息微弱，说上三两字便要停一停，此刻他心急如焚，催促道，"快，快——"

卫临依言备下，着人抬了温实初进去，约莫一炷香工夫，稳婆出来时眉头已宽了两分，福一福道："按温大人的药服了，娘娘出血少些了，温大人说还要盐梅七个烧灰为末，再用陈槐花一两，百草霜半两为末，烧红秤锤淬酒让娘娘饮下。"

我手中紧紧绞着一块绢子，绞得久了手指生疼，此刻听稳婆说眉庄好些了，心中一松，才觉得痛，连连道："快去！快去！"

陵容念了句佛，欢喜道："皇上安心些，姐姐定能吉人天相。"

又过片刻，又一稳婆道："娘娘已经苏醒，见温太医在旁，心里宽心些，现下能用力了。"

玄凌面色稍霁，喜道："你进去告诉眉儿，传朕的旨意，即刻晋淑媛为惠妃，让她安心生产。"

那稳婆喜不自胜地应了一声，赶紧进去复命。玄凌握一握我的手，轻声道："朕亏欠眉儿太多，等她平安生下皇子，朕就晋她为德妃，和你一样。咱们的日子还长，朕会好好补偿你们。"

良久，也不知过了多久，几乎感觉自己僵立成了一块石头。只听内殿传来一声微弱的婴儿啼哭，仿佛宇宙洪荒之际忽然看见旭日初升一般，瞬间照亮了无望的等待。白芩第一个抱了孩子出来，她喜极而泣："恭喜皇上，恭喜淑妃娘娘，惠妃娘娘产下皇子。"

我心口一松，仿佛全身的力气都用尽了，软软倒在座中，只道："好！好！好！"又问，"姐姐还好么？"

白芩勉强一笑："娘娘累极了，说话的力气也没有。"

玄凌眉梢眼角皆是笑意，抱过孩子看了又看，道："好。是朕第四子，朕去看惠妃。"

白芩忙道："娘娘甫生产完，累得很呢。不如让娘娘歇息片刻。"

我看着玄凌眼下一片乌青，亦道："闹了整整一日，皇上也累了，赶紧回去歇息吧。等姐姐精神好些再来看她。"我福一福道，"皇上先行休息，臣妾想在这里守着姐姐。"

玄凌打了个哈欠，实在精神难支，只好道："如此也好，只是你也好好歇一歇，别累坏了。"

陵容跟着玄凌出去，我抱过孩子细瞧，许是难产的缘故，孩子身上微微有些发青，身量也比其他孩子小些，抱在怀中稍轻，哭声也不甚洪亮。我心中疑惑，看着白苓道："怎会如此？"

白苓讷讷不语，正巧卫临出来，我唤住他细问。卫临稍见为难之色，在我耳边低语："四皇子的样子可以说是难产所致，也可能……微臣瞧着，倒有点未足月的样子，得要乳母细心照料。否则……"

我心中一惊，低声道："不许胡说！姐姐离临盆日子只有几天，孩子怎会未足月？明明是难产才先天不足。"

卫临躬身道："是。四皇子的确是先天不足。"

我把孩子交到白苓手中，正待进去看眉庄，忽见采月丢了魂一般跑出来，两手沾满了鲜血，指尖犹自滴落鲜红血珠，惊惶道："惠妃娘娘出大红了——"

莹心堂内殿还是旧日格局，唯一不同的是房中有浓重的血腥气，躺在湖蓝纱帐之中的眉庄似一尾上岸太久的脱水的游鱼，轻飘飘地蜷缩在重重的锦被之中。眉庄的脸色像新雪一样苍白至透明，那是一种脆弱的感觉，是我所认识的眉庄从未有过的脆弱感觉，仿佛一朵被秋雨浇得发乌的菊花，转眼便要随着秋的结束而湮灭。

我轻轻揭开锦被，雪白的被褥全被鲜血染红了。有凉风从窗缝中呼呼透进来，轻微的凉意宛若一把锋利的尖刀狠狠插进心口，还未觉得疼，只晓得冷浸得整颗心都像是冻住了，我忍不住颤抖了一下，那颤意便立刻在全身蔓延了开来。

温实初从担架上爬起，挣扎着靠在床边脚踏上，搭着眉庄手腕的指尖不住地颤抖，似秋风中的落叶一般。卫临一迭声地叫："拿牡蛎散来！"

片刻，温实初低低道："不必了——"

空气里是死水一般的静，周遭的一切好像寒冬腊月结了冰似的，连着人心也冻住了。心中狠狠一痛，我骤然忍不住大哭起来："谁说不必了，谁说的！去拿最好的药来，治不好姐姐，我全杀了你们陪葬——"

采月与白苓绝望的哭泣似绞绳一般一圈圈缠上我的脖颈，叫我窒息。眉庄兀自睁大双眼，定定地看着我，轻轻唤道："嬛儿……"

我脚下一软，伏在她枕边，落泪道："姐姐。"

她艰难地伸手，轻轻抚着我的额发，柔声道："不哭了，我想和你说会儿话，你叫他们都出去吧。"我正要吩咐，她的声音更低，似在呢喃一般，"实初留下。"

我一一按她吩咐做了，只剩采月、温实初与我在她身边，她吃力地伸出双手："抱抱，给我抱抱孩子。"

我怕她劳累，安慰道："你现在身子虚，等好了再抱吧，日子还长呢。"

眉庄轻轻摇了摇头，她产后无力，摇头的力气只带动耳上碧玉银叶耳环轻轻一晃。她极力笑着道："我知道，我快不行了——"

我垂泪不已："姐姐别这样说，很快就会好的。"

采月忍着泪把孩子送到她手中。眉庄抱着孩子的手有些发颤，我轻轻托住她的手，相视一笑。眉庄亲昵地亲吻着孩子的额头，宠溺中多了些舍不得："你瞧，他这样小，这样软。"

我悄悄拭去眼角的泪，笑道："是。不过很快就长大了，你瞧涵儿和灵犀长得多快。"我笑一笑，握住她的手，"姐姐，你已经是惠妃了。皇上说，只要母子平安，就晋你为德妃。"

眉庄恍若未闻，目光爱怜地留恋在孩子身上，像是看也看不够一般。半晌，她看着我道："你这淑妃当得快不快活？"

我一怔，轻轻摇一摇头。她淡淡道："是了。你这万千宠爱的淑妃都当得无味，我又何必稀罕什么德妃。"

我素知她心胸，劝道："姐姐不在意德妃之位，可是子凭母贵，对孩子的将来十分要紧。"

"我的孩子不会在意这些。"她淡淡回应，转头去看温实初，低低道："实初，你抱过孩子没有？"眉庄的语气是少有的温柔甘恬，恳求道，"你抱一抱，抱一抱。"

温实初目光眷眷看着孩子，双臂瑟瑟发抖，旋即转过脸去不肯再看，口中道："微臣不敢。"

我满腹狐疑，正欲说话，眉庄双目微红，眼中晶莹一闪，然而泪水终究没有落下来，只是以一种看彻生死的淡然，低柔道："你还在怪我，是不是？"

温实初低下头去："那晚的事，也是我的错。你不用怪自己。"

"是么？"眉庄难过地别过头，"你今日挥刀自残，难道不是自责太深的缘故么？"因为失血，她的脸色太过苍白，那一双眼睛就分外地黑，幽幽注视着他，"我知道，你终究还是恨我。恨我那一日把太后放了药赐予我和皇上的酒给你喝下，造成你终身之憾。"她厌倦地摘下头上明珠双钗掼到地上，那熠熠明珠本是因她有孕玄凌特赏她安胎的，"太后为了让我再次侍奉皇上，不让安氏与叶氏一味专宠，不惜让孙姑姑在皇上的酒食中下了暖情之药，还教我曲意相迎。我一时激愤，灌醉了皇上，哄实初喝下了那酒。"

"姐姐……"我不觉惶然，"你糊涂了？"

"我是临死之人，有什么可怕的？这样糊涂一次，我很欢喜，终身无憾。"她眸光如雾霭轻轻在我身上一转，"只是实初心里一直有你，所以他很愧悔。"

温实初沉默片刻，注视眉庄双眸："你是皇上的妃子。"

眉庄静静道："自从十年前他背弃于我，我便再不当自己是他的妃子。"她轻声道，"抱歉。我明知你喜欢嬛儿。"

采月潸然落泪："小姐，其实这些年你心里都很苦，只有温太医真心关怀你，对你好。"

"傻子，"眉庄抬手去拭采月的泪，"你和我都知道，他对我好都是因为嬛儿，从十年前就是。"温热的鲜血从她体内汩汩流出，逐渐带走她身体的温度，眉庄极力支撑也无法掩饰住她眼中逐渐失却的神采，像一捧烧尽的余灰，一点一点黯淡下去。"实初，我只问你一句话，你对我到底有没有过一点真心？"眉庄喘息着，鬓发被汗水濡湿无力地垂在颊边，"有没有过？只要一点点，一点点也不要紧……"

温实初一向平和的脸庞苍白得吓人，眼底尽是血丝，憔悴支离。他只以沉默相对，眉庄的叹息似窗外一点微弱的风声："你不说也不要紧，我情愿你不说，也不要因为我快死了而可怜我、骗我。"

"那日的药量不足以让我动情，所以，你不必抱歉。"温实初终于开口，"我关心你，也并不只是为了嬛儿。"

"是么？"眉庄的唇角泛起一抹笑意，好似一江刚刚消融冰雪的春水。她逐渐暗沉的眼底再次泛起晶亮的光泽，"那件事虽然叫你自责，可是能够遇见你，实初，我永远也不后悔。"她再次伸出手，"我的孩子，只在意他父亲疼他。实初，你要不要抱抱他？"

温实初没有再压抑自己起伏的情绪，他小心翼翼地接过孩子，像抱着稀世珍宝一般亲吻着孩子娇嫩的脸颊，终于欢喜地落下泪来。他伸手揽住眉庄，这样的姿势叫他吃力，可是他的神色这样欢喜，轻声道："我的自责，只是怕连累了你，又连累淑妃。"

他的亲疏在称谓上泾渭分明，我心中一宽，安静含泪微笑。眉庄的笑容似绽放在初秋的第一朵新菊，那样娇羞而明艳。时隔十年，不，即便在十年前，她也没有这般真心愉悦的笑容。

片刻，她问我："孩子还没有起名字吧？"

我点点头："皇上今日也很累了。"

"润。就叫润好不好？"

"好。谦谦君子，温润如玉。姐姐，那是我们当年一起盼望的。"

她仿佛很倦，眸中多了一分沉静的空灵与欣慰，无声地点了点头。她不堪重负地侧首，如羽双睫一低，一滴清亮的泪自目中零落，滑落至温实初的皮肤，温热的一点。温实初在轻抚中拭去她眼角的泪："你不要为我哭。管氏与安氏最后指责我的话，真奇怪，我并没有想到淑妃，只是怕有朝一日终究会连累了你。虽然我已成残疾，可是以后可以永永远远陪在你身边，没有人会像诋毁淑妃一样诋毁我和你。"

眉庄轻轻颔首："你要陪着孩子长大，永永远远，不要让他受人欺侮。"她温柔地靠在温实初胸前，"真好。你从没有这样抱过我。"她的声音含着满足，渐次低下去："我累了，嬛儿，你要帮实初好好照顾孩子。还有，皇后和陵容，还有蕴蓉，你都要当心……"她逐渐无声，安静地依靠着温实初，良久，良久……

仿佛还是在十几年前，夏日的午后，院子里的芭蕉用清水洗过，绿得能滴出水来。眉庄睡在临窗的榻上，因天气热，浅桃色薄绡袖子滑下去，直露出一截雪藕似的丰润臂膀，臂上笼着五彩丝带绞的丝镯，还是端午时我亲手编了给她辟邪的，鲜艳一团更显得肌肤腻白如玉。樱红丝被齐齐盖在她胸前，她连熟睡中也是这样安详温宁的神情。

此刻眉庄的唇角含着与温实初一样的一抹恬静微笑，我握着她的手，在她含笑的眼里再次看到如梦的往昔，幼年时的天真烂漫，少女时的真心期许，入宫后的携手相伴，二十多载的岁月，她终于在最后寻到自己一生的渴望。家族的荣耀、帝王的宠爱、盛大的荣华，所有的生死情仇、明枪暗箭后换取的无上光耀，都抵不过此刻的真心相对。

我退却两步，低低呢喃："姐姐，我和孩子并没有你这样的福气。"

她没有回应我，她再也不会回应我任何话了。

我缓步踱出宫去，夜色清冷，宫中黎明前的寒意这样猝不及防地袭上我的身体。恍如经历了一场噩梦，梦魇所带来的焦灼与无力像汗液依附在我的身体，让我几近虚脱。无边的浓墨黑暗从顶头泼天洒下，有冷冷的雨丝滑落，宫墙底下的青苔带着潮气蔓延而入，连带着心底也是一片荒芜如死的冰凉。

眉庄走了，陪了我二十余载的眉庄走了。这世间再不会有人像她一般对我好，为我哭，为我笑，陪着我患难与共。

我麻木地走着，身后远远传来云板的丧音，哀恸声四起，尖锐的报丧声惊破了后宫沉郁的黑夜，"惠妃娘娘薨——"

雨越下越大，冰凉的雨水似要把我覆没，我颓然坐在永巷冰凉的青石上，恸哭失声。

这一年的春天似乎就是在这样的阴雨绵绵中度过的。那一日的接连变故使所有嫔妃的心底都烙上了一层难言的阴郁，没有人再敢提起与那日有关的任何事情。眉庄的死使一向爱惜她的太后饱受打击，除了破格追封她为德妃之外，一切丧仪皆按贵妃仪制，给予她死后哀荣。因为眉庄的丧仪，胡蕴蓉的册妃之礼也一再推后。予润被我接到了自己身边抚养，因为难产，他的身子一直比别的孩子虚弱，须得乳母一碗碗将药喝下化作乳汁喂与他，如此一个多月，润儿的身子才慢慢平稳下来。因是眉庄遗孤，我对予润格外怜爱，甚至胜过了我亲生的予涵与灵犀。

那日的事情辗转通过胡蕴蓉之口传到了太后耳中，太后盛怒之后终究不发一言，只和玄凌一般嘱咐皇后注意保养，无须再多过问宫中事宜，只将一切交与我打理。而在那次事件之后，管更衣迁入永巷居住，赵婕妤与馀容娘子也是足不出户。显而易见，颇得圣宠的馀容娘子颓势渐露，逐渐被玄凌冷落。

倒是隔了两日，玄凌赐下一对宫中新制的赤金并蒂海棠花步摇给玉娆，褒奖她夜闯皇后殿中护姐的勇气。这份突如其来的赏赐与其说是对皇后的再度无视，不如说是对玉娆的瞩目。

转眼过了端午，玄清身体痊愈，与玄汾一同来给太后请安了几次，又闻予润儿啼之声日渐洪亮，宫中才渐渐恢复了一些热闹。

玄凌与我商量起蕴蓉册妃一事，道："蕴蓉的册礼也该办了。德妃过世，母后心里总不太舒畅，叫她的事冲一冲也好。"又道，"再不册蕴蓉为妃，只怕母后跟前也不清净。反正也简单，仪制有现成的，封号也不必再拟，便是昌字。"

我坐在榻上缓缓饮着茉莉香茶，那茉莉是取去年盛夏时新摘的茉莉花蕾，用吴盐腌制了搁进冰窖里冰着，待到一年后用滚水泡开，那茉莉顿时一朵朵绽开浮于水面，依旧清芬扑鼻，十分新鲜，淡淡盐味入口，亦能祛暑。

我想起那日她从发明神鸟的绣绘上露出的心思，心中微有不快，淡淡一笑道："那昌字本是十分好的，只是太过招摇了。谁不知道胡妹妹握着那块万世永昌的玉璧而生，皇上若真心疼她，就不必为她太张扬。"

他手中拿着一卷《太平御览》闲闲翻阅，"哦"了一声抬头看我："你也觉得蕴蓉有时过于张扬了？"

我拨弄着茶盅盖子，徐徐道："冬日里的水仙花特别香，可是香气太浓了也叫人头昏。如这茉莉香茶一般，香远益清才是好事。胡妹妹有皇上和太后疼爱自然是得天独厚，可是登得高难免会有小人觊觎忌恨，若非妹妹得此厚爱，也不会有人留意到衣裳这些细枝末节，何必招来是非呢？"

玄凌轻笑道："你虑得也是，就给她改个封号吧。蕴蓉素来聪敏慧黠，便把'敏'字赐给她，你知会内务府就是。"

他望见墙上新绘的一幅《秋浦蓉宾图》，荷叶枯黄，芙蓉展艳，一派秋光旖旎，花间两鸿雁振翅凌空，双双对对，意驰千里。他笑道："朕记得不曾赏过你崔白①的这幅画。"

我掩口笑道："小女儿涂鸦之作，皇上也被瞒过了么？"我见他疑惑，道，"是臣妾小妹闲来仿作而已。"

"小妹？"他微微一笑，已是舒展的神情，"可是那日闯入皇后殿的女子么？朕赐她首饰之后也未见她来谢恩，今日就在你宫中，她可不能拖赖了吧。"

我推脱不得，只得唤了玉娆前来。彼时玉娆新妆才罢，过来时很有些不情愿，向玄凌福了一福便一语不发面壁而立。

玄凌不以为忤，只含笑道："你很擅长作画，可愿意和宫中画师切磋？朕可以为你安排。"

玉娆淡淡道："宫中画师多崇富丽辉煌的色彩，皇上看臣女临摹崔白之画，就知道臣女与画师必定话不投机。"

他凝望墙上画作："你画了一对大雁。"他悠悠沉吟，"渺万里层云，千山暮雪，只影向谁去？大雁乃是忠贞之鸟，是该成双成对。"他笑，"你姐姐在太平行宫时住的居所名为宜芙馆，她是很喜欢芙蓉花的。"

玉娆此刻才盈盈一笑："臣女也喜欢忠贞之鸟。"

玄凌见她展颜，不由得微笑注视她："你头上青玉簪子很好看。看你仿佛妆饰过，怎么，朕赐你那对金钗你不喜欢？朕召见也不戴上。"

我唯恐玄凌迁怒玉娆，忙道："她素日不爱这些金器，所以不曾戴上。"我推一推玉娆："皇上赏赐，你还没谢恩呢。"

玉娆微微欠身，不卑不亢道："臣女不仅不喜欢金器首饰，而且那步摇上的海棠花是姐姐所钟爱的。姐姐喜爱的，臣女不会沾染分毫。"

玄凌笑了："独乐乐不如众乐乐！有好东西分享也不错。"他招手唤

---

① 崔白：字子西，北宋画家。擅花竹、翎毛，亦长于佛道壁画，其画颇受宋神宗赏识。所画花鸟善于表现荒郊野外秋冬季节中花鸟的情态神志，富于逸情野趣。崔白的花鸟画打破了自宋初一百年来由黄筌父子工致富丽的皇家富贵为标准的花鸟体制，开北宋宫廷绘画之新风。有《双喜图》《寒雀图》《竹鸥图》等传世。

来李长："去把崔白的《秋浦蓉宾图》拿来赏给甄小姐。"他笑吟吟解释道："这幅《秋浦蓉宾图》，六弟与九弟都喜欢，老六中意芙蓉，老九喜欢大雁，都跟朕要了好几次，朕也没给。现在朕就赐给你，由得他们眼热去吧。"

玉娆脸上微微一红，欠身谢过。

我想起玄清当年为我庆生种下的满池芙蓉，不觉澹然含笑："这画是个好意头，臣妾很希望来日小妹成婚不要与臣妾远离，彼此来往方便，就如画中大雁在芙蓉花畔，要不然姐妹分离，又有什么趣儿。"

玄凌只笑不语，数日后陆陆续续又叫人赐下两方李廷珪墨与几卷澄心堂纸，随她作画用去。我见玄凌如此，本有几分上心，然而玄凌来时也只偶尔唤玉娆在前，静静看她烹茶、作画，常常一语不发，只像是远远赏景一般。玉娆更不会先去和他说话，只管自己安静地坐着。窗外芭蕉绿意掩映，偶尔有一点粉色的花瓣跳跃在日影下，时光这样静静流逝，三人安坐其中，倒也不觉时光匆匆。

如此，半月后，胡蕴蓉行册妃之礼。贞贵嫔身子稍稍见好，亦勉力支撑着去观礼。我端然肃立观礼，悄然向浣碧耳语："那日你抱了二皇子偷龙转凤之事，贞贵嫔没有起疑心吧？"

浣碧道："没有。奴婢在三殿下脚背上也依样画葫芦扎了两针，且贞贵嫔那几日病着了，自顾不暇，待接回二殿下时伤口早已痊愈了。"她抚着心口道，"那日李公公来抱殿下，正巧两位殿下都抱在德妃娘娘那里睡觉。奴婢见公公满面愁容说要请殿下挨上两针，奴婢问了两句才知皇上要滴血验亲，心知不好，趁人不见用娘娘亲手绣的襁褓裹了二殿下来了。反正两位殿下长得相像，又都睡着，只要奴婢抱紧了不会有人轻易发觉。"

我叹息道："总算你机灵，又遣开了贞贵嫔。否则二殿下一哭起来，贞贵嫔是生母哪有听不出来的。"

浣碧道："奴婢也是一颗心吊在嗓子眼上呢。"她瞟一眼端坐于凤座之上端然训话的皇后,"倒是便宜了皇后,生出这样多是非,皇上竟这样轻易放过,也忒是非不分了。"

坐于皇后身边的玄凌神情疏淡,一向相敬如宾的帝后之间终于也有了疏离。我冷然一笑,或者,他们从来就是不亲近的;更或者,这疏离由来已久,只是如今隔膜更深罢了。我含笑摇头,面上依旧是恭顺的神情,悄然道:"皇上不是不明是非,是为情所困,心不由己。"

我暗暗叹一口气,心思更重了几分。

待到礼散,诸妃照例要去燕禧殿向蕴蓉贺喜册妃之礼。如此热热闹闹大半日,我特意等燕禧殿人散了才携了槿汐过去道贺。

蕴蓉远远站在滴水檐下看宫女放风筝,见我来了,不觉招手笑道:"还以为淑妃娘娘不赏这个脸,人人来了,独你不来,我还等着去请罪呢。"

"妹妹笑话了。"我上前握住她的手,"你素来与德妃姐姐亲善,自然体谅如今予润在我宫里,我须得一万个上心才是。姐姐这一走只留下一个皇子,我怎能不当心。"

蕴蓉点头道:"听闻四皇子比出生时好了许多,都是淑妃用心。"

我打量她一身光艳夺目的石榴红镶金丝云锦宫装,笑道:"要来给敏妃娘娘道喜的,能不赶早么?只是我想着方才你这里必定人多热闹,我要说两句体己话给妹妹都怕你没工夫听。我满心里疼妹妹只不敢说,一则怕妹妹不稀罕,你本是太后和皇上最疼的人了;二来也怕有人背后说我偏心,只一味随太后和皇上的好儿奉承妹妹,我这番真心倒不敢显出来了。"

蕴蓉与我一同坐下,笑吟吟吩咐了上茶,道:"经了那日的事,我还不知道姐姐心里疼我么?那也太不晓得好歹了。谁知皇后竟不如姐姐疼我,这般算计,真是不提也罢了。"她用力握一握手指,笑容意味深长,"宫里的日子长,以后还得靠姐姐疼我了。"

我颔首微笑:"这个自然。妹妹聪敏灵慧,皇上特为你改了个敏字作封号,这样的荣宠,宫里可是独你一份儿的。我还得借妹妹的聪慧帮我呢,否则协理六宫的淑妃做得真没趣。"我轻轻叹息,"若妹妹早日成了贵妃，我也可以卸了这副担子好好照料几个孩子要紧。"

"姐姐说笑了。"敏妃低低一笑，眸光微转，"我哪里配做贵妃，连皇后也觉得我无甚才干，只留我在妃位。姐姐说皇上改了我的封号是荣宠，我可很喜欢那'昌'字呢。"

我盈盈一笑："妹妹那'昌'字太好了，那发明神鸟的绘像又太像凤凰，难免有人吃心。"

"哦？"她嫣然一笑，抬手正一正髻上金累丝嵌红宝石双鸾点翠步摇，捻着衣襟上一枚茄形粉碧玺坠角，"姐姐心里总没有这样的疑心吧？"

我澹然一笑："怎会？妹妹不是不知道家父还是远在川蜀的罪臣，门楣所限，能得皇上垂爱忝居淑妃之位已是意外之福，不多修善缘也就罢了，怎还敢吃心妹妹呢？那日本宫被管氏所诬，还是妹妹几番帮我说话，我心中自然记得。"

蕴蓉不动声色地松了一口气，缓缓笑道："那日安氏的宫女惊动了德妃，才致德妃在昭阳殿外受惊难产。听闻姐姐为此在棠梨宫打了安氏那贱人？"

我呷了一口茶，道："也是我太心急了，一心只悬在德妃姐姐身上。"

"不怪姐姐。你瞧她素日那调三窝四的样儿，若换作我是姐姐，可不是给一掌那么简单了。"她微有得色，"自德妃薨了之后，皇上待她也不如往日了。"

我一笑不语，只命槿汐打开带来的锦红缎盒，里面躺着一株饱满的雪参："方才人多不便，这支千年雪参是给妹妹补身所用。但愿妹妹早日为皇上产下皇子，我到时便再来为敏贵妃贺喜。"

蕴蓉眸光一黯，旋即含笑："多谢姐姐吉言。"她低低一叹，"只是温太医为了那些捕风捉影的事伤了身子心气，否则有他加以调理，蕴蓉也能早日如愿以偿。"

我看了看天色，叹气道："原本想陪妹妹多说说话，奈何去皇后宫中的时辰到了，今日宫里有几桩不大不小的事情，得去回了皇后。"

蕴蓉骇然："姐姐搪塞我呢！谁不知表哥把宫中之事都托付给了你，只叫她歇着，姐姐何必还去回皇后？"她笑着拉我的手，"我宫里有皇上新赏下来的'云山玉尖'茶，姐姐和我一起烹茶说说话。"

我很是舍不得的样子："妹妹宫里的茶自然是顶尖的，听说今年雨水多，这'云山玉尖'统共才得了一斤多，妹妹就先有了。"我停一停，无奈道，"只是她再不好，终究是宫里头一份的尊贵，皇上也不能不顾及她。到底从前的纯元皇后是她的亲姐姐，太后又是朱家的人，皇上虽这么说，我也不能太得意了。我劝妹妹一句，终究，她还是皇后。"

我临去的语气意味深长，胡蕴蓉不知听进去没有，只由得我去了。

回宫后浣碧悄悄问我道："小姐的劝，敏妃可听进去没有？"

"谁知道呢？上次那回事情一闹，这怨可就结下了。她素日又是那般心高的。"

浣碧抿着嘴直笑，道："只怕您越劝她越发上了性子了。"

言毕正巧卫临来请平安脉，趁着请脉的间隙，我问他："温太医好些了么？"

他低声道："自从德妃娘娘薨逝后，温太医的精神一直不好，成日借酒浇愁，加上挨了那一刀受创不轻，现在身子坏得很。"他停一停，"最要紧的是从前那份心气没了。"

我怆然摇头："人去始知情深，还有什么意义呢？你替本宫多照看他。"

卫临答了声"是"，我起身立于长窗前，看着窗前新开的美人蕉，淡然道："温实初这一来，如今本宫身边可以信任的太医唯有你一个了。"

卫临躬身道："娘娘抬举，微臣必当尽心竭力。"

我颔首："你有此心最好不过，本宫也不会亏待你的。过两日叫温实初来为四皇子请平安脉。"我着意低语，"你晓得轻重的。"

他答允了"是"，转身告辞。

看见温实初形容之时，我几乎倒抽了一口冷气，那样温厚平和的一个人，竟憔悴到了这份地步。他面色憔悴，眼窝深凹，瘦得竟脱了形。他本是伤重初愈之人，浑身竟散发着一股浓烈的酒气，熏得人倒退开几步。

我见他如此，念及眉庄之死，还未语，泪便先落了下来。

我唤过槿汐端了清水来，亲自为他洁面梳洗，又把他发髻松开，用梳子一一篦过，叫槿汐取了套干净衣裳为他换上。这是我第一次为温实初做这些事，或许是感念他让眉庄走时走得平静喜乐，或许是因为我的愧念。平生第一次，我觉得，他像是我真正的亲人。

梳洗罢，人已清爽许多，但那种从身体发肤里散发出来的如秋叶般萧索的气息，却是怎样也洗之不去了。

我不禁伤感，屏开众人，只让槿汐抱了予润来送至他怀中，含泪道："你抱一抱，孩子已经重了些了。"

他的嘴唇微微颤抖，轻轻吻一吻熟睡中孩子粉红的脸颊，颤声道："皇子健康无虞，多谢娘娘悉心照顾。"

我摇头道："本宫再怎样照顾，终究不是他的亲生父母。"我怜爱地看一眼润儿，"这孩子每到黄昏时分便会大哭，不知是否在想念眉姐姐。可怜这孩子非哭到声嘶力竭不肯停，怎么哄也哄不住。"

他神色悲戚："可怜他小小年纪便要经受这丧母之痛。"

我爱惜地抚一抚他的小脸："你若常来看看他，抱抱他，或许润儿会好很多。"

他满面凄凉，缓缓道："那日眉庄入棺，我把我的玉壶悄悄放进了她随葬的葬品之中。或许很早以前我就该给她的。是我自己不明白，以致她抱憾那么多年。这辈子，总是我对不住她。"

我柔声劝慰道："姐姐已经长眠地下，难道你还要终日醉酒么？姐姐虽去了，但润儿还在，你总要为他打算。宫中嫉妒这位皇子之人不少，即便我拼尽性命也实在不敢担保能守得他终身平安。实初哥哥，他终究是你的……"

他立在窗台边，明亮的日光照不透他身上的黯然萧索，几束花叶残影落在他瘦削的身上，越发显得神情憔悴如残叶。"我一辈子都不会忘记，她在我怀中停止气息的那种感觉。嬛妹妹，守护你已经成了我的一种习惯，习惯是不会轻易改变的。但是对眉庄，她在这深宫里的每一分寂寞和执着，我都清晰得感同身受。她等着我，就像多年前我一直等着你一样。所以我已打算向皇上请旨，去为她守陵三年。"

我叹道："那么润儿呢？你都不管润儿了么？"

他抱着孩子，眸中尽是慈爱与愧对之色："他三岁前我会每月三次来为他请脉照料。三岁后……若他有半分像我，我便打算去为她守妃陵，等将来她入陵后再守她到死，绝不能让旁人有一丝疑心而害了他。"

"我明白。只是实初哥哥，逝者已去，生者活下去担当一切，你好好活着，姐姐九泉之下才能有所安慰。"

他身子一震，不知听明白了没有。他只久久抱着润儿，留给我一个苍凉的背影。

次日，温实初以"奉德妃身孕不周致德妃血崩而死"的罪状自请去守德妃陵三年作罚。他这样的自责连太后亦不忍心，不觉出言向玄凌道："温实初自己受伤刚醒便去救治德妃，其志可嘉。皇帝自己细想，害德妃受惊早产以致血崩而死的人是谁？且温太医乃是国手，见自己一直看护之人惨死眼前，对一个医者来说乃是最大的打击。现在温太医人不人鬼不鬼的自请去守陵，又是因为谁？"

玄凌只得答复："儿子已经杖杀了宝鹊了。"

太后仍痛惜眉庄惨死，冷冷道："那么宝鹊是谁的人？谁这么不懂事不会调教奴才？如今对着姐妹都能这么阴毒，来日谁又敢担保，她不敢算计君上呢？"

玄凌闻言不忍，更兼心疼予润自幼无母，对陵容的宠爱也逐日淡了下来。

心事付多情

壹陆

这一日闽州新贡荔枝，玄凌便叫李长拿了一筐来，我正着人拿与玉娆和玉姚，却见玄凌笑着进来："一骑红尘妃子笑。杨贵妃的爱物，嬛嬛觉得如何？"

我剥了一枚放到他口中，笑道："多汁美味，只是臣妾觉得太过甜腻，若年年送这么几筐，只怕地方上马儿都要跑死许多了。"

天气逐渐热起来，外头晴丝一闪都带着白蒙蒙的热气，玄凌已经换了家常湖蓝色玉掐牙云单衫，顺势往凉簟上一躺："你素日最怕热，本该带你去太平行宫消暑的。"

我笑着道："不当家怎知柴米艰难。太后身上不痛快不宜远行，臣妾身边几个孩子若都带去了也不是易事，乳母便是一大堆人。若再安排起出行的衣裳车马，那边行宫又要着人重新布置，也是海样的银子流水价出去。"

玄凌笑着点一点我的额头："你倒俭省。朕看了这个月宫里出账的银子，倒比上个月省了一万多两，自是你勤俭持家的好处。”

“皇上以为那一万多两银子是哪里省下来的？管氏贬为更衣，赵婕妤和馀容娘子罚俸少出了一笔月例银子。德妃过世，按太后的意思将份例的银子多了三倍用在润儿身上。倒是皇上少去馀容娘子和安昭媛那里，两宫里支取的东西少了，倒省下好些。又因着德妃姐姐刚走，嫔妃新制的衣衫多不用织金捻花的繁绣，也亏得敬妃姐姐会理账才省下这些来。”我笑着横他一眼，“接下去又是选秀的年头，皇上多选几位妹妹进来，这银子多上十万两都是不够开销的。”

玄凌自己取过一把孔雀蓝羽扇扇着：“朕听着这话很酸，你要在这项上省银子，朕告诉你一个妙宗儿，朕只往你宫里娶几个美貌的宫女做宫嫔，她们的月例银子就在你例银里扣。你每月的份例，养几个更衣、选侍是尽够了的。”

我作势举过一叶半透明的手绘栀子团扇拍在他肩上，啐道：“皇上爱娶谁就娶谁去！臣妾听几个小宫女说，死了的斐雯就是存了想由管氏保荐做选侍的心才铁了心要诬陷臣妾的。皇上要几个更衣、选侍有什么稀罕，真有看得入眼的，一举封作贵人才好呢！也好叫她们醒醒神，如果没那个本事就安分守己些。”

玄凌歪在榻上，随手一指正把剥好的荔枝放进水晶盏的浣碧，道：“你若真这么大方，朕今日就娶了你最贴心的浣碧去，你说可好？”

我似笑非笑斜斜看他一眼：“臣妾的陪嫁丫鬟只剩了浣碧一个，亲如姐妹，皇上也要夺爱么？”

他随手从小几上取了枚荔枝吃了，吐了核道：“正因是你的亲信，朕才不薄待她，就和你当年一样，册为贵人如何？”他侧头一想，又笑，“就封为僖贵人如何？”

浣碧猛然一惊，手中端着的一个水晶盏“砰”一声摔得粉碎，我与玄凌俱吓了一跳，浣碧顾不得收拾，慌忙跪下道：“奴婢不敢！奴婢已是二十六岁的老女了，怎配服侍皇上，还请皇上饶过奴婢。”

玄凌饶有趣味地直起身子，笑吟吟道："这可奇了，寻常宫女有这样大的荣宠早乐得拜佛去了。你倒推说自己年纪大了，年纪大又如何，其实二十六也不算很老。"

浣碧缩成一团，"砰砰"磕了几个头，声如蚊蚋："奴婢有罪，奴婢已经有心上人了。"

我心中"咯噔"一下，忙要起身，玄凌按住我大笑道："你有了心上人？是侍卫还是哪个宫里的内监？或者是常来往的太医？"浣碧满面绯红，越发垂首下去，半日不语，玄凌又问我："你可知道？"

我忙道："臣妾不知。"

玄凌含笑命她抬头，道："你说出来，朕成全你们一段姻缘就是。"

浣碧窘得额头也红了，只摇头不语。

我笑道："皇上就一味取笑吧。要了贞妹妹的赤芍还不够，还来打臣妾浣碧的主意。打量着臣妾和贞妹妹一般贤惠么？八抬大轿抬了浣碧做贵人去臣妾也不许，就做个名正言顺的醋坛子好啦。浣碧臣妾要留着，哪日亲自给她指婚才算完呢。"我拉起浣碧："你且起来，不必理会皇上。"

玄凌拽住我手腕笑道："哪里来你这么个霸道人儿，连朕说话都说不理。朕还有桩事情问你，上次老六病了，你怎么指了浣碧去照料？她是你贴身的人，你倒舍得一放那么多天？"

我摘下手腕上的缠臂银镯递给浣碧："这颜色不亮了，等下拿去叫工匠炸一炸，赶紧还得拿回来，姐姐走了没多久，还是要用银器的。"见浣碧去了，我方道："臣妾身边统共就剩了这么几个人，想浣碧出去也好，她年岁大了，王爷病了各府里来看望的人必不会少，万一有合适的小子呢，也算成了一桩好事。"

"只会为旁人操心，德妃去了你心里一直不痛快。"玄凌比一比我的手腕道，"你看你瘦了这样多，改日朕还是叫温实初来照料你。"

我抬眼看他："皇上不疑心温实初私下来探望臣妾是有私情么？"

他略笑了笑，颇为歉然："采月已经告诉朕，是德妃请他去探望你的。"他干咳一声，"何况他现在已经与李长他们无异了，谁也不必再多话。"

我垂下眼道："为了臣妾与眉姐姐之事，温大人作为男子也好，医者也好，身心俱是重创。如今除了每月三次来为润儿请脉看护以作对眉姐姐枉死的补偿之外，他的心是灰了大半了。"

玄凌默然片刻："朕知道这件事委屈了你。"

我心中恻然："臣妾委屈也就罢了，只是德妃姐姐何辜，若不是管氏兴风作浪，姐姐怎会受惊难产，丢下小小年纪的润儿便走了。如今比起姐姐枉死，管氏虽住在永巷之中，可也是锦衣玉食的宫嫔……"我心中难过，不觉低头拭泪。

"朕何尝不知道你心里怨朕，为了朕降了管氏的位分，她哥哥还特地上书来问，被朕驳斥了回去。"他拢住我的肩膀，"你不要着急，朕迟早给你一个满意的答复便是。"

我起身，取一炷香点上："但愿如此，否则姐姐九泉之下亦不能瞑目。"

他颔首："有件事朕说给你知道。今日早朝，管路提起朕已有四子，堪择长者为太子，以固国本。"

我将香插在炉中，冷笑一声："说这话就该立时传廷杖，打死也不为过！皇上春秋鼎盛，如今已有四子，将来不知道还有多少位皇子呢？怎么就早早论起国本来了，可见不像话！"

玄凌摇头道："朕已告诉他，朕的四位皇子除了皇长子年长些，老二和老三不过才是九个月的孩子，润儿更小。我朝向来立贤不立长，又何必在长幼上饶舌。"

我伏在他膝上，细银针折珠耳环长长坠下成柔美的姿态，忧伤如轻雾一般笼上我的面颊："臣妾方才气急了。其实管路这样提议也没有错，若论子凭母贵，皇长子的生母悫妃出身公侯，皇后又是养母，精心养育了多年，臣妾父亲尚是罪臣，贞妹妹的出身也未能与皇后和悫妃相较，可怜润儿又是失了母亲的，自然是提议立长了。"

他抚着我的鬈发："好端端的怎么妄自菲薄起来。皇子们都还小，哪里能断下贤愚，而予漓的资质也确实平庸了些。"他想一想，"倒是丞相钟修梓提了个折中的建议，先封王，等皇子们都大了再立太子。"

我微微吃惊："封王便要开府出宫了。"

玄凌笑道："予漓可不是十六了么？要算起来也该成婚了。只是几个小的倒也无妨，朕心里总觉得愧对德妃，更要紧的是对不住你，这次的事闹得阖宫皆知，滴血验亲总是妨了涵儿将来的声望，只怕往后总有人多有诟病。所以朕想着四位皇子一齐封王，不要分出彼此上下来。"

我低头，神色柔顺："涵儿还小，只怕受不起这样的福气。"

他苦笑，低头吻一吻我的脸颊："朕也有朕的顾虑，若只封了予漓，只怕因着这件事来日在立太子的事上又多口舌，所以得一起办。"

我悠悠叹息一声："那日敏妃的话臣妾听了心中难受。说到底皇后本是敦厚人，何以会出此下策在滴血验亲的水中加了白矾混淆视听，多半是为了皇上疼爱幼子的缘故。臣妾至今想来还是后怕，所以还请皇上少疼些涵儿吧。"

他把食指按在我的唇上："不要说了。"他静静道，"皇后之事不必再提，朕心里有数。封王之事也还不急，总得等孩子们都满周岁了。"他偏过头靠在豆藻十香枕上，"朕要好好想一想，该给予漓定下婚事了。"

殿内侍奉的侍女都退下去了。午后迟迟，四壁静悄无声。榻边搁着一座绿釉狻猊莲花座香炉，炉身是一朵盛开的莲花，捧出一只戏球的坐狮，炉里焚了上品沉水香，几缕雪色芬芳便从狮口中悄然萦纡四逸。

玄凌颇有些睡意，缓缓闭上眼去。我心中有事，思虑片刻，渐渐也有些乏了。正蒙眬间，忽然听见有儿啼之声，我尚怔怔，玄凌已然醒转，披衣起身："是谁哭了？快抱过来！"

不过片刻，槿汐已抱了孩子过来，口中道："三殿下睡得不安稳，仿佛是梦魇了呢。"

我忙抱过孩子轻轻拍着哄着，大约是贪睡的缘故，涵儿噘一噘嘴又睡了过去。孩子睡中的容颜最是可爱，玄凌忍不住亲了又亲，孩子在梦中有所感觉，握起白白胖胖的手指在脸颊挠了两下，着实憨态可掬。

我心中一动，装作无意道："皇上，咱们的这个孩子，像不像那个孩子？"

他随口道："哪个孩子？"

我静默片刻："纯元皇后，也是有所出的。只是可惜了那个皇子。"

玄凌的眉心猝然耸动起来，神情几乎凝滞在了那里，且悲且喜，且忧且哀，复杂而深邃。

香炉里的轻烟微微四散开来，微微隔在我和玄凌之间，蒙胧地望出去，他的脸色似蒙着三月里细细的雨雾，有着难言的潮湿。

良久，他轻声道："那个孩子，生下来就没有了气息。"他无声地微笑着，那笑容哀凉胜寒霜。我稍稍看一眼，仿佛整个人也哀伤了起来。他说："朕的那个孩子福气甚好，可以不用离开他的母亲，这样一同去了。"

我一时间竟不知该说什么才好，安静了片刻，才依着打算好的话说下去，然而舌尖也麻木苦涩了："臣妾听闻自己容貌有三分肖似先皇后，所以臣妾私心想着，或许臣妾和皇上的这个孩子，也可以有三分像先皇后的那个孩子。也算上天垂怜，可以安慰一下皇上的慈父之心。"

这话，于原本的我，怎么肯说。

只是这孩子出生未久，已经这样风波迭起。皇后宫中的变故更是大大刺激了我。为了这孩子的将来，为了他的周全，我这个母亲，折堕一点尊严又有什么要紧。

玄凌大为震动，眉目间的慈爱与怜惜之色愈来愈浓，他本就喜欢这孩子，如今被我这样一说，心中更是十分打动了。

他回身拢我入怀，轻轻道："咱们这个孩子已经受了这样大的委屈，是朕这个做父皇的不是。宛宛的孩子夭折得那么早，这个孩子——咱们的孩子必定是有福有寿的，朕以帝王之威起誓，一定好好爱护咱们这个孩子，他也一定不会辜负朕对他的期望。"

　　我心下一软，不是不感动的，然而震动与安慰更多。纯元皇后在他心中的分量竟如此之重，我不过稍稍提了一句她早夭的皇子，玄凌竟重视我的孩子到如此地步。而安慰的是，我的孩子，在玄凌心目中的地位，已是牢不可破，非其他的皇子皇女可以相较的了。

　　我伏在玄凌怀中，牙龈咬得发酸，酸得几乎要迸出血来，心思依旧转动如轮——纯元皇后，或许将是我以后最好的一道护身符了。

壹柒 | 玉娆

这一日春光渐老，上林苑中遍植的桃树与杏树早是枝头繁花落尽，且有荫荫翠翠结子的征兆了。然而花景不谢，数千株名为"千瓣红"的复瓣石榴开得正盛，最是吉祥绚烂。

一年间宫中多闻儿啼之声，我诞下了涵儿与韫欢，贞贵嫔产下皇二子予沛，眉庄遗下皇四子予润。玄凌自登基以来，膝下一直荒芜，宫中连添三子一女，自是难得的大喜。于是，为贺得子之喜，玄凌便下旨命宫中遍植石榴，以庆"丹葩结秀，华（花）实并丽"的"多子"之兆。

这一日晨起，我正在偏殿与玉娆抱了韫欢与涵儿逗弄。玉娆抱了涵儿在手，逗得他"咯咯"直笑，不由得羡道："做孩子真好，什么也不知道，什么也不懂得，有人逗他便这样开心，有什么不痛快的哭一场就忘了，难怪人人都道做孩子好。"

我怕她想到昔日家中的伤心事上去，忙引开了道："咱们家里就你最小，要硬是充成孩子撒娇，也没有不依你的。"

玉娆一扭身子，俏然笑道："长姐最会取笑我了，我再也不理你了。"

我笑道："才说你一句撒娇，你便真撒上娇了。等过两年你也该嫁出去为人妻子为人母亲了，有得是孩子在你面前撒娇呢——到时你能和一群孩子混个孩子王了。"

玉娆一听更是害羞，红了脸道："长姐都是娘娘了，说话还这样不检点，真是招人嫌。"

偏偏浣碧折了早上的新鲜的花朵进来供了清水插瓶，在一旁笑道："三小姐的脾气性子要做了人家母亲，真真不敢想是什么情形呢。也不知哪一家的公子有这样好福气，能娶到我们三小姐。"

然而说到嫁娶，我又想起玉姚来，自从管家退婚，家中陡生变故，父亲贬为江州刺史，远放川北，玉姚和玉娆自然也跟着去了，罪臣之女，又远居川北这样蛮荒苦寒之地，衣食不周，深受苦楚。玉姚自小软弱敏感，这样被退婚，又身世飘零，远在川北之地，无人可嫁，更无人肯娶，受尽多少委屈白眼。何况家中变故，管家倒戈，也有玉姚的错处在里头，是她太轻信于人了。自此之后，她便十分自苦于自身，平日里只深闭闺门，粗茶淡饭，并不愿与人多说话，也不愿与人来往。婚事就这样一路耽搁下来，如今年纪也二十二了。大周并不崇尚早婚，女子在十七八岁出阁最为寻常，只是再晚也晚不过双十年纪，那是一定要出嫁的了。像玉姚二十二岁还待字闺中的，已是十分罕见。难怪宫里宫外说起甄玉姚来，无不暗笑她是无人问津的"老女"。其实又哪里是无人问津呢？自我重回宫廷再度显赫之后，无数达官显贵听闻我还有两位未出阁的妹妹之后，去往江州爹爹处提亲的几乎要踏破了门槛，其中也不乏青年才俊，根本不在意玉姚年岁偏大。只是玉姚已经对男子灰了心，干脆对我明言，是不愿嫁人了的。

眼看她大好岁月，却荒废闺阁之中，自苦如此，我这个做姐姐的，也不能不操心。

浣碧知我心事，必定是牵挂玉姚，于是笑道："今日的天气这样好，闷在宫里可惜了，小姐要不要和三小姐一同去园子里逛逛？"

我所住的未央宫内有极大的一片园子。因我重回宫廷，玄凌百般优宠于我，只比着皇后凤仪宫的规制小了些建了个园子，多种奇花异草，以便我不出宫门就可赏四时花景。

我还未出声，玉娆已经道："天天往园子里逛去，不是扑蝶就是赏花，真真无趣极了。从前还能说去赏花，如今花都谢了大半，只能赏叶子了。姐姐若愿意看，娆儿勉为其难奉陪就是了。"

我笑着举了扇子佯装要拍她的嘴："真真长了一张猴儿嘴。我还没说话，你却啰里巴唆说了这一串，你要不愿意，咱们就多走几步去上林苑就是。"

玉娆躲了躲，一边起身一边假意叹着气，道："去便去吧，只是遇见哪一位嫔妃还要对姐姐娘娘长娘娘短地啰唆上许多有的没的话，我也替姐姐烦心。"

我笑得几乎要打跌，伸手指着她向浣碧道："你瞧瞧她这张嘴，怎么坏到这个样子。浣碧替我好好去看一看她的嘴，不知塞了多少钢牙利齿在里头，搅得我头疼。"

浣碧笑道："奴婢怎么敢去看三小姐的嘴，万一被什么小姐说的钢牙利齿咬了一口手指头，奴婢可是肠子都要悔青了。只是三小姐说的是实话，小姐一出去难免要应付这些人情官司，多少麻烦在里头呢。三小姐的话也是最贴小姐心的话呢。"

正说笑间，玄凌信步走了进来，笑吟吟道："你们姐妹俩说什么体己话呢？这样热闹。"

因是刚下朝，想是换过了衣服才过来，玄凌只穿了件家常的墨紫团福单衫。过了端午天气渐渐有些炎热，虽然玄凌素来不太畏热，却也打了把折扇，扇上疏疏画了几枝墨竹，越发显得他面如冠玉，气度娴雅。

我忙起身迎道："皇上万安。"

玉娆也屈膝下去："皇上万安。"

玄凌扶我一把，左手已经向玉娆伸了出去，满面含笑道："快起来吧。

小姨也在，真是巧。"向来妃嫔或臣子见皇帝，皇帝为示宠遇优渥，总是要伸手虚扶一下。玉娆只是奉恩旨进宫暂住未央宫陪伴我，并未有任何诰封，这样未有婚嫁而进宫暂居已是有些尴尬，何况玄凌待她又格外亲厚。我心头陡地一跳，顺势站在了玄凌和玉娆中间。

玉娆并未扶着玄凌的手起来，只是把手放在衣袖中，淡淡道："多谢皇上。"说着起来后退了一步。

玉娆因为家中被贬，又亲眼见我因一双子女在昭阳殿受辱的情状，心中深厌，然而又发作不得。所以日常相见，总是对玄凌不冷不热。

玄凌也不生气，只含笑向我道："嫡亲妹子在宫中客居，你可要好好招待才是。"又转脸看着玉娆："这几日热起来了，还住得惯么？有什么不自在的可要告诉你姐姐，就当自己家一样。"玉娆只低头用手勾着衣襟上的丝带，淡淡笑着，恍若未闻。

君王问话，臣子是不可以不回答的。玄凌又何尝被人这样冷落过，只是见玉娆这样小女儿情态只管自己出神，一时也说不出什么。

我眼见玄凌有些尴尬，不由得笑道："妹妹来了不是一两日了，虽然宫中与家里不同，也还是惯的。"

槿汐领着小宫女奉了茶点进来，玄凌品一小口，掩饰着笑道："这是上好的雨后龙井，嬛嬛和小姨都要好好尝一尝才是。"

玉娆这才依着我坐下，抿了一口茶水，道："果然是好茶，平常难得一见的。"她一双水灵妙目灵动似流波荡漾，忽然向着玄凌启齿一笑，粲然道："多谢皇上关怀。这宫里繁华巍峨，美人又多，赏心悦目是极好的。只可惜比不得在家里让玉娆胡闹惯了，处处得守着规矩尊卑。比方说，姐姐本是姐姐，可是也得顾着是淑妃，涵儿和灵犀是臣女的至亲，也是皇子帝姬。再比方说，在寻常人家里，臣女该叫您一句姐夫，可是在宫里，玉娆时时刻刻记在心头的是您是尊贵无比的皇上。所以玉娆时刻谨慎，不敢把皇宫当家里。再有一句，家里也没有这样好的龙井啊。"

一席话其实是极无礼的，浣碧在一旁听得脸都白了，我亦是有些心惊。只是玉娆把这话当作玩笑来说，她口角又伶俐，嘀里嗒啦一串话说得极娇俏，似黄莺在枝头脆鸣。玄凌丝毫不以为忤，一径只是和悦地笑："嬛嬛你听听，你在口舌上也算是伶俐的，从来无人能占了你的便宜去。可是碰上你这位妹妹，恐怕也是要甘拜下风了。明明是说宫里不如家里自在，偏偏朕就生气不起来。"

我心中暗想，若不是玉娆这样年轻美貌，换了是个粗陋妇人在这里大放厥词，玄凌还能这般随和亲切么？于是面上只蕴了恬美的笑意，道："臣妾最最怕的就是玉娆这张嘴。无理尚且能说出三分理来，得了理就越发不饶人了。"我微微提了一提，道，"臣妾老在想，以后要怎样一位妹夫才能管住了玉娆这张利嘴，臣妾才能念句阿弥陀佛称愿了。"

玄凌目光自玉娆脸上悄然扫过，落在我身上笑道："你妹妹才从远地归来，你这做姐姐的就舍得这样快就把她嫁出去了么？依朕的意思，小姨年纪还小可再留两年，慢慢选了好的再说。"我待要再说，玄凌已经道，"小姨不是嫌宫里头拘束么，朕想起来今日老九进宫来了，正和朕说起天气好要去明苑比箭。淑妃可有兴致陪着朕去观赛？小姨也同去吧。"

玉娆本是少女心性，方才嘴上说得厉害，可是一听见能去明苑观看骑射，眼中不禁跃跃欲试，口中却道："什么老九不老九的，若是箭术不好，臣女才不要看。"

我于是含笑道："妹妹这是答应了。皇上的主意甚好，九王爷也是难得进宫的呢。那就容臣妾和玉娆更衣，以便陪伴圣驾。"

浣碧扶了我进内室更衣，趁人不备，凑在我耳边轻轻道："小姐，看皇上的神情似乎对三小姐……"

我换上一件晚烟紫绫子如意云纹衫，轻轻叹了一口气道："我如何看不出来，也不是一日两日了。自那日我在昭阳殿受辱，皇上一见她……"我银牙微咬，"我已经深陷在这不见天日的去处了，不能再耽搁了我的亲妹妹。"

浣碧道："小姐既已拿定了主意，那么就不得不防，得早做打算了。"

浣碧在我臂间挽上雪色的镜花绫披帛，我道："我也想打算，只是才把给玉娆留心夫婿的意思一露，皇上就拿那样的话堵我的嘴。"我蹙眉道，"眼下也只能见机行事。"

浣碧也是无法："若是皇上真拿定了主意要三小姐进宫，咱们也不能抗旨呀。再说皇上要是铁了心，任凭三小姐嫁去谁家也翻不出皇上的手掌心去。这事可十分糟糕。"

我忧心道："但愿只是我们多心，也但愿皇上只是一时喜欢玉娆的爽快罢了。但若真是你说的这般，我也绝不能眼睁睁看玉娆来受我的苦。"

言毕出去，玉娆也很快换好了衣裳出来，玉色绣折枝花的襦裙，浅浅的湖绿色窄袖重莲绫衣，臂间缠绕的披帛是薄薄一缕轻绡，绣着淡淡的一抹织金广玉兰花。浓密的发丝以十二支纯银发针牢牢束起，针尾皆埋在发间，只在阳光下才露一点银亮的光泽，简单的发髻上只有一支通体晶莹的碧玉凤钗，是一整块上好的通水玉雕成的，十分明艳。她这样的韶华妙龄，这样的装扮最是清丽动人，直如芝兰玉树一般。

我心里暗暗发凉。玉娆自小就长得有七八分像我。槿汐曾道我的面容有三分似足已故的纯元皇后，那么玉娆……也有一二分与纯元皇后相像的了。何况……她还那样年轻，更神似纯元皇后当年的风华正茂吧。

嘴上不说什么，轻轻挽过玉娆的手，一同出去。

明苑又称"御苑"，在紫奥城外二十里，与城外凌云数峰遥遥相对。保和元年，太宗以数万兵卒建明苑，苑中养百兽，皇帝宗亲春秋射猎苑中，取兽无数。其中有池沼宫苑，亭榭楼台无数。两侧皆古松怪柏，中隐石榴园、樱桃园之类，还引种西域葡萄和养南方奇花异木如山姜、桂、龙眼、荔枝、槟榔、橄榄、柑橘之类。池沼中有龙首船只首尾相连，常有宫女内监泛舟池中，凤盖高张，华旗招展，濯歌轻扬，杂以鼓吹器乐，远远闻见便可醉人。还有走狗观、走马观、鱼鸟观、观象观、白鹿观及狮虎园等，不胜枚举。每年花季，这里遍开奇花异草，胜景不可细数。

除了我与玉娆，玄凌亦携了胡蕴蓉、敬妃与叶澜依，几家王爷亲贵也随同前往，浩浩荡荡到了明苑已是近午时分，众人歇息半个时辰，各自更衣，便同去观武台看骑射。

天气十分晴好，吹向观武台边的风也显得有些暖凉交错，薄薄的绫衫轻拂于肌肤，像小儿娇嫩的手轻轻抚摩。正殿的观武台上，玄凌与我并肩坐着，叶澜依与胡蕴蓉分坐两侧，敬妃与玉娆坐得更远些，看亲贵王爷们陆续入场。

叶澜依颇自得其乐，伸开素白手掌，须臾，一只彩雀便扑棱棱停在她手心。敏妃本出身亲贵，对明苑并不陌生，顾盼须臾，向叶澜依微微一笑："小仪从前在此驯兽，对明苑必定分外熟悉，连鸟兽鱼虫都与你格外亲近些。"

叶澜依淡淡一笑："是啊，我在这里见惯了走兽，偶尔看见人来，还花枝招展的，眼错还以为是御苑又养了什么奇珍异兽。"说罢也不顾敏妃秀眉微蹙，只逗鸟为乐。

三家王爷分坐两边，与嫔妃坐席隔得更远些。岐山王玄洵为长独坐了一桌，身边坐了三五美姬，十分热闹，玄凌不觉含笑："大哥艳福最好，这般自在真是羡慕也羡慕不来。"

玄洵呷了一口美人送到唇边的葡萄酒，笑着一指身边女子："皇上笑话了，她们给淑妃和敏妃两位娘娘提鞋都不配。我瞧娘娘身边那位绿衫子姑娘都胜她们几倍不止。"

玄凌一看浣碧，不由得笑道："是淑妃的贴身侍女，大哥可是看上了要娶去做侍妾？"

我轻轻嗔一声："皇上。"

玄凌更是笑："罢了罢了，淑妃可心疼着，她又有了意中人了，明日放些到岁数的宫女出去，大哥挑喜欢的尽管领去。"

玄洵大笑道："不是臣要玩笑一句，紫奥城的宫女再美也不过是个木头美人，都被规矩拘坏了，哪里及得上明苑的侍女，远远望着就觉得风流袅娜。要不然皇上怎么独独中意叶小仪呢。"

玄洵乃是先帝长子，先帝所余皇子唯有四位，他又素来无心政事，每日不过到朝堂上应个卯，闲来只爱美酒佳人，走马斗鸡。玄凌格外恩视这位长兄，甚至到了宽纵的地步。大周亲王有正妃一，侧妃二，庶妃四，余者姬妾无定数。而玄凌已赐了十数位选秀入选的女子予他为庶妃。

此刻苑中日光明艳如妆，清风徐来，坐于观武台上远远望去芳草萋萋，大片柳林老树新枝，叶叶繁茂，下垂及地，远处榴花盛开，莺飞燕舞，一派胜景。

玄凌见茂柳依依，不觉负手含笑："过了端午，正好是射柳的时候。"

所谓射柳，就是在柳树上择一根枝叶繁茂的柳条，当射者以尊卑为序，各在柳枝上缚信物为记，射箭人离柳枝约百步，以箭射断柳枝后，必要瞬间飞马驰至柳下接断柳于手，便为大胜。射断柳枝而不及接断柳于手，则次之。如若未尝射断柳枝，更至不曾射中，则为负局。那样细细软软的柳枝，在百步内射断，而且断后又要及时接断枝于手，更要信物不落，故而虽名为比试射箭的准性，实则考较的是骑射的握力、眼劲、巧劲、灵活甚至驾驭马匹的能力，都要无一不精，方能取胜。

玄凌笑道："你我兄弟自然都是要去试一试的。"说罢命李长牵了各自的马来，在台下列成一排。玄凌最尊，着一身暗枣色骑射装，两臂及胸前皆用赤金线绣龙纹，在明亮的日头之下最为夺目。次为玄洵，着螭纹玄衣；再次为玄清，着云白，一色绣纹也无；最次为玄汾，鹦哥绿暗纹绫衫，倒也十分清爽。

我暗暗转头，强行抑制住情不自禁要看向玄清的目光，举袖饮下一盏"梨花白"，只觉喉头凉凉有液体滑落，什么滋味也品不出来。浣碧目光轻轻一转，似有无限痴惘，目光移也移不开半分。

敏妃清脆笑了一声，纤细白皙的手指握着一柄牡丹薄纱菱扇有一搭没一搭地摇着，道："皇上和三位王爷立在一起，当真个个是玉树临风，难怪浣碧你看呆了眼。"

浣碧红了脸，低头为我添一点酒，嗫嚅道："奴婢是等着看射柳呢。"

敬妃亦笑："碧姑娘难得走神一回，敏妃娘娘别笑她。"

敏妃笑着挥了挥绢子，指着天上道："本宫哪里是笑她，不过是笑天上飞过只呆燕儿，看见人家射柳，连翅膀也不扑棱了。"

场下擂鼓骤响，敏妃也止了说笑，玄凌骑了一匹大宛宝马一马当先出去，反手抽了一支金翎箭，右手倏然引开了那赤漆犀角长弓，"嗖"一箭远远射了出去，柳枝激起上扬猛力向上反弹出去，那样碧绿一条系着火红绢子一点似晴丝一晃，再落下时已握在了玄凌手中。一骑扬尘，已然折转回身，场上掌声雷动。胡蕴蓉先笑了起来，击掌道："表哥的骑射不逊当年，反而日见精益了。"

敬妃笑道："皇上的射术咱们都还是头一回见，不比娘娘素日常见，到底情分两样。"

玄洵素来不工骑射，一时力发，朝着悬了一个五彩荷包的柳枝用力发弦，箭镞准头微偏，射了一根柳枝回来，倒也不算丢脸。

待到玄清上场，他似乎已有了几分醉意，身子微微发晃，浣碧不由得道："王爷上次的病虽好了，到底身子还不足，莫非是日头底下中暑了？"

我默然不语，只见他拉满弓弦，蓦地一松，箭镞飞射出去，离目标最明显的锦囊尚偏了四五步，胡蕴蓉不由得偏了偏头，露出几分不屑之色："六表哥从前骑射功夫不差，这些年沉溺诗书弦乐，竟连大表哥也不如多了。"

不，不是这样的。

还记得昔年在凌云峰小小的院落中，不知哪里来的彩莺落下一片纤长的羽毛在老桃树最高的枝丫下。我贪好看，又觉不能叫玄清爬树为我取下。羽毛太轻，桃树枝繁花茂，人才上树，枝叶微动便会把它震落。到底是他想了一个法子，在箭头上涂了一点蜂蜜，离开数百步远，选了避免射到花枝的角度，凭着一点巧劲将羽毛远远射出去，飞身连箭带羽抓回手中，连开得正盛的桃花也未震落一片。

我心中一沉，太妃所训"韬光养晦"的话犹在耳边，再望向他时，眼中不觉有了迷蒙的泪意。

一个念头方未转完，但听一声清啸，玄汾手中点银长箭似一道追日之光已然飞出，直中悬了小小拇指大鼻烟壶的一根柳条，他双足轻点，胯下骏马驰出。有风轻扬，眼见柳条坠势加重，他也不急，半中回手又是一箭，将那根射中后被激得向上弹起数丈的柳枝再度射中，但见那柳枝急坠，他手臂轻舒从马上跃起数尺高，牢牢接住自己那根断柳，短短一截柳枝中间，红绳所系的鼻烟壶犹自稳稳不落。十二面得胜鼓一齐"咚咚"擂响，李长欢喜高唱："皇上与九王大胜……"

叶澜依亦不觉赞叹："九王年少英雄，骑射皆佳。"

胡蕴蓉慢条斯理饮了一盏酒，蹙一蹙用螺子黛描得精致的远山眉："骑射皆佳又如何，只可惜生母微贱，到底还是不中用的。"说罢有意无意地看一眼叶澜依，转头看着得胜后依旧无甚喜色的玄汾，"难怪先帝不喜欢他生母，瞧这孤拐性子，到底是出身所限，上不得台盘。"

于是众人回座，叶澜依道了一句"太热"，起身去更衣。她素日只爱穿青碧颜色，此刻换了一件月白丝罗轻衫，用极细的金线绣了合欢花的纹样，底下云霞色水纹绫波裥裙，一改往日冷艳，平添了几分娇柔暖色。玄凌不觉多看了两眼，道："素日只道你穿绿好看，不意更有此态。"

叶澜依微一侧头，耳垂上两片翠玉柳叶坠子轻轻拍着脸："我自己很喜欢。"

玄凌指一指身边让叶澜依坐下，神色欢喜转首看玄汾："老九益发长进了。"说罢笑着指住玄清："你是越发昏头了，还不如小时候的本事。"停一停又道，"你的骑射是从前父皇手把手教的，如今都浑忘了。"

玄清淡淡一笑，依旧是那种云淡风轻的神色："把酒问月多了，在这些上都疏忽了。到底皇兄勤力，一直精于骑射。"

玄洵拍着大腿道："老六还没成亲呢，一成亲岂不是更手上没力，腿下发软了。"

诸妃见他说得毫不忌讳，一时也不接口。玄清举杯痛饮三盏，方懒懒道："早知道下场前少饮些酒，还未射箭就觉得醉了。"

胡蕴蓉依在玄凌身旁，拿绢子为他擦了擦额角汗水，笑吟吟道："表哥天生神力，请把那彩头赐了臣妾吧。"玄凌一手把那条大红绢子递给她，神情更是欢悦。

玄洵握一握身边美人的下颌，笑呵呵道："敏妃娘娘得了彩头就这般高兴，可见这天生神力到底是男人家的事，女人只消在旁喝彩助威就成。"

正说话间，玉娆缓缓起身道："都道射柳是男儿之事，今日也请看女儿家的本事如何？"

我蹙眉，伸手拉一拉玉娆，暗示她坐下。玄凌饶有兴味地看着她道："朕只见过皇姐真宁长公主射柳，一别数年，如今真是没见过了。"

玉娆眉心微见怒气，也不看我，只道："臣女久在川蜀蛮荒，为防身学了几日骑射，只博一笑，实在不敢与长公主相较，皇上不要见怪才好。"

玄凌看着她清秀中隐见傲气的脸庞，笑向小夏子道："去把长公主的马牵来给小姨。"

玉娆道："臣女不配骑长公主的马。"她转头看玄清："刚才六王输了，臣女想骑六王的马，等下若丢脸了也还能挽回些颜面。"

玄清的目光自我面上迅速划过，落在她扬起的下颌上："三小姐自便即可。"

玉娆本穿着窄袖衣衫，行动倒也利落，她把披帛摘下抛在一边，顺手摘下一朵台边盛开得艳红的玫瑰花，吩咐宫女道："你去系在那边柳枝上吧。"说罢旋身下台，一跃上马，她的姿势倒是轻巧如燕，敬妃又是好奇又是好笑，问我道："淑妃家精于骑射么？三小姐很有模有样呢。"

我见蕴蓉以扇障面，微露不以为然之色，不觉笑道："骑马倒是我们三姐妹都会，自小跟着家兄学的。只是射术么……"我微微摇头，"本宫的二妹自是弱不禁风不说，本宫也不会。"

蕴蓉掩口一笑，指上鲜红的蔻丹似一朵朵蔷薇怒放在指尖："会些花拳绣腿也是好的，总比人家在雪地里跳舞新鲜些。"

玉娆神色自若地挽弓试了试弦力，一勒马缰疾驰出去，驰了五十步时玄洵已经摇头："还不射箭，难道是想叫咱们看她骑马么？"

话音未落，却见玉娆把手中弓弦一抛，手高高一扬，只听"啪"的一声，竟是以手隔了数十步之遥骤然发力把箭掷向系着玫瑰花的柳枝，此举大出人意料，敬妃惊呼道："不是射箭吗？怎么三小姐把箭扔出去了！"

玉娆趁着柳枝激起，狠狠一夹马腿飞驰向前，有风疾劲拂过，那柳枝落地速度极快，待她近前，那柳枝距地已不过寸许。刹那间，玉娆迅疾躬身一捞，如水底捞月一般轻巧起身，她玉色长裙被风鼓起，恰如一朵盛开的广玉兰。待到转过身来，那根断柳被她握在手中，而那朵玫瑰花已被衔在唇间。彼时日光明丽如蓬勃的金粉四洒而落，她身在炫目的日光中，但见雪白面容上横斜一朵娇艳玫瑰，一时间竟分不清人与花谁更娇艳。玄洵神色不豫，颇见失望；玄清恬然观望，只是眼底多了一抹淡淡的隐忧；玄汾唇角含笑，微见赞许之色；玄凌早已凝神痴住。我心中暗赞，一时连喝彩都忘了，转头见玄凌如此神色，恰巧对上蕴蓉惴惴的双眸，心中不觉一沉。

玉娆尚未知觉，她拾裙快步奔上，清澈容颜因微汗而越发明艳，流光溢彩。她随手把玫瑰一扔，恰好落在玄汾桌上，她驻足，淡淡道："你数一数，可少了一片花瓣儿么？"

玄汾也不取，只看一眼花朵完整，甚至没有松散的情状，点头向玄洵道："一片也不少。"

玉娆略欠一欠身，向玄洵道："王爷见笑。"

壹捌 | 新妆

蕴蓉牵过玄凌衣袖，笑嗔道："三小姐神勇，皇上说赏什么给她才好呢？"

玄凌回过神来，不觉击掌道："巾帼不让须眉，比起嬛嬛淑慧，小姨更见英姿飒爽。"

玉娆回身就座，啜了一口清甜桂花酒，淡淡道："多谢皇上夸赞。"

我含笑，轻轻向她摇头，暗示她不可再逞强。

玄凌此语一出，连叶澜依亦点头赞许："的确是下了几年功夫的。"如此，玄洵心中不乐亦得随众称赞。

正热闹间，却是玄汾施施然向玉娆道："柳树是死物，要射下一朵玫瑰亦不算太难。"他想一想，"汾想与三小姐一试高下，不知三小姐可愿意？"

玉娆到底年轻好胜，不假思索道："王爷尽管说，我无不从命。"

玄汾尚未说话，耳垂已经红了，他轻咳一声，一指玉娆云鬓堆耸的发鬓："小姐已射了一朵玫瑰为彩，本王想射落小姐发上的碧玉凤钗做今日的彩头。"

这话是有些轻佻的，玄汾本不是这样的人，而以箭射钗也是有些危险的，不知他何以这样说。我正待出言阻止，玉娆垂下头去略略沉吟，道："好。"

玄洵闻言拊掌不已，笑着搂过怀中美人："三小姐孤零零站在那里也太容易了。"他兴致勃勃地请示玄凌，"不如把明苑的宫女都放出来，三小姐和她们站在一起都不许跑，也好考考老九的眼力。"他忍不住笑意，"若是射中了三小姐的凤钗呢自然要好好赏九弟，要不然射中了别的宫女的绢子簪子什么的，皇上就把那宫女赐给老九，谁教他跟着六弟不学好，一个个孤家寡人似的，臣这做大哥的看了也没趣。"

玄凌沉吟摇头，笑道："射中了宫女的东西要赏他做侍妾也罢了，若射中了三小姐的凤钗，岂非三小姐也要赐予老九了？"他看我一眼，温然道，"不妥不妥，回去嬛嬛必得跟朕置气。"

他鲜少在诸王面前这样亲昵和我说话，我低首看见玄清眸中的黯然，愈发低下头去，手指绞着扇柄上的杏色流苏。流苏绕在指上一圈又一圈，勒得手指发痛，我抬头含笑道："三妹是失心疯了呢，哪里女儿家这样争强好胜的。"

玉娆抿一抿唇，露出几分自傲的坚毅："无妨。长姐，我也很想知道他是否真有本事能取到我的玉凤。"她微微脸红，"何况我又不是东西物件儿，谁说赏人便赏人呢。"

那碧玉凤钗本是用一整块上好的通水玉雕成，色泽通透温润，插在发鬓正前最是相宜，乃是玉娆最爱。敬妃惋惜道："可惜！即便射中了，若是落在地上碰碎一点半点，也可惜了这上好的玉凤凰。"

玄凌见玉娆如此，也点头道："也好。不过是赌戏为乐，彼此小心为上。"不过一盏茶时分，明苑中的宫女俱围拢在台下。想是也没见过这样新奇的玩意儿，众女又是好奇，又是好笑，纷纷议论不已。玉娆盈盈下台，择了最中间的位置站下去。

因在夏初，明苑中的宫女皆换了深绿浅绿的宫装，鬓边簪了碧玉色的绢丝花朵。众人又笑又闹，只听笑语喧哗，环佩叮玲，无数美人面如春日枝头的花儿开了一朵又一朵，叫人心醉神驰，不觉眼花缭乱。玉娆只身置于其中，仿佛湮没于万绿丛中，唯见小小芙蓉秀脸凌然出众，连玄洵亦赞叹："不怕不识人，就怕人比人。所谓国色，进了万花丛中也不会逊色分毫的。"

胡蕴蓉以扇障面，娇笑道："九爷可要仔细了，小心看花了眼射中个夜叉婆回去。"

玄汾岸然立于台前，只是一言不发默默弯弓搭箭，左手稳托，右手虚抱，一目微闭，一目炯炯，凝视片刻，开腔低喝一声："中！"冰弦犹带破石声，小巧一枚白羽箭好似流星脱手，只闻得众女连声惊呼，胆小的纷纷避开，瞬时玉娆发髻上玉凤已被射中，浣碧不由得跺足："完了，完了！那玉凤可是德太妃赏的呢，这样大力道下去可不碎了！"

语未毕，却见那玉凤被射中后并不下坠，反而顺手往上而来。我凝神细看，方见白羽箭后悬着细细一根半透明的冰蚕线，那白羽箭的箭头粘住玉凤，被冰蚕线的力道一拽破声而来，稳稳落在玄汾手中，完好无损。

敬妃近前一瞧，不觉扬起大拇指力赞："王爷好巧的心思。"

玄凌见那玉凤碧生生握在玄汾手中，与他一身鹦哥绿的衣裳极是相衬，不由得举杯向他："今日的玉凤合该是你得了，正衬你的衣裳。"

玉娆髻上玉凤被摘去，她发髻松散，却也不恼，悠然折下台边一枝花苞莹白的广玉兰做钗绾好长发，只是淡淡含笑。

蕴蓉哧哧笑着，指着重上楼台的玉娆道："三小姐这身衣衫好看，湖蓝映着鹦哥绿，也极相衬的呢。"

玄汾轻施一礼，微蕴一点笑意："多谢小姐承让。"

玉娆伸手向他："让我瞧瞧那箭。"说罢取过一看，不觉"扑哧"一笑，"你拔了箭头涂上了蜜胶？"

玄汾笑得有些顽意："是啊。我要的彩头是那玉凤，若玉凤碎了，还有什么趣儿。"说着向玄清眨一眨眼睛，"有一回我去六哥那里，采蓝说六哥拿蜂蜜涂箭头上去粘羽毛，那时我还笑六哥疯魔了，方才灵机一动才想起来。玉凤有些重，蜂蜜粘不住的，我便换了蜜胶。"他眼底有玉石一般沉冽的纯净，"你在台下时并不知我摘了箭头，怎么不叫不避，一点也不怕？"

玉娆唇角一扬，有顽皮的得色："你敢射伤了我吗？长姐第一个不饶你。"她低一低头，"王爷不会射伤我的。"她的脸颊或许是日光照耀的缘故，有些微微浮起的浅红，"你的射术很好。"

有一把男声沉稳响起："老九若真伤了你，朕也不饶他，谁教他逞强莽撞。"玉娆的发髻松松用广玉兰花枝绾在脑后，熏暖的风悠悠一吹，几缕青丝轻扬，别有韵味。玄凌拿过座边一把真丝白面折扇，提笔写下几句："绰约新妆玉有辉，素娥千队雪成围。我知姑射真仙子，天遗霓裳试羽衣。影落空阶初月冷，香生别院晚风微。玉环飞燕元相敌，笑比江梅不恨肥。"[1]题罢赐予玉娆："这是文徵明题玉兰花的诗，小姨英姿风华，很合广玉兰笔直之气，旁的花原是俗了。"他一笑，凝目于玉娆，"等你得空画上几笔玉兰在扇上就更好了。"

玉娆翻覆一看，搁在自己长桌上，饮了一口酒，淡然道："方才射箭时弓弦勒疼了手，想来好些日子不能画了。何况是皇上御笔亲题的扇子，臣女的画原不配画在上面。回去臣女便请长姐好好收起来，御赐的东西哪里能放在外头搁坏了。"

玄凌也不恼，只温文而笑："不急，你什么时候想起来再画也可，朕等着看。"

话到此处，席上气氛已有些微妙。玄清的目光在我与玉娆之间轻轻一荡，已然明白。玄汾仰头喝了一口酒，起身行至玉娆座前："小姐这凤凰

---

[1] 出自明代江南才子文徵明《咏玉兰》。

是通水玉琢成的？"他说话的间隙，我目光一转，看见他桌上玉娆射中的那朵玫瑰已然不见踪影，不觉疑惑侍女收拾得手脚太快。

玉娆眼皮也不抬一下："是。"

"这玉凤太过贵重，方才汾说要做彩头本是玩笑，是汾轻率了。"玄汾把玉凤递到她面前，"这样贵重的玉凤汾不敢拿回，还给小姐吧。"

玉娆倏然抬头，眸子晶亮，隐隐有光彩流动。她沉默片刻，正色道："王爷是男子，玉娆是女儿，男女授受不亲。男子碰过的东西玉娆断不敢要，方才连皇上赏的扇子也只交给姐姐保管。王爷若不喜欢——已是王爷之物了，丢掉也好，赏人也好，悉听尊便，只不要再给我就是。"

玉娆的口气已有些无礼，我正待开口，玄清抬袖缓缓斟了一盏"梨花白"，清冽的酒香倾落于玛瑙雕觥，送至玉娆面前，他笑容清淡如朗月："风鬟雨鬓，偏是来无准。倦倚玉阑看月晕，容易语低香近。软风吹过窗纱，心期便隔天涯。从此伤春伤别，黄昏只对梨花。"他笑看玉娆鬓发，"三小姐的头发此刻便似风鬟雨鬓，女子最重鬓发仪容，头发乱了自然心情不好，喜怒无准。请小姐饮下这杯'梨花白'，无梨花可对，将来不会伤春伤别了，也祝小姐得佳婿，享安乐。"

他的话恰到好处地开解了方才玉娆与玄汾的尴尬，玄汾隐在眼底的笑意隐隐有一丝喜一丝忧。玉娆按下脾气一饮而尽。玄清压低声音，轻轻道："梨花白是以汾酒为底，小姐若喜欢，本王让人再送些到淑妃宫中请小姐畅饮。"他眸中尽是笑色，看着玄汾道，"九弟笨嘴拙舌从不轻易和女子说话，有得罪小姐的地方也请小姐见谅。方才听浣碧姑娘说那玉凤是德太妃给的，九弟射下了正好完璧归赵送回给太妃，也是九弟的一点孝心。"

许是酒喝得急，玉娆眼波盈盈，连耳垂也漫起红意来。恰巧明苑的管事上来，奏道："皇上，明苑新培了一品绿菊名叫'暖玉生烟'，花朵硕大，远望如绿雾弥漫，甚是好看。"

玄凌诧异道："朕记得如今才五月里吧，怎么菊花都有了？"

管事赔笑道："都是皇上福泽庇佑，花卉局的人好不容易才在凉室里培出这一品来。原怕皇上不来错过了，谁知恰好今日皇上来了。皇上可愿移驾一观？"

玄凌颇有兴致，恰好蕴蓉道："只看骑射也无趣，去赏花也好。"

我闻得一个"菊"字，心底又隐隐钝痛起来。眉庄，眉庄，斯人已逝，唯有菊花年年还在开。

玄凌颇为所动，点头应允，回头看我："嬛嬛，一起去赏菊吧。"

我摇一摇头，含着寥落的笑意："皇上去看就好，臣妾方才酒喝得急，眼下有些头晕，叫小妹陪着歇息一会儿便好。"

蕴蓉携了玄凌的手，众人跟着一同去了。玄清走在最后，见我默默不动，停步出言询问："淑妃还在为德妃娘娘伤心么？"

我茫然惊觉是他问我，克制住神情淡淡道："有劳王爷费心。"我微微侧首，尽量不与他目光相触，"姐姐素来爱菊，所以触景伤情，失仪了。"

他的声音淡泊中有一丝难以察觉的暖意："睹物思人是人之常情，德妃虽已离开，若淑妃心中总记得德妃，那么无论生死远近，这个人总像是在你身边的。"

我低首细细品味他这句话，只要心中总是记得，那么无论生死远近，这个人总像是在你身边的。我心中一震，心底某个最柔软的地方几乎要哭泣起来。我极力遏制住心头因温情而生的涟漪，轻轻道："多谢王爷开解。"

他看着玉娆迤逦而下的背影，叹息声轻得似刮过耳边的一缕清风："你妹妹……姿容若纯元，英气似华妃，如若不想……"他摇摇头，"你要当心。"

他客气地笑着，保持着臣子应有的本分，可是眼底里却掠过一丝哀凉，那样快，快得几乎来不及看清，已经被那规矩的笑意取代。那丝哀凉就像是黑夜的阑珊一般，在光线明亮的观武台上骤然闪过，旋即整个世界便又是那样地繁华热闹。而我的心绪，已牢牢被那一丝哀凉给攫住了。

待到赏菊回来已是黄昏时分，敬妃兴致盎然，仍在没口价称赞："那颜色真绿，花朵又正，跟祖母绿雕出来似的。人家说绿菊难种，明苑也种出来了，当真难得。"

晚宴也设在观武台上，远望落日如锦，天高云阔，别有一番爽朗滋味儿。晚宴的菜色皆以狍鹿兽肉等野味为主，连素菜也多蕨菜菌菇类，颇有野趣。

此时正当彩霞满天，芳草萋萋的射场上，一匹黑色骏马如飞一般奔驰了进来。黑马上配着金光灿烂的崭新马鞍，一个穿着樱桃红锦衣的身影伏身马鞍上，像一团烈火般冲到观武台前。天空彩霞流丽七彩，似云锦铺陈而下与地相接，她远远策马而来的身影竟像是从晚霞中跃出，我一时间没看清是谁，不觉暗赞：好漂亮的骑术，人也飘逸！

蕴蓉将手中的象牙银箸重重一搁，沉了脸道："这是什么人？明苑也是能随便乱闯的么，实在大胆！"玄凌兴致被扰有些生气，却也好奇，吩咐李长道："去瞧瞧是谁？"

坐得离观武台栏杆最近的是玉娆，她举眸望了一眼，笑道："不必看了。是馀容娘子追着皇上来了。"

馀容娘子？蕴蓉和我对视一眼，都抑制不住眼中的错愕。馀容娘子位分本不高，如今又有失宠之势，数月中玄凌对她几近冷落。如此众目睽睽之下闯进明苑，当真是十分大胆。玄凌仔细分辨片刻才认出来，不觉生气："赤芍怎敢闯到这里来？诸位亲王都在，她当是随意进上林苑赏花逗鸟么？半分规矩也不顾了！"说罢向李长道："不必让她上来，你叫人带她回宫休息。"

敬妃咬着下唇哧哧一笑，剥了一颗枇杷送到玄凌唇边："皇上何必动气，说到底也是您往日太宠着她了，否则赤芍妹妹怎么连亲王跟前都敢随意乱闯。"

李长下去与她说了数句，赤芍显然不服，马鞭一扬，已纵身奔上了观武台。她奔至玄凌跟前，侍卫正要拉开她，她洒落一挥手，道："我与皇上说几句话就回去。"她抬起头来，脸庞因为奔跑和驰马有晶亮的汗珠，透出苹果般娇俏的红色，一袭樱桃红锦衣缀满大团怒放的暗色芍药花纹，映着她攒成一束的乌黑圆髻，这样的简单越发显得她有唇红齿白的娇美。她牢牢看着玄凌，不知哪里来的镇定，大声道："臣妾想与皇上比马。只要臣妾输了，臣妾马上就回宫去，再不到皇上面前惹您讨厌。如果臣妾赢了，也请皇上不要再生臣妾的气。"她停一停，双眸炯炯望着玄凌，"臣妾只想与您比马，一场就好。"

玄凌怔怔片刻，眸光黑沉："你真想与朕比马？"

"是。"她再度肯定。

或许是被她这样的诚恳和迫切所震撼，玄凌竟点了点头："好。"待到经过她身边时，玄凌驻足注视她片刻，"你这样打扮很美。"

赤芍骄傲地一笑，跟在玄凌身后下去。

玄洵奇怪地看了赤芍一眼，打了个哈欠道："皇上身边的女人越来越奇怪，从前华妃喜欢和皇上赛马，如今连个宫女出身的女子也敢跑来明苑了。"他捏一捏身边女子的脸颊，看着她低眉顺眼的笑意，道，"本王只喜欢听话的女人。"

观武台上静静的，所有人的目光都注视着台下一帝一妃的比马。赤芍翻身上马，深深地吸了一口气，像是下了一个极大的决心，目光炯炯向前。

随着一声鼓响，玄凌所骑的大宛宝马似离弦之箭一般飞冲出去，一圈下来，赤芍所骑的黑马始终落后三步远。蕴蓉微微一笑，夹了一筷胭脂玫瑰鹿脯慢慢吃了，道："可怜她心比天高，只是不自量力得很，她的马怎么能和皇上的大宛宝马相比？"鹿肉与酒的混合滋味想来让她觉得美妙，于是笑意更浓，"据说，皇上这匹大宛宝马乃是汗血名种，神骏之极。"

比马共有三圈，还剩最后一圈时，赤芍所骑的黑马离大宛宝马已有五六步之远，眼看便要输了。玄洵也不再探头去看，只懒懒道："胜负早就分明，有什么好看的，不如喝酒。"

玄汾上前几步，道："未必！"只见赤芍迅速从袖中掏出一把锋利的匕首，明亮的刀锋在落霞下一闪，直晃人的眼睛。她的手猛力一挥，匕首迅速刺进黑马筋肉饱满的后臀。黑马负痛之下扬蹄长嘶一声，骤然拼命狂奔起来，终于在终点到达前超过了大宛宝马。

"没用的马！"蕴蓉的神色在一瞬间乌云密布，失去了娇丽的欢颜，"是谁教她这些旁门左道？"

受伤的马发疯狂奔未定，又跑了数圈才把马背上的赤芍摔了下来。内监们忙上前去扶，赤芍用力推开他们的手，挣扎着自己起来，忍着痛楚走上观武台，走到玄凌身边。

"臣妾赢了。"她定定欢喜道，"皇上天子之言，言出必行。臣妾赢了，可以安心回宫去了。"她欠身行礼，缓缓转身下台。

她明丽的红色身影慢慢隐进斜阳如血中，亮丽得有些夺目。玄凌看着她的背影，看她步下台阶时，淡然道："回来。"赤芍几乎以为是自己听错，停步迟疑的瞬间，玄凌再度唤她，"过来朕这里。"

她转身，眼中有隐约的雪白泪花，李长忙铺了一张细藤软垫在玄凌近侧。赤芍温顺坐下："臣妾以为皇上再不会理我。"

蕴蓉撇一撇嘴，不屑道："以诡计得胜，有什么稀罕！"

玄凌恍若未闻，伸手摸一摸赤芍光洁的额头："朕没想到你如此要强。"他的声音似轻叹，"那么晚回去皇后也要责怪你，明日跟朕一起回宫吧。"她粲然一笑，依偎在玄凌身旁，唇角露出一抹胜利的笑容。

壹玖

鴛鴦亦怨央

　　酒过三巡，玄凌似是微醉，半倚在御座之上唤歌舞上来。台上诸人的神色皆慵懒下来，舞乐方起，觥筹未止，白日奔马骑射后的耳目更适合柔软的丝竹，靡丽的舞姿，舞姬破金刺绣的艳丽长裙温柔起伏在晚风里，在一盏盏亮起的琉璃屏画宫灯的映照下，似开了一朵朵丰艳妩媚的花。

　　赤芍听罢一曲，又点了拓枝舞。两位舞伎云髻高耸，额上贴雉形翠色花钿，着红裳、锦袖、黄蓝两色卷草纹十六幅白裙，露出一痕雪脯，双手拈披帛，随着鼓点跃动起舞。舞伎舞步轻柔，广袖舒展，似回雪飘摇，虹晕斜飞，极是炫目。

　　赤芍有些意兴阑珊，丢下银箸道："臣妾入宫至今，看过最好的舞便是安昭媛雪夜的《惊鸿舞》，看过此舞，旁的都无味了。"

　　玄清微微注目于赤芍，恍如无意："娘子不曾看过淑妃娘娘的《惊鸿舞》么？"

　　我浅浅一笑："咱们都是东施效颦罢了，怎比当年纯元皇后一舞倾城。"

赤芍不作他词，只笑："臣妾总是晚了一步，不曾赶上看淑妃娘娘与纯元皇后的《惊鸿舞》，也不曾看见下午的骑射，听说皇上拔了头筹。"

玄凌醉眼迷蒙："别的也就罢了，你没看见下午小姨的骑射，当真是巾帼英姿。你若看到了，一定觉得亲切。"

于是赤芍举杯去贺玉娆。他的"亲切"二字挑动我平静面容下心中起伏的疑团，趁着赤芍过来敬酒的间隙，我轻声道："这样好的骑射功夫，不是你一个宫女出身的嫔妃该有的。"我注目于赤芍，很快转过脸颊，遥遥望着台边开得团团锦簇的殷红芍药，"听闻从前的慕容世家尚武，连女子也善骑射。想当初华妃便是一骑红尘博得皇上万千宠爱。今日看来，妹妹也有这样的好福气。"

"是么？"赤芍把酒杯停在唇边，如丝媚眼中有一丝尖刻的冷意，"娘娘千万不要这样比。华妃娘娘芳年早逝，嫔妾可是想多与娘娘相处几年的。能够亲眼瞻仰娘娘凤仪，这样的福气嫔妾怎愿错失。"语毕，又盈盈行至玄凌身边，把酒言欢。

长夜如斯呵。

玄清已有几分醉意，半靠在长桌上，云白衣袖拂落有流云的清浅姿态。他兀自微笑，那笑意看上去有些空洞的寂寥，与他素日闲淡的容颜并不相符。浣碧为诸人斟上琥珀色美酒。夜宴前她更衣过，湛蓝百合如意暗纹短襦，穿着一条及脚面的玉黄色撒银丝长裙，走动起来右侧斜斜分开的裙衩里便流淌出一抹水绿色软绉里裙，恰如青蘋浮浪，一叶一叶开在她足边。姗姗一步，那萍叶般的里裙便温柔闪烁，像是她若隐若现的女儿心思。

待到玄清身边时他已有醉意，浣碧伸手扶他，想是力道不够，整个人身子一侧，连带手中冻青釉双耳酒壶也倾斜了几分，那琥珀样浓稠的酒液便毫无预兆地倾倒在他流云般洁白的衣襟上。玄清被冰凉的液体激得清醒了几分，见浣碧满脸惊慌，便安慰道："无妨，一件衣衫而已。"

早有服侍的宫人准备好干净的衣衫等候，他起身更衣，脚下踢到一个馥香团纹软垫，酒意让他脚步更加踉跄，一枚锁绣纳纱的衿缨从他怀中落出。

衿缨开口处的束带并未扣紧，随着落地之势，一枚殷红剪纸小像从衿缨中飘然而出。夜来台上风大，凉风悠悠一转，那小像便被吹起，直直飘落到玄凌身边的赤芍足前。方才玄清起身的动静颇大，玄凌亦惊动注目。此刻看那小像被风吹来，不觉问道："那是什么？"

没有人比我更清楚那是什么！

我几乎要惊呼出声，又生生把那脱口而出的惊呼咽落喉中。

小像！是我的剪纸小像！

赤芍俯身一拾，不觉含笑："好精致的小像呢。"

玄清眼见小像被吹走，伸手抓之不及，眼见它落在赤芍手中，面色一点点苍白起来。灯火流离的浮光中，唯见他一双眸子乌沉沉，似天边最亮的星子。我惊慌中看他一眼，从酒液的潋滟清波里看见自己容颜的倒影，若不是饮酒的醉红还浮在脸颊上，我一定被自己苍白无血色的面容出卖了。

当小像被递到玄凌手中时，玄清的神色已经完全和平常一般平静了。他的手背在身后，我几乎能看清他握得发白的指节，他静静道："皇兄也喜欢这些小玩意儿么？"

玄凌笑着指他："你定是在哪里留情了，弄来这些女儿家的玩意儿。"

"如此珍藏，"蕴蓉一笑，发髻上缠丝金蝶步摇上垂下的串珠银线簌簌晃动，反射出星星点点的银光，明晃晃地直刺人目，"六表哥有心上人了呢，还不从实招来？"

赤芍伏在玄凌身侧，细看几眼，幽长妙目一沉，望向我时已有了几分锐利。她向玄凌笑道："是臣妾喝醉花了眼么？皇上细瞧瞧，这剪纸小像很有几分像淑妃娘娘呢。"

"很像么？"他凝眸须臾，口吻中已有了几分怀疑的冷意，"是有些像呢。"

观武台深广开阔，凉风带着夜露的潮气缓缓拂来，依附在肌肤上有一种潮湿幽凉的触感。那幽凉缓缓沁进心肺，连五脏六腑都慢慢生出一股冰冷寒意，有一种冻裂前的僵硬。

我冷眼瞧着那张小像，淡淡道："莫须有的事情这一年来臣妾已经经历太多，一张小像而已，凭此便可以断定是臣妾么？"我轻轻嘘一口气，神色平静无波，只静静望着玄凌道："前番有人诬陷臣妾与温太医苟且，怎么此番又要攀诬臣妾和六王了么？"

玄凌一笑带有些干涩的歉然："嬛嬛，你多心了。"

我轻嘘："但愿如此。"

叶澜依端正地坐着，她迷离的眼波幽幽凝眸于玄清，浅淡的忧伤从眼眸中似水流过，逐渐成为夜色中弥漫的烟雾。她轻吸一口气："把这张小像贴身收藏得那么好，必定是心爱之人的剪影了。日夜相望，几许相思。"

敬妃好奇："小仪怎知是相望而不相亲之人？"

叶澜依幽幽一笑，似能穿透人心："若是可以相亲日日相见，何须再这般珍视这张小像。"她看一眼玄清："王爷你说是不是？"玄清以一丝错愕与失落回答她的问题，叶澜依抿唇一笑："这张小像的确肖似淑妃，但皇上不觉得也很像三小姐与浣碧么？尤其是那眉眼盈盈。"

玉娆惊愕抬头，刚想分辩，正触上玄汾坦然无疑的目光，神色一松，反倒沉静不语了。敬妃亦笑："臣妾也说呢，怎会是淑妃娘娘？人有相似，或许是三小姐或碧姑娘。"

"皇上细看那小像，淑妃生性沉静端和，而小像上那女子眉目宜喜宜嗔，又略略丰润些，不似淑妃清瘦。浣碧不过是个丫鬟。而三小姐正当妙龄，风姿绰约，所谓窈窕淑女，君子好逑，臣妾越看越觉得那小像是三小姐。"胡蕴蓉举眸望着玉娆轻笑，"三小姐，你自己知道么？六表哥是第一风流倜傥的，被他爱慕，世间多少女子都羡慕不来呢。"她扑着团扇，仰望牛郎织女星，"再过一个多月便是七夕，牛郎织女鹊桥相会，对于有情人，皇上是否也该成全一段佳话？"

玄凌的迟疑显而易见。我抿唇，初入宫的我神采轻俏，身量略丰，的确与现在略有差别，只不知能否凭此掩饰过去。

玄汾蹙眉，焦灼道："三小姐与六哥是第一次相见呢。"

玄凌淡然一笑："蕴蓉你也心太急了，这张小像边缘颜色略褪，定是被老六拿着看了多次了。小姨进宫不过数月，此前也未与老六见过，不会是她。"他的目光有意无意从我面上扫过，带了几分探询的意味。我强自克制住心绪，镇定道："皇上说得极是。可不知是外头哪家小姐呢？六王何时带来看看也好，许是臣妾家的旧眷也说不准，那倒成了一家人了。"

一团碧影屈身下去，已然含了慌张的哭声："皇上请恕奴婢死罪，此物是奴婢的小像。"

"浣碧，果真是你么？"

浣碧回首看玄清，目光中的情意并不加分毫掩饰："是九年前奴婢亲手放入这个衿缨中的。"她似是欣慰似是叹息，"九年前淑妃娘娘在皙华夫人宫门前小产，皇上与皇后皆不在宫中，太后又病着，奴婢正好遇上六王，便请他援手相助。过后奴婢亲上镂月开云馆感谢六王。"

我惊讶："皇上，那年从慕容氏宫门前带臣妾回宫的不是您么？"

玄凌亦讶然："你一直以为是朕？"他旋即欣慰，"是朕不好，忘了对你提起。所以，浣碧不是你派去致谢于老六的？"

我敛衣起身，郑重道："至今未曾谢过六王，是本宫不知之过，还请王爷不要见怪。"

他的神色倒也如常："淑妃是皇兄爱妃，当日又怀着皇嗣，玄清只好冒犯皙华夫人了。"他的话如锥刺心，我强自忍住，再度深谢。

浣碧俯身于地："是奴婢不好，私自去找王爷。"

玄凌笑道："你为主尽忠是应该的。且起来说罢。"

浣碧道："那日奴婢上镂月开云馆，馆外开了好多合欢花，王爷在习字。奴婢见王爷桌上搁了些彩纸，一时兴起便剪了几朵窗花赠与王爷做谢礼。王爷问奴婢会不会剪人像，奴婢便依自己的样子剪了一张给王爷。后来有一次奴婢遇上王爷，王爷问我喜欢什么花儿，奴婢说喜欢杜若……"她声如蚊蚋，"皇上可察看衿缨内是否有几片杜若花瓣？"

玄凌依言取过衿缨打开一看，不觉悦然："果然不错。若不是你的小像，你怎知衿缨中放了什么。"玄凌向我道："她那鬼精灵的心思，你可知道么？"

我正满心疑惑浣碧如何得知衿缨中的物事，转念想起前几月玄清卧病她去照料过数日。正凝神间，听得玄凌问话，忙笑道："臣妾竟是个傻子，这丫头瞒得臣妾好苦。"

蕴蓉犹未甘心，一眼瞥见浣碧簪在鬓后的秋杜鹃，道："本宫记得你日日都插一朵秋杜鹃在发上，怎么你喜欢的花竟不是秋杜鹃而是杜若么？"

浣碧满面通红，讷讷片刻，终于小声道："王爷曾说奴婢戴秋杜鹃好看，所以，所以……"

她没有说下去，然而谁都明白了，连玄清亦不免动容："难为你一片苦心。"

敬妃似想起一事，掩袖笑道："臣妾想起一事，前几月臣妾去淑妃宫中总不见浣碧，听说六王病了，是碧姑娘去照料了。臣妾当时还疑惑，如今……"她哧哧而笑，几位宫眷都不由得笑了。

玄凌击扇而笑："难怪当日朕跟淑妃玩笑说要选你当贵人，你吓得连手里的东西都砸了，问了半天说是有心上人了。原来这心上人便是老六。"

他笑个不止："嬛嬛，嬛嬛，不仅你是傻子，朕也糊涂，竟都被他们瞒成这个样子。九年了，难怪老六连个侧妃也不纳，竟有这段故事在里头。"

玄洵也笑："我们老六最潇洒不拘的，怎么如今扭扭捏捏起来。九年？再过九年皇上的皇子都有孩子了，你竟还不说么？"

玄清笑意疏落："浣碧是淑妃娘娘的陪嫁侍女，怎会舍得离开淑妃？"

浣碧连脖子都红了："奴婢微贱之身，不敢高攀王爷。"她声音越发低微而轻柔，"听说王爷别院处种了许多碧色梅花，奴婢一直无缘一见，什么时候能看看也就心满意足了。"

玄凌笑道："你们再这般下去，真要和大哥所说一般再等上九年了。到时朕连皇孙都有了，你们还这个不敢，那个不敢的，岂非要熬成白头翁了。"他招手，"来来来，今日就由朕做主，把浣碧赐予你吧。"

浣碧喜不自胜，害羞低下头去，片刻，只盈盈望着玄清，看他如何反应。玄清正欲说话，浣碧忽然垂下脸去，沉沉道："其实奴婢身份低微，怎能有福服侍王爷。"

她这样说，玄清反而有些不忍。玄凌亦道："老六若不亲口告诉你，你怎知道他别院种了碧色梅花——你又叫浣碧。六王府缺个打理家事的人，你在淑妃身边多年一直小心谨慎，朕也放心。"

有无数念头在心中纷乱杂杂，是震惊、是苦涩还是庆幸，几乎无从分辨。我极力镇静下来思索片刻，徐徐起身道："若这样把浣碧赐予王爷，臣妾也觉不妥。"众人的目光都落在我身上，我只看着玄凌，"皇上把浣碧赐予王爷，她进了王府，身份是侍婢、侍妾、姬人，是庶妃、侧妃还是正妃？"

蕴蓉插嘴道："浣碧虽是淑妃的陪嫁，身份特殊，但终究是个丫鬟。去服侍王爷，做个侍妾也是抬举了。"

我正衣衫，敛裙裾，郑重拜下："臣妾当年离宫修行，身边只有槿汐与浣碧风霜与共。臣妾曾决意好好报答她们，将来为她们配个好女婿。如今槿汐嫁与李长也不算坏，而浣碧又是与臣妾一同长大，情分犹如姐妹。浣碧既与王爷有情，臣妾也不想她只做一个无名无分的侍妾。臣妾想王爷钟情浣碧九年，想来也不愿薄待她。"

玄凌微笑道："那又何妨，就按秀女的例子赐给老六做庶妃。"我抿唇，轻轻摇头，玄凌奇道，"那你待如何？"

"浣碧与臣妾情如姐妹，臣妾的二妹又因故不嫁。臣妾想收浣碧做义妹，名入族谱，以甄家二小姐的身份风风光光嫁入清河王府为正妃。"

众人不由得面面相觑。"笑话！"赤芍冷笑道，"历来宫女为妃嫔只能一级级循例上升，且不许宫女为后。皇宫如此，王府中更不能以侍婢为正妃，传出去不只六王颜面有损，连皇上也跟着丢脸，怎会有宫女做弟妹的！"

蕴蓉亦蹙眉："淑妃虽心疼浣碧也要适可而止，将来命妇入宫朝见，难不成浣碧作为正妃与咱们平起平坐么？"

浣碧紧紧攥住我的袖子，恳求道："奴婢知道小姐顾惜奴婢。只是奴婢不在意名分，还请小姐不要操心。"

我叹道："并非本宫要额外生事。你不知人多口杂，若你无名无分进了王府，来日别人议论起来，说得好呢是你与王爷钟情多年成就良缘，说得不好连私通这类话都会出来，白白连累你与王爷名声。"

玄凌沉吟不决，有人定定拒绝："不！"闻声寻去，却是玄清。他面容坚毅，沉声道："恕玄清不能以浣碧为正妃。玄清多年前曾遇一女子，与她两情相悦。后虽分隔千里，不能结为夫妇，但玄清心目中一直视她为唯一的妻子。浣碧姑娘虽好，但玄清绝不能立她为正妃。"他向我一揖为礼，"还请淑妃体谅。"

他双眸中倒映着烛光，似两簇小小的火苗跳跃燃动，直能焚心。我如何能不懂得，如何能不体谅。只是今生今世，即便我拼尽全身力气，亦不得再靠近他分毫。咫尺天涯，这些懂得与死灰又有什么分别？

我敛衽，静静道："皇上做主吧，只别委屈了浣碧。"我停一停，"流朱早死，臣妾唯有一个浣碧了。"

他点头，片刻后终于道："朕如你所求，让浣碧以甄家二小姐的身份嫁与六王为侧妃。"

我轻轻呼出一口气，心底哀凉。然而，能得如此，已经很好了。

众人围上来纷纷致酒作贺，尤以玄汾举杯最多，通明灯火辉煌地洒在玄汾脸上，他的神情也柔和喜悦，似是为玄清有美相伴而高兴，亦似是为自己高兴。他唇际难得有如此恬和的笑意，尽在疏朗眉目间。我许是真的很高兴吧，来者不拒，满面含笑一杯杯尽数吞入喉中，恍惚中连玄清的酒亦喝下好几杯，最后连玄凌亦道："淑妃难得这般高兴。"

蕴蓉的声音恍惚在耳边："这个自然，侍女做侧妃，淑妃多大的荣耀，平白又多了个妹妹，连带王爷也成了妹夫。"

一弯眉月斜挂树梢，风吹得身旁的花树枝叶乱颤，远远望去月亮也仿佛挂得不稳，有些悬悬欲坠的样子，到底是浣碧来扶我："小姐醉了，奴婢扶您去吹风醒醒酒。"

醉眼望去，众人悉数喝了不少，都是醉意沉沉的样子。浣碧扶我下台，凉风如玉，虽是夏初时候，却依稀有几分清冷秋日的萧瑟。仿佛是玄清出来与浣碧耳语几句，浣碧退开一箭之地，他的手掌握住我的手臂，道："小心。"

隔着衣衫薄薄的料子，依稀能感觉到他手心熟悉的掌纹。只是这双手，这个人，从此都归浣碧所有了。风扑到热热的脸上，胸前滞闷欲呕，他抚着我的背，语意悲凉："你这样难受，我比你更难受。"

我推开他："今日王爷与本宫同喜，来日，王爷便是本宫的妹夫了。"

他别过脸去，那哀伤似深入骨髓一般："一定要如此么？"

我指着月亮道："你瞧，月亮注定要西沉，我和你也没有别的路可以走。命数如此，只能如此。"我狠狠吸一口清凉的空气，"不如此，死的不只你我。仅仅流言而已，温实初已是前车之鉴，我不能再连累你。"

他深深歉意："那时我不能来帮你。"

"还好你不能来帮我。如果那日被指的人是你，我只怕会发疯。"我静一静，温婉道，"九王与你情厚，他来保我，就是你来。"我看着不远处一抹碧色身影，忍住喉头的呜咽，转成一抹绯色的笑，"浣碧一直喜欢你，她对你的情意不比我对你的少，我很早就知道。你……不要辜负她。"

他握住我的手，一双深潭双眸，仿佛藏了无数流光匆匆，穿越绵长岁月，直抵心田："你明知道的，我只有你。"

清风拂过，花木繁枝摇得月影支离破碎，一颗心亦碎到这样田地。我摇头："知道又如何？此生以今日为界，从前只有我，往后便只有浣碧了。"我轻轻道，"她不是我义妹，她是我亲妹妹。所以，你一定要待她好。"

似是三更了吧，我昏昏沉沉，困倦极了，殿中歌舞犹盛，只怕天明也不会停去。我的手从他的手心一点点艰难地剥离出来，扶着栏杆缓缓回去，夜凉如水，依稀见栏下一架蔷薇开得如冰雪寒霜一般，那终身无望的寒意随着花枝蔓延上来，死死往心上缠去。

人
成
雙　｜　贰拾

　　次日回宫，浣碧嫁与清河王为侧妃的消息传出，六宫惊动。满城宫女闻得信息无不艳羡，历来侍女赐予亲王至多为姬妾，从无有为侧妃者，阖宫羡慕浣碧之余，无不议论淑妃盛宠，连皇帝对其身边侍女亦另眼相看。

　　玄清多年孤身，此时太后得知他终于要纳妃，虽只是侧妃，却也下令内务府好好热闹一番。正当内务府忙得手脚朝天的时候，却出了一桩变故。

　　数年前太后曾意欲为玄清指婚，十分中意沛国公府的小姐孟静娴。此中有个缘故，既是因为沛国公门第相当，又无多少实权，更是因为孟静娴自幼与玄清见过一次，钟情许久。然而玄清始终未允，那孟静娴却痴心一片，再不肯嫁，一来二去，便耽误成了未嫁老女。

　　如今玄清欲娶浣碧一事阖宫皆知，沛国公府亦有耳闻，孟静娴触动情肠，竟因痛致病，伤心欲绝。沛国公爱女心切，也顾不得脸面，连连上了三道请安的奏折与太后和玄凌，恳请体念女儿一片痴心，情愿女儿居媵妾之位侍奉清河王左右，不致使他老来失了爱女。

如此倒有些棘手了。沛国公两朝元老，曾为玄凌即位出力不少。如今手中虽无实权，却是一等一的公侯府第，甚得尊崇。如此言辞卑微，爱女情切，连太后亦不免动容。

这一日太后正召见浣碧参详谈吐容貌，倒也不无欢喜。见了我与玄凌，不免提及此事，向浣碧道："你既与王爷情久，哀家倒也不便与你开口。只是孟家小姐是哀家素日看中的，又为六王耽搁了许多年，想来终无什么出路了。"她停一停，"按孟家的身份，他家的女儿怎可为妾室，当年哀家与皇上都是属意她为六王正妃的。"

玄凌看我一眼，赔笑向太后道："沛国公自己都说甘为媵妾侍奉左右，何况老六喜欢的是浣碧，这正妃……只怕老六自己也不肯。"

太后叹道："哀家不是老糊涂，如何不知。只是你与六王钟情已久，横路来个程咬金本就不悦，何况还要为正妃。可是如若不允，那边沛国公府的面子也不可驳得太厉害，人家已经这样低三下四来求了，到底也要怜惜静娴的一番痴心。哀家思来想去，只能让她与你平起平坐同为侧妃，也算不得委屈你了。"太后觑一眼浣碧，"如今哀家只看你的意思，若你不答应，以后三个人一起过日子，抬头不见低头见的也是难受。"

浣碧瞧我一眼，低头咬唇思量片刻，沉稳笑道："孟小姐一片痴心与奴婢是一样的，佛祖尚且怜悯人间性命，奴婢又怎会眼睁睁看着不答应？太后许奴婢与孟小姐平起平坐，已是格外开恩了。奴婢日后也定会与孟小姐和睦相处，不让六王烦心。"

太后打量她两眼，方才展露笑意："妇德为女子最要紧的德行，你能如此大度，哀家也就放心了。"

浣碧依言含笑，紧紧抿住双唇。

这番变故，玄清自然十分不愿，然而玄凌教岐山王亲领了他去探望孟静娴，如此情状他亦不忍，最后连玄凌亦劝："你若真不喜欢她，只当养在家里罢了，何苦累她一条性命。若沛国公为此事心中生怨，于朝政也不相安。"如此好说歹说，到底也把册孟静娴为侧妃之事办了起来，倒是玄清愈见憔悴，怏怏不乐。

不日，玄清请旨终身不再另娶，又定下要浣碧入府主持家事，是以纳妃礼要隆而重之。此语一出，人皆道玄清对浣碧情深义重，这话虽也有指孟静娴的意思，然而人人皆道玄清与浣碧两情相悦，不过便宜了孟静娴罢了。

亲王纳妃礼仪极繁，何况这侧妃礼办得极隆重，有纳彩、问名、纳吉、纳徵、请期、迎亲六礼。我定下精神，为浣碧事事打点妥当，待到问名这一节时却有些犹豫了。浣碧生母本是摆夷女子，父亲入大周为官数年后又牵连谋逆一事沦为大逆罪臣，隆庆朝严旨不得纳大逆罪臣家眷为妻妾，其母身份断不能公开。所以浣碧上报内务府记录玉牒时只推说记得母亲的名字，余者因为生母早逝都不记得了，才混了过去。因浣碧只比我小一岁，又年长于玉姚，所以排序为甄氏第二女。我修家书一封请爹娘入京主持礼仪，又另写一封将浣碧入族谱、其母牌位入祠堂之事细细说与爹爹知道。我又按着我们姐妹排行从"玉"从"女"旁，定了玉如、玉姗、玉娇、玉婧、玉妩几个名字给她拣选，浣碧不喜"如"字隐了其母乃妾室、如夫人的出身，倒很是喜欢有"姗姗来迟，后者有福"之意的"姗"字，谁知报了礼部上去，礼部尚书却道义女到底非本家出身，总得内外有别，只能从"玉"字排行，我与浣碧一说，想起她此身身份隐匿多年，便定了"玉隐"为名。浣碧虽因此事有些不乐，然而到底了却多年心愿，又得玄清如此礼遇，也算夙愿已偿，十分喜悦。事出仓促，我将昔年备下给玉姚、玉娆的嫁妆全数赠与玉隐，又请吕昭容主婚。玢儿养好伤之后便跟玉隐入府主事，又从内务府选了六个精干伶俐的丫鬟一同陪嫁过去，十足按闺阁小姐出嫁之礼安排，绝不使素来好强的玉隐自觉身份失于沛国公府，日后低人一头。如此，只待爹娘回京，六月初四玉隐出阁。

眉月细细一弯，已是六月初三了。爹爹与娘亲在四日前已到了京中与我相见。一别多年，爹爹与娘亲都生了几多白发。相拥的哭泣不能洗去多年的委屈与分离之苦，而哥哥的病更让爹娘老怀伤心。幸好爹娘的身体都还康健，哥哥的身子也略为好转，我才能稍稍安慰。甄府原先的府第玄凌已一早叫人重新修葺，让爹娘可以住下。

爹爹老泪纵横道："熬了这么些年总算熬出来了。当年家中败落，爹爹只怕连累了你。"

我忙道："一家人说什么连累不连累的话，如今可不是连玉隐都有好人家了么？"

爹爹看着我道："玉隐能有这样的归宿，绵绵也可以瞑目了。"

我忍泪颔首道："虽然是侧室，然而玉隐是真心喜欢王爷，总算也了了她的心愿了。"

爹爹道："终究你也为她费了不少心。我这个做爹爹的不能给她和绵绵的名分，你都尽力给她了。"

"玉隐到底是我妹妹，委屈她多年为婢，我心里也不好过。"我拭一拭泪，道，"爹娘住在沈家也不是长久之计，我已吩咐人把甄府修葺起来，爹娘接了哥哥回去也好照应。"

爹爹不觉一怔，苦笑道："皇上允我和你娘回来观礼已是恩旨，如何还能在京中长住？爹爹看到你和孙儿们都好，已经老怀安慰，不求其他了。"

我眸中精光一闪，已含了几分狠意："既然回来，我不会再让爹娘回去那穷山恶水之地。趁着此次回来，女儿会设法请皇上彻查当年之事。爹爹对当年管家所告有可疑之处，要一一写下。女儿也会通融上下，尽力完成此事。"我握住爹爹的手，沉声道，"当年的冤屈到如今就够了。"

这一晚新月露钩，我心事重重抚过七弦琴，未成曲调，弦已乱了心绪。"长相思"还在指间徘徊，而陪着他长相厮守的人却永不是我了。就像是一个最讽刺的笑话，相思不得相守，我却要看着自己的妹妹成为最能光明正大站在他身边一生的女子。

那么，请容我再弹一曲，了却相思，不望相守。

屏息静气，许久，才将颤颤的指尖再度搁上琴弦。心如披霜被雪，十指轻翻，曲随人心的忧伤，连寂寞都要掩耳不忍听闻。终于，指错弦惊，尖锐而突兀的声响似金戈之音生生划断了这一曲。

上弦月一点一点升起来，落进未曾掌灯的柔仪殿中似开了无数冰雪梨花。

几度相思不相见，春风何处有佳期。

原本，还是有点奢望的吧。即便我已是他兄长的宠妃，即便我已习惯沉溺于这无尽黑暗的海底。却总还奢望着，能有一天跃出海面深深呼吸。

而如今，明知道是奢望罢了，却连想要奢望一下都成了奢望。

他的身份，是我的妹夫。

昭而显之，妹妹的夫君。

蓬山万里远，更隔万重山。

我和他的人生，注定如此。

"嗒嗒"两记叩门声敲碎我的思绪，外头是玢儿的声音："淑妃娘娘，二小姐来拜别娘娘。"

我勉强振作精神，命槿汐掌灯开门。

玉隐着婚服，她喜悦娇羞的面容，如一道闪电亮彻了整个柔仪殿。因不是正妃，她不能着正红色。锦茜红刻金丝双层广绫大袖衫，襟前尽绣鸳鸯石榴图案，胸前以一颗赤金嵌红宝石领扣扣住。桃红缎彩绣成双花鸟纹腰封系着一条销金描银裙，拖曳绣出百子百福花样。发髻正中戴着联纹珠荷花鸳鸯满池娇冠子，两侧各一株盛放的并蒂荷花垂下绞成两股的珍珠珊瑚流苏和碧玺坠角，中心一对赤金鸳鸯左右合抱，明珠翠玉做底，更觉光彩耀目。

她敛衣下拜："甄氏玉隐拜别淑妃娘娘。"

我忙叫槿汐："扶二小姐起来。"我由衷赞道："很美，很好看。"

她含羞："多谢长姐为我安排妥当。"她端正坐着，隐然已有入主王府的气度风华。洞开的殿门望出去，夜色一如往常，溟黑夜空新月如眉，紫奥城内为迎喜事满掌华灯绢彩，远远看去好似满天的星星落满整个天上人间。这样热闹，反而显得那一抹月华欲诉无声。

我缓缓一句句告诉她："此去便是一府主妇。王爷没有正妃，唯有一个孟静娴与你平起平坐，她身上病着，又出身大家，脾性不知，也不晓得好不好相与。凡事勿要太忍气吞声，也勿要张狂与她针锋相对，平安度日便是。幸好王爷只是可怜她，又被皇上半逼半劝，你也无须担忧。王爷推崇于你，说了王府上下的事都由你来打点。宽严相济，上下轻重都要稳妥。你是甄府二小姐，不要妄自菲薄，更不要觉得事事不如孟氏。"

她皆仔细听了。良久，目光逡巡在我面上，轻轻道："长姐，对不起。"

我和婉的笑意似掠过湖光的轻风："怎么说起这样见外的话来。你出阁，爹娘才能回京，以后甄府的门楣，也有你一半的责任。"

她抬起眼，描绘如蝶翼的长长睫毛带了湿蒙蒙的水汽："长姐，这原该是你的位子，是我占了你的。"

我起身，挽起樱桃红翟衣，温和道："我的位子是皇上的淑妃，你何曾占了我的。明日便是六王新妇了，该欢欢喜喜的，不要多心。"

"长姐……"她几欲泪泫，伸手握住我的手，"我知道你心里难受。"

"傻妹妹。"我拢住她的肩，蹙金华服刺得手心有点酥麻，我极力笑，"我说过，从我回宫那日我便没有心了。所以，我不难过。"我拭去她的泪，"新娘子要高高兴兴的，怎么能哭？"

她仰起头，犹豫片刻，轻声问："长姐，你有没有后悔过？如果当年再等几个月，或许王爷回来。那么今日嫁与王爷的人也不会是我了。"

夜色落寞低垂，风闷闷吹过荷池，有水叶浮萍的清馨徐徐送入殿内。"后悔么？嫦娥应悔偷灵药，碧海青天夜夜心。我不是嫦娥，也没有可后悔的。路是自己选的，就没有回头的余地。我看不见以后的事，只能顾下眼前的人、眼前的事。后悔，于事无补，反而影响走路的心情。而且，这宫里要活下去太难、太难，我没有时间也没有心思去后悔。"我低低回答，看着她，"玉隐，以后的路是你今日所选，我也希望你头也不回地走下去，永远不要后悔。"

她点点头，容颜因为揣测不安而略显悲戚："或许王爷并不喜欢这样。"

"你了却自己多年的心愿，王爷有真心喜欢他的女子照顾，我完成当年许下的为你找一个好归宿的承诺，也了却小像为人所知后的种种猜疑。而且你和王爷身上都流着摆夷人的血，这是最好的结局。"我停一停，婉声道，"他若真的终身不娶，于任何人都没有好处。"

她用力点点头："我知道。"

月华轻轻倾落在身上，樱桃红这样喜气的华服也被勾勒出淡青色的光晕，蒙蒙的，像做了一半就被惊醒的梦。清风流连，裙裾层层盈动若飞。玉隐牵住我的衣裳，低低道："长姐，昔年我做错了很多事，你不怪我么？"

"怎会？"我含笑看她，心底有柔软的亲情滋长，"你是我的亲妹妹，让你隐匿身份为奴为婢多年，是我和爹爹对不住你。"

她摇头："我不敢这样想。其实……其实爹爹私下待我也很好，母亲也没有亏待过我。"她用力摇一摇头，不安道，"长姐，可以陪在王爷身边，我很高兴。可是我也很害怕，我并不怕孟静娴，我只怕我做不好侧妃，我怕他讨厌我……"她晃着我的手，"长姐，其实王爷心里只有你，我不知道该怎么做这侧妃才好。"

窗纱上树影凌乱，似一丛一丛水墨花枝开得满天盈地。远处有不知名的虫儿传来一阵阵"哑哑"鸣声，那声音细小密集，热热闹闹的，似下着小雨，似无数条春蚕趴在心上慢慢蚕食。

"我不知道。"我的声音带着凉凉的潮湿，"你想要什么你自己最明白。如果只想陪在他身边，就安静陪着他；如果想要他的心，就尽力去争取。无论哪一种，你有一辈子的时间陪着他到老。于你而言，我已是局外人，清河王府中的夫妻是你与王爷，所以要如何做，都在于你。"

她低首沉思，悲喜过后的容颜有一种别样的澄净。玉隐，自有她打动人心处。良久，她的眼中绽放出某种坚毅的光彩："长姐，我会尽我所有的心力对王爷好，我会孝敬太妃。"

她没有提孟静娴。自然，连我都明白，玉隐不喜欢孟静娴，不喜欢那个骤然横亘于她清河王府生活中的孟静娴。然而当日在太后面前，她连反驳的能力也没有。一旦反驳，她会因"妇德有失"而失去这赫然获得的巨大喜悦。

所以，她会隐忍，她会相处。

玄清，我不知道他会如何与玉隐和孟静娴相处。最愿"只得一心人"的他骤然多了两位妾室，东风西风，映着他素日的心愿，竟成了最大的讽刺与孤凉。

我默然，玉隐，如果可以，请把我那份也一起给他。

我颔首："你只要记住，以后你和我肩上都要挑起甄氏一族的担子。"我再次殷殷叮嘱，"你是亲王侧妃。"

她深深颔首，再拜向我告辞。

柔仪殿，金做笼，玉为架，将人牢牢枷住，连清明月光都不能照亮华丽深宫底处我黯然悲凉的心境。

一宿无眠，次日便起得早。更衣梳洗妥帖，与我交好的嫔妃皆来相送，连叶澜依也不请自来。我原怕她伤心，又不知她的性子会生出几许事端，故而没有邀请。然而她一身水影红密织金线合欢花长裙，珠玉盈翠，翩然而至。她从不穿这样鲜艳的衣衫，如此盛装而来，人人惊艳，连原本属于玉隐的风采也被她夺去好几分。她也不向玉隐贺喜，径直站到我身边，欠身示意。

玉隐盛装，最后一次向我拜别。鼓乐声山响彻云。换了朱红喜衣的小允子来报："吉时已到。王府中都已妥当，沛国公府那里已经出门，二小姐也可以走了。"

我站在未央宫正门前，看着玉隐被扶上六帷金铃桃红锦幄喜轿。叶澜依的指尖在广袖之下触碰到我的手指，那样冰冷，失却一切温暖的意味。她平静的神色下有难言的戚然，轻轻道："我情愿是你，至少他会真心高兴。"

我无言，玉隐的人生，已经踏上和我完全不一样的路，各自曲折，各自承担满路花香与荒芜。

清河王府，那是她另一段人生的开始与归宿了。

她停一停，语意哀凉如晨雾："一个甄二小姐，一个孟小姐，却都不是自己要的，他心里一定很难过。"

世间的阴差阳错从未停歇，命运无常的手从不停止他玩笑似的拨弄。

白日繁华背后，深夜关上殿门。我静静伏在槿汐怀中，想要哭，却始终没有声音。如何能哭，我的身份，是新妇的姐姐，怎能为她出嫁的欢喜添一缕不祥的悲音。然而，这世间从不离弃我的清，无论我富贵落魄、得意失意都伴在我身后远远看着我的清，从不叫我难堪失落的清……如今，他要娶我的妹妹为妻了。

泥金薄镂鸳鸯成双红笺的合婚庚帖。鸳鸯织就欲双飞。欲双飞，飞的终究不是那一对鸳鸯了。

贰壹　往日情

　　为着玉隐出阁之喜，爹娘被允许留在京中相庆一月。三朝回门那日，玉隐独自归来。侧妃到底是妾室，并无三朝回门之说，虽然玄清纳妃纳得隆重，虽然未央宫便是玉隐的后盾，玄清却也未曾陪来，也是存了不要彼此相见伤心之意。她衣饰辉煌，环翠明珰，似乎很是舒心的样子。玉隐说与孟静娴相对时彼此也很客气，仿佛孟静娴能入清河王府日日看见玄清已了却她最大夙愿，加之体弱，因而并不与玉隐相争。如此，彼此相安，也就无事。日子缓缓过去，听闻玄清待玉隐很好，允她住王府东侧最华丽的积珍阁，给她正妃的礼遇，连出身公侯的孟静娴亦只住了地位略低一等的王府西侧。而玉隐手握持家权力，把王府打理得井井有条，待孟静娴也很客气亲厚。太后说起来也不免欣慰："哀家原怕太尊崇这位甄侧妃会宠坏了她，原来当真会主事，性子又温柔平和。"如此，宫中论起玉隐来，无不羡慕称赞。

　　这一日晨起，春意早已散尽，清晨萌生的蓬勃暑气被一场缓缓落着的小雨冲散了不少。玉隐出阁有些日子了，为给眉庄"守七"，我衣衫简静清淡，随意绾着堕马髻，独自捧着一束小小的雪白栀子细细插于瓶中，偶尔抬头看看窗外雨点芭蕉，凉意萧萧。玉娆枕着胳膊临窗远眺，暗红雕花窗下伏着满地雪白的荼蘼花，如堆雪一般，香气淡远如轻雾。她轻轻道："开到荼蘼花事了，长姐，春天过去那么久了呢——"

却是一个男人熟悉的声音缓缓传来："旧的春天过去了，新的春天又会过来。你年纪小小，却也懂得伤春悲秋了。"

玉娆一唬，骤然转身，却见穿着一袭赭色蟠龙常服的玄凌，神色冷寂下来。我起身相迎，玉娆亦淡淡施了一礼。

玄凌丝毫不以为意，想要虚扶她一把，玉娆不动声色地让过了。玄凌微微有些尴尬，问我："过几日是德妃尾七的祭礼，预备得如何了？"

"差不多了。"

他微有些伤感之色，关切道："这几日润儿还好么？"

"润儿的身子还强健，只是每每到了入暮时分还是哭，不知是不是思念他母亲的缘故。"我低头，忍住眼角的泪意，"不过，臣妾自当尽心尽力照顾润儿，不会让他有半分损伤。"

他微微点头："这句话别人说朕都不会当真，你与德妃却是十数年相知的情谊。"他又道，"德妃的尾祭一过，众人心思也可放宽点，赤芍和朕说起来，除了你义妹出嫁那几日，宫中也连月不闻歌舞丝竹了。"

玉娆唇角一动，侧头想了一想，还是没有忍住："旧人去了还有新人在，难怪皇上说春去春又来，原来人和春是一样的。"

玄凌和颜悦色道："朕原也以为春去便不能再来……"他注目于玉娆清丽如栀子的脸庞，"但是现在，朕也相信，春会回来。"

玉娆一时未解，我心中一动，想起赐扇之事，隐隐有些不安，黯然道："春天过了便是秋天，可惜上林苑的菊花开得再好，眉姐姐也看不见了。"

玄凌歉然地抚一抚我消瘦的肩胛，道："德妃一走你太伤心，老六纳侧妃你又费心不少，你瘦了这许多，朕心里也不好受。"他拈一拈我青色的衣领，"朕知道你要为德妃服丧，只是日子总要过下去的。"

我凄然转首，缓缓扶着身边一张椅子坐下："日子总会过去，可臣妾是不会忘了眉姐姐的。"我蓦地抬头看住玄凌，"日子长了，皇上也会忘了姐姐么？"

他神色微微黯淡下去，道："朕在来的路上嘱咐了花房的工匠，日日送一盆新鲜的菊花去德妃灵前，也算尽一点心意。"他停一停，颇为内疚，叹道，"十余年来，虽是德妃性子倔强，但朕也有对不住她的地方。"

我的眸光灼灼发亮，倒映在他沉黑的眸底，玄凌身子微微一缩，回避过我的目光，苦笑道："若不是那日朕轻信谗言，温实初也不会行此激烈之举，以致被德妃瞧见惊了胎气。"他的指尖是冰凉的，"嬛嬛，朕以为你不会再理朕。"

我抬首，简略地答了两字："怎会？"我怃然垂首，迸出一丝森冷的恨意，"害人者并非皇上！意欲离间六宫者亦非皇上！迷惑圣听者更非皇上！"

他蹙眉，眸中有幽暗的火苗暗生："你即时已下令杖杀了静白与斐雯。"

"臣妾犹嫌不足。"我一字一句燃烧着滚烫的仇恨，"德妃难产血崩而死，差些连皇子也保不住。温实初乃是宫中国手，照拂太后凤体有功。太后与皇子，哪一个不是国之根本？何况……臣妾哥哥神志清醒许多，皇上若细细查问下去，当年甄门变故之数多是管氏挑拨。"

玉娆轻轻"哼"了一声，已然红了眼眶："管氏挑拨六宫不和，她哥哥就在前朝兴风作浪、陷害忠良，兄妹俩蛇鼠一窝，偏偏要将甄氏一门置诸死地么？"

玄凌沉吟片刻，温言劝慰道："从前的事……"

我定定注视着他："从前的事，既是管氏从顾佳仪处得证，皇上何不亲口问问顾佳仪？"

他微微沉吟："朕知道你不喜欢，可是后宫与前朝往往牵一发而动全身，事不能急。"他的目光如窗外细雨轻笼在玉娆身上，静静道："你的名字是玉娆？"

玉娆头也不抬，淡淡拨着栀子花的嫩绿叶片："皇上明知故问。"

他也不恼，只转首静静望着窗外细细一脉青竹出神："娆者，主娇娆妖媚，柔弱之态，美则美矣，却与你轻灵之姿不太相符。"

玉娆轻轻扬眉："皇上意指臣女骄横跋扈，与女子柔弱姿态不符？"她淡然道，"皇上很会奚落人。"

玄凌忙笑，向我道："人家是心较比干多一窍，你妹妹也太多心。"

我慢慢舀了一勺银耳，方笑道："皇上的话只说一半，连臣妾也多心。"

他抚着青青的下巴，沉吟道："娆字不好，女子婉嫕和悦，朕赐你一名，便叫玉婉好不好？"

我听得一个"婉"字，心头突地一跳，整个人惊得几乎要立起身来。皇帝赐名是莫大荣耀，身为臣子莫不欢喜相庆，无有推辞者，更从无人敢推辞。

玉娆不置可否，略有些着急，掩饰着看我一眼。我眼波微微一横，似碧波春意婉转，悠悠道："婉字也就罢了，可有什么出处么？总不能说皇上赐名是随意捡个字来给了四妹。"我略一沉吟，随手取过书架上素日玄凌所看的一卷《永怀赋》，只做细细赏玩。

玄凌目光触及，不觉含笑："扬绰约之丽姿，怀婉娈之柔情。现成张华的《永怀赋》，可是褒扬美人的句子，如何？"

"美淑人之妖艳，因盼睐而倾城——"玉娆吟诵两句，已然明白过来，眸中慧黠之色似蝴蝶的翅膀一闪，已然盈盈起身，"臣女姿容不美，妄称妖艳；父兄皆是罪臣，更非淑人。且这篇《永怀赋》乃是悼亡之作……"玉娆莹白面色有薄薄的绯红之意，"臣女还活生生站在皇上眼前呢。"

玄凌不过一时顺口说出，此时颇有些尴尬，轻咳两声："朕不过是打个比方——"

我端正容色，略带两分玩笑口吻，似笑非笑道："既惠余以至欢，又结我以同心。交恩好之款固，接情爱之分深。张华的《永怀赋》乃是悼念亡妻，皇上不会是有以玉娆为妻之心吧？"

宫中妻妾嫡庶之分甚为分明，妻者唯中宫是也。果然玄凌不假思索，脱口道："朕无此心，只是……"

我盈盈欠身，且忧且柔："臣妾福薄无德，甘居妾妃之位侍奉皇上终身。臣妾三妹玉姚婚嫁失意已铸成终身大憾，如今唯有四妹玉娆性子高傲，必不能为妾室趋奉左右，她亦非正室而不嫁。"

玄凌和颜悦色，柔和道："你虽为妾室，然而是朕爱妾，又为淑妃，一人之下而已。"他觑一眼玉娆，"你妹妹若得如此，也不算辜负。"

我鼻中酸涩，眼中微见莹莹泪光："臣妾姑祖乃咏熙郡王侧妃，二妹妹虽得六王钟爱，却也是侧妃之身。臣妾并无觊觎后位之心，只是皇上难道忍心见甄氏女子皆为妾室么？"

玄凌微有不忍，扶住我道："不过赐名而已，好端端的倒惹起你伤心了，可见是朕莽撞，这'婉'字不好，咱们再不提了。你妹妹还小，若来日有好人家，朕再好好为她留心，眼前暂不说了。"

我听他口吻，隐有未肯放手之意，然而眼下不能多说，只得点头。玉娆解颐道："长姐多虑了。玉娆蠢笨，皇上有长姐解语花即可，怎会有这般心思。只是长姐说得不错，玉娆必不洒帚奉栉甘为妾室。来日除非似三姐一般不言嫁娶，否则若以侧门进，必定一头碰死才算。"她语气坚毅，说罢若无其事地拍拍手，顺手取过一盏清茶饮下。

"你这妹妹倒有几分气性。"临离开柔仪殿时，玄凌轻轻叹了一句。

甫出殿外，隐隐有木鱼笃笃之声传来，午后寂静，听得格外分明，似夹杂在细雨中的声声叹息，闻者无不心底泛起酸意。玄凌好奇："请了通明殿的法师么？"

我涩然摇头："皇上还未见过臣妾的三妹玉姚吧？"我静一静声，"并非臣妾无礼，故意不愿皇上见到三妹，只怕她御前失仪。"

玄凌细细眼纹中有踌躇之色，我引他向印月轩去，低声道："三妹不愿见人，皇上窗外一看即可。"

他点点头，驻足，丛丛翠竹掩映，寒烟翠色纱窗后，一片单薄如纸的身影笼在宽大的素色暗藤蔓纹绉纱长衣中，玉姚跪在佛龛前闭目捻着一串迦南佛珠，一手敲着木鱼，口中念念有词。长发松松绾了个太虚髻。因长日不出门，脸色是一种奇异的苍白的透明，隐逸着长年悒郁而留下的如碎叶般忧伤的印子。不过二十余岁的年纪，憔悴之下神色却平静得如千年古井一般。

玄凌注目良久，退开两步，低声叹道："看她神情，仿佛已不留恋人世。"

我忍住眼中汹涌的泪意："玉姚也曾有如玉娆一般的锦绣年华，如今已是心如槁木。"

"为一段姻缘而已，佳人何辜？"

我停一停，含着迷蒙的泪意望着他："退隐甘露寺之时，臣妾未必比玉姚好多少。"

他握一握我的手，愧疚之意更深："是朕不好。"

有风微微蕴凉，卷着庭中淡薄花香缠绵送来，轻轻一浪一浪拂在身上，雨丝寂寂，凉意无孔不入。彼此凝视对方的目光，在眼眸中看见自己的倒影，已不复从前模样。情已不再是那份情，而人，终究还是眼前这个人。点滴往昔忆起，千般感伤徘徊，两个人都无声沉默下来。

"嬛嬛……"他的叹息带着无数感慨与怜惜。转首的瞬间，眸光骤然定在新卷的葡萄架下，芙蓉胭脂面的玉娆，玉娆的相貌更酷似我年轻时的容颜，或者，是朱柔则的模样。玉娆年轻的容颜似一朵含露开放的粉色蔷薇，犹有露珠清光，在瞬间明亮了人的眼眸。她幽幽道："皇上，你想知道三姐缘何会如此么？"

她的语气那般轻盈而忧伤，似随时都会飘走的一缕轻烟。直到玉娆出阁，这是唯一一次她对玄凌以如此温婉的语气说话。仿佛不能抗拒一般，玄凌的眸中有了某种清澈的温柔，似少年人才有的热爱与迷恋，在他眼底开出一色明艳的花朵。

"你愿意听听么？"玉娆再一次问。

他缓缓地、无意识地松开我的手，似朝着某种信仰与祈望走去："愿意。"

那一个午后，临近傍晚的三个时辰，我把印月轩外的小小庭院留给了玄凌与玉娆。玉姚的故事不过是个简单的故事，然而已经包含她一生的伤心。其中曲折，玉娆会说得明白。玉姚是不会听见的，她孤寂的心已然被碾碎成齑粉，无意于其他的人和事。

我离开，独自撑起油纸伞坐在柔仪殿前，此时尚不及盛夏，塘中莲花才绽出几个骨朵，只有片片手掌大的荷叶翠色生生，带着清新的水汽温柔卷上我的衣裙。

指尖微有凉意，独自而坐。一缕淡薄的笑意逐渐蔓延上我冷寂的唇角。只是玉娆而已，一个与她相似的玉娆，就足以如此。我在回味中渐渐明白，他对她，昔年，当真是情深似海吧。我哂笑，难怪当年为一衣衫震怒如此。

只是，我再不会伤心了。雨止，天边有欲燃的火烧云肆意弥漫天空，暮色渐渐披离在我身上，似几重羽光明媚。因为，此刻活在深宫寂寂中的，是淑妃甄氏。

待到玄凌出来时，他的神色平静得看不出一丝情绪。玉娆依旧是疏离的姿态，像一朵远远开在天际的花蔓。

我屈膝目送他离开，玉娆自袖中取出一枚白玉鸳鸯佩，温润的质地，触手有清凉之感。她的神色有些不安："他什么也没有表示，只把这个放在我手中，说过些日子再取回。"

我拈起一看："皇上从哪里取出这枚鸳鸯佩？"

"贴身取出。"

我深嘘一口气，这枚玉佩，他如此珍视，我亦不曾见过。暮色迷离叠合，我挽过玉娆的手："天色晚了，我们进去吧。"

月
分
明

次日，玄凌命李长传来口谕，准我唤顾佳仪细问。除命妇、亲眷与出家人外，庶人女子入宫必得知会皇后，何况佳仪出身风尘。玄凌只把口谕给我，越过皇后不提。

夏日凉风如玉，柔仪殿前一泓静水如璧沁凉，碧水间已浮起了朵朵红红白白的荷花，风荷正举，轻曳于烟水波淼间。

而顾佳仪，便这般莲步姗姗，渡水越桥而来。

这是我第二次见到佳仪，也是第一次看清她的样子。第一眼见到她，几乎连呼吸都因为她的出现而微微凝滞了。也许是在青楼烟花之地混迹往来的缘故，她的美是有些风尘气的。但那风尘气息，却不是世俗里的污浊烟尘，却是像山风过处，晓雾初起的那种烟霞四散的迷蒙。其实你说不上她有多美，只是那种淡淡惘然的神情，会在她顾盼间的艳媚姿态中不自觉地流露出来，仿佛是不经意流露出的一点心事。那种柔弱的感觉，像极了初入甄府时的陵容。只是她与陵容不同的是，她的眼底，有凌厉的坚毅和倔强，以及身为名妓所有的那种傲慢与妖娆融合的风姿。

她静静伫立在我面前，身后是疏朗微蓝的天色。她满头青丝梳得如黑油油的乌云，都用飞金巧贴戴着翠梅花钿儿，周围金累丝簪上晶莹流苏半坠，微微摇晃。耳边戴着红玉坠子，颈上佩了一条亮晶晶的珠链，珠链细细的，在阳光下宝光闪烁如水波叠映。她穿着月白绣粉红月季的短腰绣罗襦，纱绿遍地洒金裙，脚下露一双红鹦哥嘴的绣花鞋。这样明媚俏丽的颜色，式样却十分保守，只隐隐约约见香肩之上，有一条极艳丽的鲜红兜肚丝带，那样艳红，一条细线蜿蜒其上，愈发显得露出的一小块皮肤异常白嫩，让人几欲伸手去抚上一抚。而那丝带随着锁骨懒懒蔓延下去，让人不禁遐想，再下去会是何等风光。我只望了一眼，不敢再细瞧，脸上腾地一热，不自觉地红了起来。她的容颜精心描画过，长眉入鬓，媚眼如丝，在光线的反射下，可以看见她脸颊上细密如五月最新鲜的水蜜桃一般的细细绒毛，使她带了一点点动如脱兔的野性，饱满欲滴的唇形益发显得她的妆容精致而艳丽。只是她神情清冷与天色相仿，与她艳丽的装束对比成一种难言的殊色。

她见了我，也不过是屈膝一福到底，淡淡道："淑妃娘娘安。"

我颔首让座："顾姑娘请坐。"

因关系家中要事，玉隐与玉娆皆在。玉隐展一展宽广的莲叶纹云袖，轻轻道："佳仪姑娘素来雅客众多，要召你入宫一次也是不易。"她命玢儿托上一盘黄金，"这些当是给姑娘的赔礼。"

佳仪看也不看一眼，仿佛未曾将金银看在眼里，只欠身："多谢隐妃。"玉隐是亲王侧妃，规矩唯有正妃才可称"王妃"或在妃号前冠以姓氏。而直呼"侧妃"未免不尊，多从侧妃闺名中取一字相称，以表尊重，譬如孟静娴便是人人口中的"静妃"。佳仪这样称呼倒也不算失礼，亦见其颇通人情世故。

我道："姑娘如今还在留欢阁么？"

佳仪淡淡一笑，风姿秀然："我这般人怎会有良家可去，还不如在留欢阁中乐得自在。"

玉隐道:"姑娘艳名远播,想要从良自然有大把王孙公子可选。"

她双眸熠熠:"淑妃娘娘自然不会忘,当日曾有位甄公子与我欢好良久,城中无人不知,最后我还是未能如愿从良,可知我不过空有艳名,其实与残花败柳无异。"

我心中一沉:"姑娘可怨那位公子了吧?始乱终弃的男子,以姑娘这样的烈性,自然是要好好出一口气。"

玉隐按捺不住惊怒之情,与佳仪怒目相视,颤声道:"所以不害得他家破人亡你便不能罢休么?"

她淡淡一笑:"若娘娘被人负心薄幸,该当如何自处?"

我沉默:"与之长决绝,复不相往来。"我惘然一笑,"然而世间之事并非这样简单易做。"

她微微颔首,徐徐道:"我自出生便被鸨母买走,自幼爱如珍宝,吃穿用度皆不逊于名门千金,想要什么便给什么,也不舍得打一下骂一下,一来是为了保养面容身段,二来是培养傲气和娇贵,三来也是增了脸面。如此,将来才可成为鸨母的摇钱树。也因为我自幼被教得眼高于顶,欢场无真情,我看惯风月,早不将男女之情当真,也不把任何男人放在眼里。那日管路管大人一掷千金见我,还带了一个人来,便是淑妃你的兄长,与我谈了一笔交易。"她停一停,安静垂落的睫毛似温顺收敛的蝴蝶的翅膀,"起初我肯答应,不过是为了三万雪花银的报酬,也觉得甄公子面貌不恶颇有才学,才勉为其难答应。"

玉隐蹙一蹙眉:"既收了银两,怎还说是勉为其难,未免矫情。"

佳仪微微一笑:"收了银子,这段时间便只和一个男子来往,若他面恶心腻岂不无趣?何况还要闹出小产之事大扫颜面。"

玉娆咋舌道:"我一直以为小产之事是真的,没了孩子又没嫁入甄府你才恨哥哥。"

"怎会?"她低下脸,颇有些伤感,"除了必要的做戏之外,他连碰都不曾碰过我一下。虽然在我身边，虽然公子待我很好，虽然明面上与少夫人离绝，其实他没有一日不在挂念少夫人和孩子。"她面上闪过一抹粉红色的红晕，似一朵合欢花徐徐绽放，"我从没有见过这样的男子，他让我心生倾慕。我开始希望如传言一般，如他对外宣扬的一般，他会娶我做妾室。"

我垂首："哥哥对嫂嫂的确爱重异常。"我轻轻呢喃，"我有时也揣测过哥哥心里或许有别人，原来不是。"

佳仪睫毛一颤："娘娘也曾疑心过么？我确实也有这样的疑心，公子有牙疼病，每每牙疼咬了丁香蕾止痛时，或者有时看着窗外夹竹桃时，我常看他沉思不已，那神情不似为了公事。"

回忆从尘埃轻烟中凸显，很久很久以前了，哥哥入宫探我时牙疼起来，陵容笑语盈盈："配制百和香的原料有一味丁子香，取丁香的花蕾制成，含在口中可解牙疼，不仅不苦而且余香满口，公子不妨一试。"

果然，果然有这样说不清道不明的情愫！

佳仪缓和神情，继续道："我盼着，盼着，终于外头大事平定，原有一分痴心妄想，可是……"她怅然叹息，"公子的确对我很好，他为我赎身，可惜却不是要我从良嫁他为妾，而是让我自己安稳度日。"她暗自神伤，"如果不能和心爱的男子在一起，从良又有何益？于是我重回留欢阁过我醉生梦死的日子。"

"于是你因爱生恨，报复我甄氏一族？"

她摇头："你哥哥不喜欢我而已，我何必为此害他，真正让我生怨的是另一事！"她道，"有一日管路来我处饮酒，喝得多了，他醉话连篇地拿出一卷画卷给我看。"她的眉际逐渐生出一缕秋风般的幽凉，"那是一张宫装女子图，上面的女子是皇上最宠爱的安芬仪。他说，安芬仪入选后住在甄府与甄公子相识；他说，他听甄公子说起我与安芬仪相似，特意托宫中画师弄来一张画像；他说，安芬仪与你真有两分相似呢。我看见画像上的女子手绢和衣裙上皆有夹竹桃的花纹，不禁好奇，他告诉我，安芬仪素爱夹竹桃。我终于明白，为何当初会选定我帮助他们成就大事。不是因为我艳名远播，更不是因为甄公子喜欢我，而是我长得像这位安芬仪。他不碰我，不只是因为对少夫人，也是牵挂这位安芬仪。少夫人也便罢了，是他结发妻子，而安芬仪呢？她是皇上的妃子。我在他身边这般对他好，却连一个远在深宫的安芬仪也不如！"

玉隐眉心隐有怒气："所以你便要这样害我们甄家？"

佳仪惘然失色："当日我在气头上，管路又告诉我，甄公子平汝南王后格外骄恣，结党营私，并且当日汝南王一事中他数次观望，首鼠两端。当时我大吃一惊，他说皇上已起疑心责罚了甄公子入宫为妃的妹妹，一旦发落下来，我曾与甄公子闹得满城风雨，即便假戏别人也会以为是真情，不仅是我，连留欢阁的姐妹与鸨母都不能活。我自小在留欢阁长大，虽然鸨母养我是为钱财，然而她多年养育，还有留欢阁的姐妹，都是无辜的。"

"所以他教给你如果你出首告发便可保全留欢阁上下？"

"是。"她垂首，原先的冷傲之气逐渐消弭，"我自知出身轻贱，平生最恨被人轻视，是以一怒之下犯下大错。等到甄家出事三年之后，我才慢慢了解到，很多事，原是我心高气傲冲动误会了，然而错已铸成，我不知如何去弥补。"

我唏嘘："你是糊涂，然而也是用情之故。若是旁人也就罢了，偏偏是你，当年皇上才会轻信。"我平一平胸中怒气，"不过，还是多谢你照顾我哥哥。"

她美目一扬："娘娘知道了？"

"哥哥失常后我曾去看过他，护院的园丁听见动静还以为是顾小姐。哥哥认识的顾小姐，想来也只有佳仪姑娘。"

她戚然一哂："公子变成如今这副模样的确是我一手造成，我只有尽力弥补。"她眸中盈然有泪，"从前的翩翩佳公子成了现在这副模样，的确是我之过。但我当年一时之气，的确不曾想到会有如此后果。甄公子流放之日我听闻少夫人与小公子暴毙，还特意去探听消息。"

我心中一动，急问："哦？我嫂嫂和致宁确是死于疫病么？"

"我曾问过验尸的仵作，确是死于疫病。"她沉吟道，"那个时节本少疫病，我心中怀疑，买通仵作之后听闻关押少夫人与小公子的牢房中有一只死老鼠，那只老鼠死于疫病，而少夫人和小公子身上皆有被老鼠咬啮的痕迹，死状极惨。"

我心知惨痛，亦知不妥："疫病极易传染，若有一只老鼠得病必定会迅速蔓延。那么牢中还有其他人得疫病么？"

佳仪摇头："没有。除了少夫人与小公子单独关押的牢房之外别无他人。"

我心下猛烈一颤，几乎不敢去想。玉娆已经泣不成声："长姐，那老鼠肯定是有人故意放进去咬致宁和嫂嫂的。他们……他们好狠毒！"

我狠狠按着手心，指甲掐在肉中有几欲刺裂的疼痛："是管路？"

佳仪利落否定："不是。他意在甄公子，只知道少夫人与公子过世，却不知为何过世。我试探过几次，他的确不知情。"

"甄家当年家破人亡，父母老迈之年被贬川蜀，哥哥流放岭南被奸人陷害致疯癫，嫂嫂与侄儿惨死。姑娘眼见甄门惨剧，又明知许多事其实有误会在其中，那么请问姑娘，是否愿意尽力弥补当年之憾？"

她思忖片刻："我今日肯来，娘娘问就是。"

"管路兄弟与我哥哥交好，只是突然反口，利益所驱自然是其中原因之一，但姑娘曾与管路来往，可知是否有人幕后主使，要管路反咬我甄家？"

"一直是管路与我联系，也曾听闻有宫中贵妇与之往来，到底是谁，我也不知。"

"姑娘当真不知？"

"我已愧对甄公子，何必要扯谎？"

我凝视她片刻，伸手取过一卷纸张："姑娘方才说愿意弥补当年遗憾，那么姑娘肯否将当年管路软硬兼施迫使姑娘冤告甄门一事写下？"我望着她，"我不妨告诉姑娘，管氏骄横跋扈，朝廷上下多有不满，也对当年甄氏被冤一事颇多怀疑，如今万事俱备，甄氏一族能否重见天日，只在姑娘东风一笔。"

她略一沉吟，也不接笔墨，拔下头上金簪刺破指尖，埋首疾书。

玉隐向我一笑，紧锁的蛾眉已稍稍松开几分。

佳仪写毕血书，自嘲一哂："笔墨翻覆真假，这份血书希望可以让他们信我几分。"

我颔首接过："姑娘前次有诬告朝廷大员之嫌，只怕管氏一倒，姑娘也会被牵连。我会向皇上说明你被管氏迫使的原委，希望皇上可以宽恕。"

玉隐道："还有一个法子，姑娘若成为哥哥的妾室，那么或许可以免去一切责罚。"

佳仪淡淡一笑，那种清冷风骨似山际来烟，缓缓道："我若成为公子妾室，旁人又怎会信我供证。何况，我还有何颜面面对公子。"她抬首望我，"公子可好些了么？"

我欣慰点头："已经好许多了，会认得人。只是若要将前事分明，只怕还有些难处。"

她微微一笑，艳光四射，然而那艳似春梅绽雪，总有些凄冷之意："我还敢去探望公子，是知道公子已不认得我。现下公子好转，我愧对于他，如何再敢相见。此事一毕，我自会离开，不教公子难堪。"她盈盈拜倒，"从前若有错事，希望这次可以弥补尽了。"

数日后，玄凌以管文鸳不敬，诬陷淑妃为由问罪管氏一族，雷厉风行之下牵扯出当年管氏诬陷甄、薛、洛三族大臣之事，又查出数年来管氏贪污纳贿、交结党羽、行事严酷不仁之罪数十桩，朝野震惊。

这一日雨后初晴，暑意消散，贞贵嫔与我落子数枚，方垂叹道："皇上何尝不知道管氏错漏，只是朝野政事往往牵一发而动全身，不得妄动。且如此之事，缓缓而治也是一法，如今皇上却大有断其根基之意了。"

慢慢来，我自然也明白，只是缓缓治去，何日才见功效。且若不数罪齐发，安能一网打尽，斩草除根。

我微笑："管文鸳跋扈，她两个哥哥也好不到哪里去。皇上秉雷霆之势而下，他们也措手不及。"

她的笑意浅淡如风："管文鸳好歹也得宠了几年，她家里又有些权势，哪里能不一门跋扈呢？你瞧安氏在皇上面前如此恭顺，听闻她父亲被皇上恩赏为知府之后也没有多些安分。为官为妃都是一样的，皇宠之下难免失形。"

我拈了一枚棋子沉吟，自言自语道："皇上昨日又宿在安氏那里了。"

贞贵嫔秀眉微扬，颇有失落之色："自从除夕一舞，皇上待她如待至宝。虽然因为德妃之死冷落了她不少，但到底也有几分旧情在。左右皇上很少在空翠殿留宿，只不要让我再看赤芍的脸子罢了。"

"皇上待她的确很好。"我莞尔，"咱们都困在这里，谁知道她父亲外头什么样子，倒不比吕昭容家中为官，什么消息都灵通些。"

管氏一族的败落随着第一场秋风的到来变得显而易见。眼看他起朱楼，眼看他宴宾客，眼看他楼塌了。自平汝南王而起势的管家在煊赫六七载之后一败涂地。当紫奥城秋意萧索的时候，管氏一族也随着各人命运的凋落而分崩离析。抄家、流放、落狱，成年男子一律腰斩，未满十四的流放西疆，妻女一律没为官婢。管路听到消息后在狱中绝望自裁。

那一夜，更衣管文鸳赤足披发，在仪元殿外声嘶力竭地哀求。她的哭喊声那么凄厉，响彻紫奥城寂静的夜空。除了太后与玉姚，每个人都醒着，每个人都在听，每个人都在用他们的眼睛和心在看。太后是见惯了这样的事，而玉姚，她的耳朵除了木鱼声和吟诵声暂时听不见别的。

当然，之前管文鸳也去求过皇后，而日渐失宠的皇后无力也不会去顾及她。皇后静闭宫门，对人云"头风发作"。

彼时我与玄凌在仪元殿西室相对而坐。他捧着一卷《太平御览》，我执着一卷《太上感应篇》，安静翻阅。

是的，安静。对于我而言，此刻管文鸳的呼号我充耳不闻，而玄凌，根本无心去理会她。玄凌也曾让李长传口谕给她："朕念你入宫侍奉多年，只废你为庶人，不会赐死于你，你回去吧。"

管文鸳叩着殿门大哭："皇上赐罪于臣妾母家，臣妾哪里还有家可回？臣妾生不如死啊！皇上，您赐死臣妾，饶恕臣妾的家人吧！"

玄凌没有再理会。我也不许人去拉开她，这种绝望的吞噬会比死亡更快地吞没她。管文鸳的哀求愈加凄厉，在没有得到回应的情况下开始变成怨恨，怨玄凌的无情，恨我的狠毒。外头一个响雷滚过，闷热的天气终于被一场罕见的雷雨打破。

那是一场彻夜的大雨，"哗哗"的雨水冲尽了紫奥城积郁数日的燠热，也稍稍让我窒闷的心畅快了一些。我陪着玄凌，他在起草一份诏书，这份诏书的内容是对我父兄数年含冤的一次彻底澄清，也是爹娘安度晚年的开始。我特意请求玄凌，不要再给爹爹过高的官职，他真的已经年老。

雨水声太大，我渐渐真听不见管文鸳的呼号。

大雨停止，清晨的第一道曙光来临前，我在仪元殿前已经不见管文鸳的踪影。李长告诉我她死于那场大雨中，身体如浮萍一般，最后被人拖去乱葬岗。

我什么话也没说，只是安静离开。新的一天开始，等着我的，还有六宫许多琐碎之事。

玉隐入宫求见，她告诉我："顾佳仪已经自行离开，萍踪无定。"她问我，"为何不以刑讯逼供管文鸳，要她说出皇后是主使。"

我摇头断绝了这种可能："管氏家族还有活着的人，她不会连累那些人一同去死。而且，她恨我入骨，怎会希望失去能克制我的人。"

玉隐无奈，然而旋即有些欣慰，她说："王爷多年来搜集许多管氏罪证，如今终于有用武之地。"

我心下感念，口中道："六王是你的夫君，为岳丈一家尽力也是应该的。以后你在宫外往来方便，爹娘须你和王爷多多照顾。"

玉隐欣然颔首："这是自然的，长姐放心。"

我淡淡一笑："王爷肯如此尽力，终究是你在王府得力的缘故。"我停一停，"那一位还好相与吧？可给你委屈受？"

"长姐说静妃？"玉隐粲然一笑，鬓边一支红宝石制的秋杜鹃长簪垂下簌簌颤动的珠坠，益发显得她容光四射，"她能给我什么委屈受？左不过大家都是一样的人。且真当是个安静人儿，静得王爷眼里素无这个人一般。何况她身子虽好了不少，终日却也只是参汤不离口。王爷素日怜悯她，倒是衣食不缺，只是素日也说不上几句话，更是从未在她那里坐上一坐。"

我心中轻轻一震，旋即笑道："王爷待她原无什么情分，不比与你相识多年。王爷既不在她那里过夜，自然都是你服侍妥当了。"

玉隐笑容稍敛，很快笑道："长姐惯会取笑我！不过王爷的确待我很好。"

也许，这样就很好吧。各自举案齐眉，似戏文上演的一般。

人生，其实不也如戏么？就如我与玄凌一般，演得久了，自然也入戏，外人看来如斯情深，唯余自己点滴在心头罢了。

言毕，玉隐与我一同去看玉姚。当我把"管溪已死"的消息告诉玉姚时，玉姚只静静听着，面无表情，仿佛是在听旁人的事一般。

我把一枚晶光灿烂的多宝戒指放在她面前，她的眸光倏然一亮，不自觉地把戒指团在自己掌心，痴痴道："他还留着，他竟还留着！"她猝然站起，发上一枚珠钗玲玲作响，满面急痛，"长姐，他还是想着我的，他没忘了我！我要去见他，你让我去见他最后一面！"她抑制不住喉头的呜咽之声，"长姐，他已经死了，我以后再也见不到他了。"

我心中一酸，拉住她道："你疯了！他自有他的妻妾在刑场为他哭丧，你跑去算是什么？"

玉姚急痛攻心，哪里肯听。她身子虽柔弱，发起狠来力气却大，玉隐见她挣扎，忙一把拦住，劝道："三妹醒醒吧！这戒指管溪何曾留在身边，是从他小妾柳氏的手上摘下来的。长姐怕三妹你伤心，还不让我说。"玉隐胸口起伏不定，"三妹忘了从前么？今日你这一步出去，便是叛族叛家，明日甄家就会成为京城里最大的笑话！"

玉姚停止了挣扎，静静怔在那里，如遭雷击，神色恍惚。玉隐虽情急之下口不择言，然而也是实情，眼见玉姚这个样子，也不免着了慌，忙唤道："三妹。"

玉姚紧紧攥着那枚多宝戒指，似要把它捏碎了一般："二姐，真是在别的女子手上摘下的么？"

玉隐长叹一声："柳氏是他第八房妾室。"她握住玉姚的手，"三妹，真的不值得。"

良久，玉姚轻轻"哦"了一声，那声音淡薄如雾："我再不会记得这个人了。"她的声音那样轻，仿佛不在人间一般，却是那样决绝。说罢，转身向内室走去。她的步履有些摇晃，似飘渺无依的一缕轻烟，旋即消失在屏风后。

玉隐抓着我的手心，颇有自责之色，悔道："是我急躁了。"

我安慰地拍一拍她的手，柔和道："你只是说了我不敢说的话罢了，且你是她姐姐才肯对她说这样的话。"

玉隐了然地点头："长姐回去歇歇吧，等下敬妃要来报这个月的账目。我也要回去了。"

我微微颔首："我会让人好好看着她，咱们姐妹几个，玉姚从前是最省心的，如今却最叫我担心。"

玉姚的生活重新回到那种心如枯井波澜不惊的日子。管溪的死，彻底使她的世界失去了颜色，喜悦的颜色，悲伤的颜色，统统不见了。我疑心她的世界其实只剩下了黑白二色，而回答我的，只有平静的木鱼声。

管文鸳的死像一瓢冰水"哗啦"浇进后宫这一锅沸腾不息的滚油里，突然几日内，所有争风吃醋的妃嫔全消停了下来，静静体会她的死带来的一切意味深长与欲言又止。而激起后宫中又一轮关注的，是昭媛安陵容为她父亲的哭求。

管氏一族的覆灭使玄凌有心整饬官员，而安比槐搜刮的八十余万两白银及十数处良田美宅，便是在这一次的彻查中被人告发出来。

吕昭容带了淑和在我处，淑和看着几个弟妹十分喜欢，笑语天真。我在廊下逗着一只白羽鹦哥，吕昭容笑道："你只看那只鸟儿，毛色倒是雪白，不知落在昭媛父亲眼中，这只鹦哥会不会被他看成是银子打的。"

"吕姐姐惯会笑话！"我折下一片吊兰的叶子逗鸟，"三年清知府，十万雪花银。何况安比槐是国丈，可是皇上的老丈人呢。八十万两白银算什么！"

吕昭容掩口笑道："他倒是肯当自己是国丈呢。那皇后的父亲算什么！这国丈也是他自封的，哄傻子罢了。皇上可没把他当国丈，照样废了官职关押起来。"

"若没有傻子，谁给他送银子、房子？女儿得宠最要紧，谁管他真国丈还假国丈呢？"

吕昭容起身过来，将一捋鸟羽："皇上正在管氏一族那些事的气头上呢，谁让安比槐一脑袋碰过来。他那知府又是皇上看安氏的面子才升的，安比槐倒好，也不珍惜这点恩赐，反而胡作非为的，不是打皇上的耳光叫人看笑话么？皇上的性子怎么受得了。听说安氏跪在仪元殿外脱簪待罪两天了，她倒也不像管文鸳似的嚷嚷，只是一味地哭。

"还是姐姐聪明，让你娘家父亲暗中留意，才抓住安比槐的痛处，否则安陵容也太得意了。"

吕昭容也颇为得意："要不是有娘娘筹谋，我抓住了安比槐的把柄也没用。"她笑着给镀金鸟笼的架子上添了点玉米，"这外头的天气凉了，光那风刮在身上也够她受的，娘娘可要去看看？"

我连连摆手："罢了。姐姐别去凑这热闹，万一皇上心软答应了呢。待她得势时候又给咱们脸子看。"

吕昭容笑了一声，也不以为意，只与我说笑罢了。

然而那一晚凤鸾春恩车接我去仪元殿东室之时，我便看见了陵容，她簪环尽褪，头发散开，素日或雅或艳的衣衫已换作一件无花纹的赭色素服，希望代父承罪。她已跪了两日两夜，听闻水米不进，整个人摇摇欲坠。

我经过她身边驻足，婉声道："妹妹何苦如此？到底自己身子要紧。"

她转脸看我一眼，淡淡道："姐姐不会连脱簪请罪的机会也不给我吧？"

"怎会？"我俯视她，妃红蹙金海棠花鸢尾长裙拖曳在她裙边，似是泥土中开出的艳丽花朵，"我只是担心夜深风露重，冻坏了妹妹，要不然从哪里跑出一只老鼠咬了妹妹，得了疫病可怎么好？"

她身子微微一颤，像是被风吹得冷了："姐姐笑话，仪元殿何来老鼠？"

"是。我忘了，牢狱中才有这些。我担心错了，不该担心妹妹，而是安伯父。"

李长躬身来请："娘娘，皇上已等着娘娘了。"

我嫣然温婉："好冷。为免妹妹被风吹坏了身子，我会去替妹妹求皇上的。"

我踱步进去，遗她一身风露。仪元殿锦香重重，玄凌伸手向我："朕等了好一会儿。"

我和婉道："看见安妹妹在外头可怜，臣妾劝了她几句。"

"她怎会听？"玄凌轻嗤一声，"此刻她心里只有她那个不成器的父亲。朕许他知府，给他升官的恩惠，他竟这般糟蹋丢朕的脸。"

我伸手抚摩他的脸颊："别生气，安比槐再不好也是安比槐之事，跟安妹妹什么干系，皇上让她起来吧。"

玄凌握住我的手心："你的手心这样凉，定是在外头和她说了好一会子话。"他呵气为我暖手，"朕何尝想责罚她，是她自己跪着要替父代罪。不成体统！"

我依在他肩头："皇上不要怪罪妹妹，她也是救父心切。"我问玄凌，"皇上会宽恕安比槐么？"

他轻哼一声："怎会？朕不会迁怒她，也不会因她宽恕安比槐。"

"妹妹已经水米不进两日，且不眠不休，皇上不怕妹妹有事？"

他唇角有冷峻的意味："妃嫔自戕是大罪，会连累家人。她不敢。"

李长叩门两声，轻轻道："皇上，夜深了，昭媛娘娘还在殿外跳舞。"

玄凌略略迟疑，踱步出去。

一舞如惊鸿，惊破当空皓月的辉映。陵容秀发飞扬，裙摆如旋开的花，舞于冰凉的玉阶之上，一任秋露浸染她月白的罗袜。

我暗暗心惊。记忆中，玄凌是无法抗拒这支舞的。

"嗯，真美！"他由衷赞叹。他宽袍缓带立于我身侧，始终神情如醉，眉眼间凝结着深深的赞叹与思慕。

我轻轻道："可惜。"他回头顾我，我盈然立于月光中，自顾自道，"这样好的舞，原不该与欲望纠缠。为了欲望而跳舞，已失了纯元皇后此舞的真意。"

良久的沉默，凝滞于三人之间。"纯，才是舞蹈该有的韵味。"他沉吟，取过衣衫披在陵容身上，以淡漠的口吻回应她期盼的眼神，"夜凉，送昭媛回去。"他来不及细看她沉重的失望，"朕会囚禁安比槐，你再求朕，朕一定会杀了他。"

　　自玉隐出阁那日起，玉娆唇边的笑意逐渐多了起来。每每对月临花，那些融融欢意便似轻悄的蝴蝶停在她眉梢眼角不肯离去。除此，她又多了一个酿酒的爱好，她喜欢把应季的花卉泡入酒中酿成美酒，而所用的，都是汾酒做底。酿得最佳的一味，是以红梅酿成的梅馨酿。

　　我曾经出言询问，她只说家中复兴，自然欢喜。而且她笑："长姐不是也喜欢酿桂花酒么？"与此同时，她离开未央宫的次数也多起来。直到那一日我与她从太后宫中请安出来，恰逢陪着德太妃来与太后说话的玄汾，在我与德太妃寒暄的片刻，他恋恋的目光掩饰着不时吻上玉娆的发际眉梢，我才解开心中积存的疑惑。我不禁莞尔，女儿家初萌的情意，如何懂得掩饰呢。

　　待回到宫中，我屏开众人问她："是什么时候的事？"

　　她脸上浮起的红晕给我的揣测以明确的答案，全不似她此刻含糊的回答："长姐说什么？"

"九王。"我明白无误地再次问她，"是什么时候开始的事？"

她扭着襦裙上柔软的丝带，凝神细想："大约……我也不记得了。"

我笑着猜测："是那日在昭阳殿他遮住你的眼睛，还是在观武台射落你的玉凤？"我思忖片刻，认真看她，"你不介意九王出身寒微？"

她将一将垂落的发辫，眉目如蕴日月之光，清凌凌道："汾也从未嫌弃我是罪臣之女。"

"汾？"我恍然忆起数年前的凌云峰，我这般唤那个对我一往情深、气宇如云中君的男子——清。我回过神来微笑，"这样唤他，已知情深。"我笑她，"我记得曾有人说，我情愿嫁与匹夫草草一生，也断不入宫门王府半步！可不知那人是谁？"

玉娆羞红了脸色，摇着我的手道："长姐莫笑我。"她咬一咬唇，"他和皇上，和岐山王不是一样的人。他……很好。"

"他的心意，你也这样确定么？"

玉娆点头："那日为二姐送嫁去王府，他也在。他说，他说……"玉娆说不下去，羞极顿足，"反正我是知道的。"

"若你们真有此意，我也可去问问太后的意思，请她老人家指婚。"我含笑嗔她，"只是不许你偷偷跑出去，被人知道了笑话。"

玉娆含羞答应了一声，飞跑回永宝堂中。

待她走后，槿汐问我："娘娘下定决心了么？"

我郑重颔首，沉吟道："皇上对玉娆的意思你我不是看不出来。趁现在事情还好办，把玉娆嫁出去也好。我思来想去，若嫁给寻常人家总是无用，只有嫁给皇上的亲兄弟才能彻底断了皇上的念头。否则终究是后患无穷。"

槿汐肃容道："这样也好。幸好四小姐与九王爷是两情相悦，到底也是省去了不少麻烦。"

这一日冬寒初起，我披了一件蜜蜡黄团锦披风，便带着三个孩子去太后宫中请安。太后抱着涵儿与润儿看了又看，喜不自胜道："润儿倒是越来越壮实了，可见你养育精心，想来德妃在天之灵也能有所安慰。"说着又叫芳若取出松软清甜的点心给几个孩子吃。

我卸去披风，只着一袭七成新的浅紫折枝梅花对襟缕银褙子。太后笑道："外头那件披风倒华丽，只是里头又穿得这么清寒颜色。冬日里是该穿些织金团花的富丽衣裳，看着也热闹些。"她又细看两眼，"哀家记得你这件衣裳还是去年冬天做的，怎么还穿着？"

我笑答："年节下必定穿得热闹些。如今来太后跟前请安，正是为了一家人的缘故，才不须着意打点的。何况这衣裳也不旧。"

她笑吟吟道："到底是你当年懂得节蓄，织造局如今做敏妃的衣裳也够呛了。"说罢道，"皇上最近还去安氏那里么？"

"也不常去，一月里不过去上两三次。"

太后颔首道："那也罢了。"

我正思忖着如何开口，外头帘子一掀，却是庄和德太妃扶了宫女的手进来，才看了我一眼便抿嘴笑："淑妃也在。"我忙起身见礼。

寒暄过几句，因这日太妃穿着一件新做的瑰紫织金五彩云纹西番莲帔裳，众人忍不住赞了几句，又道瑰紫衬得太妃愈发有精神了。太妃笑得合不拢嘴："那日我在织造局选料子，正好碰见淑妃家的四小姐也在，替我挑了这样一个颜色。我原说年纪大了压不住瑰紫这样艳的颜色，她便说拿了这个颜色去织金便显得大气，再绣五彩丝线的纹路便不死板了。今日做出来一看果然好，到底四小姐有眼力。"

我忙谦道："太妃过奖了，小孩子家能懂什么。"

太妃笑着看我一眼："这样灵巧的丫头你还说不好，你若嫌不好，我可要去做儿媳了。"我心中一动，果见太妃拿眼瞧着我直笑，旋即明白必是玄汾求了她来。太妃笑向太后道："汾儿如今也大了，那天看老六那孩子都娶了侧妃，我难免动起这个心思来。汾儿不是我亲生的，我可不敢耽误了他叫顺陈太妃埋怨，是该物色起人家来了。我倒瞧着甄四小姐机灵乖巧，很不错呢。"

太后打量她片刻，呵呵一笑："玉娆那孩子哀家也喜欢得很，如今甄家又兴旺起来，门楣既高了，来求亲的人家也不少了。前两日瑞安郡王家的老太妃来见过哀家，倒是说起瑞安郡王的年纪不小，哀家倒有心撮合跟玉娆一对呢。妹妹可不早说，我要知道你有这意思，必然也不和老太妃提了。"

德太妃闻言便有些讪讪："我也不知太后已有心了，真是冒昧。只是瑞安郡王的封地远在青海呢。"

我心中一惊，才要说话，太后看了我一眼道："青海是远了些，但王府里到底也金尊玉贵的，不会亏待了孩子。"她又笑，"淑妃的二妹才嫁了老六，再来一个妹妹，岂非她甄家的好姑娘全进了咱们家？有好儿也别独吞呢。等开了春，哀家再好好为汾儿留意个名门闺秀。"

德太妃闻得如此，也不好再开口，略坐了一坐便告辞了。

太后见阁中只有我，方才施施然道："玉娆是你的妹妹，哀家很想听听你的意见，是嫁与瑞安郡王好还是平阳王好？"

我沉吟不语，只揣测太后对这件事到底已知道多少。一息冷风从半扣的朱漆菱花长窗下穿过，太后的声音仿佛也沾染了初冬干涩的冰意："你那样聪明，应该知道皇上对你妹妹的心思。"

仿若一卷冰浪迎头痛拍而下，我激灵灵一冷，无言以对。

太后叹息一声："哀家自己的儿子又怎会不明白他的心思，又何尝不知道玉娆是个好孩子。只是……"她皱纹暗生的苍迈容颜内有沉重的痛惜，"这孩子太像已经过世的纯元皇后，脾性又似初入宫时的华妃。哀家怕皇上不能自已。已经有过一个傅如吟，哀家不敢再冒险了。"

我俯身跪下，沉静道："太后，玉娆没有要为皇上妃嫔之心，她连想都没有想过。"

"哀家知道。哀家还知道若非玄汾对你妹妹有意，今日德太妃也不会来开口。"

"九王的确有心。"

太后起身行至窗前，望着窗外无叶片点缀的干净枝条："正因为是九王，哀家才不允许。兄弟若为女人而起纷争，哀家断断容不得。"她的声音沉着而有力，一字一字敲在我心头，"你妹妹若在京中嫁给寻常臣子，难保皇上不会再眷恋，而瑞安郡王是皇上的从弟，他总不至于抢占弟媳。所以，眼不见为净，远嫁青海是最好的办法。"

我心中大震，急急唤道："太后！"

"哀家知道你舍不得。"她挽我起身，"可是，皇上不能纳玉娆。纳了她会有再蹈傅如吟之祸的可能。且如你所说玉娆无意于皇上，逼急了难保会做出什么伤害皇上的事。所以这件事哀家先知会你，等过了夏天瑞安郡王亲自进京时，哀家自会安排。"

我背脊上如被芒刺刺满，嘴唇微微动了动，终究未发一言，黯然告退。

我一言不发回到宫中，急命小连子去请玉隐入宫。

玉隐匆匆到来时尚不知何事，听我细细说完，不禁蹙了眉头："太后既有了这意思，只怕不好办。但是长姐，玉娆既与九王两情相悦，若生生隔离还嫁去青海这种不毛之地，只怕我们姐妹也终身不得相见了。"

玉娆听完反而沉默不言，良久，才吐出一句："我不会去。"

我道："自然知道你不肯去的。否则明年新酒酿成，你的梅馨酿还巴巴地从青海送来么？"

玉隐愁眉深锁，攥着绢子道："爹爹与母亲知道了不急死才怪。先不能跟他们说呢。"

我道："自是先不能说。此事太后还在思虑，说明或许还有转机，我们且不急。最坏的打算瑞安郡王也要等明年夏天以后才会进京。要紧的是这半年不要逼急了皇上先对玉娆开口，才好慢慢筹谋。"

我心里细细盘算着，平阳王玄汾是先皇幼子，生母顺陈太妃出身寒微，曾是绣院一名针线上的织补宫女，终先帝隆庆一朝，最高的位分亦不过是恩嫔。虽然得以晋了太妃，完全是儿子的缘故。饶是这样，平阳王自幼也是由早薨的先头五皇子的生母庄和德太妃抚养长大的。如今甄氏一门在前朝虽然人丁凋零，但却是本朝仅次于朱氏的贵戚之家。我身为正一品的淑妃，协理六宫事务，膝下所出又是最多的，两位帝姬，一位皇子，又养着眉庄的予润。在外人眼里，何尝不是我手中有着两位太子的人选。

顺陈太妃为了儿子的前程计自然是千愿万愿的。平阳王这一生也是受了生母不少连累，而庄和德太妃自己没有亲生的孩子，为了自己将来在后宫安老的日子，虽然不敢明里得罪了太后，但心里定是十分赞成的，否则今日也不会主动向太后提起。如今，只是太后那一关难过，除非……我心下一动。

如今我在深宫里，执掌着六宫事务，要见一见九王自然不会十分困难。只是太后已经知道了他与玉娆的事，我为着避嫌，也为了防着犯太后的忌讳，反而不能出面了。而且这话，必定要至亲去问才好。玄凌自然不会，岐山王虽长，却是个最怕事不过的，怎肯得罪太后。

我思来想去，如今肯帮忙又帮得上忙的，只有他了。轻轻地叹了一口气，玄清我多么不愿意给你添一丁点的麻烦叫你担心我，可是总是不得不麻烦你要你扶持我。

我微微怅然了片刻，然而多少事，根本由不得我怅然，于是扶着玉隐的手起来，极轻声地道："这件事，唯有请你和六王帮忙，另外还得去向九王问出一句准话来。"

这句准话，由玄清向玄汾问到了。是最让我与玉娆安心的一句话："我心匪石，不可转也。"

有他对玉娆如此心意，费尽心机也是值得的。

玉娆辗转听到这句话后虽然十分感动，然而未至落泪，她笑吟吟向我道："我早知道他的心意。"

那样笃定，连我与玉隐也欣慰良多。

宫中暂无选秀之事，年下嫔妃朝见时并无新人，加之安陵容渐有失宠之势，陪伴玄凌的唯有敏妃与馀容娘子最多。因而作为清河王侧妃的玉隐联络各家亲王王妃，各选了一位妙龄女子入宫，因是王府举荐，我也不便薄待，请旨之后皆封作常在。岐山王府推荐的罗氏为瑃常在，清河王府推荐的祝氏为瑛常在。

两位常在入宫倒是喜事，各家王府为进宫嫔，皆是挑了妍丽多慧的女子。瑃常在擅弹月琴，瑛常在尤擅筚篥，入宫后便一同住在玉屏宫中。两人一团锦绣，玄凌又喜她们新鲜可人，每每闲暇时便逗留于玉屏宫，于是两人入宫不过两月便已从才人、美人成为正六品贵人，尤以瑛贵人祝氏最得恩幸。恰逢贞贵嫔缠绵已久的身子终得痊愈，玄凌欢喜之下便晋了她为九嫔之一的淑容。然而六宫里议论起来，总说安陵容所得恩宠虽已大不如前，但皇上长女的生母吕昭容与二皇子之母徐淑容皆在位序上排列其后，总叫人愤愤不平。

而馀容娘子亦在新年时晋为贵人，连封号亦不更改，人皆称"馀容贵人"，领尽风骚。或许从这两字的封号更看出玄凌对她的宠爱，自从那日观武台驰马之后，玄凌对赤芍的爱重日益明显，即便新人入宫，也未曾分去她几许恩宠。

玄凌新得三美，往我宫中走动自然少了些，新年中事多忙碌，后宫如此，前朝也如是。大年初一那一日立予漓为齐王，予沛为晋王，予涵为赵王，予润为楚王，四王并立，尤其是襁褓中的三子与长子一同封王，前朝立长子予漓为太子的言论也逐渐平息了不少。

时光匆匆弹指，转眼又是一年春来了。

乾元二十三年的春天来得特别早，春雪才消，暖风一吹，上林苑又是春光使人忘倦了。

这一日玄凌宿在柔仪殿中，晨起无事，他斜在床头看我梳妆。晨光中，相顾亦有温柔。

我簪好一枚珠石兰花在鬓边，隔着窗子问外头的品儿："四小姐呢？"

品儿道："一早取了纸笔说去画画了。"

我转首看外头春色深深，心中已有几分计较，笑向玄凌道："皇上可愿同去流连春光么？"

他欣然应允。我们携手穿行于芳草鲜美的林间，踏着新生的绿草分花拂柳而行。不时有香花停驻在我手心，他或者折下一枝别在我的衣襟。光影斑斓中的他恍惚有我们初遇时的恬和，然而在春光似旧时的感慨中，这点莫可名状的缥缈情怀终如晨曦的轻舞，会得消散。

倏然，我与玄凌止步，立于几株玉兰树下，目光被吸引。

太液池边，杏花叠影处，有一对青年男女并肩而立。

也不知他们站了多久，两人身上落满了粉色的杏花，那清艳柔和之色轻柔地依附在他们的头发、脸庞和衣衫上，似有温柔的雪花将他们覆盖。

少女的手中握了一支笔，似乎在画着太液池无边春意闹。而男子则在旁偶尔与她耳语几句。他每说什么，那少女便侧首向他一笑，或是嘟着嘴呢喃几句。两人的脸颊皆有绯红颜色，像是春风习习，把周围如云霞般的千瓣粉色开在了脸上。

他们专注于这般宁和愉悦的交流，对我与玄凌的驻足凝望浑然未觉。面前太液池春波碧浪，身后杏花如雪纷繁飘落，远远一带太液烟柳鹅黄嫩绿。万木含翠，春和景明。其实何必再画，年少春衫薄，身在其中的韶华儿女原就是最好的一幅春意盎然图。

周遭一片寂静，春风掠过我身边的一株玉兰树，嫣紫粉白的花朵飞旋落地，发出轻微的"扑嗒""扑嗒"的声响。我悄悄留意玄凌的神色，一丝莫名的恼怒横亘于他眉心，然而，亦有一丝温柔神往滋味。

男子为她拂去身上落花，挑出一朵开得最好的轻绡似的杏花，别在少女发髻上。

她轻轻"哎"了一声："别闹。"她临水照花，假意嗔怪，"现下拿朵杏花来插我头上，必是把我的碧玉凤钗给丢了。"

"怎会？"男子正色道，"那是你的东西。"

少女红着脸轻轻啐了一口："我的东西多了，你那天偏要射我的玉凤凰。"

男子脸上素有的孤清之气消弭殆尽，他眸光明亮，举动爽朗清蕴，似林下青松，他脸色微红："因为六哥说过，凤凰于飞，和鸣锵锵。"

少女再不言语，低下头含笑，那笑意好似刚刚破冰融出的蜿蜒春水，如此温柔清澈。良久，少女不再笑，她蹙眉叹气："长姐问过太后的意思，太后并不赞同我和你在一起。"

男子正色道："太后若不许，我便一直求她。她若不允，我便和六哥一样一直不娶。总之，我辜负你，也不娶旁人。"

少女愀然不乐："你是亲王，怎会只娶一女。你看你皇兄便有那么多嫔妃。"

男子容色肃然，诚恳道："男儿有信，我绝不另娶旁人。"他停一停，"六哥婚宴那日我便和你说过，我只等你。"

少女轻轻叹息一声，男子看着她道："我知道尘埃未定，你总有许多的不放心。那么我只答你一句。"他握一握玉娆指尖，"你放心。"

少女粲然一笑，轻轻道："我知道。"

玄凌的沉默似摇落在重重秋霜里的薄薄芦荻，良久，他凝视我妆容精致的双眼："你是故意叫朕看见的么？"

我坦然回视着他的目光："无须故意，这样的事每天都在发生，迟早会传到太后耳中。"我停一停，"所以，幸好今日是皇上看见。"

"太后是不会允准的。"

我毫不退却："如果是皇上请求，太后会允准的。"

"朕不会去。"

"四郎。"我柔声唤他，"如此情状，像不像嬛嬛与四郎当年。情醉如此，四郎与嬛嬛都是过来人，何不成全他们？"

他眸光如电，似想把我看成水晶透明人："淑妃，你那么聪明，应该看出朕对玉娆的心意。所以你设法阻止。"

我伸手一指："如此情景，并非臣妾可以阻止。皇上，你那么聪明，怎会不知襄王有意，神女无梦。"

他一怔，默然道："朕自有办法。"

我退一步，恳切道："即便皇上有办法，也请问问玉娆的心思。若不然，勉强又有何益，九王又是您的亲弟弟。"

他拂袖而去，再不回答。

我忧心忡忡回到柔仪殿，见玉娆口角含笑回来，亦不愿对她明说惹她不快。而玄凌，也接连几日不再踏足柔仪殿。

这样的僵持在数日后以他的到来而打破。彼时玉娆正在我身边练习抚琴，她醉心于《诗经》的《淇奥》，把它谱做曲子来弹奏：

> 瞻彼淇奥，绿竹猗猗。有匪君子，如切如磋，如琢如磨。瑟兮僴兮，赫兮咺兮。有匪君子，终不可谖兮！
>
> 瞻彼淇奥，绿竹青青。有匪君子，充耳琇莹，会弁如星。瑟兮僴兮，赫兮咺兮。有匪君子，终不可谖兮！
>
> 瞻彼淇奥，绿竹如箦。有匪君子，如金如锡，如圭如璧。宽兮绰兮，猗重较兮，善戏谑兮，不为虐兮！①

玄凌在窗外聆听良久，微笑进来："弹这曲子，玉娆已经有了思慕的君子了么？可知朕为君子，很喜欢弹琴的玉娆。"

她对着玄凌从来是清冷如霜的神情，偶尔有客套的笑意也似云层间漏下的一隙泠泠月光，没有温度，且遥不可及。此刻含嫣一笑，恰似破云而出的温暖日色："皇上喜欢臣女，是傅婕好的缘故么？"她以手抚腮，"听说臣女和她长得很像。"

"你并不像她。如吟更多些缠绵娇妩。你射箭时的英气妩媚和朕从前的华妃一模一样，都有一股天不怕地不怕的劲头。但论容貌……"玄凌凝望她的目光多了几分深刻的眷恋与痴痛，"你很像朕的妻子。"

玉娆一愣，不觉疑惑："臣女与皇后并不像。"

玄凌点头，尾音的咏叹里有无限感伤："她是皇后，不是朕的妻子。朕的妻子，她很早就带着我们的孩子离开人世了。"

我从未见玄凌这样沉浸在回忆与情感的交织中与旁人安静说话。那种亲厚的感觉，有一隙的恍惚，我觉得自己只是一个外人，远远看着他们说话。仿佛我与他的情感从来都是无关的。

---

① 《淇奥》一诗赞美德才兼备、宽和幽默的君子，充分展示了男子真正的美在于气质品格、才华修养，表达永远难以忘怀的情感。

玉娆秋水般澄净的眼眸乌溜溜一眨:"我知道了。皇帝可以有很多皇后,但是妻子只有一个。"

玄凌怜惜地瞧着她:"你很聪明,像你的长姐。"

"那么长姐呢?"她的目光中透出一缕狡黠。

玄凌远远望着我,语气温柔:"你长姐是如今朕身边最重要的女子。"

我对他报以同样温柔的一笑,心底泯出一点稀薄的暖意。经历了那么多事,为他悲喜绝望,也为他生儿育女,日子长了,总有点情意。

玉娆眉心一动,似是对玄凌的回答不以为然,只道:"皇上说的华妃可是被抄家灭族的慕容家那位么?"她问,"皇上既赐死了她,怎么还想着她?很喜欢她么?"

是很久远的事了吧。每每提起华妃,记忆中最深刻的仍是那满壁如桃花般凄艳的血红和她临死前那种绝望哀艳的神情。玄凌的神色有瞬间的茫然:"当年,她也是个很可爱的女子,即便以后因为家族和野心不再可爱了,可是朝夕相对久了,总是有几分真心的。"他转过神来,忽而粲然一笑,"你问了朕那么多女人,可也想做朕的女人么?"

我心中狠狠一揪,玄凌终于问出口了。我待要说话,玄凌向我一摆手,温和道:"朕想听她自己说。"

我无奈噤声。玉娆并未像我想象中一般恼怒,她轻轻一笑,露出一点莹白如玉的贝齿:"臣女很羡慕皇上的妻子。"

"哦?"玄凌颇有兴味,"为什么?"

"皇上的妻子虽然早逝,可是皇上心里只认她一人为妻子,时常想着她。"她停一停,认真地瞧着玄凌,"皇上喜欢臣女,是不是?"

他点头,眼里有浅浅的笑意:"是。"

玉娆点点头:"臣女自小便有一个愿望,希望成为心爱的男子的妻子。不是妾,不是最重要的女子,而是唯一的最爱的妻子。只可惜,皇上已经有自己的妻子,不能满足臣女的愿望了。臣女也希望自己有朝一日可以做到,而不是永远羡慕皇上的妻子。"

他的目光渐渐凉下去，唇角却依旧含笑："朕说过，你很聪明，很像你的长姐。"

她摇头："这不是聪明，而是事实。皇上若喜欢臣女要把臣女留在宫中，那么可以给臣女什么？贵嫔？昭仪？还是贵妃？抑或废了皇后让臣女入主凤仪宫？"她笑，"皇后也不过只是皇后，并非皇上的妻子。恕臣女多嘴，皇上与您的妻子都很喜欢彼此吧？"

玄凌默然颔首，眼中多了几分旖旎温柔："两情相悦。"

玉娆起身，郑重下拜："请皇上赐臣女这样的福气。"她的眼中有晶莹的泪光，"臣女虽然身份低微，但与九郎两情相悦。臣女不敢请求皇上让臣女做九郎的正妻，即便赐臣女做他的侍妾也无妨，只求皇上能让臣女与九郎在一起。"

玄凌的面庞上渐渐浮起一层讥诮之色："你不是只愿做他的妻子么？"

玉娆仰起头，光洁的脸庞因为坦荡和爱悦的欢欣生出一层奇异的明亮光辉："皇后是皇上名分上的妻子，皇上却不把她视若妻子；臣女虽然来日并不能成为九郎名分上的妻子，可是他心里只有我，我心里也只有他，臣女知道九郎不会再娶别的女子。臣女是他心中唯一心爱之人，不就是他的妻子么？"

"九郎，"他唇齿间轻轻玩味着这个亲昵的称呼，起身至我跟前，抚上我的脸颊，"你也常唤我'四郎'。"

我平静地抬头注视着他，眸色如波："那是对心爱之人才有的称呼。"

他不置可否，只向玉娆道："你起来吧。"

玉娆纹丝不动："臣女知道皇上喜欢臣女。既然喜欢，就要成全对方的心意。除了皇后，皇上身边还有很多女子，死去的，活着的，都占据着您的时间与记忆。臣女入宫不久，便已看见长姐受了这么多风波周折。长姐虽然是皇上认为最重要的女子，却也过得如此辛苦小心，臣女不愿将来也过这样的日子。"她再拜，"皇上的喜欢难能可贵，臣女不敢辜负。但世间的喜欢并非只有男女之情，请皇上像喜欢小妹一般喜欢臣女吧。"她取出玄凌赠她的玉佩，"这是皇上交由臣女保管之物，臣女完璧归赵，也请皇上成全臣女与九郎夙愿。"

玄凌没有取过，只道："是朕赐你的。"

他离开的步伐有些沉重的疲倦，"嗒嗒"地留下一地的忐忑。我扶起玉娆，轻轻道："只能做到如此了，我们已经尽力。"

玉娆的容色有单薄的憔悴，却透出一层绯红的坚毅："我知道。如果皇上因此迁怒汾，宁为玉碎，我必不独活。"

三日后，甄玉娆赐婚为平阳王玄汾正妃的旨意便传遍六宫。平阳王玄汾再赐食邑十万户，生母顺陈太妃晋为顺陈贤太妃。为振女家门楣，封甄玉娆为正一品嘉国夫人。向来晋封嫔妃家眷为外命妇是正二品妃位起才有的殊荣，妃位家眷为正三品郡夫人，四妃家眷为正二品府夫人，皇后家眷才为正一品国夫人。昔日我为贵嫔又得身孕，才破例赐娘亲为正三品平昌郡夫人。后来家破人亡，娘亲的封诰也被褫夺，即便回京后再得晋封，娘亲也不过是正二品乐平府夫人。旨意又道"淑妃嫁妹，可按郡主出嫁之仪备办嫁妆，以丰妆奁"，可见玄凌对玉娆的厚爱。

我手中握着圣旨，含泪欣慰道："能得如此，已是意外之喜。"

玉隐小心翼翼地抚摩着圣旨，叹道："有情人终成眷属，皇上也算做了件积福的事。"

我点头："除了皇上，谁还能说动太后。"

人云玄凌在那天夜里向太后请安时提起指婚之事，太后颇为吃惊，问起缘由，玄凌只道："姻缘天定，何必叫人伤心，抱憾终身。"

太后沉吟良久，又问："甄氏复兴，她义妹已是六王最钟爱的侧妃，妹妹又成亲王正妃，皇帝可曾想过她姊妹地位过盛？"

玄凌道："侧妃而已，算甚尊位？九弟是父皇幼子，生母寒微，素不问政事。淑妃娘家虽然复兴却甘于恬淡，不握兵权。她小妹嫁与九弟很是相宜，也是为顺陈太妃增光。"

太后仍是犹疑不决："皇帝若自己有意，无谓伤了兄弟之情。"

玄凌只黯然道："姐妹相继入宫是好，但儿臣已有过宛宛与皇后，无福亦无意再如此了。"

如此，太后再无异议。

旨意一出，宫中人人道"淑妃嫁小妹，天子娶弟妇"，乃是少有的佳话，甄氏一门再结皇亲而更加煊赫鼎盛。宫中人人往来道贺，直把未央宫的门槛也踏破了，玉娆害羞早躲了起来闭门不出，只留我迎来送往，不胜疲乏。

终于，一月后，在春光如画中，玉娆出阁为平阳王正妃。

宫中煊赫三日，我与玄凌亲临平阳王府主婚，大醉而归。

车马的辘辘声在宁静的永巷中驰骋，我微有醉意，靠在玄凌身上，平息心口的酒意。辗转忆起方才席间，我与玄凌，玉隐与玄清，玉娆与玄汾，似乎三对佳偶天成。玉娆与玄汾情深义重，而其余的，终究只是似乎而已。

车马颠簸的瞬间，我忍不住晕眩。玄凌轻轻叹息，抚着我的背道："嬛嬛，你过得很辛苦么？"

"还好，"我抵在他胸前，静静道，"若真有辛苦，也有臣妾甘愿承受的缘由。"

他的下颌抵在我额上，冰凉圆润的南珠硌在肌肤之间，只听他问："是为了朕么？"

我不语，安静闭上眼眸。是与不是，谁又能真正猜尽对方的心呢？

然而，我还是颔首回应，收获他情深之语："有你，朕愿成全玉娆。"

贰伍 陵容

这一日天气极爽朗。入夏以来一直荫翳多雨，连绵的雨季盘桓不去，日日对着绵绵雨落打红墙，这股阴冷潮湿的气味真是腻味到了极处。

因着天气好，去皇后宫中请安的妃嫔便到得格外早。一个个衣衫鲜亮、花容妍丽，团团围坐在昭阳殿里，便是格外地热闹。

因早朝散得早，玄凌下了朝就往皇后的凤仪宫里来。一众妃嫔见玄凌来了，于是笑靥愈加甜美，声音也格外动人，一如繁花竞艳，芳姿婀娜。

我依旧坐在皇后下首，与玄凌见过了礼，只安静微笑坐着，听妃嫔们说着俏皮话儿逗趣。

玄凌拉了我的手问了几句涵儿与灵犀的状况，不外乎是昨夜睡得好不好，早起早餐进得香不香，又问润儿还哭不哭。

皇后在一旁莞尔微笑，道："皇上日日都要见上三个孩子的，还这样放心不下，当真是慈父情怀。"

我向上挑起的唇勾勒出一朵笑纹："不只皇上，臣妾这个做母亲的就算日日见着几个孩子，也总有操不完的心。"我笑向徐淑容："妹妹一定也如是。"

徐淑容恬静微笑："我只有一个孩子，终究是姐姐辛苦。"

皇后端详我片刻，淡淡笑道："是啊。本宫瞧淑妃这样操心，人也憔悴了些呢。到底是做母亲了，事事都要思虑周详。"

我听皇后语中大有讥嘲之意，只作不觉，依旧笑道："皇后娘娘母仪天下，是天下所有臣民的母亲，要操心烦忧的事，自然比臣妾多得多了。"

玄凌随口笑道："皇后长久没有做过生身母亲，自然也早已淡忘了照顾年幼孩儿是如何烦琐劳累了。"

我的话，本不过是讽刺皇后年老色衰。玄凌无心之语，却是大大刺痛了皇后的伤处，她是有许多年没有做母亲了。即便膝下有皇长子可以照顾，那，到底也不是她的亲生骨肉啊。

皇后的脸色果然有一瞬间失去了血色，苍白得骇人，可是很快恢复了过来，依旧那样宁静而祥和地笑着："是呢。皇长子大了。"

皇后忽然站立起身，敛衣稳稳行下礼去。她的姿势端庄而完美，有刹那的炫人眼目。玄凌也是一怔，意外道："皇后好端端的为何要行此大礼？"

皇后的妆容和她的笑容一样无懈可击，她的声音沉稳而略带喜悦，缓缓地贯入在场每个人的耳中："臣妾恭喜皇上，景春殿安昭媛身怀有孕，太医诊脉已四个月了。臣妾恭喜皇上，后宫又传佳音。"

一语既出，四座皆惊。

难怪安陵容已有两日未来向皇后请安，皇后也只推说她身子不爽，原来竟是有了身孕。

我心下生恨，皇后瞒得好周全，竟然连一丝风声也不露。单等安陵容有了四个月的身孕，胎象稳定之后才一举道出。哪怕再有人要动陵容腹中骨肉的主意，也难轻易找机会下手去。

玄凌果然高兴不已，忙扶了皇后起来问："果真么？"

皇后笑吟吟道："是。太医已经诊过脉了，千真万确。"众人忙屈膝向玄凌贺喜。

敬妃上前几步，笑容和悦道："恭喜皇上了。只是安妹妹也真是，有了身子也不早说，倒叫我们姐妹晚欢喜了好几个月呢，皇上说是不是？"

陵容乍然有孕，仿佛晴天霹雳一般，这样意外，把众人都惊了一下。如今敬妃和颜悦色一番话，也道出了众人心底的疑惑。

皇后淡然道："安昭媛的身子本来就弱，月信紊乱，连自己怀孕了也到了三个月时才晓得。她父亲还在狱里，她也不敢张扬。也是本宫有意防范着……"说着，皇后的目光有意无意地就从我脸上扫过，带着锐利的芒刺，"从前恬贵嫔和淑妃小产，都是防范不周的缘故，才叫奸人得逞了。这些都是教训。如今宫里好不容易有了几位皇子帝姬，本宫不得不防着，以防哪个妃嫔错了主意，又走当年悫妃的老路。"

皇后的话里有深意，自然人人都听了出来，目光不由自主便落在了我和徐淑容身上。她语涉悫妃，就是意指几位有皇子的妃嫔，而在座有皇子的，不过就是我和徐淑容二人了。

我心下大恨，皇后好毒辣的心思，一早就把矛头指向了我。若以后安陵容的胎儿有了什么变故，我第一个脱不了干系。

我强自压下心头的怒火，保持着最得体的微笑温言道："皇后说的正是呢，皇嗣是最要紧的事，一定要好好周全了才是，半点也马虎不得的。臣妾奉旨协理六宫，一定尽心协助皇后，保全安昭媛的龙胎。"

玄凌握一握我的手，仿佛是为我刚才所说的话感到欣慰。

皇后道："淑妃这样明白大体，真是再好不过了。"说着转向玄凌道："皇上，如今安昭媛有孕，依照祖制要晋封一级，是该进为正二品妃位了。"

玄凌瞥见一旁蕴蓉含恨的面容，沉吟片刻，道："如今正二品妃位已足，再进妃位恐怕不大好吧。"

皇后道："妃位已有端妃、敬妃、敏妃三人是不错，只是祖制所定晋封之事，破例再添一妃也无妨，何况端、敬二妃虽无从一品夫人名位，却是享夫人之礼的。若是不为安氏晋封，只怕六宫里议论起来她是为她父亲所连累，越发叫昭媛伤心，如何还能安胎呢？"

我又惊又怒，正二品妃位已足，破例添一个安陵容已是过分，更可怕的是，再提起她父亲与安胎之事，为保皇嗣，也为宽安陵容之心，只怕不日便会把安比槐受贿之事一笔勾销。万一陵容要生下了皇子，那么皇后手中就有两个皇子，把握更大。无论哪一个被立为太子，我与予涵、予润都将无葬身之地。我心潮起伏，一时转了千百个念头，脸上却依旧微微笑道："皇后心意已定也就罢了。从前安妹妹的封号都只以姓为号，如今有了身孕身份贵重，是该让内务府好好拟了封号来选，才显得郑重其事啊。"

皇后见我这样说，颇有些意外，打量了我两眼，道："就让内务府去办吧，淑妃有心了。"皇后似乎感叹，"如今六宫妃位多悬，正二品的妃位上能四角齐全也是你们四人之福。"

如此这般，众人也便散了。

我回到宫中，才把一路维持着的笑容放了下来。早有伶俐的小宫女上前来捏肩捶腿伺候着，只槿汐笑着端上茶来："娘娘去皇后宫中请安，虽是来回有车辇，也是辛苦了。这茉莉花茶是早起泡开凉着的，现在喝着味道是最好的，娘娘尝一尝吧。"

彼时晴光缕缕如万匹柔软的丝绸飘扬飞散。我所居住的内殿后苑，初开的栀子花雪白如新雪初绽，半开或含苞的花朵明光皎洁，掩映在碧绿枝叶中，煞是好看。连整个柔仪殿，也被染上了这样清淡的芬芳气息。这样好的美景，我却是无心欣赏了。

品儿见我不愿一顾，道："娘娘若不喜欢这栀子花，花房才送来了几盆绣球，团团簇簇的好看得紧呢。"

我心里不耐烦，挥了挥手全让她们下去了，只留了槿汐在身边。

我缓缓喝了一口茉莉花茶，只觉得喉咙到心肺都滋润甘甜了，才一字一字道了出来："安陵容有孕了，已经四个月。"

槿汐一怔，手中的水险些洒了出来："她不是用过息肌丸么？怎么还会有身孕？"

我皱眉烦躁："这东西虽然伤身子，却未必会绝育。"

槿汐道："宫中才添三位皇子，不过一年安昭媛也怀上了，皇上想必高兴得紧。"

我"嗯"一声道："何止高兴，连皇后都亲自开了口要给她正二品妃位，当真是荣光无限。"

槿汐见我只握着茶盏，沉吟道："四个月了，怕不好动手呢，太冒险了些。"忽而一笑，"四个月了才说出来，可见她们防范得紧。"

我嘴角微微上扬："可不是。只见皇后今日说出这桩喜事的隆重，就知道安陵容的胎对她有多重要。"

槿汐十分明白："皇长子到底资质平庸了些，饶是皇后请了多少博学鸿儒这样精心调教，也不见有多大的起色。如今宫中已有四位皇子，再不是皇长子一枝独秀的年月了。再者，安氏已被冷落许久，要自己翻身，要救她父亲，桩桩件件都着落在这一胎上。"

陵容这一突然怀孕，陡然生出了多少变故。平地波澜，叫人措手不及。又有多少人的命运，要被她腹中的胎儿所影响了。

我沉思片刻，道："叫小允子去打听打听，皇上如今是否在她的景春殿里头。"

槿汐应了出去，过了些许时候小允子跟着进来回道："皇上和皇后都在景春殿里。遥遥外头都听得到里头的说笑声呢。"

我沉着脸拨弄着护甲上的珍珠坠子，静静道："知道了。叫人把这话传到六宫的耳朵里头去，尤其是最后一句，传得越热闹越好。"

小允子领命出去。我又喝了一口茶，转脸问槿汐道："这茶出得挺好，还有么？"

槿汐笑道："知道娘娘喜欢，备下了许多呢。"

"有就好。好好准备着，等下必定有客过来，也好请她们好好品尝一下。"说着，起身去东殿看三个孩子。

不过一个时辰，小允子就进来禀报，端妃、敬妃和吕昭容一起过来了。我整了整衣衫出去，三人都已经在柔仪殿了，见我出来起身要行礼。我忙拦住道："咱们姐妹客气什么，何况都这个时候了，还闹这些虚文作甚？"于是请了三人坐下，吩咐槿汐道："去拿茉莉花茶来，这样一路赶来，别中了什么暑气才好。"说罢不免出奇："端妃姐姐是难得出门的，今日也来了？"

吕昭容性急，道："端妃姐姐在宫中资历最深，今日出了这样的事，少不得要请她来。"端妃淡淡一笑，只是不语。

敬妃等人接过茶盏也无心去喝，只稍稍抿了一口，忧色浮上眉梢，道："娘娘的茶固然好，只可惜现下也无心好好去品味了。"

吕昭容最沉不住气，憋了片刻，"砰"一声拍在桌面上，头上珠翠亦琳琅作响："各位姐姐心里烦恼嘴上却不说，我这个人却眼里揉不得沙子。安陵容门楣又低，人又狐媚，专会掩袖工谗。已经封了昭媛了还贪心不足，冷不丁蹦出来说有了孩子，竟要封妃。"

我轻声道："姐姐小声些，怕不让人知道你恼她么，她正在兴头上，平白惹出这些是非来做什么？好歹你也是淑和帝姬的生母，谁敢动你分毫。"

吕昭容怔了片刻，颓然伤感道："我是不中用了，年纪又长，圣眷又不隆重。要不是有淑和，皇上只怕早忘了我这个人了。当初九嫔之首给了资历比我浅的胡蕴蓉，那也罢了，谁叫人家是晋康翁主的女儿，身份尊贵，我也没得说。后来安陵容与我同为九嫔，又是昭媛，我这个昭容还排在她后头。现下她骤然要封妃，以后生下了至少也要封个从一品的夫人，竟要大大越到我的头上去了，还有我与淑和的安稳日子过么？"

吕昭容向来不喜安陵容，两人之间多有龃龉。本来陵容颇得圣眷，心思又细腻，吕昭容就处处落了下风。若他日安陵容凌驾于她之上，难保她与淑和帝姬没有许多苦头吃。也难怪要这样气急。

敬妃听她说的也是实情，不觉蛾眉深锁："她父亲因贿入狱至今还没放出来，这样的家世实是不能封妃，到了九嫔也算是极有恩遇的了。本来就算是有身孕，不晋封也没什么。"

吕昭容目中骤然一亮，喜道："三位娘娘或是现下掌着协理六宫之权，或者曾经也掌管过。咱们好好想想，先祖的成例里头有没有驳回的例子？"

敬妃摇头道："皇后已说了是特别破例。我也查过了，太祖粹妃梁氏本是屠户之女，因有孕而封妃。这是现成的例，皇后便能拿来堵六宫的闲言碎语。"

端妃捧着茶盏，轻轻合着茶盖出神，片刻道："梁氏虽然封妃，但被废出宫，过世也早，哪里及得上安氏这样的好福气，听说，皇上现在便在她宫里软语安慰呢。"

我听她语下凄婉，不禁也有些伤感。于是看了小允子一眼，知道他传出去的话已经有了效果。

端妃自昔日的华妃慕容世兰死后，才渐渐涉足于宫廷往来，也有两年掌管着协理六宫的大权，只是到底身子不济，只得也推辞了。只是自她身体略有起色之后，玄凌也颇为怜惜她，虽然甚少有枕席之欢，但也常去看望。如今想起安陵容多年圣宠不衰，如今又有了孩子，难免自伤身世。

敬妃与吕昭容面面相觑，吕昭容到底忍不住，狠狠啐了一口道："狐媚！"

我推心置腹道："别人也就算了。端妃姐姐是最早进宫侍奉皇上的，论起资历来比当今的皇后还要早上两年，这宫里无人能及。敬妃姐姐曾为皇后协理六宫，也是有大功劳的。吕姐姐的淑和帝姬是帝姬中年龄最长的，自然身份尊贵。安氏虽然有宠，但终究资历不及三位姐姐。可如今皇后已经亲口提了出来，这样大的脸面，也得见安陵容得皇后的怜惜了。想起来她这个昭媛，也才新封了一年呢。"

端妃不经意地拨着衣襟上一枚祖母绿别针，漫然道："这些年，皇后明里暗里对她的眷顾真是不少。"

吕昭容道："可不是。端妃娘娘在这个位置上少说也有二十来年了，竟从未再晋封过。真真是笑话。敬妃娘娘的妃位也还是乾元十四年春天的时候晋封的，如今也有八九年了。皇后竟也从未提过一句要赏什么的话。我是更不必提了。也不见皇后赏下这份恩典来。"

敬妃连连摇头："罢了罢了，咱们也不求她什么恩典。"

我叹道："也是委屈几位姐姐了。我协理六宫本该多为几位姐姐向皇上进言的。只是我甫生下皇子与帝姬就被奸人诬陷，受了多少零碎折磨，姐姐们也是亲眼见到的。此后皇上虽然不再追究，也依旧宠爱，可是我不得不存了一万个小心，哪里还敢多说一句话，多行一步路呢。"

敬妃回首往事，也是唏嘘："当时的情形，我们都觉得冤枉，皇子怎么可能是别人的呢。结果闹出多大的笑话。要不是因为这个，皇上也不会冷落了皇后。终究是她自己的不是。我们也才瞧出来皇后对你的心思。"说着叹息了一句，道，"我们竟全是一堆糊涂人，人家有了四个月的身孕了，才知道消息。若皇后今日不当着皇上的面说了出来，我们竟都还懵懂不知，被人蒙在鼓里呢，更叫人觉得她心机深沉。"

端妃牵过近旁小几上一脉雪白荼蘼轻轻一嗅，道："你才晓得么？与她相处了这么多年，种种事端串连起来，有多少可让人后怕的。"说着望向我："今日在昭阳殿，哪几句话她是指着你说的，你自己可要明白。"

吕昭容愤然道："悫妃到死也是个糊涂鬼，谁又会像她一样。悫妃是有皇长子的，如今有皇子的，不就是……"她到底明白，没有再说下去，只是冷笑，"要是悫妃还在世，知道安陵容如今这样得意风光，要与她这个皇长子的生母并立于后宫，只怕也要气死过去。"

端妃倚在蹙绣桃花椅枕上比画着葱管似的纤长指甲："皇后今日还说六宫妃位多悬，妃位多悬不也是她多年来的意思么？如今四妃只有淑妃你一位，夫人之位也空着。妃位已足，倒要破例再加上个安陵容，只怕这会子敏妃正气得在宫里发狠呢。"

六宫妃位多悬？我脑中骤然有闪电耀过的明亮之感，身上一阵轻快，唇角无声无息地轻扬了起来。果然，这可是咱们这位尊贵无上的皇后娘娘亲口说的。

敬妃凝神片刻，道："安陵容的事是谁也没想到。她身蒙皇宠这么多年，都没有过一星半点怀孕的迹象。谁都以为她是不能生的，谁知冷不丁就有了，还有了四个月，真是出人意料。这一来，竟要跟我和端妃姐姐比肩了，只怕……"

"只怕将来若生下孩子成了夫人，那么协理六宫的大权就得分一杯羹到她手中了。"我接口道。

敬妃双目倏地一睁，很快垂了下去。端妃端起青花缠枝的茶盏，长长的半透明指甲轻叩茶盅的盖子发出叮当清音，她的优雅目光看似漫不经心地一掠，方才悠悠地道："谁叫咱们没有福气，总也生不出个孩子。只能眼睁睁看着人家越过咱们去了。"

我静声道："她既然怀上了，那就一步一步应付着吧。她承宠这么多年，忌恨她的人可不少呢。"

敬妃轻柔一笑："是呀，到底也还有六个月才生，这六个月也是个未知之数呢。"

鹂音　｜　贰陆

　　因心里头装着事情，中午的觉便不得好睡。天气一热，鸣蝉便起，嘶鸣的声音像落着一场沙沙的大雨，我心里发烦，索性不睡了，命几个小内监拿了粘竿把蝉捕尽。正巧平娘说予润又哭起来，我便往东殿去看。不知是否知道生母早逝的缘故，予润总是爱哭。小小的面颊常常因为哭泣而通红，我心疼不已，抱着哄了半个时辰才稍稍好些。平娘不禁叹道："德妃娘娘一去，真是可怜了小皇子。"

　　小允子恨恨道："若不是那年安昭媛的丫头惊动了德妃，现如今母子在一起，不知多好呢。"

　　我念起旧事，心中更是不乐，回头正见小连子探听了来报，说是敏妃午间生了大气，连太妃赏的嵌玉琉璃屏也砸了，又道内务府已拟定了几个寓意甚好的字眼作为安陵容为妃时的封号，下午便要送去玄凌那里请他选定一个。

　　我抱着予润听他说完，不由得笑道："内务府也要极力巴结这位正得宠的新娘娘呢。手脚这么快就拟好了字了。"

小连子不敢接话。我又问:"皇上现下在哪里?"

"正在仪元殿看折子呢。"

"皇后呢?"

"听说用了午膳就睡下了,仿佛头风又发作了。"

我将孩子交到平娘手中,转头吩咐槿汐:"去看看小厨房的莲叶羹和藕粉桂花糖糕好了没?本宫亲自送去给皇上。"

午后的时光最是闲暇不过,我虽然心里怀着目的去的,但望着一路水光山色潋滟无尽,心下也稍稍宽慰一些。

玄凌一人在西室独坐,想是些不要紧的奏折,他信手翻过,倒也闲适。见我进来,微笑招手道:"午后日头大,嬛嬛你怎么来了?"

我含笑福了一福,道:"果然是人逢喜事精神爽,看皇上神气红润,就知道安妹妹的身孕多让皇上高兴了。"

玄凌笑道:"一向看着容儿身子娇弱,没想到胎象倒十分安稳,害喜也少,连太医都说难得呢。"

我盈盈笑道:"安妹妹好福气,臣妾怀着胧月的时候害喜害得最厉害,可见安妹妹的孩子有多贴心,将来必定十分孝顺懂事。"

一番话说得玄凌十分欢喜,执了我的手坐下道:"你来得正好,朕一个人坐着看折子正乏味呢。"

我笑着起身打开朱漆描花的食盒,温婉笑道:"臣妾正想着午后的辰光长,皇上中午的膳食必定吃得油腻,又因着为安妹妹的事高兴,想必是敞开了胃口吃的,这时候肯定腻腻的觉得不消化。所以臣妾特意准备了一些清淡的点心拿来请皇上享用。不知可好?"

玄凌笑道:"朕最得意的就是咱们韫欢的封号——'灵犀',果真朕与你是心有灵犀一点通的。"

我边盛了碗莲叶羹放在玄凌面前边解释道:"这莲叶羹是取新鲜的嫩莲叶在日出前摘下来的,熬汤的水就是用的叶子上的露珠。莲叶好采,只是搜集这露珠费了点功夫。幸好熬出来的汤极香，倒也不枉费这一番周折。"又取了两块藕粉桂花糖糕出来，放在新鲜的莲花瓣上，端到玄凌面前，"汤是极清淡的，不过是借一点莲叶的清香罢了，这藕粉桂花糖糕最好消化，入口又香甜，皇上尝尝吧。"

藕粉桂花糖糕色泽金黄晶莹，放在粉红剔透的莲花花瓣之上，颜色更是诱人。光是看一眼，已经让人垂涎三尺。玄凌笑道："东西是简单，难得做得精致，叫人一看就有胃口。"说着吃了一口，本是极享受惬意的表情，道："味道也清甜。"然而他的松弛里似乎带了一点郁郁之色，他看着我道："这藕粉桂花糖糕的味道很熟悉，像是从前在哪个宫里吃过，却又说不上来。"他极力思索着，良久，道："仿佛是德妃宫里？"

我浅浅微笑，那笑意里也染上了一抹难言的伤感："皇上记得不错。从前德妃姐姐的藕粉桂花糖糕做得最好，皇上也最爱吃。"

玄凌也颇感伤，放下糕点，道："伊人已逝，朕也好久没再尝到这个滋味了。"他有些沉郁，道，"德妃在世时朕没有多多怜惜她，一年里不过见上三五次而已，话也没得多说上几句，连她走之前，朕也没能好好陪陪她。如今她不在了，朕有时想起她来真是难过。"他长叹一声，"说到底，终究是朕辜负了她。"

眉庄在时，玄凌并没有好好爱她、珍惜她、信任她。如今她走了这么久，再说这话，只让人更觉得伤感和凉薄。

我忙含笑上前劝道："是臣妾不好，徒然惹皇上难过了。姐姐走时，还十分牵念皇上。若皇上这样为她伤心，姐姐在九泉之下也要不安的。"我想了想，又道，"其实皇上也不必难过。这糕是姐姐当日亲自教授了宫中厨役的，如今姐姐虽然故去了，但臣妾已让那厨役到柔仪殿侍奉了。哪日皇上想吃，吃得喜欢，就是怀念姐姐的一点心意了。"

玄凌颔首道："嬛嬛，还是你最善解人意。德妃有你这样的妹妹，也算欣慰了。"

我笑道："其实今日臣妾送这点心来，还另有一番心意。"

玄凌不由得奇道："你的心思总是别致些，朕可猜不着，你且说来听听。"

我抿嘴道："莲叶为父，莲花为母，藕为子女。臣妾奉上这份点心，是希望皇上、宫中姐妹和皇上的子嗣们永远平安喜乐，体同一心。"

玄凌笑着将我搂入怀中，道："嬛嬛，只为你这话，朕一定要好好谢谢你才是。"

我软语呢喃："臣妾不要皇上谢，只要皇上永远像今时今日一样待臣妾，好么？"

他的笑声爽朗而开阔："好，朕答应你。朕与嬛嬛，与咱们的予涵、胧月和灵犀，也永远平安喜乐，体同一心。"

伏在玄凌怀里，从后殿的红棂雕花长窗中望出去，几株芭蕉叶子宽阔而翠绿，时而有五彩羽毛的小鸟停驻其间，欢鸣一声，又飞得远了。飞得那样高那样远，在绵白的云朵里飞翔。灿烂的阳光如金粉一样洒在云朵上，仿佛镶了一圈绚丽耀眼的金边。望得久了，眼睛也有点晕眩。

殿外传来两声轻轻的叩门声，在寂静的殿堂里格外清晰。

玄凌懒懒问道："谁在外头？"

却是李长的声音："回皇上的话，内务府拟好了几个封号，请皇上过目，甄选一个赐予安昭媛。"

我笑着推一推玄凌，道："这是安妹妹的喜事呢，皇上让他们进来吧。"

李长这才敢进来搁下，玄凌道："朕也看看，内务府起了什么好字来？"

我站在他身边看过去，原来只有三个字，分别用金漆描了写在大红的纸上，分别是"肃""俪""文"三个字。

我依在玄凌身旁，和颜微笑："字的意思倒还都好。"于是道，"这个'肃'字嘛，刚德克就曰肃；执心决断曰肃；威德克就曰肃；正己摄下曰肃；能执妇道曰肃；貌敬行祇曰肃；严畏自饬曰肃；貌恭心敬曰肃。"

玄凌道："能执妇道，貌恭心敬，容儿是很适合的。只是这个字未免硬气了些，与容儿的柔弱之姿风马牛不相及。"他看着"文"字，悠然笑道，"容儿静默谦顺，乃礼义人也。这字倒也贴切。"

礼义人也？我又是好气又是好笑。忽地见到玄凌说这句话时神情颇暧昧，猛然想起一事，几乎要冷笑出来了。然而玄凌面前，终究按捺了下去。亦是心知肚明，陵容在玄凌心中是何等人物，更要小心度量了。

"皇上说得极是。"我又道，"'文'这一字，可以说是文雅有度，也可说是文静有礼，这倒很像是说安妹妹。但更多的时候这个字是形容一个人腹有诗书气自华。安妹妹性子是够文静了，只是说到腹有诗书还略差了些。若选用了这个字，只怕安妹妹要多心。"

玄凌笑道："那便只剩一个'俪'字了。"说着就要命李长取笔去圈下来。

我微笑道："'俪'指容颜姣好、成双成对的美意，又可指伉俪情深，果然是极好的。"说着偷偷去觑他的神色。

玄凌听我说完，下笔便犹豫了，想了想，把玉管狼毫放在青玉笔架上。

我问："皇上怎么了，这字不是很好么？"

玄凌似是自言自语："伉俪情深，昭媛是妾侍，怎能与朕是伉俪夫妻，真真是笑话了。"说着向我道，"若真选了这个字给她做封号，只怕传出去文武百官也要指责朕太过宠幸嬖妾了。"他想了想，对李长道："告诉内务府去，这几个字都不好，选了好的再来。"

我微微笑着道："其实何必内务府忙，安妹妹一向最得圣心，皇上指一个字给她做封号，那是最好不过的了。"

玄凌随手取了莲叶羹喝了一口，道："一时间叫朕想一个，朕还真想不出来。嬛嬛，你与容儿相识最久，不如帮朕想一个合适的吧。"

我托腮道："这样的事臣妾怎敢做主呢，还是皇上圣裁吧。"

他的手指抚上我的脸颊："朕给了你协理六宫的大权，这有什么不行的。而且从前贞贵嫔的封号你也起得极好。"说着把笔交到我手中，"你写一个来看看，若真不好，朕再帮你改就是。"

我略略思量，写了一个极大的"鹂"字，笑着侧头问他："好不好？"

他略皱了皱眉，道："鹂?"

我点头，红翡滴珠凤头金步摇的流苏轻轻打在耳边，凉凉的似四月里的小雨，我柔声道："能歌善舞，性情又像黄鹂一样和顺，是安妹妹最大的长处。而且黄鹂，亦是两情缱绻的鸟儿啊，这般样样周全，就像安妹妹为人一样，真真是难得的。"

李长在一边顺口道："奴才听说黄鹂一胎四卵，正合安昭媛如今有孕，多子多福呢。"

我盈盈浅笑："春和景明，鹂鸣清脆，应时又应景，与安妹妹是再相配不过了。"

玄凌神色一动，我知道他已被打动，果然他笑道："这样说来的确是极好的。"说着看李长："去传旨吧，再请皇后定个吉期。"

李长回禀道："皇后娘娘头风又发作了，只怕起身不得呢。"

我想了想道："皇上不如先把名分给了安妹妹，至于册封嘉礼么，等皇后好些再定也不迟啊。"我仿佛不经意一般道，"只是内务府这几个奴才真不中用，做惯了的事拟个封号而已，也那么不上心，这等小事都要劳烦皇上。"

玄凌略一沉吟，眉头轻轻一蹙。

我笑语盈盈："四郎很喜欢嬛嬛所提的'鹂'字么?"我忍下心头的冷毒，化作唇边莞尔一笑，"咱们大周在帝王尊君讳上不甚避讳，譬如皇上辈分从玄，名字只把从前的三点水改为两点水，其余王爷则不做改动，既示兄弟亲厚亦不失尊卑上下之分。"

玄凌唇际含笑，眼中却颇有不解之色。我低头，微微红了脸庞："四郎莫怪嬛嬛小气。"

他语气温然若春水："怎么了?"

我别过头，宛然有忧伤的神情："皇上待安妹妹极好，臣妾是很欣慰的。嬛嬛心中总觉得四郎与鹂妃妹妹是姻缘天定，不然如何安妹妹陪伴皇上十余年，从不与皇上脸红过一次? 连四郎与妹妹的名字——四郎名中有一凌字，鹂妃妹妹名中亦有一陵字，虽则音同字不同，到底也显得四郎与妹妹情分深切，嬛嬛终究是旁人了。"我凄惋一笑，"或者该唤皇上为四郎的人是鹂妃而非臣妾。"

他起身，握住我冰凉的指尖，温柔凝睇于我："你是真心在意？"

我举眸坦然望着他，幽幽道："或许嬛嬛不该如此在意。只是若非四郎真心待我多年，即便为顾忌身份尊荣，嬛嬛也必不会将此言出之于口。"我低头，盈盈拜倒，"请皇上宽恕臣妾嫉妒不容之心。"

他的怀抱温柔而有力，拢我于怀："你我当殿是君臣，无人处是夫妻，旁人如何与你相比。"他低一低声，"朕虽不计较这些，然而为尊者讳也是应当的。何况，朕如何舍得与你生分了。"

他唤李长："去传旨六宫。朕赐安昭媛名为鹂容，册为正二品鹂妃，告诉她今日不必来谢恩了。"

我伏在玄凌怀中，无声无息地笑了。

贰柒 六宫

于是陪着玄凌一起坐下看书，看了一会儿，只是望着窗外的芭蕉出神。

玄凌见我良久不出声，轻声道："想什么呢，这样出神？"

我愣了一愣，方转过神来，神色也有点凄惶了，道："今日安妹妹大喜，倒叫臣妾想起当年入宫，臣妾与鹂妃还有德妃姐姐是同日入宫的，又一直情同姐妹。可惜德妃姐姐早逝，连好好叙一叙姐妹之情的缘分也没有了。"我言下伤心，眼中也不由得垂下泪来。

玄凌亦有些不忍："德妃在世时朕没有好好待她，想起来心里也总是有几分不安。"

我拉着他衣袖，含泪道："如今臣妾已经位列四妃，安妹妹也封了鹂妃。"我顺势跪下，"姐姐虽被追封为德妃，但谥字追尊还未定。臣妾求一求皇上的恩典，再赐姐姐一份哀荣吧。还有早逝的淳妹妹，她走的时候还这样年轻。"念及淳儿，我不禁潸然泪下。

玄凌抚着我的肩安慰道："逝者已逝，生者也没有什么多为她们做的。

就依你所言以表追思吧。皇后病着，这件事就交由你去做。"

"嗯。"我这才破涕为笑，又道，"既然说了，臣妾就斗胆再求一份恩典，悫妃是畏罪自杀，依例不能追封。只是皇长子渐渐大了，也得顾及他的颜面。至少也是皇后的颜面，毕竟如今是皇后在抚养皇长子。"我唏嘘道，"生母不能被追封，想必皇长子是要伤心的。"

玄凌负手而立，沉吟良久，道："汤氏虽有大罪，但念在她是皇长子生母，从前侍奉朕也还尽心，就破例予以追封吧。"他顿了一顿，又道，"既然要追封，那些已故的妃嫔就一齐追封了吧。只一样，从前的贤、德二妃断断不能追封。"

我心下一凛，已经明白，忙道了"是"。

玄凌拉我起来，揽住我的腰，道："自给了你协理六宫之权，你也辛苦了不少。"

我低头莞尔："为了皇上，总是甘之如饴。"我微一沉吟，道，"有句话，臣妾不知当不当讲？"

"你说。"

我想一想，道："皇上方才与臣妾说起追封一事，臣妾想起今日皇后在昭阳殿所说的一句话。"

"哦？"

"皇后娘娘说'六宫妃位多悬'，臣妾想也是。四妃之中只有臣妾一位，宫中有的是比臣妾资历深厚德行贵重的妃嫔，所以臣妾忝居高位也常常自觉不安。端妃姐姐进宫最早，却因着身子不好一直未得再晋封，有时朝礼之时还要在臣妾之下，臣妾实在愧对。"

玄凌道："说起来，六宫之中是许久没有大封一次了。皇后不提，朕倒也疏忽了。"

我依依道："臣妾也是这样想。已故者可以放一放，倒是朝夕相处的姐妹该好好晋一晋位分才是。后宫安定，对皇上的前朝也有所助益啊。"

玄凌道："好是好，只是这样大封，也要有个由头才好啊。总不成容儿晋了鹂妃，后宫也跟着晋封，也没有这样的道理。"

我抿嘴笑道："皇上贵人多忘事。予沛、予涵与灵犀百日之时，皇上曾经大赦天下，又赏了百官俸禄，独独在后宫没有加封。皇上，您这可是厚此薄彼了呀。"

玄凌道："难为你还记着。只是这话提起来也有一年多了。"

"不是臣妾存心要记着，而是臣妾想后宫本就是让皇上舒心安乐的地方。若后宫姐妹和睦相处，皇上也能安心。"我收起笑意，郑重道，"臣妾只求皇上一样，无论怎样晋封各位姐妹，只请皇上一定要让端妃姐姐为尊，居于臣妾之上。否则臣妾终究难安。"

玄凌道："端妃进宫最久，贵妃这个位子本也当的。只是朕的心里，总是更属意于你。"

我柔声道："皇上重视臣妾，臣妾心里十分明白，不愿在名位上计较。"

玄凌有些感慨，抚着我的脸颊道："这样就好。朕就册端妃为端贵妃，位列四妃之首。"他想想道，"朕早些年很委屈了敬妃，她又素性温和，就册为德妃吧。"

我盈盈屈膝："臣妾先代几位姐姐谢过皇上。只是皇上可还记得当日为了敏妃衣衫上的发明神鸟图纹与凤凰相似，还闹出过好大风波。既然发明属东方贵妃位，如今端妃姐姐成了贵妃，不知敏妃心里会不会不痛快？"

玄凌蹙一蹙眉，微有不悦："她还年轻，来日方长。"

我心中一宽，道："淑和帝姬是皇上的长女，徐淑容是皇二子的生母，这两位的地位自该与旁人不同，臣妾想总该给妃位。"

玄凌扶了我道："这话不错。只是这般妃位便有欣妃、贞妃、鹂妃和敏妃四个。"他苦笑道，"敏妃年轻气性大，素来不喜容儿。今日已发作不小的脾气，若来日与陵容并列，不晓得又要生出多少事端来。"

我笑："蕴蓉到底年轻娇纵些，于大礼无妨也便算了。"

"蕴蓉到底是朕的表妹，不可薄待了她，给她从一品夫人之位，再定一个'庄'字，也叫她记得已是妃嫔，言行必得庄重。"玄凌凝神片刻，

"只是欣妃与贞妃谁来做妃位之首，倒费些筹谋。"

我微笑道："欣妃与贞妃都是生育了子女的。欣妃入宫久、资历老，贞妃忠心耿耿，又生育皇子，实在是难以决断呢。"

玄凌微微沉吟："贞妃到底资历浅，就叫欣妃做妃位之首吧。欣妃给朕生了淑和公主，在宫里资历又深，且是个没什么心思的人，让她做妃位之首也甚妥当，一是体恤，二是也叫人知道，朕看重安分守己之人。"

我的微笑盈然而生两颊："到底是皇上思虑周全，臣妾可想不到那样多了。"

玄凌抬起我的下颌，轻笑道："你哪里是想不周全，不过是等着朕来说出口罢了。你也再去想想，有要一同晋封的就列个名单给朕看过，再交给礼部去办就是了。"我又替欣妃谢过，玄凌笑吟吟向我道，"你替别人求了这样多，又替别人谢恩，怎么也不为自己求份恩典？"

我投入他怀中，笑道："臣妾有皇上的宠爱，就是最大的恩典了，再不求什么别的。"

他伸手将我抱在怀中，家常的宁绸长衫上有着墨迹的馨香，暖风吹动殿后的竹叶籁籁地响，衬着午后四平八稳的阳光，直欲催人睡去。

一夜好睡，醒来打起精神唤来内务府与礼部之人一同安排大封六宫的典礼，又由礼部按着位分、家世、资历循了旧典定好要晋封的诸人位分，等着送来过目。

直忙到了黄昏才有三分眉目。我累得身上酸乏，向槿汐道："明日请端妃与敬妃过来，请她们一同看看诸妃新定的位分有什么不妥。"槿汐抱了一大束新折的木槿花，粉白嫣红，枝叶笔直，甚是可爱，她将花插入临窗长几上的大瓷瓶中，垂手笑道："皇上要大封六宫的消息可都传遍了，皇后提一句鹂妃顺带着六宫妃嫔大封，这可都是要感激娘娘呢。"

我一笑："我是不想便宜了她一个人做好人。她想抬举安陵容……"我"哧"地一笑，"如今是安鹂容了，我何不顺水推舟，有好儿大家分罢了。"我取了把小银剪子，慢慢修剪木槿多余的枝叶，头也不抬道："景春殿有什么消息没有？"

槿汐道："听说安昭媛得了这个'鹂'字，没敢生气，也不敢委屈，只问了一句说内务府选'俪'字甚好，为什么不用。"

我只顾着修剪花枝："为什么不用？这话问得可笑，合该送个私塾先生给她讲讲学去。问为什么不用'俪'字……叫小允子想法子把她这话传到皇后宫里去。"

只怕皇后知道了，头风要发作得更厉害呢。

我道："还听说什么了么？"

"内务府几个为鹂妃拟封号的司礼内监不知道为什么得了罪咎，被李长带了小内监狠狠杖责了一顿，打发去'暴室'了。"她小心翼翼道，"听说是皇上的旨意。"

我淡淡"哦"了一声："大概是上赶着巴结咱们这位新封的鹂妃娘娘，没巴结到点子上吧。"

槿汐嘴角含了一缕微笑："在旁人眼里，这件事仿佛是这样的，内务府的内监们想着巴结鹂妃，结果却挨了皇上的打。"

我选了一朵开得最好的粉色木槿花簪到槿汐鬓边，淡淡道："原本不是这样一回事，只不过两件事叠了起来看起来是那么一回事罢了。"

槿汐下意识地摸一摸鬓角的花朵，道："多谢娘娘。"

"那么，还有人再敢随便巴结讨好鹂妃么？"我微微笑着，一枝一枝细细整理着手中的花枝，直到使它的姿态达到我理想中的样子。插好后只含笑端详着，"要本宫想要的，剪去本宫认为多余的，修剪花枝其实和整理后宫一样。这道理，本宫明白，皇后更明白。"

槿汐淡淡笑道："这花已经剪得很好看了。"

我只是含笑不语。

品儿掀了湘妃竹帘进来，道："吕昭容来了，娘娘可要见一见么？"

我笑道："她来得倒快。"说着命小宫女捧了金盆和毛巾来净手，向品儿道："请吕昭容进来吧。"

话音刚落，吕昭容一阵风似的卷了进来，眉梢眼角皆是笑，道："安鹂容！安鹂容！娘娘这样好的智谋，真真是大快人心。"

我含笑请她坐了，对品儿道："去拿昭容最喜爱的蜂蜜燕窝来。"

吕昭容道了一声谢："娘娘这样客气。"

我笑着说："本来就到用点心的时辰了。昭容有什么喜事，慢慢说就是。"

吕昭容笑得眉毛飞得老高，"扑哧"一声终于掌不住了，道："娘娘想必知道了，鹂妃？皇上竟然赐了个'鹂'字给她，当真是要笑死我了。"

我慢慢剥着一颗葡萄吃了，方道："这有什么好笑的。鹂妃么，皇上本就爱她声如黄鹂啊，又赞她温柔如黄鹂。"

我说完话，只幽幽笑着，吕昭容"呵呵"笑道："凭她说得怎么好，怎样是赞她的话儿。咱们姐妹虽然书读得不多，字面上的意思到底是懂得的，鹂妃，连她的名字也改了叫安鹂容，不就是黄鹂鸟儿么？再说她已不能唱了，说她声如黄鹂真是刻薄。"她笑得不止，好容易才拿绢子掩了掩唇，道，"大周立国以来，从没有给妃嫔赐过这样的封号，新奇是新奇了，却也要笑煞人了。"她心情甚好，语速又快，一双明眸左顾右盼，耳上的赤金缠珍珠坠子也随着她的动作晃得人眼花缭乱。

我微微一笑，回味着唇齿间葡萄的酸甜："姐姐此言差矣，既然更名为鹂容，'鹂'字就算不得封号了。"

吕昭容连连含笑称是，又问："皇上要封她鹂妃，娘娘可想好了拿什么去做贺礼？"

我指了指红木桌上的一幅"送子观音"图，道："她那里什么好的没有，我也没什么好东西，这幅画权当给她安胎用罢了。"

吕昭容道："我想着也是。眼下皇上正宠着她，场面功夫还是要做的。"说着唤来贴身的侍女婵娟，指着她手里捧着的一把白玉如意，道，"我选了这个，就算给她安枕好了。"说着掌不住笑道，"娘娘瞧瞧，如意也就罢了，装如意的盒子可费了我不少心思。"

我一时好奇，接了过来瞧了瞧，不觉脸上蕴了笑，道："你也忒有心了。"

原来吕昭容装如意的盒子是个林檎双鹂图的剔彩捧盒。那盒子十分精巧，中间圆环林檎枝上是两只黄鹂，并头展翅，神态温柔，外圈的果实花卉也是描画得光洁喜人。

吕昭容笑得弯腰："这样的盒子才配咱们鹂妃娘娘啊。娘娘瞧这两只黄鹂多栩栩如生啊，我可是领着宫女在库房翻了好久才找出来的。"

我掩唇笑道："从前只听人家说买椟还珠，必定是碰上了你这样的好盒子才会连明珠也不要了。"

她颇有得色："鹂妃见了这个盒子，肯定忘了还有把玉如意呢。"

"你可小心，别叫她动了胎气。"

"娘娘放心，她绝不会生气。鹂妃的名号是皇上给的，她若生气，可不就是生皇上的气么？她才不会。"吕昭容笃定微笑，那笃定之中也很有几分不屑。

我唇角微微上扬，道："那也是。我更有一句好听的话告诉你，皇上可称赞咱们这位鹂妃性情和顺，乃礼义人也。"说罢，弹着指甲冷冷而笑。

"礼义人？她也配么！且不说眼下，娘娘不在那几年，她明火暗刀地算计，多少嫔妃在她手里吃了亏。"吕昭容道，"难怪娘娘要生气，皇上竟这样夸她。"

吕昭容读书不多，自然一时间想不到，槿汐却是知道关窍，不觉举袖掩唇，哧哧笑得满面通红。

吕昭容似有不解，我笑啐了道："槿汐老于世故了，却也有这没正经的时候，还不告诉昭容。"

槿汐见左右也没有旁人，垂眉笑道："这话是从前汉成帝称赞赵飞燕的。原话是'赵婕妤丰若有余，柔若无骨，迁处谦畏，若远若近，礼义人也'。①"

吕昭容仔细听了，想了想道："这话好耳熟。"说着面上微红，道，"不过听着仿佛不是什么好话。"

我俯身过去，贴近她耳边，极小声道："姐姐从前宫里有本《昭阳趣史》，只往这上头想去，怎么姐姐自己也忘了么？"

吕昭容惊了一惊，不觉脸上红晕四溢，忙忙去看周遭，见没有人，方才不好意思笑道："淑妃娘娘怎么说起这个来了。这还是从前皇上刚临幸时，咱们什么也不懂，几个老宫人寻了来了。后来皇上久久不来，不过放着偶尔闷才看两眼。自从上次皇后拿崔尚仪与李公公的事做文章，我可吓得要死，略有些嫌疑的都叫贴身的宫女一把火全给烧了，从此可再没有了。"

我笑一声道："这有什么。读书本就可明得失，不过淫者见淫，智者见智罢了。"

正说着，槿汐领了小宫女端上燕窝来，趁热把浓稠如汁的蜂蜜滚烫地浇了下去。那燕窝本是血燕，鲜红透亮，一盏盏光洁如璧，一丝杂质也无，金黄的蜂蜜浇上去，颜色愈发光润，令人食指大动。

吕昭容笑吟吟接过道："娘娘好福气，这血燕十分难得，不是我宫里常用的白燕能比的。"

我笑道："那有什么，如今淑和帝姬正在长身子的时候，是该多多吃些好的。"我转脸吩咐槿汐："去告诉内务府，以后灵犀帝姬用什么吃穿用度，昭容宫里的淑和帝姬也是一样。不要因为本宫位分高就偏袒灵犀一些，淑和帝姬才是皇上最尊贵的长女呢。"想了想又道，"咱们宫里的血燕也快用完了，赶紧去叫内务府送些来，等下给昭容宫里也送些去。"

槿汐应了转身出去。吕昭容忙起身笑道："这样怎么敢当呢。毕竟灵犀帝姬是娘娘所出，身份尊贵。"

---

① 出自古杭艳艳生所编《昭阳趣史》。

我忙笑道:"姐姐客气了。不要说姐姐的淑和,敬妃姐姐那里的胧月虽是我生的,却一直劳烦敬妃姐姐抚养着,还有端妃姐姐那里的温宜,在我心里都是一样的。敏妃的和睦帝姬我也一样疼爱,只不过人家金贵,我不敢露出来罢了。只是凭她再怎么金贵,长幼有序,自然是姐姐的淑和帝姬最尊,只可恨内务府那帮奴才一径地狗眼看人低,倒叫姐姐伤心了,也是我的不是,没有早早知道。"

吕昭容道:"哪里的话呢,我心里也是把娘娘的胧月和灵犀看得如亲生一般,只碍着娘娘位分尊贵,又日日操心宫中大小事宜,怕着那起子小人说我一味巴结,反而妨了娘娘的声誉。"

我微微蹙眉,叹息道:"外头的闲话本来就多,还盼昭容姐姐像从前那样待我才好。我出宫那几年,胧月虽养育在敬妃姐姐膝下有她疼爱,可是明里暗里受的委屈也不少,敬妃姐姐也不能一一护过来,听说昭容姐姐也看顾了不少,要不然哪里有胧月的今天。我还没谢过姐姐呢。"这番话说得推心置腹,吕昭容本就是直心肠的人,更是大为所动。

吕昭容道:"那几年胧月帝姬苦,娘娘也苦,总算如今好些了,还要操心这个操心那个,也是难过。"

我点头道:"还是姐姐明白我的心,尤其是咱们这些做母亲的,费的心思更多更难。姐姐从前如何看顾我的胧月,今日我对姐姐的淑和也是一样。只怕不能回报万一罢了。"

吕昭容心肠触动,低头伤心道:"皇上虽然给了她一个'鹂'字,但终究在妃位,从此高我一头,也只能任她压制了。我人老珠黄的还怕什么呢,只是可怜了我的淑和。算算年纪淑和也十五了,等上两年便要下降。若被我这个不中用的母妃连累了,她面上也无光。"

我有心安慰她,笑盈盈起身,拉了她的手,道:"本该早恭喜姐姐的,方才姐姐兴冲冲进来,倒把我也哄得忘了。皇上今日吩咐了,大封六宫时要晋姐姐为欣妃,为妃位之首,姐姐可高不高兴?"

吕昭容大喜过望,一时之间倒有些愣住了,口中讷讷道:"是听说了要大封六宫，只是位分未定，真如娘娘所说么？"

"从前立九嫔的时候让姐姐屈居在安昭媛之后，我心里不舒坦了好几年。今日皇上要给鹂妃封号，我就顺嘴提了一句，姐姐的淑和是皇上的长女。皇上便有了这道恩旨。"我微笑看着她，"鹂妃再得宠也盖不过您是妃位之首，姐姐可安心了。"

吕昭容喜极而泣，仿佛不可置信一般，嘤嘤泣道："在宫里头熬了这么些年，没想到还有封妃出头的一日。"她盯着我，"娘娘不是与我玩笑吧？"

我道："皇上的意思是要大封六宫，过几日就有旨意下来。如今叫我先拟了名册来看。恭喜姐姐了。"

吕昭容感激涕零："若非有娘娘眷顾，我何来今日呢。"

我忙扶了她起来，笑道："咱们姐妹，还要这样客气么？最要恭喜端妃姐姐，马上可要改口称呼端贵妃了。"

吕昭容一怔，连连颔首笑道："正是呢。这个宫里端妃姐姐资历最深，也是最苦。封贵妃是应该的，咱们都心服口服。"

这样言笑晏晏。却是槿汐进来，双手空空如也，道："方才内务府小扬来回，除了皇上日常要用的血燕外，其余都没有了。"

我听她说话间有些气息不顺，便问道："前两日还说送了几十斤血燕来，我和皇后、太后宫中统共都没拿多少，怎么一下子就连送人的份也没了？"

槿汐答了声"是"，道："原本是还有的。方才太后宫里拿了些去，皇后娘娘宫里又吩咐了，说是回过皇上的，鹂妃娘娘有孕在身，血燕这样滋补的东西要紧着她吃，所以剩下的全送去了景春殿。"

吕昭容惊讶道："血燕？那是正一品的四妃与帝后之尊才能用的。她的封妃之礼还没行呢，怎么就先用上了？这是还没生呢，若生下来了，可不知道要怎么宝贝才好了。"

我摆摆手道："姐姐，由着她去吧。"说着皱眉，"只是我难得想对淑和尽尽心，竟也不能了。"不由得幽幽叹了一声。

这一声叹息倒引起了吕昭容无尽感慨。槿汐道："方才小姐和昭容说起赵飞燕，倒叫奴婢想起《汉书》里头一句话。"

我正一正髻上凤钗，幽幽点头道："我知道你要说哪一句，'赵飞燕姊弟亦从自微贱兴，逾越礼制，浸盛于前'。[①] 班大家说的是从前，反而叫我们如今的人也心有戚戚焉。"

吕昭容低头细细一想，苦笑道："赵飞燕一旦得势，纵横后宫残害妃嫔，汉成帝一味宠幸她，竟连亲生骨肉被杀也不理会。皇上虽不至于这样糊涂，可她这个样子，哪怕我成了妃位之首也要让她三分。"

我亦愁云凝在眼角，唏嘘道："血燕是没有了，槿汐，去取些茯苓膏来送与吕昭容吧。"

吕昭容恨恨不减，柳眉横起，道："我偏不服她，娘娘可要拿个主意呀。"

我只是愁眉不展，槿汐上前道："昭容娘娘是知道的，一则是皇后的主意，二则娘娘要忙大封六宫的事分不开身，娘娘可要为我们娘娘在后宫的娘娘小主面前分辩呀。"

吕昭容点头道："我自然明白。"说着也不等槿汐拿了茯苓膏来，又一阵风似的往燕禧殿方向去了。

我见她走远，方静静笑道："只怕吕昭容现在已经恨煞了鹂妃了。若敏妃那里知道，怕也要生好大的气。"

槿汐垂手道："吕昭容是个热心肠，又是直肠子经不得激，但分寸是知道的。她一向心直口快，有什么话对旁人说反而直接明白。娘娘处在这个位置上，有些话不方便说也不能说，借她的口倒很不错。"

我用指甲拨着碗里的茶叶，曼声道："我请旨让端妃为贵妃也是这个

---

① 出自东汉班固《汉书·外戚传》，指赵飞燕出身寒微，几度逾越礼制，终至飞黄腾达。

道理。难得她心思细，出手又利落。"我心念一动，霍然想起一事，"皇后已经不耐烦鹂妃了，真是可喜可贺。"我笑着踱到妆台前，打开了胭脂盒子补妆，道，"皇后赐了那么多血燕给鹂妃，也不知鹂妃能不能消化得了呢？"

槿汐微微垂下眼帘，道："娘娘也觉得皇后不是真心疼惜鹂妃么？"

胭脂嫣红如血，凝在指尖仿佛开了一朵颜色最纯正的红梅，鲜红盈盈欲滴。我薄薄化开了拍在脸颊上，浅浅的红色如飞在天际的一片红霞，轻薄甜香。我笑道："就如这胭脂一样，拍得薄可以晕脸，凝得浓就可用来点唇。皇后真心要赏鹂妃，大可不必那么显眼，一日一日命内务府送去就是了。这样一下子全给了她，反而叫六宫非议。"

槿汐拿着篦子为我细细篦着头发，徐徐道："这才是皇后厉害之处，一则让她不要趁着有身孕得宠忘本，二来与鹂妃为敌的人不少，鹂妃恩眷愈多，后宫中人愈对其侧目，为了自己和腹中的孩子一定会紧紧依附皇后这棵大树。不过，看来她们之间的嫌隙恐怕也不浅呢。"

我对镜自照，缓缓向槿汐道："去把六宫的妃嫔名册拿来，我要好好看一看怎样大封六宫呢。"

贰捌　宠绝

这时节上林苑中的凤凰花一片绚烂极致。这一日正午，敬妃在我宫中闲坐，一起看了嫔妃新定的名位，又去东殿逗了会儿几个孩子，一时不免想起安鹂容的胎来。敬妃取了一片薄薄的蜜瓜吃了，问道："你还不曾去看过安氏吧？"

我净了手道："一直不得空儿，也实在不想去。她有身孕娇贵着，万一有个什么闪失，谁敢在她眼前。"

敬妃靠在偏殿廊下的临水美人靠上，道："去了太后许会不高兴，不去呢皇上、皇后面子上过不去。何况你是淑妃，现下皇后不太理事，责任可都在你身上。"

此时莲花凋了一半，已不够鲜艳，池中放养着红白二色锦鲤，锦鲤在碧绿莲叶间沉浮嬉戏，穿梭摇曳，煞是好看。我微微一笑："我一个人断断不敢去，还请姐姐陪我。"

敬妃一笑："你若不想担上任何嫌隙，便带上卫临去，岂不更妥当。"

我微一沉吟："也好。"

我与敬妃各坐了一顶帷轿往景春殿去，彼时正是午后时分，嫔妃宫女们都在睡午觉，连道边的白鹤也躲在芭蕉叶下打着盹儿。

万里晴空一碧如洗，日光从朗朗无云的天际毫无拘束地洒落，金黄中带着赤明的亮光使整个紫奥城浸沐在一片流丽的华彩中。安鹂容所居的长杨宫外杨柳最多，依依垂下如一道天然翠帷，使得长杨宫更显宁静清凉。

一进仪门便听得景春殿里说笑声不断，我施施然进去，道："本宫可来晚了，好生热闹呢。"众人听到我的声音顿时静了下来，我定睛一看，原来是赵婕好、馀容贵人与吕昭容。

鹂容见我来了，忙要起身，我一把按住道："你如今是双身子的人，闹什么虚文呢，快歇着要紧。"

鹂容这才娇怯怯躺下，唤了宝鹃道："去把本宫收着的那些'蛾眉翠'拿来，淑妃姐姐想必喜欢。"

馀容贵人睨了我一眼，向鹂容笑道："娘娘好偏心，有好的茶尽收着给淑妃娘娘。"

鹂容轻巧一笑："姐姐待我的好我心里都记着，自然也要把最好的给姐姐。何况姐姐素日所用都是最好，怎能到了我这里只用些不入流的呢。"

鹂容歪在粟玉芯苏绣软枕上，一头乌黑如云的青丝并未绾成发髻，闲散散垂在枕边，因是卧床，只披了一件月白蝶纹束衣，结了一枚蓝色如意结，唯有胸前一抹锦茜红明花抹胸透出无限喜气，更显得肤白如雪，眸似星辰，朱唇润红中隐约一点紫意。榻前两个打扇的小宫女，手中握着一把尺长的滚绸素纱扇，一边一个轻轻扇着，也不敢太过用力，生怕风大凉着了安鹂容。

我笑道："我记得妹妹素日用的是一个攒金枝软枕，怎么今日倒用起这个软枕来了？"

敬妃笑道："娘娘不知道，鹂妃妹妹如今有孕，那攒金枝软枕本是用金线绣的，难免有些粗糙。为了让妹妹睡得安稳，皇上特意叫换了苏绣的，又只用粟玉做枕芯，最能养神的。"

吕昭容坐在酸梨枝鸾纹玫瑰椅中，笑吟吟道："我却不晓得金线粗糙呢。我一直用一个连云锦红萼梅花枕，前几日皇上赏了个金线暗花枕，我还爱得什么似的。到底是我年纪大了皮糙肉厚，不配用好东西。"

众人脸上便有些不好看，赵婕好讪讪笑了一声："臣妾们只用寻常的素花软枕呢，到底皇上最心疼鹂妃娘娘。"

我接过宝鹃递来的"蛾眉翠"，盏中茶色碧青如翡翠，映得那釉下五彩春草纹茶碗春意盎然。我轻啜一口，不禁赞叹："好香的茶，我宫里的竟比不上这个一半。"

鹂容忙道："我的东西如何能跟姐姐的比，姐姐不嫌弃也就罢了。"

我环顾四周。为了遮挡明亮的日光，景春殿中散着半透明刺"和合二仙"纹的银线纱帷，衬着透进来的阳光，银线便亮莹莹地微微泛光，滤去了外头无尽暑意。镏金百合大鼎中散出袅袅上升的轻烟，幽幽不绝如缕。那香气似春日百花上新鲜的露珠，润且清透透肺腑。

我轻轻一嗅，不觉讶异："妹妹有了身孕怎么还用那么重的香？可要小心些才是。"我特意咬重了声音，"尤其是麝香，妹妹素爱调香，可别弄错了。"

鹂容低头一笑："姐姐言重了。那香是以鲜花汁子调的，只是味道更纯，无碍的。不过是我随手调弄的东西，哪里用得上麝香那么名贵的香料。"

我摇头，起身挽过一匹银线纱帷道："妹妹还说嘴呢。这纱原叫月影纱，是西越贡来的珍品，一匹之价不啻百金，挂在屋子里，日光再盛，漏进来时也只如月光柔和，所以取名月影。单看妹妹殿中这些便要万金之数。"我笑道，"鹂妃你自己说，旁人宫里能不能和你比去？可见皇上心疼你呢。"

赵婕好艳羡地望着鹂容，口里多了几分得意："这也是。皇上可看重鹂妃娘娘的胎了。"

鹂容娇滴滴道："那茶原是皇上赏的，姐姐若觉得好，我便全送给姐姐，还请姐姐笑纳。"

我笑得亲昵："哪里能白拿妹妹的东西。话说回来，我来贺妹妹有孕之喜，再贺妹妹即将册妃。"我唤来槿汐："把东西拿上来。"

槿汐在桌上一一列开，刻花鸳鸯卷草纹金壶一把，白玉扇子两柄，最后是一个雪白素锦缎盒，里头三颗龙眼大的"鸽血红"宝石。

我为避嫌疑，特意不送一点吃食衣料，只笑吟吟道："那金壶是给妹妹赏玩用的，白玉扇子用来扇凉最好，握在手中也不生热。那红宝石未经镶嵌，只等妹妹生子封夫人时嵌到紫金冠上去的。"

诸人凑过去一看，不由得啧啧称叹。只见那"鸽血红"艳红如鲜血，颗颗一般大小，半点杂质也无。在隐约日下光彩灿烂，如晨曦晚霞，无比夺目。

安鹂容接过一看，忙推辞道："如何敢受姐姐这样的重礼。"

我握一握她纤瘦肩胛："妹妹是皇上心中至宝，不是这样的东西怎能配得上妹妹呢。若妹妹心中还有我，但请收下就是。只不过……"我问道，"为妹妹安胎的太医可在？"

却是一名身量纤长的女子引了一位半老太医过来，道："回禀淑妃娘娘，许太医在。"安鹂容身边的侍女我认得大半，这位女子倒有些眼生，只见她一身羽蓝色深紫线杂银丝葡萄纹长衣，平髻上挽一支菊花折枝银簪并几朵烧蓝花钿，装束不似寻常宫女，容长脸儿，倒也十分清秀。只是那一身打扮虽用料不错，却把她衬得老气了几分。

我向鹂容道："妹妹如今有了身孕，万事皆该格外小心。恰如皇后娘娘所说，万勿像我当年一般不慎小产。所以今日莫说是我送妹妹东西，便是任何人送的，都要一一验过才好。"

安鹂容睫毛一闪，忙道："姐姐这样说就见外了，叫妹妹如何敢当呢？"说罢就要赌咒，"妹妹若存了一分疑姐姐的心，必定……"

我忙捂住她的口，嗔道："胡说什么，也不怕忌讳。我这样做正是为了咱们姐妹的情分，万一有小人要做手脚，也不至于有下手之机。"

鹂容还要推拒，我口气里已有不容置疑的味道，唤过卫临道："这是卫太医，有两位太医一同察看更妥当些。"卫临一揖上前，与许太医一同仔细看了许久，回道："回娘娘的话，这三样东西里并无半点于胎气有损的东西。"

我微笑颔首："如此，妹妹与我皆能安心了。"

鹂容手中还把玩着那几颗红宝石，容色极是娇艳。只是唇心那一点微紫，却在这红润面色之下尤为明显。我心下微微疑惑，不觉瞟了卫临一眼。他只垂手站着，一副毕恭毕敬的模样。

我关切地在她身边坐下，近视之下她肤光胜雪，气色极佳，倒让我去了三分疑心，不觉拉起她手问起孕中事宜，嫔妃们得趣，倒也你一句我一句说得极热闹。我嘱咐她几句保养之事，又道："听说许太医医术极好，和从前温太医不相上下，我是极放心的。听说妹妹一切都好，害喜也不明显，我也安心些。只是想起从前眉姐姐的事，心里总是难过。如今你好不容易有了身孕，更要好好保养才是。今日卫太医也在，不如让他再请一次脉如何？也好多一重保险。"

鹂容纤长的睫毛微微一颤，唇角含了微弱的笑意："多谢姐姐关心，本该听姐姐的再请一次脉，只是许太医是皇后荐了来的。我与姐姐都是想多一重心安，只是皇后若知道了怕会以为咱们认定了许太医医术不佳呢，反而皇后娘娘面上不好看。"

馀容贵人亦道："其实也没什么。淑妃身边怎么会缺了能人，若真能比许太医高明也是好的。"

她们如此坚持，我反倒不好再说，于是吩咐了卫临下去，问及鹂容如今胎象如何。许太医答道："鹂妃娘娘胎气甚稳，只看她好气色便可知一二了。"

我点头，空气里澄澈的甜香沁人肺腑，我依依道："妹妹还记得昔年我们一同所制的百和香么？"

鹂容凝神细想，片刻笑道："自然。古方难寻，我与姐姐一同看了好久的呢。"

我神色柔和："妹妹最擅制香，今日这香不知叫什么？"

"是叫凝露香。"她温柔笑语，"若姐姐喜欢，我送姐姐一些可好？"说罢唤过眼前那羽蓝衣衫的女子："鸾羽儿，你去本宫的香料奁子里取些凝露香来，好好包了送与娘娘。"

我笑道："妹妹回礼倒快，才给了我茶叶呢又念叨起香料来，哪里敢劳动妹妹身边的人。"我叫小允子："你跟着这位姑娘去拿香料，别毛手毛脚的，学着些人家的稳重。"

小允子答应着去了，鹂容本要出言阻止，见小允子只是一副欢欢喜喜的样子，便道："小允子最机灵，我记得姐姐可喜欢他了，瞧我宫里那些木头泥胎，扎一声也不哼哼的，多无趣呢。"

我道："刚才请太医出来的那位姑娘倒生得很齐整，从前没见你带出来过，是谁呢？"

鹂容微一蹙眉，旋即如常微笑："不过是个粗使丫头，看她长得不错便留在身边了。"

正巧小允子出来，笑嘻嘻道："奴才看见鹂妃娘娘奁子里好多香料，奴才想若全泡了洗澡儿，定不用什么花儿粉儿的麻烦了。"

众人闻言不禁笑了起来，馀容贵人道："真是个不懂事的，那香料本无浓香的，非得几种配在一起才能用呢。"

众人笑过，这才各自散了。出了长杨宫几步，我想起还得嘱咐鹂容不必再去几位位高的妃嫔宫那里请安了，重又折回去，才到仪门下，便听里头侍奉汤药的小宫女碎碎向人骂道："什么东西！宝莺姐姐和宝鹃姐姐不在么？要她讨好似的拉出太医去，一心想攀高枝儿。"

我知道是骂鸾羽儿，想再听清楚些也没有了，更不便再进去，依旧回宫不提。

上林苑里浓荫匝地，不耐烦坐轿，只问卫临道："可看出什么不妥么？"

卫临道："一时看不出什么。但是微臣心里有些疑惑，只是还没有把握，得回去定了再来回娘娘。"

我挥手："你去吧。"

他躬身告辞。小允子悄悄在我耳边道："奴才方才去拿那凝露香，看有几个香盒子搁在高架子顶上，说是鹂妃自己要收起来的不爱用了。但奴才看那盒子描得最精致，不像是不要了的东西。趁鸢羽儿不注意时用银耳针撬开拿了颗，好像也是些香蜜之类。娘娘瞧瞧么？"

他本收在自己香袋里，拿出给我一瞧，是一颗粉红色的香饵，那香气甚异，也不知是什么，便道："你好好收在我妆台下就是。"我低声嘱咐："那个鸢羽儿有些古怪，槿汐，你去查查她是什么底细。"

槿汐点头应了，敬妃叹道："她的香自然是好东西了。今日去景春殿可看了不少好东西，如今她才刚有孕，皇上、皇后便赏了这样多东西由着她轻狂，等来日生下一子半女，可不知道要怎样疼才好了。"

敬妃的叹息似一道冰水浇落心头。宫中嫔妃利益所牵，只是希望鹂容生不下来；而我，却是新仇旧恨、性命相关，是一定不能让她生下来。

心中主意已定，手指上微微用力，随手掐了一枝香花下来。鲜绿的汁液染上了洁白手指，似足了一条条滑腻污秽的水蛇，我心中厌恶，随手扔在了地上，微笑道："这花不好，姐姐，咱们去看新开的素馨吧。"

到了夜间，我出浴梳洗罢，槿汐为我篦着长发，轻声在我耳边道："奴婢去查问过了，那鸢羽儿原是鹂妃身边侍奉洗浴的宫女，那些日子鹂妃失宠，不知怎的有次皇上难得过去竟看上了鸢羽儿，虽然临幸过了却没给名分。如今鹂妃有孕不能伺候，也是这丫头留住皇上过夜。如此不明不白在皇上身边也有几个月了。"

我闭着眼道："鸢羽儿没名分自然是鹂妃不情愿了，在皇上面前糊弄过去也罢了。底下那些小宫女都敢骂她，可见那丫头在景春殿日子不好过。"我思量片刻，"你想法子和她走得近些，引她得空来一次柔仪殿。"

情疏 | 贰玖

　　乾元二十三年八月初七，玄凌下旨大封六宫，册端妃齐月宾为端贵妃，敬妃冯若昭为德妃，敏妃胡蕴蓉为庄敏夫人，昭容吕盈风为欣妃，昭媛安鹂容为鹂妃，淑容徐燕宜为贞妃，容华刘令娴为慎贵嫔，婕妤赵仙蕙为韵贵嫔，小仪叶澜依为滟嫔，馀容贵人荣赤芍为荣嫔，璿贵人罗惜惜为璿嫔，瑛贵人祝采为瑛嫔，康贵人史移芸为良娣，穆贵人穆景秋为良媛，才人严致秀为璘贵人。

　　八月十七追赠德妃沈眉庄为惠仪贵妃，悫妃汤静言为恭悫贤妃，淳嫔方淳意为淳悯妃，襄妃曹琴默为襄穆妃，瑞嫔洛临真为昭节妃，顺选侍慕容世兰为顺成贵嫔，庶人杨梦笙为恭静贵嫔。

　　上谕明指由位分最尊的端贵妃齐氏与我和德妃协理六宫，贵妃一向体弱多病，闻旨自然是推托不已。我只得私下前往修葺一新的披香殿与端贵妃相见，恳求道："我只请姐姐疼我，当日皇上要我协理六宫，如何小心翼翼总不免遭人算计，姐姐可还记得胡蕴蓉衣衫之事，动不动便是我约束无方之罪。贵妃姐姐在宫中多年最有威望，德妃姐姐人望甚众，若姐姐和德妃姐姐与我一起，人多势众彼此总还有个依靠，否则无论是谁，终不免落人暗算。"

彼时端妃已为贵妃，位分乃诸妃第一，连她所养育的温宜帝姬也一跃为帝姬中名位最尊者。端贵妃抚着温宜沉思片刻，终于颔首应允。

大封六宫的典礼在太庙足足行了三个时辰。这样大封六宫的情形在乾元朝是第二次，第一次是在玄凌与纯元皇后大婚之时。如此盛典，大约在乾元二十三年得过一点恩幸的嫔妃都得册封，阖宫欣庆，自然热闹不同凡响，连上林苑听仙台的戏也是流水价唱足了三日三夜，更遑论各宫歌舞如何夜夜不休了。

而新晋的鹂妃安鹂容，却不被允许参与那一日册妃大典。原因自然是皇后体恤，天气渐热，太庙人多，怀有四个多月身孕的鹂妃的确是不适宜参加的。如此，这个鹂妃之称不免有些有名无实，然而皇后的安慰是——生产之后便可册为夫人，何必急于一时。

话自然是有理的，譬如当我把晋封的名单交到皇后手中时，她提出婕好赵氏晋为贵嫔，我都没有表示出任何反对之意。

而值得一提的是追封礼。随着管氏一族的覆灭和甄氏的复兴，自缢而死的瑞嫔洛氏也被追封为妃，谥号"昭节"，这也是在情理之中。而太后提出的昔日被废为庶人的杨梦笙被追封为恭静贵嫔，无疑是狠狠扇了安鹂容一记响亮的耳光。这意味着对当日安鹂容所指杨芳仪害她多年不孕这一结论的推翻，事实上，玄凌对当日杨芳仪的所谓吞金自杀亦是感伤。这让孕中的安鹂容十分不安。

我曾在很多个清晨或午后去颐宁宫向太后请安时看见面色恭谨，垂首站在颐宁宫廊下等候拜见太后的安鹂容。她的小腹已经隆起，宝鹃与宝莺一边一个搀扶着娇弱无力的她，那样子是很楚楚可怜的。

太后仿佛并不在乎鹂妃腹中即将降生的子嗣，总是让她在等候半个时辰之后遣小宫女告诉她："太后要歇息，今日不得空了。"那段日子里，太后对四皇子予润的垂爱更是显而易见："哀家已有四个孝顺的孙子，惠仪贵妃早去，哀家只能更多地疼疼这个孙儿了。"

这样的难堪使后宫妃嫔对这位有名无实的鹂妃更多了几分轻蔑，很多嫔妃的宫室里一夜之间多了许多黄鹂，她们在一起聚会时的话题也常常停留在自己养的黄鹂上。

"使劲儿叫，声音好听得跟鹂妃唱歌似的。"

"姐姐忘了，鹂妃已不能唱了。"

"呵，能跳舞也行，你看我的黄鹂多会扑棱翅膀。"

"姐姐也忘了，她现在怀着皇嗣，怎好跳舞呢。"

当然，这些议论是私下的，从未传到玄凌耳中。偶尔他问起宫中为何多了那么多黄鹂，吕盈风掩口笑道："咱们羡慕鹂妃怀有龙种的福气，也盼能和黄鹂一般多子，想沾些福气呢。"

鹂容愈加悒悒，唯一让她高兴的是，她的父亲安比槐终于被玄凌宽恕，赐黄金千两还乡养老了。

而最令人意外的是，慕容世兰的追封。我一直以为玄凌对她是无情的，直到那一日他在我宫中，讲起那一日观武台的驰马，他说："玉娆骑射时的风姿很像初入宫时天真的世兰。"这是慕容世兰死后，他第一次在我面前回忆她，"那时她十七岁，很大胆，也很天真可爱，像一朵玫瑰花，娇艳却多刺。"

那日，我正与他一起在庭院中纳凉，我摇着团扇沉吟片刻，笑道："听闻当年慕容氏曾与皇上赛马，那么馀容贵人驰马的样子应该更像她吧？"

"的确很像。"玄凌看我道，"如果朕想给她一份哀荣，嬛嬛，你会不会反对？"

他这样问，显然内心已有打算。而慕容世兰虽然狠毒，但当年许多事，确实也有我错怪她的地方。何况，终究那么多年了。我于是颔首："逝者已逝，臣妾也不想多执着当年的恩怨，皇上决定就是。"

他的鬓发被晚风吹散些许，从平金冠中逸开几缕。他目光平直，微许沧桑之意如水一般从眉目间流泻："朕还想给馀容贵人嫔位。"

我默然，很快笑道："虽然祖制宫女晋位须得逐级晋封，但皇上若喜欢，偶尔破例也不打紧。"

月华清凉如水，照得满天繁星愈加璀璨如钻。柔仪殿前清波荡涤，只觉红尘倒影毕然寂静，月华无声澹澹，连人心也照得明澈几分。他轻轻抚我垂落未绾起的长发："你能体谅就好。容儿不为母后所喜，容儿难过，母后不悦，朕也很心烦呢。"

册封礼的热闹过后，我在某一日的空闲里召来了卫临。彼时正是夏末天气，庭院中的夏时花卉便有一种知道大势已去前的热烈盛放，仿佛要拼尽全力释放香气挽住一点属于自己的季节。阳光从花枝的空隙间投射稀疏的光斑，透过长窗的冰绡窗纱落在地上成了淡淡的水墨写意。

我手上绣着一幅"貂蝉拜月"的刺绣，小小的绷子使整块布匹绷得饱满而紧张，绣花针刺落时都能听到轻微的"哧"一声。我头也不抬，淡淡道："本宫召你来是要问一问，鹂妃的胎气可还稳当？"

卫临道："望、闻、问、切才能得到精准的答案，那日微臣跟随娘娘去景春殿时只有望、闻，所以答案未必准确。"

我一笑："卫太医心思沉稳，知道本宫带你去后必有此问，你又怎会给本宫一个似是而非的答案。"

卫临轻轻摇一摇头："如娘娘所愿，鹂妃的孩子只怕生不下来。"

我轻轻一笑仰起头来，不觉含了几分狠意："本宫不过白问一句，你怎知本宫盼望鹂妃的孩子生不下来。诬蔑本宫，罪名可是不小。"

卫临淡然一笑，眼中露出一点精光："为鹂妃把脉的许太医已报过胎象平和，娘娘若相信自然不会再来问微臣。"

我温然一笑，指着近旁的椅子道："坐着回话吧。"我悠然停下手中针线，道，"你既知我所愿，就不必只说些顺我心意的话。且说实情就是。"

卫临躬身道："微臣趁人不觉时看过脉案，写的是平和之象，不过是普通的安胎药方。然而在药材中却多加了安胎补气的艾叶、黄芩、苎麻根和白术等药。"

我面上一惊，心底却暗暗生出一缕喜意，道："旁的本宫倒是不知，那艾叶却是温经止血的，不到必要时断断不会轻用。"

"娘娘睿智。那日微臣曾留心鹂妃殿中有熏艾的迹象，虽然殿中点了香掩盖了熏艾的气味，可是微臣相信自己没有闻错。鹂妃有孕方始四月便已用艾叶，可知已有出血症状。此外，黄芩和苎麻根是止血解毒的，白术则有补气、健脾、止汗之效，此几种药说明鹂妃气血两虚，有盗汗滑胎之象。如今气色尚好，全赖这些药提着精神。然而内本已亏，加之听闻鹂妃无人时常心情抑郁，只怕月份越大，腹中胎儿越岌岌可危，断断拖不到足月生产。"他身子微微前倾，压低声音道："鹂妃体质甚虚，又有麝香侵体的迹象，本不易受孕。不知她用了什么法子强行有孕，虽则有了胎气，然而孩子却有八九成保不住。"

我捧过瓷盏缓缓啜饮了一口清茶，笑道："事无绝对，卫太医不也觉得还有一两成的把握能保住鹂妃的胎儿么？眼下鹂妃是皇上的心头肉，诸位太医竭尽全力必能保得鹂妃顺利生产。"

"可是，"卫临飞快地看了我一眼，"鹂妃用艾，便已知自己这胎难保，而皇上却不知道。如果这一胎真的保不住，娘娘以为责任在谁？"

我倏然一跳，像被雷电狠狠一击，此刻已然明白过来，手中握着的绣花针像被汗腻住了，一点一点发涩，面上只淡淡笑："若是自己保不住也算了，否则碰上谁便是谁倒霉了。"我心思蓦地一动，"此事你知我知，自然本宫不必担这干系了。"

卫临点头道："是啊。不过娘娘与鹂妃娘娘素来情厚，自然是不会有干系落在娘娘身上的。"

我早知卫临精明胜过温实初，不意他竟有如此计较。微微沉吟，蓦地想起一事，我唤小允子："把本宫妆台下第三个小屉子里的青花瓷盒拿来。"

那是一个拇指大的瓷盒，里面有一指甲盖大小的粉红色香饵，我放在他面前："那日她殿中所用的凝露香无甚大碍，只这东西本宫看不出来，你瞧瞧这是什么？"

他细细一嗅，用手指捻开一点粉末，沾上一点清水再闻。我见他神色郑重，面上却不知怎的红了起来。那是一种奇异的潮红，我取过他化开的那点香饵深深一嗅，只觉心头暖暖的，心跳一拍一拍突突地清晰地跳着，越跳越快，渐渐眼饧耳热，整个人有些轻飘飘起来。我心知不好，"啪"地甩开那东西，喝道："槿汐！"

槿汐匆匆赶来时我已用清水扑面渐渐镇静下来，槿汐取来冰块敷在卫临面上，良久，他才渐渐恢复平时的神色，俯身愧道："微臣轻率了，不想这香这样厉害！"

我赐他一杯泡得极浓的苦丁茶，道："你只说里面有什么？"

他皱眉喝了一口，苦得眉毛都要打结了。半晌，清了清嗓子道："依兰、豆蔻、山茱萸、肉苁蓉、青木香、蛇床子、天茄花、乳香、蟾酥、牡蛎和远志。"

我听不出什么，疑惑道："仿佛是些药材？"

他点头："若每样分开，的确是普通药材，可若混在一起，便是对男女都有用的……"

他没有说下去，我面上一红，已经猜到，便道："你只用水化开这一些便这样厉害么？"

卫临道："独这依兰与蛇床子便放了十足的量，此香若焚烧起来，只怕药性更强。所以一般用时都是掺一星半点到其他香料之中便可见效，也不易察觉。"

我心中一动，念及一事，问道："这依兰有使人情动之效，如果碰到鹅梨帐中香会怎样？"

"同效。只是效果不及此香厉害。因为依兰花毕竟是草植，而此香中的依兰则是大量提纯的。娘娘可想而知，依兰花并非四季常有，而有此香，便可年年岁岁无虑了。"

我颔首："你且回去吧，给本宫等着。"

接着几日天气炎热不堪，到了晚间便风凉雨骤，雷雨大作。几番冷热不调，我便得了风寒卧病不起。这一病便连着好些日子没有好转的迹象，人也逐渐憔悴了下去。陆陆续续有嫔妃来请安，我无力相见，索性都推辞了，把六宫之事交代给德妃，只静心安养不提。如此一来玄凌不免心疼，早、午、晚都要来一次，连药也是煨好了亲自一勺一勺送到我唇边。

这日晨起精神略略好些，正好玄凌早朝下来，两人有一句没一句说着宫中近来发生之事。晨光如画，两人安静相对，倒也生出几分恬淡相守之意。

槿汐进来，奉上一碗清淡白粥，加了几片紫姜。

玄凌接过，怜惜道："朕来喂你。"

槿汐垂手立在一边，道："娘娘，鹂妃娘娘过来请安。"

玄凌随口道："传她进来。"

槿汐微微踟蹰："鹂妃娘娘来了好几日了，娘娘都不见。"

玄凌的眉间涌起一点不悦之意，转脸问槿汐："鹂妃日日都来请安么？"

槿汐有些不知所措，很快照实答道："是。每日早上都来。娘娘没有一次见的。"

玄凌把碗搁在床边小几上，向我道："容儿怀着身孕过来的，何必叫她站在外头不许进来。"

我转过脸去："臣妾实在不想见到她来。"

空气中有瞬间的凝滞，他唤我："淑妃。"这一声里有隐约的怒气。我此时脂粉不施，加着病中瘦削，含泪的容颜颇有些楚楚可怜："皇上也觉得臣妾应该见妹妹么？臣妾风寒未愈，若与妹妹相见，伤了妹妹和胎儿怎么办？臣妾宁可皇上斥责，也断断不敢造孽。"

玄凌双眉舒展，已然含笑："朕知道你与鹂妃格外亲厚些，必不会向着母后也不理她。"

我含泪含笑，啐他道："明明皇上自己多心。"我笑着推一推他道，"妹妹想必还在外头等着。臣妾体谅她一份心意，妹妹却未必明白，有劳皇上陪妹妹回去说个明白，也好让妹妹宽心。"

他握住我的手："朕喂你吃完再去。"

我盈然一笑："妹妹是有身子的人，皇上快去吧！"我温婉低首，"妹妹本就心事重，怀孕之后常常患得患失，于安胎其实是无益的。本该臣妾多去陪她宽心，谁知这身子这样不争气，只得有劳皇上多陪陪妹妹了。"我软语哀求，"眉姐姐早走，臣妾很盼望安妹妹能母子平安。"

玄凌很是欣慰，三顾后终于离开。

我缓缓沉下脸来，吩咐槿汐道："她再来我也不会见，你们见她来只避得远远的，不要碰她身上一分一毫。否则，翻转了整个未央宫也说不清。"

过了片刻，小连子进来道："娘娘，景春殿有位宫女来请安。"

我略一沉吟，扬了扬脸，槿汐立刻出去，亲亲热热拉了一人进来，笑道："娘娘，莺羽儿来给你请安呢。"

我笑嗔道："槿汐，你不请莺羽儿姑娘进来坐下，反而拉着人乱跑。"

莺羽儿进来羞答答请了安道："听说淑妃娘娘病了，奴婢莺羽儿特来请安。"

我客气笑道："劳你有心了，才刚你主子来，怎么你不是跟着一起来的么？"

莺羽儿低下脸，咬了咬唇，勉强一笑："看见皇上陪主子去了，奴婢才过来的。"

"这话说的，好像你们主子不喜欢你在皇上眼前似的。"我笑道，"槿汐，把本宫桌上的奶子葡萄请姑娘吃去。"

槿汐一笑："娘娘不说，奴婢也要这么做的了。"

莺羽儿惊讶地看我与槿汐一眼，笑道："娘娘待槿汐真好。"

我含笑道:"你们平日伺候着也是辛苦,何必苛待你们。你主子身子弱脾气好,想来对你们也极好的。"

鸢羽儿涩涩一笑,只低了头不做声。槿汐拉一拉她的手,忍不住道:"恕奴婢多言。鸢羽儿是皇上身边的人都几个月了,鹂妃娘娘也不请皇上恩赏,没名分也罢了,背后由着那些小宫女欺负,她也不做声呢。"

我一惊,忙坐起身来道:"竟有这等事!槿汐你还拉拉扯扯的,鸢羽儿姑娘可是小主呢,你也不分尊卑上下的。"

鸢羽儿忙跪下,局促不安道:"娘娘别这样说,奴婢不过是个宫女,怎当得起小主之称。槿汐姑姑待奴婢很好,若娘娘叫奴婢与她分出上下来,奴婢真是罪该万死了。"

我忙抬手示意槿汐扶她起来,声音温婉若春水:"你所欠的只是个名分而已,和寻常小主有什么区别,你主子有孕浑忘了也是有的,改日本宫见到皇上向他提一提也就罢了。只是你还记得荣嫔的例子吗?"

鸢羽儿垂首怯怯:"奴婢知道,当时皇上宠爱荣嫔册封得急了,结果惊了贞妃娘娘的胎气,以致娘娘难产。"

我打量她俊秀的脸庞:"你倒是个有心的,都知道得清楚。"

我咳嗽两声,槿汐忙端了水送至我口边:"娘娘病着还操心,先歇一歇吧。"

我抚一抚胸口,道:"无妨。鸢羽儿,近日你主子胎气可好么?"

她略一迟疑,避开我的目光:"都好。只是夜里有时会醒来。"

"无论她好与不好,你都不要在这事上着急。皇嗣为要,若你主子有什么不安,首先落个不是的便是你们这些身边伺候的人,知道么?"

她缩一缩身子,温顺道:"是。"

从镂花窗格前望出去,临水的池边开满了一丛丛百合,花姿雅致,亭亭娟秀,晨光迷离之下犹有露珠晶莹。

鸢羽儿顺着我的目光望去,不觉叹道:"这花极美,倒与寻常百合不同。"

槿汐笑道："那是狐尾百合，你看那花蕊粉红绵长，又卷曲，可不是和狐尾一样。难得的是香气最清郁又好养活，宫中有水的地方都有呢。"

我心中一动，亦笑："你方才说你主子睡眠不安，百合最能清心安神，平虚烦惊悸。你若常插些在殿中，对你主子身子也有益。她身子安稳，到时皇上一喜欢，你的名分便有着落了。与其求人，还不如自己用心。你说是么？"

她乖巧点头："奴婢多谢娘娘提点。"

许是前段日子操心了，我的病一直未见多大的起色。长日漫漫，我足不出户，日日只插花刺绣，打发辰光。

虽然过了中秋，但炎热之意未退，开在阴凉处的狐尾百合便越发花姿挺拔秀丽，我尤爱那粉红花蕊数点，常常让槿汐采一些来，早上所采集的花苞到黄昏时分便会盛开，凉风徐来，满殿清芬。槿汐道："鸢羽儿真有心，那日娘娘提了一句，她真日日一早采摘了狐尾百合送去呢，太医看过那些花苞无事，听闻鹂妃倒也喜欢。"

"她总不会提及是我教给她的吧？"

"怎会？她一心要孝顺鹂妃，何况，鹂妃哪里许她多说话了。"

我侍弄着手中一丛蓝紫色的鸢尾花："也可怜了那丫头，原本身边有人为自己拉住皇上不算坏事。只是鹂妃自己根基不稳，怎还容得身边有人分宠，难怪要压制鸢羽儿。"

"不过，听闻最近皇上常在别处，鹂妃娘娘有些不悦呢。"

此事我也有耳闻，为了宽慰安鹂容孕中的抑郁，我常劝玄凌去陪伴她。如此一来，不免冷落了各宫，恰逢前几日是燕宜生辰，诸妃在她殿中热闹了一番，玄凌不免多陪了她两日。又接着庄敏夫人道头晕无力，玄凌亦多逗留了几日。

我笑着摇头："罢了，你看几日后是鹂妃生辰，皇上必会去陪她的，要我们操什么心。只是那一日鸢羽儿必定事多，你把百合备下然后让她去水泽边自己取即可，不必叫她费心择选。况且，鹂妃也一定不喜她与别宫中宫人来往的。"

到了九月初一那一日，玄凌果然去了景春殿。鹂妃未请各宫妃嫔相贺，诸妃也乐得不去，所以只各自送了礼去便罢，只留玄凌与之独处。此时安鹂容月份已有五月，论起理来即便玄凌要过夜也无妨。于是景春殿中笙歌曼舞，远远都能听见丝竹柔软低迷的咏叹，软软一声，无端撩拨起后宫此消彼长的醋意。

这一日德妃一早便陪了胧月来我宫中。胧月此时已快七岁了，小小人儿与我亲近了一些，我手把手在窗前教她临字。胧月新学写字，倒也极是认真，一笔一画虽稚嫩，但下笔极有力，可见心中有丘壑。德妃便在一旁刺绣，偶尔温柔凝睇胧月，这样静好时光，一直维持到了夜间。

这一晚天气特别热，德妃懒得走动，便与胧月一同留宿在柔仪殿中。此夜一弯月牙有同于无，星辉夜沉，我索性命宫女大开门窗，纳风取凉。

听得外头奔逐喧哗之声时已是一更时分了。我蒙眬中警醒过来，推一推身边抱着胧月睡得正熟的德妃，轻轻唤道："姐姐你听，外头像是出什么事了？"

德妃霍然醒转，正要与我披衣出去。却是小允子慌里慌张进来："两位娘娘，可不好了，鹂妃娘娘小产了。"

德妃面色一变，斥道："小产便小产，你慌什么！"

小允子面色煞白："回德妃娘娘的话，鹂妃小产是皇上他……皇上自己也惊着了，不好呢。"

我与德妃听得玄凌不好，遽然色变。德妃吩咐了含珠看护胧月，急忙与我更衣一同往景春殿去。

此刻景春殿中已是一团乱。我踏入内殿，纵使心中已有准备，不免也大惊失色。殿中满是血腥之气，宝莺与宝鹊哀哀哭泣不止，一壁哭一壁唤着"娘娘"，用热水擦拭鹂容苍白泛青的脸。鹂容蜷卧在九尺阔的沉香木雕花滴水大床上，身下的素云缎褥子尽数被鲜血洇透，连床上所悬的天青色暗织榴花带子纱帐上亦是斑斑血迹，她整个人如同卧在血泊之中一般，身上一件杏子红半透明的云绡小衣半褪半掩，露出香肩一痕，衣上尽是鲜血。德妃惊得掩面，回头不敢去看。

夜深月淡，内殿充斥着血气和药草混合的浓郁气味。宫人们面色惊惧，往来匆匆，裙带惊起的风使殿中明亮如白昼的烛火幽幽飘忽不定，无数人影投落地面，竟像是浮起无数黯淡的鬼魅。

我忙道："鹂妃这样穿着，太医如何为她诊治，还不为娘娘披件衣裳。"

此情此景，与当年眉庄离世时竟无多少分别。唯一不同的是，眉庄已然再无声息，而鹂容，她在昏厥中犹自发出一两声因为疼痛而生的呻吟。我强自定住心神，拉过许太医道："皇上如何？"

许太医满手鲜红血腥，犹有血珠从指尖滴答坠落，他满头大汗，语气里已带了哭音："皇上醒来时娘娘就成了这个样子，皇上身上也是血，此刻已去偏殿更衣。只是皇上眼见这幅场景，受惊不小！"

我问："鹂妃呢？"

许太医一指满床血污，道："娘娘出了这么多血，孩子铁定保不住了。孕中不可有剧烈房事，娘娘与皇上怎能情不自禁！何况娘娘……"他闭口没有再说，赶忙去救治鹂妃。

我回头，金丝檀木小圆桌上犹有几碟未吃完的精致菜肴，白玉高足杯中残余一些琥珀色的桂花酒，而另一杯中只是些蜜水。圆桌一侧的五彩冰梅蝶纹瓷瓶中供着几束狐尾百合，那花开足一天已有些残了，雪白的花瓣上有几道黯黄的迹子，许是为了保持花卉的新鲜，上面犹有洒过水珠的痕迹，沾了一点半点粉红的花粉残落在花瓣与叶尖。我皱了皱眉，叹息道："花残了，人也损了，鹂妃醒来要看见这残花岂不伤心，拿去丢了吧。"

我急忙赶到景春殿偏殿，皇后已在那里守着玄凌。想是深夜赶来，皇后一向整齐的鬓角有些毛乱，玄凌披了一件明黄四海云龙披风坐着，手里捧着一碗热茶，脸色蜡黄。

皇后见我与德妃同至，不禁问道："去看过鹂妃了么？太医怎么说？"

德妃与我对视一眼，为难道："人还在昏迷中，太医说孩子肯定保不住了。"

皇后没有太多的惊讶，只是惋惜："好好的怎会如此？"

玄凌的脸有一半落在烛火的阴影中，恻然道："是朕不好。都是朕……孩子没有了。"

他的眼神黯淡如天际零碎的星，又似鱼眼般灰败无神，他嘴唇有些轻颤，指尖伸出向我："嬛嬛，嬛嬛，朕又没有了一个孩子。朕以为过去了那么多年，你与燕宜都为朕生下了孩子，蕴蓉生下了，眉庄生下了，朕以为上天已经原谅朕了。可是……可是，容儿是因为朕才没有孩子。都是朕……是朕亲自……"他痛苦地抓住头发，无力地垂下脸去。

我比皇后快一步接近玄凌，将他痛苦的面庞拢于怀中，温言安慰道："没有事。没有事。皇上，皇子帝姬已经平安出生那么多，怎还会是上天不肯原谅皇上？今日之事或许只是个意外而已。"

"不是意外……"他凄然摇头，絮絮诉说，"朕不该与容儿那么晚了还喝酒，朕喝了些酒，又是与她独处，朕明知她……"

德妃见玄凌如此，不免焦灼，劝道："其实鹂妃有身孕已经五个月，太医又一向说她胎象安稳，即便……"她脸上一红，婉转道，"想来也该无妨。"

皇后亦不由得面红，温婉道："皇上虽然喜爱鹂妃，只是鹂妃有孕，确实该稍稍克制自身。"

玄凌摇头，面有愧色："朕也知道。只是朕与鹂妃独处时每每总有情不自禁，前几次因记挂她有孕皆无事，今日许是喝了酒的缘故……"他脸上渐渐露出几分惊痛，"朕睡到半夜醒来时觉得身边湿透，一摸之下竟全是血，容儿已经痛晕过去。"

德妃念及方才所见场景，不由得再度掩面，拉住要去看望鹂妃的皇后："皇后不能去。鹂妃那里……满床鲜血，实在可怖。"

正分说间，却见孙姑姑排众而进，问了两声道："太后已被惊动，皇上此刻心绪未平，还请皇上去太后宫中暂且歇息。鹂妃之事自有太医照顾。"她看着玄凌，婉转的口气中有几分肃然，"太后说鹂妃娘娘再要紧也要紧不过朝政，皇上自该分出轻重，不要误了明日早朝。"说罢唤过李长，同扶玄凌至颐宁宫去。

安鹂容失去的不仅是一个已经成形的五个月大的男婴，更是永久的生育能力。她知道这个消息时并没有号啕痛哭。

彼时花影疏斜，秋光停驻在景春殿杨柳树梢。任窗外光影在幽深的眸中明灭回转，她面上没有一丝表情。只是双手紧紧抓着锦被。这一次小产大大损伤了她的健康，整个人瘦弱得不盈一握，面色如鬼凄白，整个人便似风中的一缕飘絮，枯弱无依。

我听得太医如此向她禀告，便停驻在镂花隔窗之外，没有再进去。她伸出枯藤般的细手缓缓合上低垂的帐幔，在转身的瞬间，她似乎看清了窗外之人是我。

太医已经退出，内殿中空无一人，她轻轻道："我乏了，困得很，不劳姐姐进来看望了。"

廊下朱栏雕砌，从枝叶的缝隙间百转千回轻淡落下的阳光有陈旧的金灰颜色，沉沉的，有积古的幽暗。我淡淡一笑，心中无尽的怨毒化作唇边一缕淡薄的轻笑："也好。我只是来告诉妹妹一个好消息——太医来回禀，我哥哥的神志逐渐清晰，从前许多事都能记得了。"我停一停，"同为故人，妹妹一定也很高兴。"

"是么？"她的身子一震，似落石入水惊起的波澜，然而只是那么一瞬，她枯瘦的背影再度恢复平静，以平淡的口吻道，"恭喜。"

我平静地看着她掩藏在纱幔后朦胧的背影，静静道："自然是喜，只是也会叫人怕。"

"是么？姐姐若认为怕的人是我，恐怕是要叫姐姐失望了。"

我牵过壁上一脉被秋阳晒得干枯的爬山虎藤蔓，道："妹妹集皇上三千宠爱于一身，妹妹怎么会怕？"我微笑，"妹妹刚失了孩子身子不好，好好歇下吧。"

"姐姐，"她以无限的空洞和干涩的声音挽住我缓缓离去的脚步，"和你拥有那么多相比，我又失去了一样东西。我有什么好怕？和你相比，我原本什么都没有。"帐幔轻晃，似湖波轻缓的涟漪，她寂寂无声地躺下，似沉没于波心，再没有回顾于我。

这一个消息对于玄凌来说不啻于一个沉重的打击，哪怕他命皇后调制过堕胎药，哪怕他命人调制过欢宜香，哪怕他曾有许多个孩子在母胎中失去了生命，但没有一样比他亲自用自己的身体使一个孩子断送生命更可怕！

在那几日里，他对我说得最多的话便是："嬛嬛，朕忘不了朕醒来时满床鲜血，这个孩子，是朕害死的……"他说这话时，握着茶杯的手轻轻发颤，那样温热的茶水一滴一滴从指缝间漏下，逐渐变得冰凉。我无言以对，只能长久地抱住他。

他的愧疚让他无颜去面对鹂容；他的愧疚让他予以鹂容丰厚的赏赐，并且打算听从皇后的意见，予以她从一品夫人之位，许她与胡蕴蓉并列的荣耀；他的愧疚让他在朝政之余的时间里变得自责和彷徨，难以自解，也让后宫妃嫔心事重重。

　　为宽太后之心，有子女的妃嫔常带了孩子承欢于太后膝下，尤以欣妃与庄敏夫人为最。那日上午秋风渐起，身体稍见好转的我特意带了润儿去向太后请安。太后的容色稍稍有些倦怠，很显然，为了鹂容小产一事，她也大伤脑筋。虽然她并不看重鹂容，也未必十分重视她的孩子，但是玄凌，是她唯一的儿子，她不得不为他的自责而忧心。

　　欣妃开朗直爽，又是淑和帝姬生母，向来颇得太后眼缘。加之她在玄凌面前已不如往日，因而在太后跟前格外尽孝。此时她着一身烟霞银罗长衣，光洁的长乐髻上只斜簪一枚银凤镂花长簪，托着从发髻上结丝串下的粉白色小骨朵菊花坠儿，依依立在朱漆花格长窗下，细细往青鹤瓷九转顶炉中撒入一把香末。太后看着她笑道："才晋了妃位，怎穿得这样简素，连宝石珠花也不配一朵，只用些素白银器。"

　　欣妃连连咋舌，摇头道："怎么敢？昨日穆良媛穿得喜庆了些，其实也不过簪了几朵红宝石花儿，穿了条粉色攒花裙子，皇上瞧见了便不舒坦，大骂穆良媛没心肝，宫中刚没了一个孩子，鹂妃还病着，她穿得花枝招展的给谁看！穆良媛又羞又气，躲回自己宫里哭了大半宿，今天眼睛还是红的呢。"

　　太后斜倚在软榻上，闻言微微蹙眉，旋即淡然道："胡说。宫中小产的嫔妃多了去了，鹂妃又不是头一个。是她自己没福，皇上何必为这事迁怒旁人，难道叫宫里的人都为这没福气的孩子服丧么？定是穆良媛哪里不当心冲撞了皇上。"

　　欣妃笑着指着在座的我、端贵妃、冯德妃与庄敏夫人道："别人都还罢了，太后且看几位位高得宠的娘娘也穿得这样素淡，便知道皇上这气生得多大了。"

　　众人闻言对视一眼，轻声道："臣妾们实在不敢惹皇上生气。"

　　太后的叹息融在如画的莹莹秋光中几乎难以辨清："这样闹腾下去几时才安定下来呢？也难怪皇上心里难过，眼睁睁看着孩子没的，又是自己的缘故……"她没有再说下去，额头菊瓣似的皱纹中似被时光凝住了无数深深浅浅的忧愁，只定定望着鹤口中逸出的淡淡一缕白烟出神。

欣妃见殿中凝滞，人人各怀心肠，不由得凑趣道："太后怎么瞧着那香定神了似的，可见这香不错。"说罢笑向我道："果然淑妃的孝心，拿来孝敬太后的东西都是好的。"

我转一转腕上的白银缠丝双扣镯，笑吟吟道："那也得欣妃姐姐焚香的手艺到家。"

太后闻得我们说话，勉强拾起笑容问道："这香味道是不错，甜香润肺，很是安神。叫什么？"

我忙起身道："是鹅梨帐中香。"

太后微微颔首，理一理身上的璞青色夹金线绣百子百福缎袍，随口道："这香甚好，明日让内务府也给每日供来。"

冯德妃含笑道："太后喜欢就好，等下臣妾回去便吩咐了内务府赶紧送来。"

我双眉微蹙，摇头道："德妃姐姐轻言了。不怕太后生气，这香原是鹂妃手制的，皇上一时高兴赏了臣妾一些，内务府并无这样的香料。若太后真喜欢，臣妾请鹂妃再制些就是了。"

太后沉默片刻，道："罢了，不必费这些麻烦。"

庄敏夫人轻快一笑，娇靥生春："也是的。不过些香料而已，什么劳什子的。"说着指着墙下两盆艳如星芒的花儿，笑道，"这花可难得了，素日也到不了各宫里。今日还是贵妃问起花房可有什么新鲜难得的，他们才巴巴儿地孝敬了这些依兰花来，正好叫臣妾借花献佛。"

我微微吃惊，道："这便是依兰花？"

德妃笑道："这花稀罕得紧，原是迦南等国进献的贡品，等闲我也不曾见过，娘娘也不曾赏过么？"

"许多人都是素闻其名罢了，我也只养过一两盆呢。"庄敏夫人说话间莲袖轻扬，星眼微饧，粉面染霞，那眼波似染了帘外如醉之光，大有盈盈不胜之态。

太后直起身子，关切道："怎么了？脸这样红。"

孙姑姑忙斟了一盏青梅汤递到庄敏夫人手中，道："娘娘喝点青梅汤。"

庄敏夫人玉颜含赤，愈加显得眉不画而含黛，唇不点而露绛，忙取下绢子拭着脸颊道："不知怎的，只觉得好热。"

孙姑姑笑道："都秋日里了，娘娘还嫌热。"语未完，她手指轻颤，忙忙取下腕上一块绢子抚住脸颊，继而惊道，"怎么几位娘娘脸上都这样红？"

太后微一沉思，沉声唤道："取那香来。"

我慌忙跪下，一急之下额头更是沁出豆大汗珠："太后恕罪。是臣妾的罪过，臣妾不识依兰花，一时疏忽忘了禀明了。"

时光缓缓划过数日，偌大的紫奥城似乎只沉浸在秋色的浸染之中，平静得并无半分涟漪。这日正巧德妃得了上好的阳澄湖螃蟹来进与太后，因而除了小产的鹂容，妃位以上的嫔妃与皇后都在太后处领了螃蟹赏菊吃蟹，笑语晏晏。

宴毕，用菊叶水浣手去腥，众人陪着太后坐于殿中闲话家常，倒也十分愉悦。然而当玄凌向太后提出要恩赐安鹂容从一品夫人之位时，太后沉默片刻，道："不忙。"她命孙姑姑点燃了一把檀香，那静默的香气袅袅从青鹤香炉中缓缓冒起，使得殿中有一种别样的沉静气味。

袅袅的白雾笼罩着她的面容。我一时分不清她的笑是真心还是一种习惯，只听她温和道："你们好好闻闻这檀香，觉得气味如何？"

庄敏夫人轻俏笑道："太后所用的东西，自然是极好的。"

太后一笑，只回顾玄凌："皇帝以为如何？"

玄凌赔笑道："香味细腻，清心静气。"

太后点一点头，她仅以玉妆饰的面容平和冲淡："听闻鹂妃素善制香？"

皇后淡淡一笑："香、歌、舞以及温婉的脾性，是鹂妃最大的好处。"

太后颔首，仿佛深以为然："皇帝喜欢去鹂妃那儿也是因为她这些好处吧。"她的声音愈加平静，似波澜不惊的湖水，"郦妃亲手调制的香可以让人精神松弛，消疲解乏。"

玄凌不知何意，只得答了"是"，道："儿臣有时忙了一天，喜欢听她唱唱歌说说话，她调的香有百余种，各有提神愉心之效。"

太后话锋一转："哀家有一句私话问皇上，安氏不是绝色，宫中歌舞不下于她之人也不少，皇上怎的如此喜欢她，留恋不已？"

玄凌面孔一红，在座嫔妃都不免有些醋意，唯皇后端然而坐，欠身道："大约是她性情温顺吧。"

太后淡淡一笑："竹息，给皇上看看这个。"孙姑姑用帕子托出一颗米珠大小的粉色香饵，似是没有烧尽的样子。太后不急不缓地开了口，她的声音像是九霄云空骤然划过的一道闪电："郦妃殿中的凝露香真是好东西，似百花清新。而这颗妙东西，更当真是个宝贝。"太后看着贞妃，眸中闪过一丝悯色："贞妃，你若有这一小点东西，便也能留住皇上的心了。"

玄凌不由得色变："母后，是什么？"

太后的声音柔和了几分，然而那凌厉的目光直欲噬人："皇帝，男女相悦，有时不必用情，可用香药！"

欣妃惊诧且鄙夷："暖情香？"众人不觉惊诧，面面相觑之下再难掩饰鄙弃之色。

太后淡淡笑道："可比那些东西精巧多了，哀家已命太医瞧过，只消焚上一点半点，便可以使男女情动。"

庄敏夫人羞得拿绢子遮住了脸，连声啐道："狐媚！狐媚！安氏如此下作，岂非和当年的傅如吟一般！"

太后素来最恨傅如吟以五石散引诱玄凌，面上微微一搐，已见森然之色。

玄凌怔怔之下，诧异道："有毒无毒？"

太后道："无毒。"

玄凌微微松一口气："母后，或许容儿一时糊涂，也是为了留住朕。"

"你可知道哀家是从哪里寻到这些？"太后扣住手指，"哀家很是疑心，皇帝你酒量不差，怎会喝些酒便情动不能自制？安氏有孕你是知道的，即便欲行周公之礼也不会太过放肆，为何你如此不分轻重？而安氏明知自己有孕，为何也不拒绝？于是哀家让竹息去查，结果在宫女倒掉的那日剩余的香灰中找到了这个。"

德妃忙笑道："太后勿要动气，鹂妃年轻不懂事，太医一向说她胎气稳当，又有五个月身孕了，想来无妨。一时胆大……"

皇后亦道："孩子终究是自己的，想来她不会如此轻率吧。"

太后缓一缓气息："哀家已经看过彤史，安氏生辰前，皇帝连着好些日子都在燕宜与蕴蓉处。"

庄敏夫人"啊"了一声，丹凤妙目中似有火苗灼灼亮起："她孕中多思，难不成为了争宠，又仗着自己五个月的身孕胎气稳当，才出了这糊涂主意？"

我思忖片刻，疑惑道："太后，会否其中有误会？安妹妹胆子再大也不敢拿皇嗣开玩笑啊，或许……"我沉吟着说出自己的疑虑，"会否有人陷害？"

皇后顿时警觉，眸中掠过一点锐利的星火，旋即道："淑妃的揣测也有道理。"

太后唤过芳若："你来说。"

芳若欠一欠身，道："奴婢奉太后之命追查，那日景春殿中一切事物奴婢都检查过没有可疑，结果在殿后小院里看见倒着的焚了一半的香料，那灰烬中便有此物。奴婢请太医查看后又问景春殿侍女，皆说鹂妃雅好制香，只是所有香料都由她自己保管，连宝莺、宝鹃两个心腹都不能略碰分毫。奴婢也趁人不防悄悄去看过，有几个要紧的香料盒子都用锁锁住，想来没有钥匙是拿不到的。"

太后示意她继续说下去，她道："奴婢已按太后吩咐，把所有装有香料的器皿悉数取来，有锁的也已强行撬开，其中有一种被锁住的香饵和方才那一粒一模一样。"她打开一个描金花卉小盒，果然盒中装有数百颗拇指大小的香饵，颜色、气味和焚过的那一颗无半点差别。她又道："而且几个有锁的盒子都被束之高阁，听宫女说是鹂妃近期不打算用的了，不知为何最近又用了。"

庄敏夫人一脸鄙夷，讥诮道："还能为何，以此下作手段争宠，当真无耻！"

太后看着玄凌，将他听到这个真相时流露的失望和震惊尽收眼底，她柔和而悲悯地望着玄凌："你不必再自责，她小产再不能生育，完全是她咎由自取。"玄凌道了声"是"，别过脸去，大有不堪之情。

贞妃审视瓶中各色香料，忽然指着其中一种道："这种鹅梨帐中香淑妃处也有，听闻是安氏亲制，不知是否有不妥之处？"

太后冷笑一声，只道："妥与不妥，前两日领教过的人也不少了。"

欣妃咬着绢子道："这香本无不妥，若是和依兰花放在一起……"她面上一红，目光飞快从暖情香上刮过，贞妃何等聪慧，旋即了然，红了脸不敢再问。

我垂首道："太后。温太医一早告诫过，所以臣妾殿中从不用依兰花。"

太后微微颔首，看我的眸光有几许温和："哀家知道你不会。"

"鹂妃与孩儿都喜欢在殿中放依兰花，"庄敏夫人半倚在靠椅上，对着窗外明丽秋光比一比葱管似的指甲，"可是孩儿宫中可配不到这样厉害的香！"

"若不是偶然领教此香与依兰花放在一起的厉害，哀家也不曾想到这一层。"太后看着玄凌，"在宫中滥用这些事物，皇帝觉得该如何处治？"

玄凌眼底有痛心与怜悯的荫翳，迟疑片刻道："到底她也失了孩子。母后，褫夺封号，降为贵嫔如何？"

太后不置可否，只漠然道："皇后在，位分尊贵的妃子也在，你们可以慢慢商议。"

庄敏夫人道："此等媚惑皇上之罪，昔年的傅如吟是赐死。"

欣妃颔首附和："不错，以这些秽物媚惑圣上，秽乱后宫，断不可轻纵。"

我屈身跪下，求道："鹂容虽然炮制暖情香有罪，但她没了孩子，以后也不能再生育，已然受到教训，还请太后宽恕。而且她调制的香料未必都无益处。"我命槿汐取来舒痕胶打开，小小精致的描花圆钵中乳白色半透明膏体因为多年不用已然凝固，然而花草清香犹在。我恳求道："当年臣妾面颊被猫抓伤，安妹妹给了臣妾这个，果然药到伤除，连半分伤痕也未留下。事有利弊，还请太后念在她从前的好处，宽恕这回。"

端贵妃沉眸许久："我记得淑妃妹妹被猫抓伤时是初次有孕的时候。"

我诧异："是。贵妃何以想起这事？"

端贵妃望向太后："臣妾素来体弱，无福生养。只是今日淑妃说起，臣妾想起一事，当年淑妃身健体壮，有孕时饮食上也素无不妥，即便慕容氏刁难，怎的跪了半个时辰就小产了，如今想来太后不觉得蹊跷么？"

太后双眸微沉："饮食可以小心，若有人在妆饰上动手脚，倒实在难以察觉。"她的目光落在那圆钵上似有千斤重量，唤道："葛霁。"

我衔着一缕快意，茫然不解地看葛霁挑出一点膏体捻开轻嗅，他老成的面孔闪过一缕惊愕，很快复命："此物中有极重的麝香，若每天取来匀面，不出三个月便会小产。"

我矍然变色，极力摇头道："怎会！她怎会杀了我的孩子！我与安妹妹同日进宫，她孤立无援时我曾接她入府小住，还有眉姐姐，我们三人如此和睦……"我掩面，泣不成声。

玄凌一把抱住摇摇欲坠的我，面色苍白："葛霁，不是因为其他原因，真是因为舒痕胶么？安氏素来与嬛嬛交好……"

"不会有错。"葛霁恭谨道，"看这圆钵中膏体已干，可知娘娘长久没用。而里头只剩一半的分量，那么另一半全是被娘娘用在身上。如此剂量下去，必定滑胎。"

我恸哭："皇上，咱们都错了，原以为是那香……谁知，谁知……她好狠的心!"

德妃与庄敏夫人相顾失色:"连多年的姐妹都能下手,还瞒得这样滴水不漏!真是人心难测!"

庄敏夫人面色沉重,道:"原本咱们都以为是侍奉安氏的宝鹊不当心说漏了嘴才惊了惠仪贵妃的胎,现知此人这般居心叵测,或许宝鹊是她指使也未可知。"

德妃蛾眉微蹙:"淑妃待她比惠仪贵妃亲厚许多,淑妃她都能下手,何况惠仪贵妃?"她语调微凉,叹息道,"可怜四殿下自幼丧母,安氏每每见到四殿下,不知心中是何滋味?"

玄凌唇角勾出一缕悠远淡漠的笑意:"淑妃?惠仪贵妃?很好!很好!还有谁?"他掩面,"朕宠了这么多年的女人,竟然不配为人!"

孙姑姑道:"奴婢想不通一事,为何鹂妃的暖情香不是只对皇上有效,连自己也会迷乱其中呢?她不是只该让皇上意乱情迷即可么?"

端妃双目微微一瞬,目光淡远投向远方:"两情相悦自然是好事,只是如果不意乱情迷便不能与皇上欢好呢?"

我眉头一挑:"我只记得当年安氏无意于皇宠,很是冷寂了一些日子,后来还是我举荐。我记得那是在她父亲被人连累之后。"

庄敏夫人的叹息如秋雨簌簌凉薄:"是啊。她害你的时候却忘了你的举荐之恩呢!"

德妃道:"如此,她仿佛起初真的无意于皇上呢,若非她父亲的缘故……"

皇后摆手道:"安氏侍奉皇上这么多年,即便有错,也不会对皇上无情吧?"

久不开口的贞妃微启樱唇,徐徐道:"臣妾想起了杨芳仪,当年在臣妾宫门前被指用麝香香囊害安氏多年不孕,甚至差点牵连害了臣妾,以致杨芳仪吞金而死。"她双目灼灼地看着玄凌,"臣妾大胆揣测,如果不是杨芳仪害她不孕,而是她自己不愿有孕才佩此香囊,加入麝香之后借机暗算杨芳仪呢？"

太后沉默片刻："此事当年就处置得过于草率，杨氏不像是那样的人。你的说法，或许可解当年的疑惑。"

德妃道："可是她此番还是怀孕了。"

端贵妃转脸看着窗外疏淡天气："再不怀孕，她父亲可要死在牢中了。"

玄凌俊朗的脸庞上满蕴雷电欲来的荫翳，吩咐李长："传朕的旨意，去搜宫！"

李长雷厉风行，不出一个时辰，已有两样东西搁在太后跟前。绣堆纱折枝花卉的绢帕中裹着上品的麝香，香气浓郁，是极珍贵的"当门子"，太后才瞟了一眼，喝道："丢出去！"而另一个精致的嵌螺钿葵花形黑漆小盒子中的物事，更让所有人大惊失色，葛霁取出一些细嗅，双手一颤："太后，是五石散。"

太后眸中精光一轮，已含了雷霆之怒："大胆！傅如吟死后哀家在宫中禁绝此物，安氏怎还会有！"语毕，目光已落在玄凌身上。

玄凌知其意，忙起身道："儿子当年一时糊涂，如今再没有了！"说罢挽起衣袖请太医诊脉。葛霁搭脉片刻，和言道："太后，果然没有。"

太后略一思忖，吩咐道："带安氏来。"

叁 壹

桃花欲謝恩難禁

    颐宁宫殿宇开阔，秋风无尽吹来，微微蕴凉，卷着一缕缕花叶即将凋零的颓唐气息。初秋的晌午已有一丝清冷之意，半黄半绿的树叶开始在枝头颤动，那种欲留不能留的姿态，很像垂死挣扎的无奈。

    鹂妃安氏是被仓促带来的。她显然未来得及认真梳洗，脸上还残留着那种颓败的神色，身体微微颤抖着。因在病中，头发松散绾着，斜斜簪了一枚金镶宝石蜻蜓簪，那蜻蜓是欲飞未飞的姿态，她穿一袭月白色水纹绫波裥裙，外罩一件莲青弹花褙子，才要跪下，膝下一软，似一朵被风吹落的花瓣，软软地坐了下去。

    玄凌看也不看她一眼，太后也不见怪，只道："葛霁。"

    葛霁拉过她的手，两指扣了上去。安鹂容且惊且惧，手腕上还套着一枚金镶珠翠软手镯，中嵌翠环，环中有莲瓣式金托，每瓣嵌南珠一颗，翠环背面八角形镂空托底，十分精巧。然而因着她病中憔悴瘦弱，那手镯愈宝光灿烂，愈显得她的手臂枯瘦如柴，了无生气。

葛霁很快复命："娘娘体弱，但绝无半点服食五石散之象。"葛霁停一停，"恕微臣多嘴。这五石散的成分和纯色与当年傅婕妤所服的乃是一样的。"

端贵妃轻轻一叹，如秋夜落索："可惜了傅婕妤。"

皇后大惊，她脸上青红交替，最后被愤怒与震惊取代："那些五石散是你给傅如吟的？你……竟敢戕害皇上龙体！"

安鹂容没有回答，她的目光接触到麝香和五石散之后，便是一种死寂的无望。

我从未见过皇后这些震怒的神情，仿佛有无数雷电在她的情绪中爆发。皇后厉声唤过剪秋："给本宫狠狠掌她的嘴！"

皇后所谓的"掌嘴"并非打耳光，而是用木尺击打安鹂容的嘴唇与下颌部分。木尺击打在皮肤上有"噼啪"的脆响，耳错听见会以为是鞭炮喜悦的昂扬。很快，安鹂容鼻子以下的部分高高肿起，口中不断有鲜血溢出，直到她痛楚地弯腰吐出两颗牙齿。

玄凌伸手示意停止，厌恶地望着她，眸中厉色毕露："淑妃的孩子，眉庄、梦笙、如吟的死是否都是因为你？"

她目光平静如死水，看不见一丝情感的涟漪，她正一正妆饰，敛衣叩拜："既有当初，臣妾早已料想到今日。"

玄凌望着安鹂容的目光中有无尽悲悯、痛心与厌憎："鹂妃，你陪了朕十余年，从未有忤逆朕的时候，谁知你竟这般狠毒！"

"臣妾不喜欢鹂妃这个称呼。何况皇上从未真心爱过臣妾，您不过是宠我罢了，和宠一只小猫、小狗有什么区别？臣妾算什么呢？鹂妃？不过是您豢养的一只鸟儿罢了。"她轻轻一笑，似一朵娇弱的花绽开在唇边，风姿楚楚，"至于狠毒么？"她目光一一环视过众人的面孔，经过太后，最后定格在玄凌面上："在座之人，谁没有狠毒过？"

玄凌再问："有无人指使你，你可有什么要分辩？"

她再度拜倒，语调淡漠而厌倦："一切都是臣妾的错，请皇上赐罪。"

玄凌转过脸，轻轻吐出两字："赐死。"

"皇帝，让她活着。"太后缓缓起身，面容丝毫不改，"人人都有狠毒之时，只为在这宫里人人都会身不由己。可你的狠毒，已经超过旁人百倍。哀家不让你死，还要保留你鹂妃的封号，景春殿便是你的冷宫。等你养好了身子，哀家会日日命人掌你的嘴，要你日日跪在佛前忏悔你的罪孽。有你做例，看宫中谁还敢放肆！"

鹂容轻轻一笑，漠然置之。太后唤过李长："带她下去，禁足景春殿，再不许人伺候她。所有服侍过她的宫人，亲近者杖杀，余者全部变卖为奴，永世不许入京。哀家便要看她自生自灭，免得谁杀她脏了自己的手。"说罢喝道，"拖下去！"

赭红色的枫木燃起漫天凄美的红色火焰，如一叶残花的安鹂容，便被拖拽着消失于这片红色之中。她最后漫过玄凌的眼神，殊无一丝眷意。

尘埃落定之后，我在观音像前为我未曾出生的第一个孩子燃起一炷沉香。

我有些倦，靠在寝宫的贵妃榻上看槿汐插着一束狐尾百合，它的花蕊卷曲若流霞，有妩媚的姿态。那种粉嫩的粉红色，像极了暖情香的颜色。那种粉红，几乎是一模一样的。我仔细看着自己套着赤金镂空护甲的纤长手指，有一天，我用这双手指的指甲勾起一点暖情香的香粉一点一点混入狐尾百合的花蕊，重新合上花苞，再教给鸢羽儿在夜间时在盛开的花瓣上洒一点水可以延长它美丽的花姿。我知道的，太医会检查花束，却不会打开含苞的花朵去检验它的花蕊。

我想起那一夜许太医的手，他的手上全是来自鹂容身体的温热鲜血。我对着光线仔细分辨自己的手，我闻不到一丝血腥气，也看不到一丝血液的痕迹。

然而，我清楚地知道，我双手所沾染的血腥是永远也洗不去了。

景春殿一夜间人去楼空，同冷宫无异。安鹂容的败落让后宫嫔妃额手称庆之外，也格外感受到得宠与失宠之间常常变幻莫测。

景春殿的看守以及鹂妃的奉养事宜一律交给了李长，念及当年鹂妃对李长和槿汐一事的羞辱，李长自会将她照顾得"很好"。我只嘱咐一句："不要叫她死了。"

李长躬身诺诺而笑："奴才晓得轻重。"他低声道，"皇上已下令诛杀安比槐，斩立决，就在这两日了。"

我低头轻笑："抽个合适的时候告诉她，父女一场，总要一哭以尽哀思。"

李长道："奴才定会挑个好时候。"

长日徐徐，宫中因鹂妃的废黜而格外沉静。最初因她败落而生出的种种欢喜逐渐让人体味出君恩无常的哀凉。深宫岁月，大抵也难得有这般静谧的时光。唯有初入紫奥城不久的三位嫔妃的欢笑依旧有青春无惧的蓬勃。

这一晚玄凌歇在琁嫔宫中，秋夜寂寂，唯见床前灯花爆了又爆，槿汐笑吟吟道："可不知明日有什么喜事呢？"

早起向太后请安后亦是无事，我抱了予涵与灵犀在灯下识字为乐。外头小允子喜滋滋来通报道："六王隐妃到，九王正妃到——"

话音未落，玉隐与玉娆欢欢喜喜带了一人进来，道："长姐看谁来了？"

视线中一蓝衣男子缓缓敛衽拜下："淑妃娘娘。"

熟悉的声音如一根琴弦拨动我久违的温馨亲情，我疾步上前扶住他坐下，欲语泪先落下了。泫然含泣："哥哥，你可大好了？"

哥哥比病中精神了许多，神色虽还有些苍白，却也缓和了好些。他比从前略瘦些，一袭蓝色暗纹长袍中隐隐透出几许沧桑孤清之意。我上上下下看个不住，哥哥微微一笑："我确实好了。实初也来帮我看过，已经无碍了。"他仔细看着我，"嬛儿，你比从前好看许多。"

我啐道："哥哥就爱拿我玩笑，可见是真好了。"

哥哥见了予涵与灵犀，欢喜道："可是我的一双外甥么？"

我含泪点头："是，还没见过舅父呢。"说着一一抱到他怀中。哥哥一边一个，很是爱不释手，灵犀久不见玉娆，伸开手臂便要她抱。

玉隐掩口笑道："玉娆现在抱灵犀，可不知什么时候就有自己的孩子了呢。"

玉娆红了脸，笑骂道："二姐就会笑话我，我再不理你。"

哥哥抱着予涵小小的身体，唏嘘道："仿似大梦一场，噩梦不断，醒来时甄氏又是富贵鼎盛。"他吻一吻予涵，紧紧抱着他身子的手轻轻发颤，"致宁若还在，予涵也可多个表哥了。"

提起嫂嫂与致宁，哥哥饶是坚毅，眸中亦盈然有泪光，玉娆与玉隐亦忍不住别过头垂泪不已。

我忍泪坐下，轻轻道："管氏已灭，但我还是很想知道，当日哥哥身在岭南，何以突然失常？"

哥哥垂眸片刻："某日，有自云宫中内侍前来相见，将茜桃与致宁惨死情状告知于我。我能忍受放逐岭南的种种苦役，皆是因为挂念妻儿父母，我一直以为他们都还活着。"他以简短的言语将概况告知于我，然而我如何不知，这短短两句话之下有几多深情厚谊。

四人相对垂泪不已，哥哥安慰地拍一拍我的手："还好。嬛儿，你都好。"

都好么？身体自是养在金尊玉贵之地，而一颗心，早就滚油烈火中煎熬滚灼了多年，早就破碎不堪了。

正说话间，却见外头人影一闪，却是李长进来，打了个千儿道："给淑妃娘娘、王妃、隐妃、公子请安。"

我晓得他来自有不寻常事，果然他附在我耳边低语几句。

我略一思忖，问道："太后在做什么？"

李长道："此时怕是在佛堂念经呢。等用了午膳，怕还要睡两个时辰。"

我浅浅一笑："玉娆和玉隐去看看玉姚吧，我且和哥哥说些话。太后最疼玉娆，等太后午睡醒了，该和玉隐一起去向太后请安。"我特特叮嘱玉隐："太后必会问起孟静娴的事，怕你薄待了她，你必得一句句回得仔细，别叫太后多心。"

她俩携手而去，我见无人，方道："有奴才嘴快，鹂妃知道你来了，想见你一见，你肯不肯？"

"鹂妃？"

"便是从前的安陵容，"我漠然道，"她已形同被废入冷宫，你可愿意去看她一看？"

哥哥一震，旋即垂下目光，思忖良久，轻轻道："也好。有些话，我很想亲口问一问她。"

透明琉璃钱金盖碗里茶色如滟滟一酡胭脂，茶香袅袅，正是新贡的锡兰醉胭脂。那鲜艳的颜色似一颗艳毒的心，隐下无数心事。我颔首："也好。"我转首吩咐李长："悄悄儿的，别惊动了人。"

李长点头道："一切有奴才。"他又道，"鹂妃说想吃杏仁。"

我点头："太后说过，想吃什么给她。衣食供应不缺，她还是鹂妃娘娘。"

李长应了声"是"，引了哥哥出去。

我自留了玉隐与玉娆一起用午膳，闲话家常，又陪她们去太后处说话。

日影西斜，待到黄昏时分还未见哥哥回来的踪影，我不觉暗暗心惊。披上一件藻绿色的蹙金繁绣脂艳海棠茜纱披风，我携过槿汐的手，向景春殿去。

昔日繁华似锦，承恩如欢的长杨宫，此刻杨柳衰烟，连那一带赫赫红墙亦成了一道颓败的红，似女子唇上隔夜残留的胭脂。在黄昏的幻境下，整座宫宇似一头苟延残喘的巨兽，僵伏在那里。

此时已是落日西坠，晚霞满天。天空中的落日已被昏暗吞没殆尽，半天的云层被无边的霞光渲染得格外璀璨炫目，金红、娇紫、嫣蓝、虾黄、粉紫，诸多霞色调和成幻紫流金的天空，如铺开了七彩织锦从九天玄女手中无边抖落。

我驻足观望，这样的霞色，恰如当年我们入宫当选那一日。

同样的天空，同样的晚霞，同样的人，却不复当年少女时的心境了。

此时此刻，如斯霞色，在我眼底映成的倒影不过就如一匹揉皱了的丝缎，再无动心处。

暮色中的一道颀长的身影缓缓向我走来，夜凉的风掠起他袍子的边角一扑一扑的，像想飞又不能飞起的飞鸟的翅。

我上前几步，关切道："哥哥，怎么这么久？"

他点点头，轻轻"嗯"了一声。

"哥哥，她对你说了什么？"

哥哥怅然摇头，轻声道："没什么。都是过去的事了。她实在，也很可怜。"哥哥停一停，问我道，"她很喜欢吃杏仁么？方才与我说话时她一直在吃。"

我摇头："我并不晓得。"

哥哥在我近旁，轻轻道："她很恨皇后么？"我无言，哥哥道，"她对我说的最后一句话是要我告诉你——皇后，杀了皇后。"

天色欲晚，重重宫殿被暗云披上了浓墨浑金的色彩，在暮霞的垂映下渐渐变成无数重叠的深色剪影，这样缓慢的陷没，格外给人一种压迫到无法喘息的感觉。有内监的声音骤然尖厉爆发："鹂妃娘娘殁了——"

哥哥一怔，迅疾转过脸，许是夕阳的余光仍旧炽热，许是我看错了，哥哥的眼角竟有一丝晶莹之意。

我木然片刻，她死了，安鹂容死了——我骤然大笑，笑得不可遏制，连自己也难以想象，我的喉咙里竟有这样畅快的笑声迸发。

耳边犹自响着当年我与眉庄的欢笑声，陵容娇怯怯的含羞不语。十余年岁月，终于，爱的，恨的，都离开了我。

寂寞如斯。

光摇朱户金铺地，雪照琼窗玉做宫，这样繁丽的紫奥城，不过是几道深深的寂寞身影辗转其中罢了。

良久，颊边缓缓滑落一滴清泪。

泪落人亡，如此而已。

夜色似心底的哀凉，无知无觉层层迫上心翼。李长紧赶慢赶来了，急忙赔笑道："可找到娘娘和公子了，皇上说要和二位一起用晚膳呢。"

我点头："劳驾公公回一声，说本宫换件衣裳便和兄长过去。"

李长觑着我，小心翼翼道："鹂妃突然殁了，这……"

我望着暗夜的云舒云卷缥缈如烟，沉声道："公公也知道是突然。是她自己想不开，不念太后饶她一条命的恩典，与旁人无干。"

"娘娘说得是。"李长悄悄瞟一眼哥哥，我知他意思："家兄一下午都在本宫宫里闲叙家常，哪里都没有去，这是奉旨的。没有风言风语传出去，自然不会连累了公公。"

李长微微一笑："是。说到底，都是那些伺候鹂妃的人不当心。"

"嗯。"我看他一眼，"公公自然知道怎么回太后的话。"李长躬身去了，我转头看哥哥："哥哥先去洗把脸吧。"

哥哥略略有些倦容，淡淡道："我有些乏了。"

我眸光沉沉，伸手牵住他衣袖晃一晃："不去，便是心怀怨怼。他的心意不易知，哥哥不能不当心。"

牵袖相告，原是在家中时兄妹间亲密无间的举止，他露出浅浅一痕笑意，轻嘘一口气："皇上曾如此疑我，总是尴尬。"

我轻轻一笑："哥哥，做人会看戏，也得会做戏。既然皇上的忘性比哥哥好，他都能坦然，哥哥为何不能做得坦然？伴君如伴虎，君恩无常，不会永远得意，也不会永远失意，只看你是否还有利用价值。哥哥明白这一层，便不会在乎君恩是否真心。"

哥哥凝视我片刻，语意怜悯："嬛儿，你似乎在说你自己。"

"天下所有人都不过是他的臣子，说谁不都一样么？哥哥不必多心。"我为他正一正髻上绾发的白玉簪子，柔声道，"咱们去吧。"

刻意撤去所有华丽的衣饰，小巧玲珑的绢花点缀发间，换过一件家常衣裳，浅浅的杏红色，浅得如轻轻呵出的一口如兰气息，略深一色的折枝杏花暗红纹，乳白的裙角一曳也带出些许温馨随意的意味。我牵着胧月，抱着灵犀，哥哥抱着予涵，才要见礼，胧月一纵从我手中脱出，扭股糖似的扑进了玄凌怀里，甜甜唤道："父皇。"

玄凌抱一抱她道："今日可乖了，自己跟着母妃来，很像个姐姐的样子。"

胧月大眼睛扑闪扑闪："那是父皇疼胧月，胧月自然要乖了。"她停一停，左右张望着道："母妃怎么还不来？"胧月已有几分帝姬的气势，仰着脸便问小厦子："德妃娘娘还没来，小厦子快请去。"

小厦子不知如何回答，只得道："淑妃娘娘已来了。"

胧月小嘴一撇，作势就要生气，玄凌忙拉住了笑道："今日你舅舅来了，德妃说让着你舅舅呢。"

我只得弯腰哄道："德母妃知道你喜欢吃蟹肉包，正着人做呢。蟹肉包可难做了，她不看着不放心，若你德母妃现在赶来，奴才们把包蒸坏了可怎么办呢？"

胧月嘟一嘟嘴，又心心念念着唯有起了秋风才能尝到的蟹肉包，只好不说话了。胧月如此一闹，君臣礼数便自然免了，也添了几分家常和气。玄凌看着哥哥道："质成，如今身子大好了，秋风起了夜凉，素日还是要保养的。"

"质成"是哥哥的字，素日只有亲近之人才这般称呼。玄凌这样的口气，是极亲切的，也撇开了君臣的礼数。哥哥闻言欠身："多谢皇上关怀。"

我笑道："四郎成日价惯会说嘴，自己怎不当心身子呢。"说罢转头唤上槿汐，指着桌上一盏汤羹："知道皇上今晚必叫膳房做了蟹黄羹，螃蟹性凉，臣妾已经叫槿汐拿菊花瓣煨了黄酒，等下正好喝了暖胃。"

胧月即刻道："也给母妃留一份。"

予涵与灵犀渐懂人事，正是牙牙学语的时候，予涵学着姐姐道："也给父皇留一份。"

玄凌极高兴，不自觉便含了慈父的笑，抱过予涵亲了又亲，哥哥只含笑瞧着。玄凌抬头见他如此，不禁也笑："如今你孤身一人也不成个样子，家中无人主持事务，奉养父母也不便。身子既好起来，也该考虑再成个家。"

哥哥笑容一僵，我晓得他牵动心中嫂嫂与致宁之痛。嫂嫂惨死，鹂容又暴毙，哥哥一时间自然无心再娶。可若是一力推辞，难保玄凌不疑心哥哥记恨当年之事。我笑吟吟斟过一杯酒递到玄凌唇边，道："舅父的责任可大呢，哥哥一成家，倒顾不上我了。臣妾原想着要哥哥亲自来指点涵儿的读书骑射呢，四郎倒好，偏偏帮他躲懒。"

玄凌举箸而笑："质成，瞧瞧你这妹妹，越发嘴上厉害了。"他夹了一筷子鹌子水晶脍给我："朕原是好意，你若不喜欢，朕给赔罪就是。"如此一笑，玄凌也不再提，予涵小小年纪很守着规矩，颇逗人喜欢，胧月又笑语如珠，如此言笑晏晏倒也欢喜。我唤过槿汐道："你回去瞧瞧四殿下醒了没有？若是醒了，该嘱咐平娘煮了牛乳粥给他喝。"

槿汐闻言离去，柔和的衣风却被李长惊促的脚步带乱，李长俯身在玄凌身边，轻轻道："皇上，郦妃娘娘殁了。"他小心地看一眼玄凌的神色，旋即低头。

玄凌手中的银筷轻轻一震，筷子上细细的链子便籁籁作响，哥哥忙起身道："皇上节哀。"

玄凌一怔，方淡淡道："一个罪人罢了，要节哀什么？"

我恍若方才才得知，便问："什么时候的事？"

"酉时一刻，郦妃娘娘午后想吃杏仁，传了好些。其实那些杏仁的分量是不会致死的，谁知郦妃娘娘将从前一点一点要去的杏仁全藏了起来今日一并吃了，太医诊了说是服食杏仁过多中毒而死。"

玄凌双眸微黯，将筷子重重往桌上一搁，沉沉道："她定是知道了安比槐已死，所以存了死志。朕已宽待她饶她一条性命，她如此不念君恩，死不足惜。"

李长忙跪下道："都是奴才不当心，才让郦妃娘娘自裁了。"他停一停，一脸自责，垂首道，"妃嫔自裁是不祥之事，都是奴才的差错。"

玄凌听他说起"不祥"之句，眉心涌起一丝不易察觉的厌恶与怅然，他挥一挥手，示意李长起来："若不是安氏早存死志，也不会把那些杏仁积起来寻死了。怪不得你。"

"她此身只得幽闭景春殿中，安氏蒙宠多年，如何能过得下这样的日子。与其说是为她父亲，不如说是死于绝望。"我幽幽注目玄凌，"安氏虽然作恶多端，然而毕竟侍奉皇上多年……"

他断然转首："朕不会去看她。"

"是。"我停一停，"即便皇上不与她死后的体面也无妨，只是皇家体面也要紧，流言纷纷，郦妃圣宠多年猝然自裁，民间流言喧扰，要是认为皇上因其父而迁怒她逼她自裁就不好了。"

他面色冷凝如铁："你不恨她？"

我含着得体的微笑，坦然道："臣妾与安氏同年入宫，一直交好，却不想安氏如此暗算臣妾。正因为怨恨，臣妾才不愿以协理六宫之权操办她的丧事。为免臣妾两难，也为保皇室体面，堵住悠悠之口，皇上不如请皇后为鹂妃安置丧仪吧。"我行礼如仪，"还请皇上亲去嘱咐皇后操办，也算一尽对鹂妃之心了。"

玄凌略略思忖，道："知道了。"他起身唤过李长："朕有些累了，去荣嫔那里。"回首又嘱咐我："淑妃，你再陪质成坐坐，朕去瞧赤芍。"

我忙起身送他至仪门外，夜风里他获青色的九龙穿云袍被风扬起一脉雪白的袍角，纹饰的金线在清亮的月光下有凛冽的夺目。他轻轻握住我的手指："方才提起你哥哥娶妻之事，他仿佛有些怅然。"

我细腻地捕捉到他今夜的敏锐，温然道："嫂嫂是哥哥唯一的妻子，而且致宁，他小小年纪与母亲一同早夭，哥哥重视妻儿，一直很伤心。当年神志不清的病也是由此而起。"

"朕也怜他失了嫡妻爱子，只是日子总要过下去的。"

我轻轻应了一声，道："是。只是总要时间缓和。"

他颔首："好好送你哥哥出宫去。"他停一停，温言叮嘱，"告诉你哥哥，从前的事已经过去，他的才具朕不会浪费。"

我躬身送他离去，槿汐扶住我，低声在耳畔道："安氏是太后厌弃之人，不必皇上费周章。"

我挽着衣上细细的垂珠流苏，淡然道："太后真心厌弃之人，皇上未必深恶痛绝。即便深恶痛绝，也未必不留一分旧情。让他此去了尽情分，免得日后再念及她半点好来。"

"余情了尽，才不会有慕容氏那样的遗祸，累娘娘今日还要费心伤神。"她悄然看我，"那么此事劳烦皇后，想必娘娘已经有了主意。"

我沉吟一晌，道："李长是个有主意的人，他久怀置鹂妃于死地之心，每次少少地进一些杏仁给鹂妃，日子久了，鹂妃也会慢慢中毒死去，神不知鬼不觉。"

槿汐低下睫毛："昔日鹂妃给奴婢与李长的羞辱，没齿难忘。"

我含了怜悯之意，拍一拍她的手，低低道："罢了。她这样活着，还不如有个了断。"

院中植着数丛"晚玉丁香"，花期甚长，每每入秋十数日才有凋落之迹。此时青砖地上落了一地紫色丁香，薄薄丝履踏过，了无一丝痕迹。

人亡如花落，残风一卷无影踪，似不曾来过一般。

永巷深长幽寂，我与哥哥缓缓行去，槿汐与小允子远远跟在身后。哥哥沉默良久，低声道："其实皇上对她不算无情。"

"我也知道她对皇上无甚情意，只是她为除傅如吟，便借她之手使皇上服食五石散。如此不顾龙体，已不是一句无情而已。"

哥哥沉吟不语，我亦不语，待回到柔仪殿。我屏去众人，方看着他道："哥哥，你是否一直知晓她的情意？"

皇后已被玄凌冷落多时，如今得玄凌亲来嘱咐操持丧仪，自然不能不尽心尽力。皇后为祷宫中祥瑞，鹂妃的灵位被停在延年殿请法师祝祷七七四十九日，一壁又开始打理丧仪一切事宜。

彼时已是初冬，槿汐捧了一束早梅来侍弄，娓娓道："嫔妃自裁不祥，皇后以暴毙的名目掩了过去，宫里人嘴上不说，谁不知道她是畏罪自杀。到底便宜了安氏，以'鹂音贵嫔'的追谥下葬了。"

"鹂音贵嫔？"我"嗤"地一笑，拨一拨纤白手指上的素银戒指，"想必是皇后的杰作。"

"是。"槿汐蹙着眉心，疑惑道，"皇上久久不去看皇后了，好容易皇后得了这个差事，竟不亲力亲为，什么事都只吩咐了刘安人和剪秋打点，只说头风疼得厉害，难为她肯费心去想安氏的谥号，也不知什么缘故。"

"能有什么缘故？"我轻拈一朵初开的红梅，仿佛一朵血花绽放于指尖，"宫中为人处世的缘故再多，归根究底都是为了自己。"

她"嗯"一声，又道："皇上去了皇后宫里，皇后也没能复宠。如今鹂音贵嫔的丧仪已了，皇上倒像是越发多嫌着皇后了，连素日请安都不大愿意见了。"

我颔首，披衣起身道："本宫去瞧瞧贞妃。"

彼时冬寒疏落，燕宜正在殿中捧了一卷书入神。芽黄对襟褙子挑着一缕缕朱紫团花暗纹，湖绿细褶百合裙，宝髻松松偏侧，只以一枚镂花流苏金簪绾住。我不禁暗赞叹，芽黄那样明丽娇俏的颜色亦可被她穿得如此沉静温雅。

殿中疏朗开阔，隐隐有梅花的清香细细，晚阳被帘子筛碎了铺陈满地，仿佛开了满地金红灿烂的花朵，愈显得身在其中的她清雅疏落。

我掀了帘子进去，轻笑道："又在看什么书？这样入神。"

她见是我，搁下书卷笑道："能有什么入神，好容易沛儿睡着，不过打发辰光罢了。"

她身侧的墙上新挂着一卷手绘的庄子秋水图，疏疏数笔画就，笔意却洒落通脱，全不似闺阁女子手笔。我点头笑道："妹妹的画艺越发精进了。只是若画花鸟鱼虫、山水人物，或许皇上会更中意。"

她淡淡一笑："皇上不常来，来了也不注意这些小节。既然画什么都无妨，不如画自己喜欢的。"

我拉着她的手坐下："安氏已死，妹妹也该宽心些。"

她微微一笑："鹂妃在时我总是怨她，其实如今想开了，没有她也会有别人。皇上对我并无几许真心，不会因旁人而多几分少几分。"

我将眸光投向她："妹妹真如此想，也可不必介意荣嫔。"

她眸色微凉，如披秋霜："我往往想得破，却做不到。"

鹂妃已死，妃位之中只余她与欣妃。其实诸妃之中除我之外唯有她生有皇子，地位之贵自然不言而喻。然而每每来她殿中，总觉得时光漫长而潮湿，燕宜的手边有一面永远也绣不完的团扇，有一卷永远也阅不尽的书卷。书香余温，秋扇哀怨，是她心底始终未解的心结。

她亲手斟一杯苦丁茶与我，恬然道："如今安氏已死，却落得'鹂音贵嫔'这样不伦不类的追谥，实在也是难堪。"

我凝神嗅着茶香，轻缓一笑："那是皇后的一片苦心。"

"只是皇后这苦心并未得皇上谅解。娘娘辞去为鹂妃操持丧仪之事，皇后便是接了这个烫手山芋。鹂妃是皇后一手提拔起来的，即便今日皇后在追谥一事上加以贬抑，又借口头风对丧仪之事未加悉心料理，可是皇上眼中到底是已视皇后与鹂妃亲近。鹂妃已死，皇上留她体面已是耗尽旧情。他日皇上想起鹂妃所作恶行，必会想起是皇后主持她风光丧仪，想起她生前与皇后亲近。皇后精明，怎会不解其中道理。只是即便想出'鹂音贵嫔'这般追谥来贬低安氏撇清自己，她终究已被迁怒，所以连日来连想见皇上一面都不得。"

我惊她心思之通透，不由得更加喜欢，含笑道："妹妹聪慧过人。"

"是姐姐聪慧。"她盈盈看我，"皇后明知如此，但因皇上亲自嘱咐，终究不能推托。只能明知其险而无法躲避。"她停一停，颇有疑色，"姐姐这般费心，难道与庄敏夫人一般，意在凤座？"

我轻轻摇头："一登后位便成众矢之的，我不必以身犯险。何况我若真有此意，胡蕴蓉早已视我为眼中钉，还能容我至今日？"

她笑："我想姐姐也不会这样鲁莽。"

燕宜的目光投向遥远的深处："赤芍无礼却恩宠渐深，连新来的璔嫔与瑛嫔也奈何不得呢。"我见她笑容寥落，亦不觉感触，如今宫中出身王府的两位贵人甚得玄凌爱宠，如花开并蒂，一双芳菲。瑛嫔出身清河王府，本是王府中极出挑的歌女。玉隐曾向我笑言："虽然王爷无心于他人，然而采蘋的相貌在王府侍女中堪当第一，我倒不能不防着，正好趁此机会送入宫来。"

我微微诧异："你一向在府里治下极严，想必采蘋即便在王府也不敢如何。"

玉隐似笑非笑道："日防夜防，家贼难防。趁着要挑人入宫的方便，我便求着王爷做主把几个有姿色的女孩子配了人家或者打发了出府。纵然王爷无心，这些女孩子大了，仗着是王府的老人，又有几分姿色，难保不起什么心思。有一个孟静娴在府里也够了。"

我不觉道："王爷的性子你是知道的，何必这样不放心。"

她面色微微一沉，看向我的眼神不免有些哀怨之意："姐姐自然是知道王爷的性子的，只是我自己不放心罢了。"

我自悔这话说得莽撞，教她多心了。正待拿话岔开，抬眼却见她已是如常安静和气的样子，倒叫我疑心方才是错认了她的怨艾了，于是道："你一向不把孟静娴放在心上，也说王爷不大理会她，如今怎么倒上心了？"

玉隐微一沉吟："王爷虽不喜欢她，然而她到底出身世家，颇识诗书，有时能与王爷攀谈几句。"她微有憾色，"终究是我读书不多，在这些上吃亏了。"

于是玉隐把采蘋顺势送入宫来。瑛嫔不知其中缘故，只当报答当年玄清收留之恩，倒也愿意和我这位清河王侧妃的姐姐亲近。倒是出身岐山王府的瑎嫔，姿艳妖媚，与昭阳殿走得更近。

我这番心思一动，燕宜犹是静静坐着，我晓得昔年的事是玄凌叫她伤了心，她的一腔赤诚生生被冰水覆灭，然而再覆灭，她对玄凌的心肠终是热的。因爱，才生哀怨。

眼见时辰不早了，我便回宫。回柔仪殿的路必得经过仪元殿，我掰着指头算道："这个时辰，皇上应该翻了牌子了。"

小允子道："是。这几日多是滟嫔、荣嫔、瑎嫔和瑛嫔几位小主。"

话音未落，却见仪元殿下立着一名宫装女子，见我远远已经屈膝："嫔妾给淑妃娘娘请安。"

我仔细一看，却是瑛嫔。我见凤鸾春恩车便停在她身后，不由得问道："夜黑风高的，你怎么站在这里？当心吹坏了身子。"

瑛嫔望一眼仪元殿，不无害怕地道："嫔妾奉旨而来，不巧大殿下正在里面，李公公说皇上正生气呢，叫嫔妾先别上去。"

话音未落，已听玄凌的声音直贯入耳："朕要你背魏徵的《谏太宗十思疏》，你背得倒是很流利，想是费了一番功夫。朕问你什么是垂衣拱手而治，你也晓得是治政不费力。可朕问你太宗如何能做到垂衣拱手而治，你只晓得将这篇文章死背与朕听。唐太宗善于纳谏，听了魏徵这篇文章的谏言难道不是做到垂衣拱手而治的一种法子么？你只知死读书，却不晓得举一反三，难道你在书房师傅也不曾讲过太宗的德政？"

皇长子的声音怯怯的："《贞观政要》已经讲过了，母后也叫儿臣细细读过。"

玄凌连连冷笑："你师傅和你母后倒勤谨，你却混账怠懒，你五岁上书房，如今也十年多了，竟不知将书都读到哪里去了。朕记得你前两年还能将《贞观政要》背出好些来，如今竟全浑忘了？亏得你师傅好耐性，若换作朕，在书房看你一天便能气死！"

皇长子大约是跪下了："父皇息怒！"

"息怒？朕倒想是息怒，是你不让朕安生半刻！你是朕的长子，朕不求你建功立业为君父分忧，但求你能为你几个幼弟做个读书的榜样，好让朕少操心些！你却偏偏做出这许多不成器的样子来！"

风大，玄凌的声音远远传来，连他倒映在窗上的影子也隐约有怒气蓬盛。瑛嫔入宫未久，不曾见过玄凌盛怒之景，不觉有些瑟缩，惶然地看着我。我微微一笑："皇上是天子，自然不似王爷这般随和无拘。"

瑛嫔温婉一笑："王爷还没有孩子，他日若有，爱子情切起来只怕比皇上还要管教得紧呢。"

我闻得"孩子"两字，心头突地一跳，脸上热辣辣的，连寒风扑面也不自觉。再抬头时，已见皇长子满面颓丧地踅了出来。玄凌的怒喝犹被风声拖出长长的尾音："这三天好好把这文章读通，再不知文义，便不要来见朕！"

皇长子见了我与瑛嫔，不免满面通红，忙低头拱手道："淑母妃好，瑛嫔母妃好。"

瑛嫔与皇长子年龄相仿，受他如此之礼不禁红了脸，怯怯退开两步。我笑道："你虽年轻，但长幼之序搁在那里，受皇长子一礼也无妨。"瑛嫔这才安心受礼，我道，"你也等了许久，赶紧进去吧。皇上正在气头上，谨记言语温柔。"

瑛嫔点一点头，忙进去了。行经予漓身边时，她温和嘱咐："殿下，夜来风寒，你满面通红从殿内出来，等下着了风怕是要身体不安，记得回去让宫人煮些姜汤喝。"

瑛嫔从前在清凉台便是出了名的温柔体贴，如今身为予漓长辈，自然也格外有几分长辈的样子。只是她与予漓年纪相仿，虽是长辈温和关切的语气，听来也格外动人。

予漓一怔，不知怎的，连耳根后头也红了，目光在她身上转了一转，旋即低头，温然应答："多谢瑛母妃关怀。"他微微低首，"若不是瑛母妃提醒，怕是没人会这样关心我。"

瑛嫔微微吃惊，旋即婉约一笑，拾裙离去。

我瞧着予漓，他已是十七八的少年了，因养在皇后膝下，言行被调教得十分守礼。他的长相本不俗气，一袭蓝狐绲边墨色裘袍华色出众，更添贵气。然而他自幼被约束甚严，不免神色拘谨，眸中亦无半分熠熠神采，此时此刻，更多了几分颓丧之色。我伸手掸一掸他肩上的风毛，好言安慰道："你父皇在气头上，难免话说得重些，你别往心里去。父子终究是父子，过二日又好了。"

予漓低声答道："是。多谢淑母妃关怀。"

我温和道："天色已晚，你还要出宫回王府，夜路难行，赶紧回去吧。"

他愈加低头，几乎要将脸埋进衣服里："母后还在宫里等着问我的功课。"

我微微吃惊："已经这么晚了，明日你什么时辰起来上书房？"

"寅时三刻。"

我惊觉："寅时三刻？天还墨黑，你每日只睡这几个时辰么？"

"母后常说笨鸟先飞，我比不得别人聪明，便要比别人勤奋，所以要日夜苦读。"

我叹息道："皇后希望你争气是不错，可你也该爱惜自己的身子。"我笑看他，"听你父皇说已经在给你物色王妃了，早日成家立业，有人照顾你也好。"

予漓闻言并无喜色："母后说儿臣年纪还小，读书要紧，不要儿女情长分了心愈加叫父皇生气。"

我只得道："皇后养育你辛苦，你且听她的吧。"

我转身待走，却听予漓低低唤我："淑母妃请留步。"

我温言道："还有什么事？"

他抬头，眸中含有恳切的暖意："听闻母妃得享哀荣是淑母妃的好意，儿臣未能亲自登殿感谢已是不孝，今日便在此谢过。"

我一怔，才想起他所指的母妃乃是他生母悫妃，不觉笑道："你是皇上长子，你生母又去世得早，有这份哀荣也是应当的，你不必谢我。"

他的神情沉郁下去，好似这个时节的天气："母妃死得不明不白，多年来流言蜚语不绝，连父皇也不怜惜。儿臣这个做儿子的无能为力，今日得以如此，也是得淑母妃之福才能尽自己的一点孝心。"

予漓深深一揖到底，我忙拦住道："这原不是我一个人的心意，皇后是你的嫡母，也是她允准的。"

予漓唇角勉强一扬，苦笑道："母后待我确实不薄，但她一直认为母妃言行失矩，连提也不许我提，又怎会为母妃身后之事着想，淑母妃不必安慰我了。"他拱手，低声道，"夜寒，淑母妃当心。儿臣告退了。"

悫妃早亡，予漓不得父亲疼爱，皇后教导又严格。虽是长子，然而十余年来生活得压抑而自制，并不曾真正高兴过，何曾还是当年在棠梨宫前要我折花哄他的无忧孩童。我望着他离去时微躬的身影，不觉轻轻叹了一口气。

芳菲 ◇叁◇叁

乾元二十四年三月十六，正是春光融冶时节。

春暖，人心亦暖，皇后这边也开始为皇长子的婚事挑起人来了。这样一想，只觉得时光匆匆，恍惚自己入宫也才不久，转眼儿辈们也已到了嫁娶的年纪了。

彼时正是百花初开的时节，而凤仪宫地气和暖，牡丹开得最早最好，自然是艳冠群芳。这一日午后春光熏暖，连殿前芳渚上一双鸳鸯也伴着沙暖慵睡，我斜倚在榻上拍着灵犀午睡，眼看着垂珠帘帐白茫茫低垂散出熠熠柔光，不觉也生出几分懈怠之意。正睡意迷蒙间，却听小允子进来悄悄站在了身边。我听得他良久无语，亦懒得睁眼，只道："说吧。"

小允子赔笑道："扰了娘娘清眠，皇后宫里传话来，说是请娘娘赏牡丹呢。"我未应声，他自己接口说了下去，"其实名为赏牡丹，不过是替皇长子先相看正妃罢了。何况再相看，也不过是他们朱家的八小姐罢了。"

朱氏一门自太后起已有三位后宫之主，自然不甘权位旁落。只可惜朱氏自皇后姐妹之后再无出类拔萃之女，更兼连连夭亡数位未出阁的小姐，如今最年长的八小姐乃是皇后堂兄的小女儿，不过十四而已。可是皇家姻缘，多为各自利益所需，年长年幼，也算不得要紧。亲上加亲，后位安稳，皇长子的太子之路，也更多一重保证。

我便问一句："除了朱八小姐，还有哪些人在？"

小允子抿嘴一笑："都是朝廷众臣家的未婚女眷，只是姿色都还不如朱八小姐。仿佛看皇后的意思……"他偷偷瞄我一眼，见我只是不动声色，便道，"仿佛皇后的意思，除了正妃之外，还要替皇长子选些有门第的侧妃。"

想起昨日午后还与德妃笑谈，前朝老臣正一品司空苏遂信听闻淑妃权重六宫，立刻上奏玄凌指我"狐媚君上，败坏宫规。皇后健在，竟敢僭越犯上"。直到玄凌笑吟吟地劝他："皇后的确健在，身子却不好。况且淑妃若狐媚，德妃与贵妃不也成了狐媚。淑妃协理六宫，却不专断跋扈，凡事皆问询于贵妃与德妃，极为贤淑，乃是后宫的表率。"

我笑言："没有德妃姐姐与贵妃姐姐，我便是狐媚惑主；有了两位姐姐，我便是贤淑的表率，可见两位姐姐才是贤淑的大旗，我到哪里都得躲你旗下才好活着。"

德妃笑得打跌："没有你，我与贵妃姐姐不过是架空了的德妃与贵妃，自己寻地方凉快去罢了。不必说贵妃姐姐，就是失了生母的温宜，如今有谁敢小瞧她。"

我合上双眸不语，满朝文武，谁不会看玄凌的脸色。而司空苏遂信，他是老臣啊。当年力保朱氏登上后位，如今，如何能看我一点点将皇后宝座蚀空。

槿汐的手势均匀轻柔，紫葵粉将一张脸妆点得精致而细腻，浑然不见昨夜为玄凌看阅奏折至夜半的疲态。我轻轻一笑，老臣贵在"老"，两朝元老，辅佐帝王。然而，也失之于"老"，我何必与他斗，他的敌人是时间。

我缓缓起身，拨开重重帘帐，淡淡道："这样好的打算，我怎能不去看看。叫槿汐进来伺候梳洗。"

还未入凤仪宫宫苑，远远便听得笑语盈盈，如斛珠倾落，异常热闹。我问："皇长子也在么？"

宫门上一个小内监道："回淑妃娘娘的话，皇长子已在了。"

皇后病中喜静，这些日子来凤仪宫一直冷冷清清，这样热闹倒是极难得的。只见满苑衣香鬓影，莺声燕啭，人面春花相映辉然。这般春光可人，皇长子却只枯坐在皇后身侧，满面恭顺，却不见他抬眼细赏。皇后含笑看着眼前十数佳丽，再瞥一眼皇长子神情，不觉微微蹙眉，旋即含笑道："皇儿可有中意的女子？"

皇长子抬头迅疾扫了一眼，忙又低头道："母后慈爱，有母后做主即可。"

皇后伸手抚一抚皇长子衣襟上的团福蛟纹，温言道："你自己放出眼光来挑，若看中了哪一个，自己去求你父皇。你如今长大了，母后只为你安排，不为你做主。"

皇长子愈加低头，一转脸瞧见我，如逢大赦一般站起身来："淑母妃万安。"

众人闻得声音，皆停止了嬉笑，一一跪在皇长子身后，诚惶诚恐："淑妃娘娘安。"此中唯有一人远远站在后面，亦未行初见嫔妃的跪拜大礼，只屈膝一蹲算是见礼。我见她神色倨傲，衣饰亦十分出挑，远胜诸人，心中已经有数，只作不见而已。

皇后取过茶盏抿了一口，淡淡道："寻常相见而已，不必行这样大礼。"

我和颜悦色道："起来吧。今日初次相见，来日选妃，与诸位小姐还有相见之日呢。"说罢含笑看着皇长子："皇长子愈发长高了。"

皇后意在正妃之选，只邀请了我与德妃和蕴蓉来应景。不过片刻德妃便到了，她素来不爱在人前多话，便只带着胧月。蕴蓉趁皇后不见，悄悄笑道："拉了我们在，来日说起来皇长子看中了哪一位，也好拉上我们说嘴，那是皇长子自己的意思挑中的，不是她说了算，就连咱们也是中意的。"

我只盈盈一笑，微微摇头不语。蕴蓉见我如此，也懒得理会了。

此刻一后三妃皆已入座。皇后亦吩咐十数女子一一坐下："今春凤仪宫的牡丹开得早，恰好又逢要给皇长子选妃，当真是好兆头。今日邀请各家小姐入宫，一来是赏花，二来也是彼此亲近之意。"说罢又看我与德妃："今日来的几位小姐，无一不是出身公卿的大家闺秀，容色既美，又识诗书，举止端庄。皇上向本宫说起，皇长子年纪到了，是该替他选位正妃。淑妃宠冠后宫，自己又有着皇子，就当为来日三殿下选正妃试试手吧。"

话音未落，众位女子看向皇长子的眼风也仿佛被春风染上了娇艳欲滴之色。皇后微微一笑，只作不觉。

蕴蓉轻哂一声："如此说来，皇后娘娘可是糊涂了，叫错了人来作陪。我和德妃都只有女儿，连个试手选儿媳的盼头都没有，还不如叫了贞妃来呢。"

皇后带着闲适安逸的神色，缓缓道："本宫是一片好心。或许蕴蓉你来看了一场好姻缘，也能多得些福泽，或者也能产下麟儿呢。"她笑意愈深，凝视蕴蓉，"你还年轻，皇上也宠爱你，有的是指望，不是么？"

德妃讪讪一笑，转脸去哄胧月。蕴蓉面上一阵青白，强忍着怒意，报以一笑。

皇后一一介绍过去，被言中的女子便含羞行礼，趁着行礼的间隙一个俏生生的眼风便递了过去。待到最末一个时，皇后的语气已带了微不可觉的郑重："这是太学礼官朱衡铭——也是你堂舅舅的幼女，家中排序第八，你也该叫她表妹。"

我冷眼瞧过去，正是方才神情倨傲不愿行跪礼的女子，此刻也依旧是淡淡的样子，像极了皇后平时那股冷淡端庄的神气。她本是十分美丽的女子，浅芽黄色盛装之下，原本俏丽的眉梢眼角也被刻意矜持的气息衬得黯淡了三分。

皇长子依言称呼："表妹。"

听见予漓的话，她亦只是欠身："臣女小字茜葳。"

皇长子颔首为礼，再不多言。朱茜葳细白的牙齿微一咬唇，也别过脸不再说话了。德妃所到之处必带胧月，此时胧月早已闷了，见茜葳裙上东方晓色一般的含露牡丹绣得十分精致，不觉玩兴大盛，伸手抚了一下，咔咔笑道："这花和母后宫中的牡丹一样好看呢。"

朱茜葳笑不露齿，异常端庄："多谢帝姬夸奖。"双手轻轻一翻，仿如不经意般把胧月抚摩过的地方悄悄掸了一下。德妃眼见已是眉头微蹙，挈过胧月的手笑道："那边几朵'玉版白'开得好，母妃带你去看。"

我心下亦生不悦，蕴蓉也是冷笑一声，瞥着皇后道："朱家好教养！"

皇后如何不觉，旋即笑道："今年本宫宫中的魏紫开得最好，诸位尽可自行观赏。"

众人闻言散去，皇长子一袭秋香色长袍驻足花前，正是最金贵的名品姚黄，金灿灿的花朵开得繁复错落，每一朵皆如玉盘大，凝露含香，恰似一轮旭日初升。皇后扬一扬脸，茜葳起身捧了一碟果子上前，道："听说殿下喜食姜香梅子，臣女特来进与殿下。"

暖风熏得人醉，秋香色长袍的皇长子与芽黄衣衫的茜葳并肩立于金色耀目的花朵之侧，宛如一对璧人。

皇长子拈过一枚，淡淡笑道："也说不上喜欢，只是母后说梅子生津止渴，姜能暖胃，所以制成果子要我多食。"

茜葳正色道："皇后是为殿下身子着想，殿下应该听从皇后之意。"说罢又双手奉上一枚。

皇长子不置可否，只看着胧月扑蝶追燕、轻嗅花香的身影，道："你似乎不喜欢小孩子。"

茜葳蹙眉道："小孩子总是顽皮不懂事，我们做大人的无须计较，也不必理会他们。臣女这身衣裙是为觐见殿下特意所制，若让人碰坏了可怎么好？"

皇长子闻言一笑，接过茜葳手中的果子唤胧月："绾绾过来。"说罢搂过胧月，"这些姜香梅子是你最爱，都给你吧。"

胧月欢喜一笑，牵着皇长子的手道："大皇兄最疼胧月了。"茜葳脸上红白不定，只好别过脸去再不作声。

我笑向皇后道："大约我们在这里，孩子们也会不自在。"

蕴蓉便道："也好。时候不早了，与其坐在这里看别人献媚争宠，还不如回去看我的和睦。"说完，她径自起身离去，胧月跑来牵德妃的手，嘟嘴道："敏母妃说要回去看和睦妹妹，母妃，我想去看妹妹。"

德妃正好寻了由头离开，皇后亦不欲为难，道："你们都回去吧。蕴蓉年轻脾气不好，你们得空也劝劝她。"

我与德妃应了，便一同离开。德妃笑道："凤仪宫闷得紧，也没咱们的事，不如去上林苑逛逛，那边的牡丹花也开得极好呢。"她回头见皇长子与朱茜葳闷闷相对，身旁一干女子或拉他赏花，或与他说话，不由得道："皇长子很不自在呢。绾绾，你去拉大皇兄去上林苑散散心吧。母妃和你淑母妃也慢慢走走说说话。等晚些时候，再送你去敏母妃那里。"

胧月点点头："我也瞧大皇兄被闹得头疼，哪里能赏花呢。"说罢，欢欢喜喜地去了。

凭栏而望，繁花锦绣里重重宫阙的飞檐翘角宛如映在五色迷离上的影。我看着围着皇长子极尽妍态的女子，如此天家富贵，如何不叫人心醉神迷。

说是去上林苑，太液池夹岸桃花蘸水开，轻红飞乱于黄绿不匀的柳色之中。德妃唏嘘道："皇后母家已经如此富贵，上有太后，下有两位皇后，她还不足，一心只看着太子妃的位置。我看朱茜葳美是美，性子却不太好相处，只怕日后苦了皇长子。"

我挽过烟翠披帛，点头道："皇长子自幼没了生母，皇后严格，我瞧他还是喜欢温柔和顺的女子，那些所谓豪门千金，只怕皇长子都看不入眼呢。"

德妃摇头："看不入眼又如何，皇长子养在皇后膝下，怎敢违抗。眼看着这段姻缘虽然不谐，但一定会成。皇后也是，自己这般万事如意了，还一定要请了庄敏夫人来眼看着，提醒着她没有成年的儿子，一点指望都没有。也难怪庄敏夫人要气得先走。"

我与德妃边行边言，渐渐行得远了。一湾碧水迤逦如绸绕沉香亭而过，水声淙淙如鸣琴。两边花木葳蕤，芳草青郁。我看见蕴蓉立于丛丛佳木之后，正要招呼，蕴蓉却向我做了个嘘声的示意，悠然望着木丛之外。

胧月轻声问："大皇兄不喜欢那些漂亮姐姐么？"

予漓撇撇嘴："我不喜欢骄矜的女人，也不喜欢做作的女人。"

胧月笑嘻嘻地道："和大皇兄一样，我也不喜欢。大皇兄喜欢什么样的姐姐？"

予漓毫不犹豫地道："温柔、沉静、与世无争。"

胧月调皮地笑："大皇兄是嫌我话多。"

予漓轻轻刮一刮她的鼻子，疼爱道："你最可爱。"

胧月咯咯笑着，目光忽然被一朵花吸引，好奇道："大皇兄，这花的颜色怎么和早晨母妃带我来时不一样了？"

予漓一时答不上来，不免踟蹰。两人正说话，却见瑛嫔独自一人经过，便柔声道："此花唤作美人面，朝则深红，暮则粉白，就像美人面孔，一日多变，嬉笑怒骂，喜嗔皆宜。"

胧月笑逐颜开，抬手指一指她面庞，笑道："瑛母妃便是美人面孔。"瑛嫔面色绯红，胧月愈加不依不饶，"大皇兄说是不是？"

予漓一见瑛嫔，一时怔住，旋即含笑："名花倾国两相欢。"

瑛嫔失笑："皇长子过分夸奖了。"

胧月像只小蝴蝶，介绍道："大皇兄，瑛母妃也算咱们的母妃，你少在后宫走动，今天是第一次见到吧？"

予漓勉强笑："我与瑛母妃有过一面之缘。"他从瑛嫔面上探寻到一丝忧郁的气息，便问："瑛母妃一个人在这里赏花？好像闷闷不乐。"

瑛嫔语意哀婉："过些日子便快到清明了。清明时节，难免想念家中已故的亲人。"

予漓问："还有别的家人在么？不能入宫觐见么？"

瑛嫔道："见了还是要散，聚少离多。与其别后更思念，不如不见。"

予漓颇有触动，难过地低下头："我亲母妃去了，想见也见不到了。"

瑛嫔一怔，忙安慰道："殿下不必伤心，虽然殿下生母不在了，但无论何时何地都会心系殿下的。她以前做任何事，肯定也是为了殿下好。"

予漓这才好受些，说道："多谢瑛母妃开解。瑛母妃心情不好，怎么不带个人伺候陪着？"

春光弥盛，愈见瑛嫔伤情："带个人伺候又如何？陪着的人不是懂自己的人，也是白陪着。"

予漓动容："有时候觉得人多好些，有时候却觉得，人越多，心里越孤单。"

瑛嫔微笑："殿下所说，正是这个理儿。时候不早了，我先告辞了。"

牡丹丰满的花盘沉沉慵慵，饱满得几欲摇坠，花香浮漾，染上了温软春心。予漓看瑛嫔离去的身影，喃喃道："原来人多陪着还是孤单，只有知心人陪着，才是真正快活了。"

胧月疑惑地看着予漓，牵着他的手问："大皇兄，你嘟囔什么呢？"

予漓道："没有什么。不过，胧月，你说是不是？"

胧月一脸茫然，旋即笑："大皇兄比我懂得多，说的总是对的！"

德妃出声招呼："胧月，快过来，你不是找你敏母妃要去看和睦妹妹么？"

蕴蓉这才出声笑："德妃，淑妃。"

予漓发觉人多，面上不觉一红，有些紧张："诸位母妃雅兴，都在这里。"

蕴蓉爽朗笑道："你母后宫里那些女孩子，一个个妖妖调调的，本宫实在不爱看，就出来了。不想德妃和淑妃竟与本宫是一个意思。好了，殿下你既然也出来了，就和胧月好好玩玩吧，胧月要看和睦，什么时候都行。"

胧月见德妃点头同意，一蹦一跳地跟着予漓走了。

我见孩子们走远，方向蕴蓉道："你不爱听皇后的话也罢了，这样说走就走，也太不给她脸面。"

"脸面是要自己给自己的，我要给她，她也受不起。"蕴蓉冷笑一声，"总不成让我坐在那里，眼看着皇后倚仗着皇长子做了太子，她便坐定皇太后之位。与其来日眼睁睁看着人为刀俎我为鱼肉，我便不能让她得偿所愿。"

我沉默片刻："予漓未必会娶朱茜葳。"

"娶谁都一样，他总是皇后的倚仗。"她恨恨轻哼，"算皇后厉害，抢了别人的儿子做自己的儿子，才那么肆无忌惮，我总不能让她遂了心愿！"

她说罢，携了宫人离开。德妃向我笑吟吟摇头道："庄敏的脾气还是那样，你劝她也不会听。话说回来，瑛嫔与皇长子年纪相仿，倒是很会宽慰人，彼此倒谈得来。"

我忙看了看周围，笑道："姐姐自己说说便罢了，给外人听去可要多心。虽然年龄相仿，但瑛嫔可算是皇长子的母辈，这身份可错不得。别说咱们，瑛嫔与皇长子虽然年轻，怕也很清楚。"

德妃笑道："瑛嫔到底出身清河王府，是隐妃亲自挑的人，果然你更上心。话说回来，瑈嫔到底跟皇后更亲近，也难怪，岐山王府也是跟皇后来往得多。"

叁
肆

倚
栏
杆

这几日细雨霏霏，空气里弥漫着带着花香青草气味的潮湿气息，大捧大捧的桃花沾雨欲湿，渐渐盛放到极致，透出欲仙欲死的缱绻奇香。我去仪元殿为玄凌送了枸杞桃花羹回来，霍然闻得这样铺天匝地的湿润香气，不觉闭目沉醉，却听得轻轻一声唤："淑母妃。"

我睁眸一望，上林苑沉香亭侧，正是举伞独立雨中的予漓。

我温婉笑道："殿下雨中赏景，颇有雅兴。"

他颇为踌躇，似有话要说。片刻，只道："母妃去看过父皇了么？不知父皇今日心情可好？"

"雨天人易烦闷，何况案牍堆积如山。"

他赔笑，似有些担忧："有母妃帮忙看阅奏章，妙语连珠，想必父皇不会烦闷。"

我见他欲语还休，不觉想起方才玄凌所言："予漓这孩子这几日请安来得勤，总像有什么话要说却不敢说似的。"

我当时便笑："儿子来尽孝心皇上还犹疑，皇长子是纯孝之人。"

玄凌一嗤："朕倒这样想，只是见不得他那优柔寡断的样子。"

我抬头见予漓微锁的乌眉，其实他温和得有点懦弱的性子是很像他的母妃的，于是温言道："皇上最近总夸赞你常去请安的孝心，说殿下是快要成家立室的人了，懂事许多。"

他眉间一松："父皇难得夸赞我。"他停一停，试探着道，"儿臣对选妃一事不甚了解，想请教淑母妃。"

"殿下但说无妨。"

"母后要为儿臣选正妃，如果母后挑选的人，儿臣不中意呢？"

我含笑："君父在上，皇后的意思也要皇上同意才可。殿下似乎已经有了意中人，可是朱茜葳？亲上加亲，皇后自是乐见其成的。"

予漓有些着急："淑母妃一向善解人意，莫拿儿臣取笑。"

我好奇道："怎么？殿下自己有心上人了？"

予漓微微脸红，低头道："儿臣只是想自己还年轻，应当先立业，不想急着成家。"

"殿下想建功立业是对的，何况选正妃是一辈子的事。要找一个既明理又可心意的人白头厮守也不容易。其实皇上也向本宫提过，选正妃之事终究要看殿下自己的意思。殿下若有自己的主意，何不先悄悄告诉了你父皇，也是殿下的孝心。"

予漓大喜，一揖到底："多谢淑母妃指教。"

"本宫何来指教，都是皇上的话罢了。倒是得提醒殿下，若殿下真有了心上人，悄悄地问皇上的意思即可，若传出任何风声来，一来要议论殿下不自重，二来成与不成都落了人闲话。"

予漓脸更红："儿臣还没意中人。"

我便笑："反正迟早总会有的。本宫就先恭喜在前头了。"

予漓连忙道："淑母妃一番教诲，儿臣自当铭记于心。"

我忙扶住他："你我一家人，倒说起这生分话来。本宫先祝愿殿下能花好月圆了。"

到了夜间，我正坐于内殿陪胧月把玩一把烧槽琵琶，那是先朝杨淑妃的爱物，收拾库房时理了出来，那琵琶槽是暹罗檀木制成，光亮可鉴，有金丝红纹形成的两只凤凰，弦是西越国所贡的渌水蚕丝制成，音色如新，婉转玎玲。胧月素来心性跳脱，一见之下倒喜欢得紧，太后便赐了她，先叫放在我宫里校弦。于是胧月夜夜手不离弦，到我这里来拨弄几下。

翠竹窗棂下，霞影纱影影绰绰映着窗外一本新开的西府海棠。雨线漫漫，打在檐头铁马上，打在中庭芭蕉上，声音清越。

胧月素来最爱听雨声，此时却神情专注拨着琵琶，那是乐师新教她的一首曲子，音律简单，在这雨夜听来，却隐隐有哀怨之调。我不觉笑道："千载琵琶作胡语，分明怨恨曲中论。胧月倒能深领琵琶幽怨之意。"

话一出口，隐隐觉得不祥。胧月正在学王安石的诗书，自然知道王昭君的典故，侧首甜甜一笑："人生乐在相知心，实在无须公主琵琶幽怨多了。"

我倒不意她是这样想，便笑着喂了一片果脯到她口中。夜色更浓，侍女上前又点上几盏灯，将灯芯挑一挑，爆出一朵小小的灯花。却听一个声音道："灯花爆了，可是有什么喜事么？"

我转首见是玄凌，笑容愈恬美："皇长子快要大婚，皇上是要做家翁的人了，如何不是喜事？"

玄凌"哧"地一笑："朕若成了家翁，你也要做人家姑，以后日日被人这样称呼，你怕不怕被唤老了？"

我撇一撇嘴，轻笑道："臣妾哪里配让皇长子的正妃称呼'家姑'呢？皇上与皇后才是正经的翁姑。"

玄凌刮一刮我的鼻子，笑意愈深："愈加小孩子醋性了，也不怕胧月笑话。"

胧月"扑哧"一笑，做了个鬼脸，自顾自拨着琵琶玩。

他推一推我："见朕来了也不让朕坐下，你可越来越霸道了。"我笑着啐他，不情愿地让一让，他便靠着我在贵妃榻上坐下："说起做家翁的事，有件事朕要听听你的意思。"

我随手捡过一枚橘子剥着，口中仍不忘和他赌气："臣妾能拿什么主意，听着便是了。"玄凌想了想道："予漓的正妃，皇后说她已经有了好人选。"

我敛了笑意道："前几日皇后已为皇长子安排相看了十几个最出挑的女子，还有皇后母家的朱茜葳。"

玄凌轻哼一声，很是不以为然："相看不过是幌子罢了，归根结底还是为了朱茜葳吧。"

我温言劝慰："毕竟是皇后亲自抚养长大的皇长子，母子情深，的确要为皇长子操心。"

"朕也希望是母子情深，皇后隐约和朕提起，朱茜葳姿容既出众，性情也十分和顺。正在想，皇后虽然有私心，但朱茜葳要真是好的，那也……"

胧月闻声转头，眉心隐隐有怒气，愤愤道："母后说得不对！那个朱八小姐很不喜欢儿臣，儿臣喜欢她裙子上的牡丹花，摸了摸，她嫌儿臣手脏，赶紧抹了。"她搁下怀中琵琶，扭股糖似的往玄凌身上爬，"儿臣不喜欢那个朱八，大皇兄若娶了她，一定也不喜欢儿臣了。"

玄凌一向最疼这个女儿，几乎气得发怔："童言无忌！看来皇后察人不明，任人唯亲了。她既然嫌朕的帝姬手脏，自然也很嫌弃皇家了。朕也不会勉强她！"

我忙劝道："皇上别动气。这话皇上要去告诉了皇后，等于撕了她的脸面。那也罢了，到底太后也是朱家的人。要是皇长子自己提出，便好了。"

玄凌轻哼一声："那就看予漓自己，是不是一定要听皇后的话了。"许久，他叹一口气，"嬛儿，这几年朕总觉得大不如前了。皇后说要让予漓大婚，前朝又再提立太子一事。你知道朕有多厌烦，是不是那些大臣都觉得朕老了，所以要急着立太子了？"

我放低了声线，柔婉道："皇上年富力强，不必急于国本。予漓再好也还需历练。只是前朝臣子怕四郎辛苦，想有人分忧罢了。"

"今儿早朝，鄂尔泰和马齐争辩起来，朕听来听去，还是与立嗣有关。这宫里宫外，不知多少人盯着朕的龙椅呢。朕若立储，肯定会闹得鸡犬不宁，朕得有个好法子，以备不虞。"玄凌抬起头，含笑望着我，似在揣摩我的神色，"纵然要立太子，朕也等着咱们的孩子呢。"

我一怔，不知道心头是喜是忧，连忙道："有些臣子就是该急的事不急，不该急的瞎操心。沛儿和润儿也是咱们的孩子，皇上可不许偏心，要一样疼才好。"

他笑着揽过我的肩："偶尔偏心，也是应当的。朕有那么多女儿，还是最疼我们的胧月。自然了，朕也是疼你。让你管着六宫的事，的确是辛苦。朕也不是不知道。后宫表面看风平浪静，底下一团污秽。朕有心要清理，但说穿了，大多时候不过是女人的事，犯不上。二则，总是有纯元的情分在，许多事朕睁只眼闭只眼也过去了。再加之，仅仅是后宫倒也罢了。朕担心前朝后宫瓜葛着要算计朕呢，朕不得不小心留意着。你明白么？"

我温顺点头，静静伏在他胸前。窗外雨声沙沙，原本隔得渺渺无极的天与地，就这样连在一起，难舍难分。恰如缘分与人为，随意一牵，便是一段姻缘；随意一断，便也这么割舍了。

这一日晴好，玄凌也颇有兴致，便唤了我与瑛嫔陪侍。我用心烹着一壶新茶，玄凌饶有兴味地看着，一边听瑛嫔弹奏箜篌。

玄凌一边听一边点头："宫里皇贵妃的琵琶最好，淑妃的琴最好，论箜篌，你当属第一。"

瑛嫔淡淡笑，神色澹静若春水宁和，道："臣妾微末小技，怎能和各位娘娘相较。"

玄凌看着壶中水沸："你性子安静，不喜欢争宠，自然是你的好处。"

外头响起李长的声音："皇上，齐王来了。"

　　玄凌允他进来，瑛嫔放下箜篌起身，有些不安道："皇上，臣妾先回避。"

　　玄凌便笑了："不必。你也是他长辈。"

　　予漓进来，见瑛嫔也在，先是一笑，忙低眉顺眼请安："父皇吉祥。"

　　"唔。这个时候怎么过来了？今儿的书都温完了么？"

　　予漓恭谨道："都温完了。师傅讲的文章儿臣也都通读了。"

　　皇帝略微满意："那就好。改日朕再问你的书。"

　　予漓立刻跪下道："父皇，儿臣此来也是为读书之事来请求父皇。父皇和母后都觉得儿臣大了，该成家立业。可是儿臣觉得眼下是读书立业的好时候，不该沉溺于儿女私情，所以先不想成家娶正妃。"

　　皇帝淡淡一笑，不以为意："朕和你母后的意思，原是想多个人照顾你。而且你母后，也很属意朱茜葳。"

　　予漓全身一凛，声音也激动了起来："儿臣平时有宫人们伺候着就很好了，若有了正妃，难免要分心。儿臣自知无能，不能为父皇分忧，所以想好好读书，让父皇放心。"

　　玄凌含笑道："你这样想，朕也放心了。左右也是你母后的主意，朕也不急。"

　　予漓悄悄看瑛嫔一眼："儿臣也想日后选个贤惠贞静的正妃。"

　　玄凌颔首道："是啊。夫妻和睦最要紧。好了，你先回去吧。"

　　予漓答应着退了两步，仿佛才发觉了瑛嫔在一般："瑛母妃的箜篌如昆山玉碎，芙蓉泣露，儿臣拜服。"

　　瑛嫔微微愕然："多谢殿下夸奖。"

　　玄凌想是心情不错，看他一眼，笑道："你倒会听。这首《上邪》是瑛嫔最拿手的。"

　　到了晚膳过后，瑛嫔留在了仪元殿侍寝。槿汐在殿外候着，晚风轻暖拂上面来，又蕴出一层凉意，她扶住我的手，低声道："朱茜葳和皇后娘娘闹了起来。"

我诧异："这么不懂事？"

槿汐笑："是。朱茜葳走出昭阳殿的时候脸色铁青，剪秋也劝不住她。"

"想来皇后劝导过朱茜葳。"

"是。"槿汐含笑，"皇后听闻皇长子拒婚，虽然恼怒，也倒沉得住气，劝朱茜葳不要看一时的长短，忍辱负重，先不计较名分，以侍妾身份在皇长子身边伺候，到时也可升作正妃。谁知朱茜葳恼恨之下，说出当年皇后以妃位入侍，自己却连侧妃也不是，只配做侍妾。"

我惊得一怔，半天才回过神来："她这样口没遮拦？"槿汐点头："朱茜葳不肯成为满宫里的笑柄，更不肯连个侍妾都不顾廉耻地贴上去做，所以回府了。"

我摇头道："百足之虫死而不僵，何况是朱氏这样的钟鸣鼎食之家，没想到太后和皇后一世精明，儿孙辈却这样不堪。"

槿汐道："凡是朱门大户，不过三代，自然败落。都是儿孙见识短浅惹的祸患。不过不要紧，越是这样，越是帮着咱们呢。朱茜葳也好，皇长子也好，一个个都不顺皇后的意，那才好呢。"她停一停，"还有件事，小允子打听到的，奴婢不知道该不该说。"

我看她一眼："你这么问，这件事就一定得说。"

槿汐端肃了神色，极轻声地说："小允子说，这两日前朝突然多了好多舌头，向皇上提议立三殿下为太子。"

我正缓缓行走，突然定住脚步，心头剧烈一沉："是哪些人？"

"都是咱们不熟的，平时更没来往。"

我霍然震动，想起前夜玄凌的问话，更觉心上重压："皇上多疑，最忌讳前朝后宫串通，沆瀣一气之事。突然出了那么多不该出的舌头搅动，一定不是好事。咱们得好好留心着，别被人使了绊子都不知道！"

槿汐沉下了神色，紧紧扶住我的手。我回头望去，夜色阑珊下的仪元殿，辉煌宏伟，让人神往，却也是如此危险重重。

日子到底是这样平缓地过，前朝虽然偶有声响，但后宫那么深，宫闱重重，偶尔掉进来几声外头的闲话，风波一转，到底也没了声音。这日我方理妥手头琐事，想起昨夜玄凌说起淑和帝姬要下降之事。

我不免愕然："素日从未听皇上提起，怎么突然提起淑和帝姬下降之事。"

玄凌刮我的鼻子："你以为朕不提便是不上心么？你何尝不是在朕耳边三番两次说起过。"

我不好意思，故意与他怄气："谁知四郎会这样把臣妾的话记在心上呢。"

他饶有兴致地说起几个人选来，一一评说过去，我侧耳听着，素日奏章上所见，倒都是青年俊才。末了玄凌告诉我："你得空看见欣妃，也将此事说与她听。毕竟她是淑和的生母，也该她知道。"

于是我更衣起身，便往欣妃处去。谁知正经上林苑，恰见淑和帝姬陪着欣妃在亭中赏花，一时按捺不住欣喜，便仔细说了来道喜。淑和听了一句半句，早羞得红了脸躲到亭外去了，倒是欣妃一句一句问得分明，末了向我慨叹："阿弥陀佛，皇上果真是用心择选了。我虽没亲眼看见，但听着倒都是很好的。"

我笑盈盈看她："淑和帝姬是皇上长女，皇上能不用心择选驸马么？皇上嘴上不说，心里却是极疼帝姬与姐姐的。"

欣妃喜不自胜，抚着胸口道："我也不盼别的，但求不要和亲或是远嫁就好，能嫁在京中朝夕相见，自然是最好不过的。"

正说笑间，太液池畔隐隐传来歌乐吟唱之声，我侧耳听了片刻："是什么曲子，听着真不错。悠扬悦耳，情意绵长，仿佛唱在了心上。"

淑和脸上霞色绯绯："淑母妃，她们唱的是《上邪》。我欲与君相知，长命无绝衰。"

我不觉神往，轻轻吟诵："山无棱，江水为竭，冬雷震震，夏雨雪，天地合，乃敢与君绝。"我含笑看着淑和："这样长情的诗歌，在帝姬下降前吟唱，真是好意头。能唱出这样好的歌，是庄敏夫人的歌伎么？"

淑和脸上更红，低首含笑："是予漓呢。这几日一直费心排这个曲子，废寝忘食的，其他都没顾上。"

欣妃疑惑道："非年非节的，怎么予漓想起这一出来了？这样不用心在功课上，皇后知道了怕又要责骂！"她忽地想起一事，"昨儿下午我去拜见太后，恰巧碰上庄敏夫人，便一同过去。谁知到了排歌乐的地方，看见瑛嫔连个人都没带着，慌里慌张过去了，没一会儿予漓也打那儿过，两人都走得快，竟没瞧见我和庄敏夫人，真不知是怎么了？我还说嘴呢，庄敏夫人倒不当回事儿，只说他们年轻，都血气方刚的，沉不住气，一时没留心规矩也是有的……"

淑和忙笑道："母妃就顾着说话，您忘了，清明已过，就快是淑母妃的生辰了呢。予漓排这个曲子，献与淑母妃和父皇，倒真是应景。儿臣还说呢，予漓得了父皇的夸奖，忽然开窍了，懂得讨父皇的欢心了。"

欣妃喜忧参半："他孝顺你父皇和淑母妃是好，但皇后要知道，一定更不高兴，他怎敢忤逆皇后呢！"

淑和道："母后好像为予漓选妃的事着了恼，最近都少见人。即便母后知道又如何呢，左右父皇是一直宠爱淑母妃的。"

欣妃很是安慰："幸好你只是个帝姬，下降之后有驸马的疼爱顾惜。不比进了宫的女人，一辈子活得那么累。"

我轻声笑："这是姐姐的福气。这样的福气，哪怕是皇后、贵妃与德妃，都比不了你。"

欣妃温然一叹，爽直道："贵妃与德妃的帝姬虽不是亲生，但到底也有个依靠。说来是皇后最看不穿，求了皇后不足，还想要太后之位。只是试问宫中，有几人能够看得穿呢？"

我点头："宫中人人都盼望着生个皇子，现在想来，哪有帝姬舒心如意呢？"

于是说起昔年几位长公主择驸马的旧事来，莺莺呖呖又是一大篇话。

待得说倦了，槿汐上前来扶我的手，笑生生道："娘娘该回去歇歇了，燕窝都炖好了呢。"我扶过她的手，银白色织锦裙裾拖曳过洁净无尘的长长的鹅卵石甬道，有拂上落花的簌簌微响。指间握着一枚随手折下的细长柳枝，随口吩咐着槿汐："回去把柳枝挂在宫门前吧，用红绳系了，可以祈福。"

小允子笑嘻嘻上来道："'柳'音同'留'，春日里各宫娘娘小主们都这样做，想要留住皇上呢，其实娘娘原不用，皇上哪一日不来咱们宫里呢。"

我正欲斥他贫嘴薄舌，然而众人皆在，也不便出口，只轻轻抿唇含了可有可无的笑意，不予分辩。仲春的暖风教人醺然欲睡，我觉得有些倦，正欲转身，却猝然，看到了玄清。

太液池烟波翠柳之畔，他一身银白长衫立于风中，软软的风拂起他金冠下逸出的一缕乌黑的发，神态潇潇，若不是腰间那一根明黄丝绦表明他亲王身份，一切，都宛若当年。

我有些意外的愕然，欣妃笑迎上去，打趣道："许久不见王爷了，成了亲有家室的人，可不比以往自在逍遥了。如今一左一右两位侧妃，若架住了你，可插翅也难逃了。"

一众宫人被欣妃逗得一起笑起来，玄清淡淡笑道："欣妃最风趣不过。"

他看见立于欣妃身后的我，微微一怔，旋即欠身道："淑妃也在此。许久不见了，淑妃可好？"

他那句"许久不见"叫我心生感慨，上一次见到他还是在玉隐出嫁那一日，距今也有八九个月了，此后宫宴相见，不过是远远望上一眼，彼此各安而已。

我如常答他："劳王爷挂心，本宫身体安康。不知王爷今日为何入宫？"

我的声线与形容举止完全符合宫规礼仪，并无一丝破绽，正如眼前的他一样："久未进宫，今日来给太后请安。"

我才欲开口，却见他身侧垂柳之后娉娉婷婷步出一位女子，口中道："太液池边风大，王爷还是披上披风吧。"语未歇，一件银丝素锦披风已随着一双纤细的手轻巧落在他肩上。

那样温柔的语气，那样亲密的举止，仿佛天地间她只能看见一个玄清而已。玄清微一侧首，避过她要亲自结上带子的手："多谢。"

她不以为意，只温软笑道："你我夫妻，王爷何必客气。"

"你我夫妻"四个字出自她口中自然而微含得意的欣喜，原来能这样光明正大地陪伴在他身边，是那样骄傲而幸福的事。

我注目于她，相貌姣好，身量匀称，衣饰华贵而不失雅致。她袅袅行礼如仪："妾身清河王侧妃孟静娴向淑妃娘娘请安，愿娘娘长乐未央，万福金安。"

我这才想起昔日清河王大婚，这一位侧妃孟氏尚在病中，并未出来见礼，所以今日是我第一次正式见她。不意，她竟是这样温婉的女子，如一掬静水，潺潺流入人心。

我忙伸手扶住她，温言道："咱们是一家人，静妃何须这样见外。"

她软软一笑："早该来向淑妃娘娘请安的，奈何身上一直不好，是妾身失礼了。所以今日与王爷一同入宫，是向太后请安，也是向各宫娘娘请罪。"

"静妃身子不好原该养着，本宫与太后都很挂念静妃的身子，怎会在这些虚礼上计较。太液池风大，静妃牵念王爷的身子，也该顾忌着自己，免得王爷不放心。"

她脸上一红，忙垂首绞着绢子："淑妃娘娘说得是。"

我笑道："玉隐今日怎不同来向太后请安，真是没规矩。静妃既和玉隐一同服侍王爷，得闲也要替本宫好好教导她。"

静娴只是笑而不语，倒是玄清温言道："今日田庄上来报节上的收成，玉隐留在府中料理，所以不能来了。"

她略带愧意："玉隐姐姐善于料理家事，不似我身子不好只会拖累旁人。"

我温言道："静妃过虑了，听闻静妃颇通诗书，又得太后喜欢，怎可说是拖累。"

玄清亦温和向她道："你别多心。"

她闻言方肯怡然露笑，可见我所说的一大篇话全抵不过玄清这一句，她星眸微抬："玉隐姐姐是娘娘的义妹，娘娘若不嫌弃妾身愚笨，只当妾身也是妹妹看待吧。"

我只是淡淡笑："静妃这样抬举本宫。"

"时候不早了，别让太后等着。"玄清看我一眼，似有些不自在，上前一步微微扶住她手肘，"走稳当些。"孟静娴两颊绯红，温婉答了声"是"，反手握住他的手。

我心中一酸，别过头去看那岸边几株开满了花朵的玉兰树，那莹白厚密的花朵似一只只洁白的冰雪盏，看着挤挤挨挨地热闹，却这样冷清清地绽放在春风里。欣妃只顾笑："六王待静妃好亲厚，想必不逊于对娘娘的义妹隐妃，这叫什么来着……平分春色，六王可真是多情。"

叁伍 慧心

我眼见他们一双身影消失于碧波翠柳之畔，与欣妃闲话几句便也散了。甫回柔仪殿，却见叶澜依早已端坐殿中，端了一盏菊花蜜正饮得有趣，不觉诧异。倒是小允子捧了茶上来道："滟嫔小主才到，娘娘就回来了。"

我由着槿汐为我脱下外裳，笑道："妹妹难得来坐坐。"

她头也不抬，只向小允子道："上碗热热的茶来，记得要烫些。"

小允子不解其意，见我不作声，也只得去了。她见无人，方淡淡道："太液池风冷，怕娘娘心口被冷着了，才叫上热茶来。"

我心知肚明，坐下道："你见到了？"

"王爷一双娇妻，见过隐妃怎能不见见这位静妃，痴情之名耳闻已久，百闻不如一见。"说罢忙去捂自己的嘴，"说错了，王爷没有妻子，只是一双娇滴滴的妾室陪伴左右而已。"

我睨她一眼："你又躲在哪里看好戏？"

她嘴角一扬算是微笑："做人辛苦，到哪里都得演戏，宫里更到处都是好戏，我便不妨碍娘娘与王爷辛苦一场。"

"你倒不认为静妃是逢场作戏？"

"许多事看着太假，人家却是情真。娘娘不过见了一回便心下不舒服，不知这静妃的痴情日日落在隐妃眼里。我只晓得梁山伯与祝英台的戏人人都爱听，听了都要唏嘘，可落在马文才眼里，恨不得杀了梁山伯才好。"

我拨着茶盏，低首道："玉隐未必是马文才。"

她不置可否："别小觑女人的嫉妒心。我倒忘了，马文才还真未必有杀梁山伯的心，但女人，就一定会。"她停一停，"自成婚以来，王爷只与隐妃一同进宫，如今静妃身子好转，隐妃今日料理家事之余怕是要一尝冷落滋味了。"

"不怕，"我矜持微笑，"她见惯我当年被冷落的情状，她不会怕。到底，如今玉隐与孟静娴平起平坐。"

"正因为平起平坐，势力平衡，王爷对谁稍好一点，另一方若心胸狭窄都势必不能相容。"她徐徐调拨着菊花蜜，那琥珀样的晶莹倒映着她似笑非笑的容颜，"王爷为何会娶甄玉隐，娘娘比我更心知肚明。那张小像无缘无故怎会轻易掉出？王爷不是那样不谨慎的人。"

我暗赞她的聪慧与洞察世事的机敏，喟然道："木已成舟，滟嫔应当明白，握在手心的才最可靠。只是我与你，一早便无玉隐这样的机会。她虽是私心，却也无可厚非。"

"人不为己，天诛地灭，隐妃别诛灭了自己的良心才好。"她举起蜜冻一饮而尽，"先告辞了，回去先歇着养养精神，日后怕是好戏不断，不能不看呢。"说罢自行离去，浅绿衣衫隐现在繁花团簇之中，背影索然如孤鸿。

她是寂寞的，因为深爱，因为永不可得，才会寂寞如斯。

槿汐见我沉思，自画屏后转出，为我奉上一碟蜜渍樱桃，笑吟吟道："知道宫中妃嫔为何爱吃甜食？"

我随手拈过一枚，樱红的色泽如血："大约心里苦，只能多吃些甜食弥补。"

"是了。那么娘娘该多吃几颗。"她停一停,"滟嫔小主的话,娘娘未必要听进心里。"

我叹息:"可是她的话,也是我对玉隐的担心。今日所见便知孟静娴是父母宠爱长大的女子,她喜欢王爷便坦然表示爱意,不管是在人前人后,恰如当年为王爷病倒引得人言如沸一般。而玉隐,她要内敛许多。"

槿汐笑着安慰道:"隐妃是有福之人,自然知道要惜福。再说,王府中到底只有两个女人,即便隐妃为当初静妃横插一足成为王爷侧妃而恼怒,毕竟她也得明白,她与静妃无论谁被算计了,另一个都会成为众矢之的。娘娘先顾好自己才是。"

予漓的选妃之事暂时按过不提,我趁着天气好,一壁嘱咐槿汐派人准备裁制宫人们的夏衣,又说起要整修几处宫室。一应事务皇后只是撒手不管,我亦不便向她请教,只与贵妃、德妃商量了办,正忙碌不堪,倒是玉隐与玉娆入宫问安留下与我帮手。玉娆只是一时好玩,而玉隐料理惯王府事宜,有她相助愈加得心应手。如此几日,玉娆早起入宫,傍晚向玄汾生母、养母两位太妃请安后回府,不几日遇见玄汾入宫,便笑向他道:"玉娆在我这里,拖累了王爷要分心看顾王府之事。"

他却只是含笑怜惜:"她喜欢便由得她。臣弟若不在府中,她也无趣得紧,不如在嫂嫂这里说说笑笑的好。"

玉娆听闻后亦好笑,不日便少来了,倒是玉隐住在柔仪殿偏殿方便为我料理,一住便是好几日。这一日槿汐捧了一卷宫中宫室图来与我看,说是有几处宫室彩绘旧了不及补画,不宜住嫔妃,都要重修过。玉隐本在替我选绣花样子,闻言便也过来听着。我凝视于她:"别人的事有什么可上心的,柔仪殿人来人往,你几日不回去,王爷也会担心。"

她纤细的指尖划过细绢画就的宫室图,轻轻道:"王爷待我,不是如九王待玉娆。长姐,这点你不是不明白。"她轻轻一叹,"那一位凭着太后的宠爱在王府里拿娇拿痴得很，我名为理家，如今她兴起来，府里的人竟也渐渐敢觑我与她两边的意思掂量着办。"

我好言安慰："府里并非只你一位侧妃，如今她身子好了，奴才们是要掂量掂量。所以我嘱咐你，好好把住府中掌事之权。"

玉隐微一怔忪，仿佛是叹息："她是千金之躯，凡事讲究些也罢了，只是我既掌事，听了她意思去办东西，倒似我矮了她一头，成了侍妾一般听她的吩咐。"

"虚名与实权哪个要紧，你掂量着办。她与你平起平坐，你自然要听取她的意思。但办与不办，如何去办，终究都是你的意思。"我拍一拍她的手，"人在其位，才能谋其政。你是清河王府的侧妃，这个地位是你自己选的，自然要在自己的位置上坐稳，你一走开，便是别人的天下。"我停一停，"虽然孟静娴看似无机心，但是防人之心也是要有的。"

"她怎会无机心，她是最富机心，她已经有身孕了！"玉隐这几日偶有失神，我确是看在眼里，却总以为不过是与孟静娴争风吃醋而已，竟不料……我一怔之下忙问道："是什么时候的事？"

玉隐葱白的指甲狠狠掐进掌心，泛起一带灼烈的潮红："我不知道！我竟什么都不知道！我这样蠢，我只知道她病好后常与王爷一同品评书画，也一同进宫向太后请安，可是突然传出消息来，说孟静娴已经有了两个月身孕。我竟什么都不知道！"玉隐过分激动，肩膀剧烈地颤抖着，似扑棱着翅膀挣扎于笼中的困鸟。

这消息来得太突然，即便是见过玄清对静娴的温和，心底仍有一股酸气直冲眼角，他，终于也要有自己的孩子了，由一个爱他的女人为他生下，可以光明正大地叫他"父亲"。我微笑起来，这不正是我所盼望的吗？然而，我的唇角这样酸楚，笑容的僵硬无须对镜便能自觉。槿汐适时递上一碗热茶托在我的掌心，那样热，滚烫滚烫地熨着掌心，似有一条热热的线直逼进跳动的脉搏，抵着心头的酸凉在血液里狼奔豕突。我轻轻道："别着急。即便她有了孩子，稍加时日，想必你也会有自己的孩子。"

"我怎么会有我的孩子？"玉隐猛一抬头，眸中的精光如要噬人一般，犀利刺入我的肺腑，"自我嫁与王爷，至今日已是十个月十二天——"她怔怔地，痴惘地，"为了避开孟静娴的痴情，他几乎每夜留宿在我的积珍阁。可是，除了新婚那日他穿着中衣睡在我身边之外，其余每一夜，他都是连外衣都不曾脱去。"她的目光如刮骨钢刀一般，狠狠自我脸上刮过，"你放心。王爷从来不曾碰我一下，即便白日里他与我同行同坐都无比厚待于我，但是他从未碰过我。连相拥而眠都没有，更何来孩子！我与王爷最近最亲密的，也不过是一起谈论你而已。长姐，你说我是不是很可怜！"

心底似被人擂着战鼓，"咚咚"地混乱而震动。我从未想到，他们的婚姻被撕开恩爱的表象后竟是这个样子！

"长姐，我早就不怕了！自我嫁给他，我便知道他心里只有你。因为一直知道，也晓得无从改变，所以我认命。左不过我是这样，孟静娴也这样。可是，眼下居然是孟静娴有了孩子，唯独我被蒙在鼓里，唯独我没有孩子——"她凄厉地叫了一声，骤然软软地堕下身子去。

她的哭声幽幽的，无比哀怨，似一条吐着鲜红芯子的小蛇慢慢钻进脑海里冰凉地游走。她呜咽着，如痴如狂道："我听说宫里的女人福气薄，养不住孩子。或者吃错了药，或者摔了一跤，孩子说没有就没有了。"

我越听越是惊心，忍不住低喝一声："玉隐，孩子是无辜的！"

玉隐的哭声渐低渐止，她缓缓站起身来，神色在刹那间恢复如常的平静，她安静而迅速地拭去泪水，淡淡道："长姐，我说的是别人，不是您。您和皇上的孩子，福气比东海还大。我这般说是提醒长姐，宫里是非多，一个不当心就被人算计了去。而且……"她意味深长地探寻我面上的忧虑神情，良久，才轻描淡写，悠悠一笑，拍着额头道："长姐别忧心，孟静娴没有孩子，方才是我说糊涂了。"

我立时怔住，旋即明白，徐徐道："你合该去梨园演戏，比梨园子弟演得好多了。"

她唇角一扬，耳垂上的明金蓝宝石坠子晃出海水样的艳光："看戏不只消遣，也为警醒世人。我与长姐皆为甄氏女儿，自然得提醒长姐，孟静娴不是蠢笨之人，当初她真病也好假病也好，泼出了漫天风声得了相思病硬要嫁进清河王府，长姐就该知道她是舍得出去的人，也会用狠办法。如今她得太后喜欢，来往宫中会更频繁，长姐若不当心露出一分半分神色，那么牵累的不只是王爷——自然，我是相信长姐的分寸与耐性的。"

鬓角的垂珠流苏凉凉地在发烫的耳畔簌簌打着，冰一下，忽地荡开，耳根又热了起来。心中波涛样的震惊慢慢被寒意冻住，不想，自己的亲妹妹竟这样来试探我。纵然心底寒凉如冰，我亦极力平静地微笑："说话行事何须这样大费周章，你的好意，我自然明白。"我停一停道，"王爷是你的夫君，我的妹夫。"

"长姐一向最聪颖，难怪最得爹爹偏爱。只是……"她瞥我一眼，"有些事说起来容易，做起来太难，妹妹只是怕长姐贵人事多，又一时决断不了，才多嘴提醒一句。"她幽幽叹了一声，"王府中三人之局已成定数，我也无力改变，只是有时与王爷二人相对，总还是觉着隔了长姐。我也无须瞒骗长姐，自成婚以来王爷自然没碰过我，大约也不曾碰过孟静娴。我也好，孟静娴也好，与王爷都不过是明面上的夫妻罢了。他心底真正当成妻子的人，始终只有你。"

她步步逼来，满腹委屈，我语调清冷道："你自己说吧，要我如何做？"

她满目哀怨如秋色生波，欲说还休之间，她蓦地跪在我足边，哀泣道："我哪里还能知道怎么办，我一向只有些糊涂主意，但求长姐疼我。"她哀哀道，"长姐比我还明白，王爷若一辈子想着长姐，大约一辈子都不会快活！"

我身子一震，心下酸楚难言，仿佛心上旧伤又被人撒上无数新盐一般，只生生地痛："你要我亲口对王爷说什么话做什么事么？"

她眸中有晶莹泪花："妹妹怎么敢叫王爷伤心！只是敢问长姐一句，方才我假说孟静娴怀孕一事时，长姐心里难道没有半分难受么？妹妹别无他想，只求长姐不要再有这样在意王爷的心思，给妹妹和王爷一条路走，也给甄氏满门一条活路。"

一言一字冰冷倾入耳中，我倒吸一口冷气："你既嫁与王爷，便该明白我再无牵念王爷，更无妨害你们夫妻之心。我若真还为王爷之事忧心，也是牢记一家姻亲，本该同舟共济相互扶持，而非彼此算计试探。所以，你实在无须费心忧虑。"我压抑住内心的汹涌，生怕露出一丝一缕神情再叫她多心，只得佯装回身去看内务府送来的应时绸缎。手指翻过一匹匹绫罗春锦，似翻叠着自己凌乱的心绪，层层叠叠，翻出无数暗涌激流。姐妹血亲，原来，也不过如此！忍着齿冷，好容易静下心拣选出一匹烟紫垂花锦，淡淡道："皇上喜欢看我穿紫色，拿这匹缎子裁剪春装自然好。妹妹也选一块去裁制新衣吧。"我转首，极力逼出一笑，"你是不是与王爷做明面夫妻我并不知晓，我只知道，既然你是他的侧妃，就要在其位，谋其政。在身边的才是最要牢牢抓紧的，王府里的日子天长地久，你要懂得抓住最要紧的才好。"

她缓缓站起身来，含了一缕稀薄的笑意，连神情亦如雾气一般朦胧微凉："长姐今日的教导，玉隐铭记在心，但求长姐也要记着妹妹今日所求，许妹妹一个安稳。等下我还要去探访瑛嫔，有些话长姐不方便开口为王爷说的，瑛嫔大可代劳。"

我淡漠道："看你方才运筹帷幄，谋划周全，在王府中，你自然不会吃亏。"

玉隐浅浅一笑，微见得色："还好，暂时未落下风。"

她话音未落，小允子进来道："娘娘，六王府的静妃到了，说是给娘娘请安。"

我一笑："说曹操曹操就到，可见不能背后说人。"

玉隐蹙眉，眉心的花钿也成了扭曲的残花："我不爱见她，在王府里就够看她缠着王爷了，躲到长姐这里就为避开她得些清净，竟也不能如意。"

我极力平息心气，示意她往画屏后躲去："眼不见为净，我打发了她也就罢了。"

玉隐点点头，起身往画屏后的阁子走去。我略略整理衣衫，向小允子道："去请进来吧。"

孟静娴一色粉嫩嫩的春衫微薄，衣裙皆是宽敞的式样，衣带上的丝绦既不系坠子也不镶珠，轻飘飘地垂落着，行动时便有些翩翩如蝶的风姿。我笑着让她："静妃今日怎么得空来坐坐？"

她怡然而笑，轻声细语："才刚来向太后请安，上次入宫仓促，还未来得及向娘娘请安。"

我客气地笑："静妃非要拘泥这些礼数，倒叫咱们生分了。"

她低首："娘娘客气，妾身不能不懂规矩。"她转头看左右，"听闻玉隐姐姐这两日住在娘娘这里，怎么没瞧见她？"

"真是不巧，玉隐才刚去了德妃那里，说是要给胧月帝姬裁衣裳呢。"

她淡然笑："玉隐姐姐很喜欢孩子呢。"

槿汐捧了一盏"桂眉"来，我笑道："也不晓得静妃喜欢喝什么茶，这桂眉不是什么名茶，倒是难得茶叶里有桂花香气，静妃只当喝个有趣吧。"

她捧起轻轻一嗅，不由得赞道："好香，当真有趣得紧。"然而她随手放下，歉然道，"娘娘勿要生气，妾身不宜饮茶。只可惜妾身没福了，否则真想品一品这好茶。"

我忙问："静妃身子不舒服么？可传太医看了？"

她脸上一红，害羞别过脸去："也没什么，太医说妾身有了一个月身孕，胎气未稳，所以暂时不宜饮茶。"

她话音未落，只听画屏后头的隔间里"哐啷"一声巨响，似是衣架子倒地的声音。我微微一惊，已见孟静娴疑惑的目光探寻了去。

槿汐闻声而动，眼疾手快上前一步，嘴里笑骂道："这小丫头是才入宫的，竟这样笨手笨脚，连个衣架子也擦不好，倒惊了娘娘。"说罢一闪身隐进画屏后，隐隐约约听得里头槿汐的呵斥声："弄倒了衣架子也不快扶好，外头两位娘娘在呢，不许哭起来惊扰了娘娘。"

我心中狐疑，口中却如常笑着向静娴道："哎呀，当真是大喜事呢。"我一径唤槿汐："快换燕窝来。"于是笑道："难为本宫也是生养过的人，竟没察觉，真该打嘴了。"

槿汐若无其事出来，将了将鬓发，殷勤接过燕窝亲自捧到静娴手中，又赔笑道："小丫头不懂事，都是奴婢管教无方，还望静妃恕罪。"

静娴一笑置之："新来的丫头都有些毛手毛脚的，我们府里亏得玉隐姐姐能干，若换作妾身怎么能看得住下人呢。"

我含笑道："玉隐再能干，也不及静妃为六王诞育世子的功劳。等下玉隐回来我也得细细嘱咐她要照顾好静妃呢。太后可知道了？想必高兴得很。"

静娴蝤首微侧，徐徐站起身来道："还没有呢。妾身今日来，是特地来向玉隐姐姐请罪的。玉隐姐姐是王爷所爱，又与妾身同日嫁入王府，总是妾身理亏有抢了玉隐姐姐的嫌疑，如今妾身又先有了身孕，想必玉隐姐姐会伤心，所以妾身特来负荆请罪。"

我忙道："静妃可是多心了。王爷和你的孩子也是她的孩子，玉隐断断不会这样想。"

静娴似是松了一口气，复又坐下，左手按着心口："是这样就好了。"她曼妙眸光自我脸上缓缓划过，无端让我生出被霜雪侵染的寒意。她看着我低低道："其实，娘娘是除了妾身之外第一个知道妾身有孕的人。"

我颔首："本宫觉得无比荣幸。"

"虽说妾身想要向玉隐姐姐负荆请罪，其实更有一个极大的困惑想请娘娘为妾身解答。"

我淡淡含笑："静妃如今有孕在身，金贵无比，为使妹妹安心养胎，本宫必定知无不言，言无不尽。"

她慢慢靠近我，一抹粉色的春意停驻在我身边缓缓坐下，全不似她此刻语气的微凉如霜："自妾身嫁入清河王府以来，一直听闻王爷钟情玉隐姐姐多年才纳入王府，又极尽尊崇册为侧妃，玉隐姐姐也一朝飞上枝头。王爷如此，的确是情深义重。"

我淡淡接口："玉隐对王爷也是情深义重，自然，静妃对王爷也是如此。"

"玉隐姐姐对王爷的好妾身自然看在眼里。可是……妾身嫁入王府近年，留心之下却也有些疑惑。"她侧头沉思，"似乎，王爷是很厚待玉隐姐姐，府中之事皆由她打理，也常常宿在她阁中，可是……王爷对玉隐姐姐的那种喜欢，并不是男女之情的喜欢。是迁就……是同情……妾身不知道，反正不是那种男女相悦的喜欢。"

我自自然然地"哦"了一声，温婉道："孕中多思，本宫当年也是如此。或者王爷如今是钟情静妃多些，所以静妃才会如此觉得，那更应该高兴才是。"

静娴微微摇头，唇角凄微的苦笑似零落的花朵："王爷对妾身只有同情而已，再无其他。所以也只有妾身自己知道腹中这个孩子是怎么得来的，妾身只有那一次机会，也算是上天垂怜。只是他当时便不算情愿，恐怕如今知道有了孩子也不会高兴的。"

"王爷膝下无子，怎会不珍视静妃腹中的孩子呢？何况对静妃而言，无论手段如何，目的都已达到，终归是留住了王爷的血脉。"

她垂下眼眸，低声道："那是因为，妾身不能没有这个孩子。只有有了孩子，才能寄望王爷的心会留在妾身身上。妾身既然嫁与了王爷，自然不能眼睁睁瞧着王爷对自己理也不理。妾身已经用尽了办法投其所好，与王爷谈诗词、论歌赋，可是王爷怎么也都是淡淡的不涉儿女情长。直到妾身发现，玉隐也在这样努力地投其所好。若是王爷真与外间所传与玉隐姐姐两情相悦，她又何须这般费力讨好。所以，妾身开始疑心。"

我笑吟吟直视她："静妃好奇什么？不妨说与本宫听听，本宫也好奇得很呢。"

她略一沉吟，露出沉静的神色："妾身开始疑心玉隐的婚事是一场精心布下的局。或许是玉隐自己要飞上枝头变凤凰想尽办法要嫁与王爷，可是若真如此王爷大可不理她，更不必大费周章尊崇她的地位。所以，王爷这样做或许是在借玉隐尊崇另一个人，而他接受婚事的起因是一张小像……"她话锋一转，"妾身起先以为那张小像是九王妃，毕竟当时皇上也对淑妃小妹青眼有加。可是九王妃既能嫁九王为何不能嫁六王，且她与九王这般恩爱，那必定不是的了。听闻淑妃还有位闭门修行的妹妹，想来是心如枯井的人了。那么……"

她只是波澜不定地望着我，眸底有犹疑的暗影。我粲然笑起来："静妃怎的不说了，本宫正听得入味呢。"

她细细探究我的神色，极欲在我面上寻出任何一丝破绽。而我，只以略带好奇的笑意相对。良久，她轻轻叹息："妾身不敢再疑心了。再疑心，王爷便是滔天死罪。"

我惊叹一声，急忙掩口道："既是如此，静妃妹妹可别再瞎疑心了，真叫人听了害怕。"我当窗临风，伸手拈过一片伸进长窗的翠色竹叶，道，"静妃既嫁入王府中，本宫亦不妨把自己生存于紫奥城中多年的经验讲与你听：疑心易生暗鬼，很多事，你愈多想，愈害怕，就愈加容易被人察觉生事。就譬如贵妃，她是诸妃之首，位高权重，但若紫奥城中的人与事她日日都要掂量揣测，盘根究底，她岂能像如今这般安享福寿。所以，不多虑者，方是智者。"

她蹙眉，大有忌惮之色："但愿如此。若此事当真，必定会为王爷招来杀身之祸，不堪设想。"

我头也不抬，只低头拨弄着手指上滚圆碧绿的翡翠珠子戒指，淡然道："无凭无据，当然不会当真。本宫说过，静妃妹妹是孕中多思。"

她起身告辞："好吧。只当是妾身多思了。妾身如今是王爷枕边人，许多事除了枕边人，外人是瞧不出来的。王爷是妾身夫君，妾身一定万事以他为先，决不让王爷置身危墙之下。"

我盈盈含笑："夫妇之道，这是应当的。"

她深深地望我一眼，似要从我面庞上探究出什么，然而她终无所得，眸中软弱之情渐渐如雾弥漫，低声告辞。

我见她身影消失于柔仪殿门外，才缓缓松开一直藏于袖中的左手，才发觉自己已是满手冷汗。我的话，孟静娴未必听不进去。然而，她已经有所察觉，接下来，又会是谁？这样一个秘密，一旦被人撕破一角，所有真相都会难以保全。

正沉思间，玉隐霍然从屏风后转出，凝视静娴离去的方向良久，唤我："长姐！"她冷然吐出几字，"这人留不得了！"

我回视她，无声无息拭去手心的冷汗，心平气和道："你不要胡来，她腹中有王爷的孩子。而且她心中只有王爷，不会做出伤害王爷的事。"

玉隐眼中有冰冷的杀气，不相称地漫上她小家碧玉般的温婉面庞："孟静娴太过聪明，女人的心又最易嫉妒，我不能赌这样的万一。"

"是她嫉妒，还是你嫉妒？不管这孩子是怎么来的，既然是王爷的孩子，你就不能动孟静娴！否则，以王爷素日温厚的性子，你和他之间会就此决裂，永无回旋的余地。你要细想，走到今日这一步你是何其艰难，你肯为了孟静娴满盘皆输？"我迫视她，"投鼠，也须得忌器。"

玉隐一开口，似吐出无数森冷的冰珠子："我自有无须忌器的法子。"

那终究是清的孩子！不！不！我心中一急，连口气也顾不得斟酌了："你若真对他的孩子下手，别怪我不顾姐妹情分！你别忘了，你是怎样做成清河王侧妃的！"

玉隐一愣，直直望向我道："我怎样做成王爷的侧妃？"她眼中瞳孔剧烈一缩，转而笑道，"自然是姻缘天赐，也得长姐一心成全。"

我望着她富贵装束，金玉锦绣，轻轻一叹："玉隐，是你自己成全了自己。否则，那张小像怎会那么巧就落了出来？"

她睫毛剧烈一颤，如羽翼垂下，避闪着我犀利的目光："长姐与我玩笑么？"

我摇头："我并不与你玩笑，也无心去计较。只是孟静娴都会疑心的事，难道我从未疑心过么？我只是想着你是我妹妹，想着你对王爷一片痴心，但你若真动了伤害王爷血脉的念头，我必将此事诉诸王爷。你想一想，王爷能容得下一个拿着他与我的情分来步步算计的人？能容得下一个处心积虑害他血脉的人？"

玉隐脱口道："长姐，你知道我一向最疼涵儿和灵犀！"

"他们俩是你外甥，你身为姨母，自然疼爱。"我缓一缓气息，慢条斯理道，"孟静娴腹中是王爷名正言顺的孩子，你也是这孩子名义上的母亲，更该疼爱。"我伸手握一握她的手，是安抚，也是告诫："甄家的二小姐，清河王的侧妃，应当贤良淑德。"

玉隐眸中的杀气渐渐缩小，凝成雪亮如针的一点，慢慢隐退到长长的羽睫之后，取而代之的是几许惶惑与忧惧，幽幽垂下一滴泪来，嗫嚅着道："长姐，你一向明白我一片痴心，当时我也是糊涂油蒙了心，见王爷病中念着长姐，怕这样下去终要出事，才动了小像的主意，想了这李代桃僵的法子。"她凄然道，"王爷总不成为了长姐孤苦一辈子，是不是？"她停一停，"方才我也是气糊涂了，我既心疼王爷，自然不舍得那孩子。"

我缓下口气，轻轻挥一挥手："从前之事皆不重要，我亦无心再去探究。"我语重心长道，"方才我口气急了，只是为王爷打算也好，顾虑甄家也好，忌惮太后也好。太后器重孟静娴，这又是清河王府的第一个孩子，断断不能有闪失。你，要照料好孟静娴，也要懂得避嫌。"

玉隐蠷首轻轻一点，算是应允了。她苦笑："我真糊涂，竟然什么都不知道！"

我看她，平心静气道："这句话方才你已经说过许多次。"

她的目光牢牢定在极远处的一点，似是茫然无措，似是若有所思。渐渐地，她喉咙里漫出低低的呜咽："一语成谶，我真后悔我方才胡说。"她无措地瞪着我，"长姐，如果方才我没有这样试探你，这件事就不会成真，是不是？"

　　我看着她，心底微微生出怜惜："无论你有心无心，事已至此，只顾着日后吧。"

　　不出几日，孟静娴有孕的事便传遍紫奥城，宫内宫外无人不知。连去请安时亦见太后唇角含笑："当真是难得的福气，与隐妃的事固然是一段佳话，终究是静娴有福气拔了头筹。"彼时玉隐、静娴与玄清皆在座上，玄清略略尴尬，回头望了玉隐一眼，眼风的末梢却在我面上拂过，那样凉凉的触觉，似无奈拂动的风。

　　终究还是我起身先向他道贺："恭喜六王，恭喜静妃。"又向太后笑道："太后为六王的子嗣悬心多年，如今也可安心了。"

　　太后含笑颔首，也便留了玄清等人在宫中用膳。我思虑着相见不宜，静妃亦道"身子乏"，便也早早告辞了。三人并肩而去，走了十步开外，玄清随着静娴的步子，玉隐渐渐被落在后头。二人齐行，玉隐随后，我轻轻叹了一口气，再无他言。

后宫品级次序表

皇后

正一品：贵妃、淑妃、德妃、贤妃

从一品：夫人

正二品：妃

从二品：昭仪、昭媛、昭容、淑仪、淑媛、淑容、修仪、修媛、修容

正三品：贵嫔

从三品：婕妤

正四品：容华

从四品：婉仪、芳仪、芬仪、德仪、顺仪

正五品：嫔

从五品：小仪、小媛、良媛、良娣

正六品：贵人

从六品：才人、美人

正七品：常在、娘子

从七品：选侍

正八品：采女

从八品：更衣

图书在版编目（CIP）数据

甄嬛传.5 / 流潋紫著. —— 北京：作家出版社，2020.1
（2025.10重印）

ISBN 978-7-5212-0845-0

Ⅰ.①甄… Ⅱ.①流… Ⅲ.①长篇小说 – 中国 – 当代
Ⅳ.①I247.5

中国版本图书馆 CIP 数据核字（2019）第 287586 号

甄嬛传.5

作　　者：流潋紫
书 法 字：严　忠
责任编辑：袁艺方　卓尔文
装帧设计：孙惟静
出版发行：作家出版社有限公司
社　　址：北京农展馆南里 10 号　　邮　　编：100125
电话传真：86 – 10 – 65067186（发行中心及邮购部）
　　　　　86 – 10 – 65004079（总编室）
E – mail: zuojia@zuojia.net.cn
http: // www.zuojiachubanshe.com
印　　刷：中煤（北京）印务有限公司
成品尺寸：150 × 218
字　　数：298 千
印　　张：22.25
版　　次：2020 年 8 月第 1 版
印　　次：2025 年 10 月第 9 次印刷
ISBN 978 – 7 – 5212 – 0845 – 0
定　　价：50.00 元